엄마의 말뚝

열림원 논술 한국문학 11

엄마의 말뚝

박완서

열림원

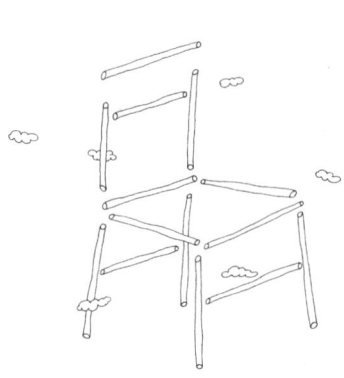

| 차 례 |

일러두기 6

감상의 길잡이 8
엄마의 말뚝1 7 생각해 볼 거리 75

감상의 길잡이 86
그 가을의 사흘 동안 85 생각해 볼 거리 153

감상의 길잡이 168
부처님 근처 167 생각해 볼 거리 199

감상의 길잡이 210
닮은 방들 209 생각해 볼 거리 239

감상의 길잡이 248
지렁이 울음소리 247 생각해 볼 거리 275

감상의 길잡이 286
우황청심환 285 생각해 볼 거리 320

감상의 길잡이 326
카메라와 워커 325 생각해 볼 거리 356

감상의 길잡이 362
저문 날의 삽화1 361 생각해 볼 거리 387

박완서의 생애와 문학 392
논술 | 과거를 기억할 필요가 있는가 404

엄마의 말뚝 1

한 소녀가 억척 엄마를 따라
낙원 같은 고향 박적골을 떠나, 신여성으로
서울에 '말뚝'을 박는 과정을 그린 성장소설.

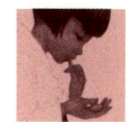

"기어코 서울에도 말뚝을 박았구나.
비록 문밖이긴 하지만…"

엄마가 바느질로 짓기 시작하여 딸이 소설로 완성하는 집의 비유

「엄마의 말뚝 1」은 1980년 9월 『문학사상』에 발표된 작품입니다.

모두 세 편으로 구성되어 있는 「엄마의 말뚝」 연작은 우리 시대 '억척 어멈'의 삶의 기록, 그것도 나라가 식민지로 전락한 시기부터 해방과 한국전쟁, 그리고 그 이후 지금까지 지속된 분단의 현실을 살아온 한 여성의 삶의 기록입니다.

「엄마의 말뚝」 1편은 일제 시대에 남편을 잃은 어머니가 자식들에게 신교육을 시키기 위해 시댁 개성을 떠나 서울의 문밖인 현저동 꼭대기에 알량한 여섯 칸짜리 기와집을 마련하기까지의 과정을 그리고 있습니다. 2편은 말년에 사고로 넘어진 어머니가 혼수 상태를 겪으면서 전쟁과 오빠의 죽음을 떠올리는 내용입니다. 그리고 마지막 3편은 사고 후 7년을 더 사신 어머니의 일상과 어머니가 돌아가신 후 남겨진 가족들의 이야기를 그리고 있습니다.

「엄마의 말뚝 1」은 작가가 처음으로 6·25 전쟁 이전의 삶에 대해 말하고 있는 작품입니다. 소설은 주인공이 '낙원'을 떠나는 데서부터 시작합니다. 그 낙원은 박적골입니다. 사랑과 자유로움이 있고, 자연과의 교감이 있던 낙원에 대한 갈망은 아파트나 첨단 산업에 대한 이물감으로 이어지고, 인간다움에서 멀어진 삶의 양태에 대한 고발과 항거로 나타납니다. 이 낙원 회복의 열망은 이후 박완서의 문학을 관통하는 일관된 지향점입니다.

「엄마의 말뚝 1」을 이어 1982년에 발표된 「유실(遺失)」은 한 남자가 잃어버린 본성을 찾아 낯선 창녀촌을 허우적거리며 걸어 다니는 이야기입니다. 2년 뒤 발표된 「울음소리」에서는 「그 가을의 사흘 동안」에서 죽었던 아이의 울음소리가 되살아나고, 부부간의 사랑과 연민이 회복됩니다. 다시 2년이 지나면, 「꽃을 찾아서」의 장교장이 흰비듬꽃을 찾아 아파트촌의 울타리를 나서고 있습니다. 이 일련의 소설들은 모두 '박적골'을 향해 걸어가는 인물들을 보여 줍니다. 복락원(復樂園)의 희망을 반영하고 있는 것입니다.

엄마의 말뚝 1

농바위 고개만 넘으면 송도(松都)라고 했다. 그러니까 농바위 고개는 박적골에서 송도까지 사이에 있는 네 개의 고개 중 마지막 고개였다. 마지막 고개답게 가팔랐다. 20리를 걸어온 여덟 살 먹은 계집애의 눈에 고개는 마치 직립(直立)해 있는 것처럼 몰인정해 보였다. 그러나 무성한 수풀을 뚫고 지나간 것처럼 고갯길이 끝나면서 뻥하게 열린 하늘은 우물 속의 하늘처럼 아득하게 괴어 있어서 나를 겁나게도 가슴 울렁거리게 했다.

나는 타박타박 쉬지 않고 걸었다. 양손을 엄마와 할머니가 잡고 있었다. 엄마도 할머니도 머리에 커다란 임을 이고 있었다. 내 걸음걸이가 지쳐 보일 때면 엄마와 할머니는 서로 눈을 맞추고는 양쪽에서 내 겨드랑 밑에 손을 넣어 번쩍 들어 올려서 그네 태우듯이 대롱대롱 흔들면서 몇 발자국 종종걸음을 치고 나서 내려놓아 주곤 했다. 무거운 임을 인

10

두 분에게 그것이 힘겨운 일이었겠지만 나는 그동안이 너무 짧아 번번이 아쉬웠다.

그러나 농바위 고개를 오르면서는 두 분은 약속이나 한 듯이 내 지치고 부르튼 발에 그만큼의 아첨도 하려 들지 않았다. 그 대신 양쪽에서 두 분의 손이 각각 질이 다른 끈적거림으로 내 작은 손을 점점 더 아프게 옥죄기 시작했다. 나는 미지의 고장으로 어쩔 수 없이 끌려가고 있는 중이었다. 끌려가고 있다는 생각 때문에 가파른 고개를 오르면서 추락하고 있는 것 같은 아찔한 공포감과 속도감을 맛보고 있었다.

마침내 우리는 고개의 정상에 섰다.

"봐라, 송도다. 대처(大處)¹⁾다."

엄마는 마치 자기가 그 대처의 주인이라도 되는 것처럼 자랑스럽게 말했다. 아닌 게 아니라 송도는 엄마가 방금 보자기에서 풀어 놓은 것처럼 우리들의 발아래 그 전모를 남김없이 드러내고 있었다.

내가 최초로 만난 대처는 크다기보다는 눈부셨다. 빛의 덩어리처럼 보였다. 토담과 초가지붕에 흡수되어 부드럽고 따스함으로 변하는 빛만 보던 눈에 기와지붕과 네모난 이층집 유리창에서 박살 나는 한낮의 햇빛은 무수한 화살처럼 적의(敵意)를 곤두세우고 있었다.

내가 그보다 먼저 딱 한 번 만난 적이 있는 대처 사람의 인상도 그랬었다. 그 대처 사람은 외삼촌이었다. 할머니는 사돈의 뜻하지 않은 방문에 쩔쩔대면서 시골구석이라 대처 사람 대접할 게 변변치 못하다는 말을 수없이 하셔서 나는 그가 대처 사람이란 걸 알 수가 있었다. 나는 그

¹⁾ 대처 도회지.

대처 사람이 싫었다. 그는 검정빛 양복을 입고 있었다. 양복쟁이가 처음은 아니었다. 언젠가 동구 밖을 자전거 탄 사람이 지나간 적이 있는데 아이들이 "순사다"라는 바람에 혼비백산 집으로 뛰어드느라고 자세히 못 봤지만 그것 비슷한 옷을 입고 있었다. 그러나 양복보다 더 기분 나쁜 건 눈에 쓴 안경이었다.

오빠는 나보다 훨씬 먼저 엄마가 대처로 데려갔는데, 그때 오빠는 자기의 귀중품을 나에게 고스란히 물려주고 갔다. 마을에서 시오 리나 떨어진 면소재지에 있는 소학교를 졸업하고 중학교에 가기 위해 대처로 가는 오빠는 별의별 걸 다 가지고 있었다. 새총, 팽이, 제기, 연, 딱지, 썰매, 크레용, 지남철, 유리 조각…… 그중에서 내가 정말 갖고 싶었던 건 지남철뿐이었다. 지남철로 오빠가 화로를 휘저어 쇠붙이를 모조리 끌어올리는 것도 재미있었지만, 내가 온종일 찾지 못한, 할머니가 바느질하다 놓친 바늘이 오빠의 지남철 끝에서 방금 낚아 올린 붕어처럼 비늘을 반짝이며 파르르 떨고 있는 걸 볼 땐 시샘과 경탄으로 숨이 막힐 지경이었다. 고 신기한 게 마침내 내 것이 된 것이다. 그러나 오빠는 나에게 더 신기한 걸 가르쳐 주고 떠났다. 그건 유리 조각의 쓸모였다. 오빠는 그 동그란 유리 조각으로 햇볕을 일으키는 법을 가르쳐 준 것이다. 유리 조각을 통과한 빛이 종이 위에서 창백하고도 뜨거운 느낌으로 송곳 끝처럼 오므라드는 걸 지켜볼 때 내 심장도 그만한 크기로 옥죄었고 마침내 그곳에서 파란 연기가 모락모락 피어오르자 나는 온몸이 오싹오싹하면서도 가슴은 화끈했고 곧 오줌이 마려웠다. 그날 밤 나는 내가 직접 그 짓을 하는 꿈을 꾸다가 정말 오줌을 싸고 말았다. 그래선지 나는 지금까지도 아이들 버릇 가르치기 위한 이런저런 항간2)의 속설 중 '불

장난하면 오줌 싼다'는 말을 믿는 편이다.

오빠는 화경[3]을 물려주면서 어른 몰래 간수하란 소리는 안 했다. 그러나 그것으로 할 수 있는 장난의 그 오싹오싹함에서 죄의 맛을 감지한 나는 그것을 어른 몰래 감추었고, 장난도 어른들이 안 보는 데서만 했다. 그러나 언젠가 잘 마른 짚북더미 위에서 그 짓을 하다가 그만 짚북더미로 불이 옮아 붙어 하마터면 집을 태울 뻔한 큰일을 저지르고 말았고, 그 바람에 나는 화경을 당장 빼앗기고 엉덩이가 부르트도록 얻어맞았다.

외삼촌은 그 무서운 화경을 하나도 아니고 둘을 양쪽 눈에 하나씩 붙이고 있었다. 안경의 번쩍거림 때문에 나는 그 속의 눈을 볼 수가 없었다. 나는 그렇게 번쩍거리는 사람이 싫고 무서웠다. 외삼촌은 웃으면서 나에게 손을 벌렸지만 나는 할머니 치마꼬리에 휩싸여 막무가내 그 앞으로 가지 않았다. 외삼촌이 주머니에서 반짝이는 은전을 한 푼 꺼내 보이면서 나를 유혹했다. 나는 조금도 동하지 않았다. 나는 은전의 쓸모를 몰랐다. 그건 안경과 마찬가지로 외삼촌의 몸에서 빛을 내는 것 중의 하나일 뿐이었다. 할머니가 민망했던지 나를 억지로 당신의 치마꼬리에서 떼어 내어 외삼촌 앞으로 밀어내려고 했다. 나는 외삼촌이 싫고 무서워서 엉엉 울며 발버둥질 쳤다.

"그냥 두세요. 낯을 몹시 가리는군요."

"참 별일이네, 안 그러던 애가……."

할머니가 혀를 차면서 나를 다시 당신의 치마폭에 휩쌌다. 그 후에도

2) 항간(巷間) 일반 사람들 사이.
3) 화경(火鏡) 햇빛을 비추면 불을 일으키는 거울이라는 뜻으로, '볼록렌즈'를 이르는 말.

나는 외삼촌에 대해 안경밖에 생각나는 게 없었다.

대처는 그 외삼촌 같은 얼굴을 하고 있었다. 내리막길은 올라올 때와는 다르게 구불구불 굽이지고 덜 가팔랐다. 나는 슬그머니 엄마의 손을 뿌리치고 할머니한테 두 손으로 매달리면서 치마폭에 휩싸였다. 할머니 치마폭은 집에서 내가 툭하면 휩싸일 때처럼 만만하고 구속하지 않았다. 풀을 세게 먹여 다듬이질한 옥양목 치마는 차갑다 못해 날이 서 있는 것처럼 느꼈다. 그러나 엄마를 뿌리치고 할머니한테 매달렸다는 건 대처로 가기 싫다는 나의 의사표시였다.

할머니는 내 편이었다. 엄마는 나를 대처로 데려가려 했고, 할머니는 나를 대처로 안 보내려고 했다. 엄마가 나를 데리러 시골집에 나타나고 나서 할머니와 엄마는 줄창 다투기만 했다. 그러나 두 분 다 나한테 어디서 살고 싶으냐고 물어보진 않았다. 나는 대처라는 델 가보진 않았지만 싫었다. 박적골 집은 나의 낙원이었다. 뒤란은 작은 동산같이 생겼고 딸기 줄기로 뒤덮여 있었다. 그 밖에도 앵두나무, 배나무, 자두나무, 살구나무가 때맞춰 꽃피고 열매를 맺었고 뒷동산엔 조상의 산소와 물 맑은 골짜기와 밤나무, 도토리나무가 무성했다. 사랑마당은 잔치 때 멍석을 깔고 차일을 치면 온 동네 손님을 한꺼번에 칠 수 있도록 넓고 바닥이 고르고 판판했지만 둘레에는 할아버지가 좋아하시는 국화나무가 덤불을 이루고 있었다. 꽃송이가 잘고 향기가 짙은 토종 국화는 엄동이 될 때까지 그 결곡한[4] 자태를 흐트러뜨리지 않았다.

그러나 국화꽃 필 때면 더욱 낭랑해지는 할아버지의 적벽부(赤壁賦)

---

[4] 결곡하다 얼굴 생김새나 마음씨가 깨끗하고 여무져서 빈틈이 없다.

를 읊조리는 소리가 끊긴 지는 오래되었다. 임술지추칠월기망에 소자여 객으로 범주유어 적벽지하할새…… 대신 놋재떨이에 담뱃대 부딪는 소리와 메마른 기침 소리가 사랑이 비어 있지 않다는 걸 알려 줄 뿐 사랑 미닫이는 한여름에도 열리지 않았다. 맏아들을 잃자마자 할아버지는 동풍(動風)[5]을 하셔서 반신불수가 된 채 두문불출이셨다. 아버지의 죽음이 문제였다. 내가 그 낙원에서 기억할 수 있는 모든 나쁜 일은 아버지의 죽음으로부터 시작됐다. 아버지는 어느 날 심한 복통으로 마루에서 댓돌로 댓돌에서 세 층이나 아래인 마당으로 데굴데굴 굴러 떨어지면서 마당의 흙을 손톱으로 후벼 파면서 괴로워했다. 곧 한의사를 불렀다. 사관을 트게[6] 하고 탕제[7]를 달이는 동안이 급해 할머니는 엿기름을 타다가 떠 넣고 할아버지는 청심환을 엄마는 영신환을 물에 개서 입에 흘려 넣었으나 차도가 없었다. 급히 달인 탕제도 아무런 효험을 못 보자 엄마와 할머니는 무당집으로 달려가서 무꾸리를 하니까 집터에 동티가 나도[8] 단단히 났으니 큰굿 해야겠다고 하면서 굿날을 받아 놓기만 해도 덩징 차도가 있을 기라고 장담을 해서 우선 굿날을 먼저 받아 놓고 오니 아버지는 막 숨을 거둔 뒤였다.

그때가 아직 우리가 새집을 지은 지 3년 안인 때라 사람들은 모두 집터 동티가 과연 무섭긴 무서운 거라고 혀를 내두르며 공구(恐懼)했다.[9]

---

5) 동풍 병으로 몸의 전체 또는 일부분에 일어나는 경련.
6) 사관을 트다 '사관에 침을 놓다'라는 뜻. '사관(四關)'은 한방에서 곽란을 다스리기 위하여 손과 발의 네 관절에 침을 놓아 통기(通氣)를 시키는 곳을 이르는 말.
7) 탕제(湯劑) 달여서 마시는 한약. 탕약.
8) 동티가 나다 땅, 돌, 나무 따위를 잘못 건드려 지신(地神)을 화나게 하여 재앙을 받는 일. 건드려서는 안 될 것을 공연히 건드려서 스스로 걱정이나 해를 입음.

그러나 할머니 말씀을 좇아 무당집에 가느라 아버지의 임종도 못 지킨 엄마건만 친가의 대소가가 대처에 살고 있어 이미 처녀 적에 문명의 소문에 접할 기회가 좀 있었던 엄마의 생각은 달랐다. 엄마는 아버지를 죽게 한 병이 대처의 양의사에게만 보일 수 있었으면 생손앓이[10]처럼 쉽게 째고 도려내고 꿰맬 수 있는 병이라는 걸 알고 있었다.

엄마는 그때부터 대처로의 출분(出奔)[11]을 꿈꿨다. 마침 오빠의 소학교 졸업을 기화로 그 꿈은 구체화됐다. 엄마는 아버지의 삼년상도 받들기 전에 오빠를 데리고 서울로 떠났다. 맏며느리로서 시부모 공양하고 봉제사라는 신성한 의무를 포기하는 대신 엄마는 아무런 재산상의 권리도 주장하지 못했다. 숟가락 하나도 집안 것은 안 건드리고 오로지 당신의 단 하나의 재간인 바느질 솜씨만 믿고 어린 아들의 손목을 부여잡고 표표히[12] 박적골을 떠났다. 그때는 내가 떠날 때 같은 고부간의 사전 불화조차 없었다.

며느리의 그런 불효막심하고도 당돌한 계획을 막을 수는 없으리라는 걸 노인들은 이미 알고 있었다. 큰소리 내봤댔자 집안 망신이나 더 시키게 되니 그저 쉬쉬하는 걸로 점잖은 집안의 체통이나 지키려는 체념과 아들 하나는 대처에 데리고 나가 어떡하든 성공시켜 보겠다는 며느리의 굳은 결심에 은근히 거는 한 가닥 희망 때문에 어머니의 일차 출분은 비교적 순조롭고 조용했다. 그러나 소학교를 갓 졸업한 어린 소년의 어깨

---

9) 공구하다 몹시 두려워하다.
10) 생손앓이 손가락 끝에 종기가 나서 곪는 병. 생인손.
11) 출분 도망하여 달아남.
12) 표표하다(飄飄—) 떠돌아다니는 것이 정처 없다.

엔 대처에 나가 어떡하든 성공해야 된다는 가뜩이나 벅찬 짐이 그만큼 더 무거워진 셈이었다. 나는 오빠와 친하고 깊이 사랑했기 때문에 막연하게나마 오빠가 걸머진 짐의 무게를 같이 느낄 수가 있어서 오빠가 안쓰럽고 불쌍했다. 내가 그 고장 사람들이 대처라 부르는 송도나 서울에 대해 그 나이 또래의 계집애다운 막연한 동경조차 품지 못하고 다만 두렵기만 했던 건 대처에 가면 꼭 해야 한다는 그 성공이라는 것 때문인지도 몰랐다. 삼촌이 두 분이나 있었으나 어떻게 된 게 그때까지도 아들을 두지 못하고 하는 일도 시원치 않은데 단 하나의 장손인 오빠는 인물이 준수하고 총명했다. 월반을 하여 소학교를 5년 만에 졸업했다 해서 인근 마을엔 신동이란 소문까지 나 있었다. 그러나 쇠퇴해 가는 가운의 중흥의 책임을 지기에는 아직 어린 소년이었다.

나는 가끔 오빠를 보고 싶어했지만 보러 대처에 가고 싶진 않았다. 엄마도 별로 보고 싶지 않았다. 나는 그때 책임이라는 게 무엇이라는 걸 알 나이가 아니었지만 어른들과 대처가 공모를 해서 오빠에게 고약한 올가미를 씌우려 하고 있다는 것만은 눈치 채고 있었다. 엄마가 없는 동안 나는 할머니 할아버지는 물론 삼촌들, 삼촌댁들의 귀여움을 독차지하고 있었다. 내가 하고 싶다고 생각해서 안 되는 게 없었다. 나는 방목(放牧)된 것처럼 자유로웠다. 올가미 같은 건 쓰고 싶지 않았다.

그러나 어느 날, 엄마는 나까지 대처로 데려가기 위해 나타났다. 나는 할머니 목에 팔을 칭칭 감고 매달려서 오래간만에 만나는 엄마를 차디차게 노려보면서 막무가내 안 따라가려고 했다.

할머니와 엄마의 말다툼이 시작됐다. 처음에 할머니는 어려운 객지 살림에 한 식구라도 덜어 주려고 안 보내는 거지 에미애비 없는 새끼로 기르기가 쉬운 줄 아냐고 큰소리쳤다.

"그러니까 데려가려는 거예요. 굶든 먹든 자식은 에미가 데리고 있어야죠. 애비도 없는 자식을 에미까지 그리며 자라게 할 순 없어요."

엄마가 강경하게 나오자 그제서야 할머니는 눈물을 글썽이며 애걸했다.

"이 매정한 것아, 우리 두 늙은이가 그저 이 녀석 들락거리고 재재거리는 거 하날 낙으로 삼고 사는 것도 모르고…… 느이 동서가 태기라도 있으문 나도 안 이런다. 설마 셋째한테서야 곧 태기가 안 있을라구. 그때 가서 데려가면야 누가 뭐라겠냐."

"그렇게는 안 되겠어요 어머님. 학교를 보내는 데는 때가 있으니까요."

"핵교를? 기집애를 핵교를?"

"네, 기집애도 가르쳐야겠어요."

"야, 너 대처에 가서 무슨 짓을 했길래…… 큰돈 모았구나? 아니면 간뎅이가 부었던지. 그렇지 않고서야 무슨 수로 기집애꺼정 학교에 보내 보내길?"

이렇게 되면 두 분의 말다툼은 불에 기름을 부은 것처럼 가열됐다. 그럴 때 나는 어떡하든 할머니 역성[13]을 들었다. 역성이래야 할머니 치마폭에 휘감겨 엄마를 노려보는 것뿐이었지만.

그러나 어느 날 일어난 작은 사건은 내가 엄마를 따라가야 한다는 걸 피할 수 없게 했다. 엄마가 시골집에 돌아온 후 내 머리를 빗기는 건 엄마의 일이었다. 나는 그것까지 마다진 않았다. 나는 그때 댕기를 들여 머리를 한 가닥으로 의젓하게 땋아 내릴 만큼 머리가 길지 않고 또 숱도

---

13) 역성 옳고 그름에 관계없이 무조건 한쪽 편을 들어주는 일.

18

적어서 머리를 가닥가닥 나누어 땋아 내리다가 그 끝을 모아 댕기를 드리는 종종머리라는 걸 하고 있었다. 그건 빗기기가 매우 힘들고 빗기는 솜씨에 따라 얼굴이 반듯해 보이기도 하고 비뚤어져 보이기도 했다. 내가 엄마 없는 동안 엄마 생각을 한 적이 있다면 그건 아침마다 종종머리 땋을 때였다. 할머니도 삼촌댁들도 엄마처럼 정확하게 정수리 머리를 여섯 가닥으로 반듯하게 나누어서 온종일 뛰어놀아도 잔털 하나 일지 않게 야무지고 꼼꼼하게 땋으려면 아직아직 멀었다. 그래서 엄마가 없고부터 내 얼굴은 늘 좀 허술하고 좀 비뚤어져 보였다. 나는 삼촌댁의 체경[14]에 이런 내 얼굴을 비춰 보면서 그게 엄마 없는 티가 아닐까 싶어 문득 심란해질 적도 있었지만 심각할 정도는 아니었다. 계집애 티보다는 선머슴 흉내를 내는 게 훨씬 더 편했기 때문에 거울 같은 걸 자주 보지 않았다.

내가 나를 데리러 온 엄마한테 적의를 품고 의식적으로 가까이하지 않으면서도 머리 빗을 때만은 기꺼이 엄마의 손에 나를 내맡겼던 것도 이왕이면 예쁘게 빗고 싶다는 계집애다운 소망하곤 좀 다른 거였다. 엄마의 야무진 손끝을 통해 전달되는 애정 있는 성깔을 깊이 좋아하고 있기 때문이었다. 그럴 때 나는 엄마가 할머니한테 이겨서 나를 데려가게 되는 일이 그렇게 두렵지만은 않았다. 오히려 기대하는 마음도 있었다.

그러나 엄마는 어느 날 나의 이런 솔깃한 마음을 무참하게 배반했다. 엄마는 내 머리를 빗기는 척하면서 쌍동 잘라 버렸던 것이다. 그것도 목 고개쯤에서가 아니라 뒤통수에서 잘라 냈으니 그 꼴도 가관이었다. 나

---

[14] 체경(體鏡) 몸 전체를 비추어 볼 수 있는 큰 거울. 몸거울.

는 시운15)이 벗겨진 깨진 거울 조각으로 뒤통수를 비춰 보면서 울 수도 없었다. 뒷머리가 아궁이 모양으로 패이고 뒤통수의 맨살이 허옇게 드러나 있었다. 치욕이었다. 우선 이 모양으로 엄마는 내 기 먼저 죽여 놓고 나서 꼼꼼하게 뒷손질을 시작했다. 뒷손질을 해봤댔자였다. 옆머리도 뒤통수까지 올라간 뒷머리에 맞춰 귀가 나오게 자르고 앞머리는 이마로 빗어 내려 가르마 없는 일직선으로 잘랐다. 그러면서 엄마는 내 귓전에다 대고 연방 속삭였다.

"좀 좋으냐, 가뜬하고, 보기 좋고, 빗기 좋고, 감기 좋고…… 머리 꼬랑이 딿은 채 서울 가봐라. 서울 아이들이 시골뜨기라고 놀려. 학교도 아마 못 갈걸. 서울 아이들은 다 이렇게 단발머리 하고 가방 메고 학교 다닌단다. 너도 서울 가서 학교 가야 돼. 학교 나와서 신여성이 돼야 해. 알았지?"

신여성이 뭔지 알 까닭이 없었다. 그러나 오빠가 성공해야 한다는 것과 비슷한 엄마가 대처와 공모해서 나에게 씌운 올가미라는 것만은 분명했다. 나는 왠지 발버둥질 치며 마다하지를 못했다. 체경에 비친 나의 단발머리는 참으로 꼴불견이었다. 그러나 그건 이미 대처의 낙인(烙印)16)이었다. 그 꼴을 하고 그곳에 남아 있어 봤댔자였다.

나의 기가 꺾이는 것과 동시에 할머니의 기도 꺾였다. 할머니는 엄마에게 주어 보낼 걸 이것저것 챙기기 시작했다. 오빠하고 처음으로 집 떠날 때보다 엄마는 오히려 후한 대접을 받고 있었다. 사랑으로 할아버지께 하직 인사를 드리러 들어갔을 때도 할아버지는 내 단발머리를 흘긋

---

15) 시운 수은.
16) 낙인 다시 씻기 어려운 불명예스럽고 욕된 판정이나 평판을 이르는 말.

20

보시자마자 벌레 씹은 얼굴로 외면하셨지만 50전짜리 은전을 한 푼 주셨고 엄마에게도 따로 꼬깃꼬깃한 종이돈을 손수 펴가며 다섯 장이나 세어서 주셨다. 그리고 기차 정거장까지 나를 업어다 주라고 할머니한테 분부를 내리셨다. 할머니도 그러잖아도 그럴 참이었다고 하시면서 조그만 소리로 저 양반이 다 죽었군, 죽었어, 하고 중얼거리셨다.

할머니는 할아버지의 분부를 무시하고 나를 걸리는 대신 큰 임을 이셨다. 엄마에겐 더 큰 임을 이게 하시고 뭘 좀 더 보태 주지 못해 아쉬워하셨다. 오빠를 떠나보낼 때보다 많이 다투셨음에도 불구하고 두 분의 의는 좋아 보였다. 할머니는 이제 손자를 대처로 보내는 일을 체념하는 걸 지나 어떤 기대에 부풀어 있다는 걸 알 수가 있었다.

그러나 농바위 고개에서 내가 엄마를 뿌리치고 할머니 치마폭에 감겨들게 되자 두 분의 사이는 다시 경직됐다. 할머니도 엄마도 서로 질세라 서슬이 퍼레지는 걸 보며 나는 내 뜻이 두 분에게 충분히 전달됐다고 생각했다. 할머니가 조금만 내 편을 들어주면 나는 절대로 할머니 치마꼬리를 안 놓칠 작정이었다. 내가 처음 보는 송도는 아름다웠다. 아마 서울은 더 아름다우리라. 그러나 대처는 올가미를 가지고 있었다. 나는 나를 무엇인가로 만들려는 올가미가 무서웠다. 엄마가 바라는 신여성 같은 건 되기 싫었다.

"쉬었다 가자."

할머니가 말씀하셨다. 할머니의 목소리엔 찬바람이 돌았다.

"네, 어머님."

엄마의 목소리도 지지 않게 영악스러웠다.[17] 두 분이 또 한바탕 나를 가운데 놓고 싸울 모양이었다.

농바위 고개의 내리막길 중간에 장롱같이 생긴 큰 바위들이 여러 개 서 있기도 하고 누워 있기도 한 곳이 있었다. 농바위 고개 이름도 그 바위들에 연유한 이름이었다. 그 장롱 같은 바위들 사이엔 시원한 샘물도 있어서 먼 길 걸어서 송도에 당도한 장꾼이나 나그네가 송도를 굽어보며 다리도 쉬고 목도 축이기 알맞게 돼 있다.

할머니가 먼저 그중 안반[18]같이 생긴 바위에 짐을 내려놓으셨다. 엄마도 할머니가 하시는 대로 했다. 두 분의 기색은 싸늘하고 험악했다. 나는 곧 큰 말다툼이 붙을 걸 예상하고 할머니의 치마꼬리를 더욱 꼭 움켜잡았다. 그러나 할머니는 별안간 폭풍 같은 바람을 일으키며 나를 당신의 치마폭에서 떼어 내셨다. 그리고 곧 믿을 수 없는 일이 일어났다. 할머니는 나를 반짝 들어 올리더니 안반 같은 바위 위에다 엎어 놓고 치마를 치켜올리고 엉덩이를 깠다. 그때 나는 치마 속에 쉽게 엉덩이를 깔 수 있는 풍채바지[19]를 입고 있었다. 할머니는 떡 치듯이 철썩철썩 내 볼기를 치시기 시작했다. 그렇게 모진 매는 처음이다 싶게 사정을 두지 않는 사매질[20]이 계속됐다. 나는 엄마, 엄마, 하고 엄마한테 구원을 청하며 서럽게 울었다. 그러나 엄마는 귀먹은 사람처럼 못 들은 체 하염없이 송도를 굽어보며 서 있었다.

"이 웬수야, 이 웬수야, 할미 속 좀 작작 썩여라. 이 웬수야."

할머니는 볼기를 치면서 연방 이렇게 외쳤고 그런 외침은 차츰 울부

17) 영악스럽다(靈惡—) 이해가 밝으며 약은 데가 있다.
18) 안반 떡을 칠 때 쓰는 두껍고 넓은 나무판.
19) 풍채바지 풍차바지. 마루폭에 풍차를 달아 지은 어린아이의 바지. '풍차'는 어린아이의 바지나 고의의 마루폭에 좌우로 길게 대는 헝겊 조각.
20) 사매질(私—) 권력이 있는 자가 사사로이 사람을 때리는 짓.

짖음으로 변했다.

"이제 그만해 두세요, 어머님."

엄마가 조용하면서 속에서 은은하게 끓어오르는 것 같은 목소리로 말했다. 할머니의 매질은 그쳤다. 나는 엉금엉금 기면서 엉덩이를 여미고 일어났다. 할머니의 눈이 석류 속처럼 충혈돼 있었다.

"할머니, 또 안질[21] 걸렸잖아?"

할머니의 충혈된 눈에 나는 마지막 구원의 가망을 걸고 이렇게 울부짖었다.

"그런갑다."

할머니가 무명 수건으로 눈두덩을 누르면서 무뚝뚝하게 말했다.

"나 없으면 누가 거머리를 잡아 와?"

할머니는 자주 안질을 앓았다. 눈곱은 안 끼고 눈만 새빨갛게 충혈되는 안질을 사람들은 궂은 피 때문에 생긴 풍이라고 말했고 그런 풍에는 굶주린 거머리를 잡다가 흠뻑 궂은 피를 빨리는 게 즉효라는 게 그 시절의 그 고장의 민간요법이었다. 대야를 갖고 다니면서 논이나 미나리 밭에서 거머리를 잡아 오는 건 나의 일이었다. 할머니는 눈꺼풀을 뒤집고 거기다 거머리를 붙이셨다. 실컷 피를 빨아먹은 거머리는 굼벵이처럼 몸이 굵고 굼떠지면서 저절로 그곳에서 떨어졌다. 할머니는 아이 시원해, 아이 거뜬해, 하면서 할머니를 위해 거머리를 잡아 온 나의 공로를 칭찬하셨다. 그러나 즉석에서 총기 있게 그 일을 할머니에게 상기시켰음에도 불구하고 할머니를 내 편으로 만드는 데 아무런 도움도 되지

21) 안질(眼疾) 눈병.

못했다. 할머니는 희미하게 웃으시면서 말씀하셨다.

"아이고 신통한 내 새끼, 할미 생각 끔찍이 하네. 할미도 이제 효녀 손주딸 둔 덕 좀 보세. 이제 서울 가면 신식 양약을 사 올 텐데 뭣 하러 그까짓 거머리한테 뜯겨?"

그때 할머니의 웃음은 뭔가 아뜩했다. 엄마도 부랴부랴 할머니의 말씀에 동의했다.

"그래요, 어머님. 대학목약이라는 안질약이 아주 신통하다더군요. 아이들 방학해서 내려올 때 꼭 사 올게요."

우리 세 사람은 다시 걷기 시작했다. 할머니는 숫제 내 손을 잡지 않고 옥양목²²⁾ 치맛자락을 펄럭이며 한발 앞서 가기 시작하셨다. 우리 세 사람은 대처의 가변두리로부터 한가운데를 향해 서서히 다가가고 있었다. 다가갈수록 대처의 빛은 시들고 질서(秩序)만이 눈에 띄었다. 한길도 골목도 가게도 집도 자를 대고 그어 놓은 것처럼 정확하게 모여 있었다.

"한눈 좀 그만 팔고, 기차 시간 늦겠다. 이제 곧 서울 구경도 할 애가 이까짓 송도에서 벌써 얼이 빠져 버리면 어떡해."

엄마가 나를 마구 잡아끌었다.

"내버려 둬라. 서울 구경만 제일감. 송도도 처음 와보는 애란 생각을 해야지."

할머니가 내 역성을 드셨다.

"야아가 얼이 쑥 빠져 갖고 꼭 시골뜨기처럼 구니까 그렇죠."

"급하긴. 우물에 가서 숭늉 달랠라. 갸아가 그럼 벌써 서울뜨기냐?"

²²⁾ 옥양목(玉洋木) 생목보다 발이 고운 무명. 빛이 희고 얇다.

24

할머니는 엄마에게 무안을 주셨다. 엄마는 잠자코 있었다. 그러나 나는 처음으로 두 분에게 골고루 어떤 거리감을 느끼고 있었다. 그것은 고독감이라고 해도 좋았다. 난 엄마나 할머니가 생각하고 있는 것처럼 대처의 변화에 얼이 빠져 있는 게 아니었다. 하나같이 옷 잘 입은 사람들, 심심찮게 눈에 띄는 양복쟁이들, 번들대는 기와지붕, 네모나고 유리창이 달린 이층집들, 흙이 안 보이는 신작로, 가게마다 즐비한 울긋불긋하고 신기한 물건들, 시끌시끌하면서 활기찬 소음…… 이런 대처의 번화(繁華)가 맹종(盲從)하고 있는 질서가 나를 주눅 들게 했다. 그거야말로 참으로 낯선 거였다. 대처 사람이 된다는 건 바로 그런 질서에 길들여지는 거라는 걸 나는 누가 가르쳐 주기 전에 본능처럼 냄새 맡고 있었다. 오래 방목된 야성이 내 속에서 벌써 주눅이 드는 걸 느꼈다.

엄마는 이까짓 송도는 서울에다는 댈 것도 못 되는 작은 고장이라고 말하기 시작했다. 나는 다리가 아프다고 칭얼댔다. 엄마는 서울 같으면 전차라는 걸 타고 어디든지 가고 싶은 데를 앉아서 저절로 갈 수 있을 텐데, 하고 또 서울 칭송을 했다.

개성역은 내가 송도 네거리에서 구경한 어떤 집보다도 컸다. 둥근 지붕과 붉은 벽돌과 높은 천장과 미지의 고장으로 뻗은 철길과 공중에 떠 있는 구름다리와 걷는 사람은 없이 뛰는 사람만 있는 층층다리를 바라보면서 나는 온몸이 오싹오싹하는 전율을 느꼈다. 엄마는 또 나에게 충격을 주는 것에 대해선 말하지 않고 딴청만 부렸다. 개성역은 경성역을 흉내 내서 비슷하게 만든 것이지만 정작 경성에다 대면 소꿉장난 같다는 거였다.

엄마는 표를 사러 가고 나는 할머니와 긴 의자에 앉았다. 농바위 고개에서 볼기 맞고 나서 나하고 할머니 사이는 쭉 서먹했다. 할머니는 보따리 귀퉁이에 손을 넣으시더니 조찰떡[23]을 꺼내서 먹으라고 하셨다. 나는 헛헛해서[24] 매점 유리창 속에 고운 종이에 싼 먹을 것을 바라보며 군침을 삼켰지만 그것을 받아먹긴 싫었다. 나는 속에 팥을 넣고 큰 고구마처럼 아무렇게나 뭉친 조찰떡과 할머니의 갈퀴[25]같이 모진 손이 함께 싫고 창피해서 세차게 도리머리를 흔들었다.

"새끼도, 여적 화가 안 풀렸담. 할미가 우정[26] 그런 것도 모르고……."

할머니가 와락 나를 끌어당기시더니 당신 무릎에 엎어 놓고 또 엉덩이를 깠다. 나는 발버둥질을 쳤다. 할머니는 내 엉덩이를 썩썩 쓸면서 중얼거리셨다.

"아이고 내 새끼 볼기짝 부르튼 것 좀 보게. 어떤 년인지 손끝이 모질기도 해라. 할미 손은 약손이다. 쓱쓱 쓸어 주마. 할미 손은 약손이다. 쓱쓱 쓸어 주마. 애구 어떤 년인지 손끝 한번 모질기도 해라."

엄마가 표를 두 장 사다가 한 장은 할머니한테 드렸지만 할머니 표는 서울까지 갈 수 있는 표가 아니라 기차 속까지만 배웅할 수 있는 표라고 했다.

"기찻간꺼정만 늙은이가 제 발로 걸어가겠대는데도 돈을 달래. 시상에 대처 사람들 상종 못 할 것……."

할머니가 옆의 사람들까지 깜짝 놀라게 큰소리를 지르셨다.

---

23) **조찰떡** 조차떡. 차조의 가루로 만든 떡.
24) **헛헛하다** 배 속이 빈 듯한 느낌이 있다.
25) **갈퀴** 검불이나 곡식 따위를 긁어모으는 데 쓰는 기구. 한쪽 끝이 우그러진 대쪽이나 철사를 부챗살 모양으로 엮어 만든다.
26) **우정** '일부러'의 사투리.

"달래긴 누가 달래요. 제가 샀죠. 그건 얼마 안 돼요, 싸요."

할머니와 엄마는 다시 큰 짐을 이고 줄을 섰다. 개찰하고[27] 구름다리 건너고 기차 타고 자리 잡고 할 동안을 우리 세 사람은 남들이 하는 대로 그저 경정경정 뛰기만 했기 때문에 순식간이었다. 엄마는 보따리는 다 시렁[28]에다 얹고 나를 유리창 가에 앉게 했다. 어느새 할머니가 유리창 밖에 서 계셨다. 유리창만 없다면 손 내밀면 잡을 수 있을 만큼 가까운 곳인데도 할머니는 막막하게 먼 곳에 서 계신 것처럼 보였다. 나는 할머니와 친했었다. 나로부터 그렇게 떼어 놓고 바라보긴 처음이었다. 막막한 느낌은 사이에 있는 실제의 거리보다는 떨어져 나왔다는 자각으로부터 오는 건지도 몰랐다. 기차는 오랫동안 떠나지 않고 서 있었다. 할머니도 유리창 밖에 서 계시기 때문에 그동안은 몹시 지루하고 불편했다.

기차가 움직이기 시작했다. 창밖에 전송객들도 따라 움직였지만 할머니는 그냥 서 계셨기 때문에 곧 보이지 않게 됐다. 나는 휴우 하고 안도의 한숨을 쉬고 나서 엉덩이를 들까불러서 의자의 신기한 탄력을 시험해 보기도 하고 한 손으로 등받이를 만져 보고 쓸어 보기도 했다.

그것도 이른 봄의 보리밭처럼 푸르렀고, 병아리의 솜털처럼 부드러웠다.

기차가 정거를 할 때마다 엄마는 내 손을 끌어다가 서울까지 몇 정거장 남았나를 꼽게 했다. 개성역에서 경성역까지는 정거장이 열 개 있었기 때문에 손가락으로 꼽기에 편했다. 서울이 가까워질수록 나는 엄마

---

27) 개찰하다(改札一) 승차권이나 입장권 따위를 들어가는 어귀에서 확인하다.
28) 시렁 물건을 얹어 놓기 위하여 방이나 마루 벽에 두 개의 긴 나무를 가로질러 선반처럼 만든 것.

가 서울이라는 거대한 대궐의 안주인처럼 우러러뵈었다.

엄마는 또 내 귓가에 소근소근 내가 서울 가서 앞으로 되어야 하는 신여성에 대해 얘기해 주기도 했다.

"신여성이 뭔데?"

"신여성은 서울만 산다고 되는 게 아니라 공부를 많이 해야 되는 거란다. 신여성이 되면 머리도 엄마처럼 이렇게 쪽을 찌는 대신 히사시까미[29]로 빗어야 하고, 옷도 종아리가 나오는 까만 통치마를 입고 뾰죽구두 신고 한도바꾸 들고 다닌단다."

내가 히사시까미, 한도바꾸에 전혀 무지하다는 걸 아는 엄마는 기찻간을 한번 골고루 휘둘러보고 나서 저기 저 여자의 머리가 히사시까미, 조기 조 여자가 무릎 위에 놓고 있는 게 한도바꾸 하는 식으로 실물을 견학까지 시켜 가며 열성스럽게 신여성이 뭔가를 나에게 주입시키려고 했다. 이상하게도 그 기찻간에 한 몸에 그 여러 가지 신여성의 구색[30]을 갖춘 여자가 없었다. 그러나 그 여러 가지 구색을 갖춘 신여성이라는 걸 상상하긴 어렵지 않았다. 나는 엄마가 나에게 바라는 것에 실망했다. 내가 되고 싶은 건 그런 게 아니었다. 나는 긴 머리꼬리에 금박을 한 다홍댕기를 드리고 싶었고 같은 빛깔의 꼬리치마를 버선코가 보일락 말락하게 길게 입고 그 위에 자주 고름이 달린 노랑 저고리를 받쳐 입고 꽃신을 신고 싶었다. 나는 한창 고운 물색[31]에 현혹돼 있었기 때문에 신여

29) **히사시까미** 까미머리. 비녀를 꽂지 않고 머리 뒤를 둥글게 마무리하는 헤어스타일. 머리를 자르고 뒤로 동그랗게 말아 올려 핀으로 고정시킨다.
30) **구색(具色)** 여러 가지 물건을 고루 갖춤. 또는 그런 모양새.
31) **물색(物色)** 물건의 빛깔.

성의 구색인 검정 치마, 검정 구두, 검정 한도바꾸가 도시 마음에 들지 않았다.

"신여성은 뭐 하는 건데?"

나는 내가 고운 물색으로 차려입고 꼭 하고 싶은 게 널이나 그네뛰기였기 때문에 이렇게 물었다. 엄마는 얼른 대답하지 않았다. 엄마의 얼굴은 몹시 난처해 보였다. 어른들은 가끔 그런 얼굴을 잘했다. 아픈데도 안 아픈 척할 때라든가, 슬픈데도 안 슬픈 척할 때 어른들은 그런 얼굴을 한다는 걸 나는 알고 있었다. 나는 엄마가 모르면서도 알은체하려 하고 있다고 짐작하고 생글거리면서 쳐다보고 있었다. 엄마는 더듬거리면서 말했다.

"신여성이란 공부를 많이 해서 이 세상의 이치에 대해 모르는 게 없고 마음먹은 건 뭐든지 마음대로 할 수 있는 여자란다."

잔뜩 기대하고 있던 나는 신여성의 겉모양을 그려 보았을 때보다도 더 크게 실망했다. 신여성이 그렇게 시시한 걸 하는 건 줄 처음 알았다. 그러나 그걸 안 하겠다고 할 용기는 나시 않았다. 기차는 칙칙폭폭 무시운 속도로 서울을 향해 달리고 있었다.

어둑해질 무렵 경성역에 내렸다. 경성역은 아닌 게 아니라 컸다. 컸기 때문에 도리어 전모를 파악할 엄두가 나지 않았다. 생전 처음 보는 인파에 휩쓸리면서 엄마를 놓칠까 봐 조마조마하는 게 고작이었다. 엄마는 할머니가 여다 준 짐까지 합해서 세 개나 되는 보따리를 이고 들고 구름다리를 오르내리느라 내 손을 잡아 줄 수 없었다. 치마꼬리에 매달리는 것도 싫어했다.

정신없이 밖으로 빠져나오자 지게꾼이 우루루 몰려왔다. 어떤 지게꾼

은 엄마한테서 막 짐을 뺏으려고 했다. 엄마는 집이 바로 조오기라고 턱
으로 길 건너를 가리키면서 지게꾼을 뿌리치고 빠른 걸음으로 그들의
포위를 뚫었다. 나는 나까지도 엄마의 뿌리침을 당하는 것 같아 악착같
이 엄마의 다리에 휘감겼다. 지게꾼들도 만만치는 않아 쉽게 물러나지
않고 줄줄 따라오고 있었다.

엄마는 걸음을 조금씩 더디게 걸으면서 망설이는 눈치더니 못 이기는
체 흥정을 시작했다.

"현저동까지 얼마에 갈 테유?"

"마님도, 조오기라시더니 현저동 꼭대기가 조오기라굽쇼?"

나는 험악하게 생긴 지게꾼의 얼굴에 경멸이 스치는 걸 놓치지 않았
다. 도시의 집단 속에서 엄마는 작고 초라해 보였다. 동백기름을 발라
늘 곱게 빗어 쪽 찌던 머리가 힘겨운 짐을 이었다 내렸다 하는 새에 헝
클어지고 곤두선 것도 보기 싫었다. 나는 이유가 분명치 않은 슬픔이 복
받치는 걸 느꼈지만 울음을 터뜨리진 않았다.

엄마와 지게꾼은 지게삯을 놓고 한동안 실랑이를 벌였다. 지게꾼은
그 상상꼭대기라고 했고, 엄마는 높기는 좀 높지만 상상꼭대기까진 아
니라고 했다. 도대체 그 동네가 어떤 동네길래 그러는지 엄마를 따라오
던 지게꾼들은 다 슬금슬금 흩어지고 제일 늙수그레한 이 혼자만 남았
다. 엄마는 그 늙은 지게꾼과 흥정이 끝나 지게에 짐을 올려놓으면서도
생색을 냈다.

"내가 노인 대접을 해서 져주는 거요."

"저도 마수걸이[32]만 했어도 그 상상꼭대기 천금을 줘도 안 갑니다요."

말끝마다 꼬박꼬박 상상꼭대기라네, 되지 못한 늙은이 같으니라구.

엄마는 포개 놓은 세 개의 짐에 머리끝까지 가려서 경정경정 뛰다시피 하는 두 다리만 뵈는 지게꾼을 향해 조그만 소리로 그렇게 중얼거렸다. 그러나 흥정이 그렇게 끝난 건 나한테는 매우 다행한 일이었다. 나는 마음 놓고 엄마의 손을 잡을 수가 있었다. 우리는 지게꾼을 따라 경정경정 뛰다시피 했지만 지게꾼은 줄창 저만큼 앞서 가고 있었다.

"엄마 전찬 어디 있어?"

엄마는 이마에다 더듬이 같은 걸 달고 철길을 달리고 있는 걸 말없이 손가락질했다. 그건 끝 간 데 없이 서리서리 길고 시꺼멓던 기차에 비해 상자갑처럼 만만해 보였다. 기차가 구렁이라면 전차는 배추벌레였다. 전차 속에서 아이들이 밖을 내다보며 웃고 있었다. 엄마는 전차에 대한 관심을 딴 데로 끌 속셈이 들여다뵈는 이런 얘기 저런 얘기를 했다. 철길 없이 달리는 자동차에 대해, 사람이 끄는 인력거에 대해, 새빨간 불자동차에 대해, 엄마는 갑자기 수다스러워지기 시작했다.

"엄마, 다리 아파, 전차 타고 가."

나는 딱 걸음을 멈추면서 단호하게 말했다.

"안 된다. 엎으러지면 코 닿을 데야. 이제부터 할머니 앞에서처럼 떼 쓰면 뭐든지 된다는 줄 알면 매 맞아."

엄마가 무서운 얼굴을 했다. 그리고 길가에다 화덕을 놓고 동그란 빵을 구워 내는 곳에다 동전을 한 푼 내밀었다. 시골집에 있는 다식판 구멍보다 훨씬 큰 구멍에다 묽은 밀가루 반죽을 붓고 팥속을 넣어 익힌 따끈한 빵을 두 개 받아 들었다. 팥의 감미는 혀가 녹을 것 같았다. 그건

---

32) 마수걸이 맨 처음으로 물건을 파는 일. 또는 거기서 얻은 소득.

내가 알고 있는 엿이나 꿀의 감미보다 희미한 것이었음에도 불구하고 훨씬 고혹적이었다. 나는 두 개의 국화빵에 현혹되어 전차 타고 싶은 걸 까마득히 잊어버렸다. 아껴 가며 먹었지만 순식간에 먹었고, 그 후에도 오랫동안 시골의 감미하곤 이질적인 새로운 감미에 대한 감질에서 헤어나지 못했다.

큰 한길만 따라 걷던 엄마가 전찻길이 끝나는 데서부터 골목길로 접어들었다. 그때서부터 우리가 앞장서고 지게꾼은 뒤졌다. 꼬불꼬불한 골목길은 처녑[33] 속처럼 너절하고 복잡하고 끝이 없이 험했다. 짐을 가지고도 전차를 탈 수 있었을 텐데 못 이기는 체 지게꾼을 산 까닭을 알 것 같았다.

"막걸리값이나 더 얹어 주셔야겠는뎁쇼."

저만큼 뒤처진 지게꾼이 헉헉대면서 새로운 흥정을 걸어 왔다. 엄마는 대답하지 않았다. 꼬불꼬불한 오르막길이 마침내 사다리를 세워 놓은 것 같은 좁다란 층층대로 변했다.

"마님, 마님, 이러구두 상상꼭대기가 아니라굽쇼?"

지게꾼이 숨이 턱에 닿아 비명을 질렀다. 이상한 동네였다. 시골집의 한데 뒷간만 한 집들이 상자갑을 쏟아부어 놓은 것처럼 아무렇게나 밀집돼 있었다. 내가 송도라는 대처에서 최초로 목격한 것도 사람과 집들의 이런 밀집 상태였다. 그러나 나를 압도하고 주눅 들게 한 건 밀집 그 자체가 아니라 그걸 다스리는 질서였다. 질서란 밀집에 아름다움을 부여하는 그 무엇이었다. 그것이 자연 그대로의 상태에 제멋대로 방목되

---

33) 처녑 소나 양 등 반추류에 딸린 동물의 되새김질하는 위의 한 부분. 잎 모양의 얇은 조각이 많이 나 있다.

었던 계집애를 한눈에 주눅 들게 한 것도 사실이지만 한눈에 매혹한 것도 사실이었다.

그러나 엄마가 말없이 허위단심[34] 기어오르고 있는 동네엔 그게 없었다. 그래서 더럽고 뒤죽박죽이었다. 길만 해도 당초에 길을 내고 집을 지었다면 그럴 리가 없었다. 집이라기보다는 아무렇게나 쏟아 놓은 상자갑 더미의 상태를 달리 고쳐 볼 엄두를 못 내고 체념한 주변머리 없는 사람들이 굶어 죽지 않을 만큼의 먹이를 물어 들이기 위해 가까스로 내놓은 통로가 길이었다. 상자갑만 한 집들이 더러운 오장육부와 시끄러운 악다구니까지를 염치도 없이 꾸역꾸역 쏟아 놓아 더욱 구질구질하고 복잡한 골목이 한없이 계속됐다.

"여기가 서울이야?"

나는 힐난하는 투로 말했다.

"아니."

엄마가 뜻밖에 단호하게 머리를 흔들었다. 나에게 그건 거기가 서울이라는 것보다 훨씬 더 뜻밖이었다.

"여긴 서울에서도 문밖이란다. 서울이랄 것도 없지 뭐. 느이 오래비 성공할 때까지만 여기서 고생하면 우리도 여봐란듯이 문안에 들어가 살 수 있을 거야. 알았지."

나는 얼른 고개를 끄덕였다. 엄마의 태도는 그만큼 강압적이었다. 그러나 실제로 나는 아무것도 알아들은 게 없었다. 엄마가 나를 데리러 시골에 나타났을 때 엄마의 모든 태도엔 일종의 기품 같은 게 서려 있었

---

34) **허위단심** 허우적거리며 무척 애를 씀.

다. 그건 누가 보기에도 서울 가기 전의 엄마에겐 없던 새로운 거였다. 그 도도한 건 바로 서울로부터 묻혀 온 거였다. 그 도도함 때문에 엄마의 일차 출분은 별로 책잡히지 않았고 다시 나를 서울로 꾀어내는 일까지 순조로울 수가 있었다. 그런 엄마가 알고 보니 겨우 서울의 문밖에 살고 있었던 것이다. 경성부(京城府)이지만 사대문 밖의 땅을 통틀어 문(門)밖이라고 칭하는 게 그 무렵의 관용어였던 걸 알 까닭이 없는 나는 문밖을 곧이곧대로 이해하고 갑자기 거렁뱅이로 전락한 것처럼 서럽고 비참했다. 나는 못된 꾀임에 넘어가 유괴당하고 있는 걸 깨달은 것처럼 엄마가 정떨어졌고 두고 온 시골집의 모든 것이 그리웠다.

더욱 어처구니없는 것은 그 상자갑을 쏟아 놓은 것처럼 담 쌓인 집들 중의 하나나마 우리 집이 아니라는 거였다. 현저동에서도 상상꼭대기에 있는 초가집의 문간방에 엄마는 세 들어 살고 있었다. 집이 없는 사람이 남의 집에 세 들어 사는 생활 방식에 대해서 그전에 나는 듣도 보지도 못했었다. 더욱 놀라운 것은 하늘 같은 시부모님한테도 다소곳한 채로 또박또박 할 말을 다 하던 엄마가 안집 식구라면 코흘리개까지도 두려워하고 굽신대는 것이었다.

지게꾼이 당초에 약정한 지게삯에다 막걸리값을 더 얹어 달랄 때만 해도 그랬다. 내가 보기엔 처음부터 그건 전혀 가망 없는 지게꾼의 일방적인 수작으로 보였다. 엄마는 짐을 부리고 삯을 치른 후 지게꾼을 거들떠도 안 봤고 중얼대는 군소리를 한마디도 귀담아듣는 것 같지 않았다. 그러나 그가 별안간 지게작대기를 휘두르며 뭐라고 버럭 악을 쓰니까 엄마는 어쩔 줄을 모르면서 안댁에 안 들리게 조용히 하라고 애걸을 했고, 그는 옳다구나 싶어 점점 더 큰소리를 질렀고 엄마는 부랴부랴 막걸리값을 내놓았다.

그 일은 나에게도 좋은 본보기가 됐다. 오랫동안 이엉을 잇지 않아 수시로 노래기가 기어 나오는 초가집 문간방으로부터 멀리 나가지도 못하고 큰소리로 웃거나 떠들지도 못하는 생활이 시작됐다. 엄마는 아침부터 나에게 무서운 얼굴을 하고 여러 가지 잔소리를 했다.

집을 잃어버리지 않도록 멀리 가지 말라는 주의 빼고는 모두 안집하고 어떻게 지내야 한다는 셋방살이의 법도에 관해서였다. 나는 그 동네 사람들이 저녁이면 어김없이 제집을 찾아들어 오는 능력에 대해 경탄하고 있었으므로 첫째 잔소리는 새겨들을 만했다. 그 무렵 내가 식은땀을 흘리며 꾸는 악몽도 거의가 집을 잃어버리는 꿈이었다. 그러나 안집 애하곤 될 수 있는 대로 놀지 말아라. 걔가 먼저 놀자고 하면 놀아 주되 이쪽에서 먼저 놀자고 해선 안 된다. 안집 애하고 싸우면 안 된다. 걔가 먼저 때리면 잘못한 거 없더라도 맞고만 있어야 한다. 안집 애가 장난감을 가지고 놀 때 부러워하는 눈칠 보여선 안 된다. 쳐다보지도 말아라. 안집 애가 군것질을 할 때도 쳐다봐선 안 된다. 이런 어려운 엄마의 주문을 순순히 다 들어줄 순 없었다.

나는 차츰 엄마 앞에서 안집 애한테 엄마가 기겁을 할 짓을 해서 엄마로부터 동전을 얻어 내는 방법을 알게 됐다. 서울 온 날 전차를 타는 대신 얻어먹은 국화빵의 달콤한 팥속 맛을 나는 결코 잊지 못했다. 그것은 엿이나 꿀의 단맛처럼 끈기 같은 게 가미된 강렬한 단맛이 아니라 부드럽고 순순하면서도 혀를 녹일 듯한 감미 그 자체였고 단 한 번에 나를 사로잡은 대처의 추파요, 대처의 사탕발림이었다. 일 전짜리 동전은 당장에 그 달콤한 것과 바뀌었다. 국화빵이 아니더라도 알사탕이나 박하

사탕 캐러멜 등 구멍가게에서 살 수 있는 모든 것에도 나를 못 견디게 현혹시킨 도시의 감미가 들어 있었다.

이렇게 한동안 나는 군것질에 눈이 뒤집히다시피 해서 엄마와 자신을 들볶았다. 거울 속의 나는 하루하루 꺼칠하고 눈에 총기가 없어지고 교활해지면서 못쓰게 돼갔다. 어느 날 나는 단골 구멍가게의 진열장 유리를 깨뜨리는 큰일을 저질렀다. 구멍가게 좌판에는 각기 종류가 다른 사탕이나 과자가 든 나무상자에다 유리 뚜껑을 덮어 진열했었는데, 주인은 일 전짜리 손님한테는 돈만 받고 직접 집어 가게 내버려 두었다. 나는 뒤편에 있는 새로운 사탕을 맛보고 싶어 앞에 있는 유리 뚜껑을 짚고 몸을 실리면서 뒤편의 뚜껑을 열려다가 그만 쨍그렁하면서 큰 유리를 박살을 냈다. 나는 겁이 나서 앙하고 울음을 터뜨렸다. 깜짝 놀란 주인이 달려와서 내 손을 만져 보더니 다치지도 않았는데 웬 엄살이냐고 야단을 치고 나서 내가 원하는 사탕을 손수 꺼내 주더니 어서 가라고 했다. 큰 유리를 깨뜨렸는데도 일 전을 떼어먹지 않고 사탕을 주고 야단도 많이 안 치는 아저씨가 참 고맙다고 생각됐다. 그러나 집에 와서 홀라당 먹어치운 사탕의 단맛이 입에서 채 가시기도 전에 밖에서 왁자지껄하는 소리가 났다. 그 동네에선 싸움이 잦았고 싸움 구경은 군것질 다음으로 내가 즐기던 거였다. 나는 신바람이 나서 뛰어나갔다.

문간에서 저녁을 짓던 엄마가 부지깽이를 든 손을 허리에 괴고 가겟집 주인의 버릇 없는 삿대질에 오만하게 맞서고 있었다. 유리값을 물어 달라는 쪽도, 아닌 밤중의 홍두깨도 분수가 있지 깨뜨리지도 않은 유리값을 물어내라니 사람 어떻게 보고 하는 소리냐는 쪽도 우열을 가릴 수 없이 막상막하로 팽팽하게 자신만만해 보였다. 그도 그럴 것이 주인은 내가 엄마 딸이라는 걸 확실하게 알고 있었고 엄마는 내가 큰 사고를 저지르고도 아무 말도 안 할 애가 아니란 걸 믿고 있었다.

나는 내가 엄마 편은 못 드나마 엄마의 그런 자신을 무참하게 무너뜨리는 입장이 돼야 한다는 데 심한 양심의 가책을 느꼈다. 나는 엄마의 불리한 증인이 되느니 감쪽같이 꺼져 없어질 수 있길 바랐다. 그러나 가겟집 주인이 자기에게 유리한 증인을 놓칠 리가 없었다. 나는 왁살스럽게 덜미를 잡혀 엄마의 코앞에 얼굴을 들이대야 했다.

"요 계집애가 누구요? 설마 유리값 몇 푼 땜에 요 계집애가 당신 딸이 아니라고, 우기실 심뽄 아니시겠지."

그가 짓궂게 내 얼굴을 엄마 얼굴에다 갖다 부비다시피 하고 이죽댔다. 엄마 얼굴을 그렇게 가까이서 보긴 처음이었다. 마치 거울에다 얼굴을 바싹 갖다 댔을 때처럼 나하고 똑같은 얼굴이라는 걸 뭉클하게 느낄 수 있었을 뿐 아무것도 보이진 않았다.

"그 애를 썩 내려놓지 못해요?"

엄마의 목소리가 오싹하도록 점잖고 위엄에 넘쳤다.

"곧 유리쟁이 보내서 유리를 끼워 놓도록 할 테니 썩 물러가요."

"진작 그러실 일이지."

나는 그 이후 아무리 기다려도 엄마로부터 그 일에 대해 아무런 꾸지람도 듣지 못했다. 엄마는 다만 혼잣말처럼 탄식처럼 중얼거렸을 뿐이었다.

아아, 저런 상것들하고 상종을 하며 살아야 하다니……

엄마는 툭하면 상것들이란 말을 잘 썼다. 늙은 부모에 어린 자식이 올망졸망 딸린 안집 남자가 첩을 얻어 들여서 본처와 한방에서 기거케 하는 걸 보고도 아아 상종 못 할 상것들이다, 하면서 몸서리를 쳤다. 그럴 땐 안집한테 덮어놓고 쩔쩔맬 때와는 딴판으로 엄마는 느닷없이 기품이 있어졌다. 돋보이게 귀골스러워[35] 보이기까지 했다. 서울서 나를 데리러 시골집에 내려왔을 때도 엄마는 그랬었다. 그때 엄마는 서울이라는 대처를 후광 삼고 그럴 수 있었지만 지금의 엄마는 무얼 믿고 저렇게 도도할 수 있는 것일까. 그건 아마 엄마가 배신한 온갖 과수가 있는 후원과 토종 국화 덤불이 있는 사랑 뜰과, 정결하고 간살 넓은 초가집과 선산과 전답과 그 모든 것을 총괄하시는, 비록 동풍은 했으되 구학문이 높으신 시아버지가 뒤에 있다고 믿는 마음 때문이 아니었을까. 그게 엄마의 긍지라면, 먼저 것은 엄마의 허영이었다.

남의 가게 유리 깨뜨린 사건은 그것으로 일단락 지은 줄 알았는데 그게 아니었다. 그 후 며칠 있다가 오빠가 엄마한테 나를 데리고 뒷동산에 가서 놀다 오겠다고 말했다. 처음 있는 일이었다. 시골집에 있을 때 오빠는 개구쟁이였고 우리 남매는 매우 친했었는데 2년 동안 떨어져 있다 만난 오빤 우울하고 과묵한 소년이 돼 있었다. 키가 엄마보다 더 크고 어깨도 벌어져 대처에 가서 성공해서 가운을 일으켜야 된다는, 순전히 타의에 의한 과중한 책임에 짓눌려서 고향을 떠나지 않으면 안 되었던 불쌍한 소년은 이미 아니었다. 오히려 그런 책임을 스스로 걸머지려는 늠름함과 조숙함이 여덟 살이라는 실제의 나이 차이보다 훨씬 큰 차이를 느끼게 해서 다시 만난 후 나는 한 번도 친밀감을 제대로 표시하지 못한 채 슬금슬금 눈치나 보고 멀찌감치 겉돌고 있었다.

35) **귀골스럽다(貴骨—)** 귀한 집안 출신 같은 느낌을 주다.

"이 산이 무슨 산이지?"

오빠가 내 손을 잡고 헐벗은 바위산을 오르면서 우울하고 정답게 말했다. 나는 고개를 저었다.

"인왕산이야."

"그럼 이 산에 호랑이가 살겠네?"

안집 라디오에서 인왕산 호랑이 우르릉 어쩌구 하는 노랫소리를 들은 적이 있기 때문에 나는 그렇게 물었다.

"예전엔."

오빠는 짧게 대답했다. 나는 키 크고 이마가 번듯하고 눈썹이 준수한 청년이 나의 오빠라는 게 자랑스러워 작은 어깨를 으쓱으쓱하면서 걸었다. 우린 헐어진 성터가 있는 데까지 올라갔다. 시내가 한눈에 들어왔다.

"저기서부터 문안이야?"

나는 한길 한가운데 우뚝 선 독립문을 가리키면서 물었다. 그때까지도 문안, 문밖을 이해하기 위해서 구체적인 문을 필요로 했다.

"우린 언제 문안에 들어가서 살지?"

나는 엄마한테 옮은 문밖에 사는 열등감을 오빠로부터 위로받기 위해 이렇게 말했다. 나는 오빠가 응, 곧 내가 성공하면, 이라고 씩씩하게 말해 주리라 맹목적으로 믿고 있었기 때문에 대답을 듣기도 전에 기분이 좋아 혼자서 깡충거렸다. 은밀하고 따뜻한 정이 오래간만에 다시 우리를 연결하는 것 같았다. 그러나 오빠는 내가 도저히 믿을 수 없는 소리를 했다.

"너 한번 맞아 볼래. 종아리 걷어."

오빠는 벌써 돌아서서 나뭇가지로 회초리를 만들고 있었기 때문에 성을 내고 있는지 장난을 치고 있는지 짐작도 할 수가 없었다. 회초리를 매끄럽게 다듬은 오빠가 홱 돌아섰다. 오빠는 핏기와 함께 희로애락의 표정까지 바래 버린 것처럼 무표정하고 핼쑥했다.

"너 또 일 전만, 일 전만 사정을 해서 군것질할래? 안 할래? 너 엄마가 무슨 고생을 해서 그 돈을 버시는지 알기나 하고 엄마를 그렇게 조르냐 조르길. 이 철딱서니 없는 계집애야. 그 돈은 엄마가 기생 바느질 품팔이를 하셔서 번 돈이야. 우리 엄마가 천한 기생 바느질 품팔이를 하신단 말야. 그 돈을 네가 매일 장작 한 단 살 만큼이나 까먹는단 말야. 우리가 아무리 어려도 그럴 순 없어. 다신 안 그런다고 해. 어서 다신 안 그런다고 항복을 하라니까."

오빠는 회초리로 사정없이 내 여윈 종아리를 후려치면서 목멘 소리로 내 잘못을 꾸짖었다. 그때 나는 너무 오래 아픔을 참고 매를 맞았다. 아픔보다 항복 소리를 참는 게 더 힘들었다. 순하게 벌 받고 싶은 마음이 항복 소리를 오래 참을 수 있게 했다.

"항복하라니까."

오빠는 내 입에서 항복 소리를 짜내기엔 독한 마음이 모자랐다. 나를 야단치는 소리가 여려지고 흔들리더니 회초리를 내던지면서 나를 안았다.

"안 그러지? 다신 안 그러지?"

도리어 오빠의 목소리가 항복을 청하는 것처럼 구슬펐다. 나는 오빠의 품에서 열심히 고개를 끄덕였다.

이렇게 해서 대처의 감미를 두루 염탐하는 일은 끝장을 보고 말았다. 엄마는 일 전씩 주는 대신 사탕을 사다가 감춰 놓고 말 잘 들었을 때 하나씩 꺼내 주는 새로운 방법을 썼고, 오빠는 공책에다 한문으로 주소와 내 이름, 가족들의 이름을 본보기로 써놓고 저녁때까지 열 번을 쓰라고도 했고 스무 번을 쓰라고도 했다. 1, 2, 3, 4…… 쓰기나 일본 가나 쓰기도 그런 방법으로 조금씩 익혀 갔다. 나를 학교 보낼 준비가 시작되고 있었다. 나는 오빠가 기대하는 것 이상으로 그런 것들을 빨리 익혔다. 오빠는 내가 한문 쓰기에 오랜 시간을 보내길 바랐지만 나는 시골집에서 천자문을 뗀 실력을 가지고 있었다.

안집에 들어가지 마라, 골목 앞에 나가지 마라, 안집 애하고 놀지 마라, 동네 애들하고 놀지 마라, 상종할 만한 집 자식 하나도 없더라.

엄마는 자나깨나 집요하리만큼 열심스럽게 나의 행동반경과 교우 범위를 제한할 줄만 알았지 그게 실제로 여덟 살짜리 계집애에게 얼마나 가혹한 형벌이라는 건 모르고 있었다. 엄마가 하라는 대로 하면 나는 결코 단간방[36)]을 벗어날 수 없었고, 엄마나 오빠 외의 말벗을 가질 수도 없었다. 엄마는 아침부터 화롯불을 끼고 앉아 온종일 삯바느질을 했다. 오빠의 말이 정말이라면 그건 기생들의 옷일 터였다. 나는 기생이 뭔지 잘 모르고 있었다. 그러나 오빠의 말투와 엄마의 태도로 미루어 그들 역시 우리하곤 상종해서는 안 되는 족속들이라는 것 하나는 확실하게 알고 있었다. 그들의 옷은 하나같이 곱고 매끄럽고 부드러웠다. 바라보아도 즐겁고 어루만져 보아도 즐거웠다. 그건 내가 먼 훗날 입어 보길 꿈꾼 바로 그 아름다운 옷이었고 내가 앞으로 입기로 계약된 흰 저고리에 검정 통치마보다 훨씬 매혹적인 옷이었다. 도대체 어떤 여자가 그런 옷을 입는 것일까. 경성역에서 현저동까지 오는 동안도 현저동에 사는 동안도

---

36) 단간방 단칸방.

그런 옷을 입은 사람과 만난 적은 한 번도 없었다. 그렇다면 문밖 동네인 현저동 말고도 상종 못 할 사람들이 사는 동네가 또 있을 것이다.

상종이 엄격하게 금지된 것에 대한 나의 이런 호기심과 매혹은 은밀하고도 짜릿했다. 그건 사탕 맛보다 훨씬 자극적인 죄의식의 미각이었다.

나는 오빠가 내준 글공부 숙제를 후딱 끝마치고는 엄마에게 쉬지 않고 얘기를 시켰다. 나는 주로 엄마의 삯바느질거리와 거기서 떨어지는 색색가지 헝겊 조각에서 화제를 끌어냈다. 양단, 모본단, 공단, 호박단, 하부다이, 자미사…… 나는 곧 옷감을 보기만 하면 척척 그 이름을 알아맞히게 됐고, 다 된 저고리에서 깃고대를 너무 되게 앉혔다는 둥, 도련을 너무 후렸다는 둥, 그럴듯한 결점까지 찾아내게 됐다. 홈질, 박음질, 감침질, 공그르기도 익혔다. 그러자니 네모난 헝겊을 접어 괴불[37]도 만들고 세모난 헝겊을 네모나게 붙이기도 하다가 꽤 큰 조각보가 되기도 했다. 조각보 솜씨가 이만하면 엄마도 칭찬해 줄 만하게 늘었을 때 엄마는 칭찬은커녕 아예 실과 바늘과 헝겊 보따리를 몰수해 갔다. 그날부터 즉시 바느질 장난도 엄마의 금지 사항 속에 포함됐다.

"글공부를 잘해야지 바느질 같은 거 행여 잘할 생각 마라. 손재주 좋으면 손재주로 먹고살고 노래 잘하면 노래로 먹고살고 인물을 반반하게 가꾸면 인물로 먹고살고 무재주면 무재주로 먹고살게 마련이야. 엄만 무재주도 싫지만 손재간이나 노래나 인물로 먹고사는 것도 싫어. 넌 공부를 많이 해서 신여성이 돼야 해. 알았지?"

엄마는 신여성은 뭘 해서 먹고사는 사람이란 소리는 안 했다. 하긴 엄

---

37) **괴불** 괴불주머니. 어린아이가 주머니 끈 끝에 차는 세모 모양의 조그만 노리개.

마의 신여성관이란 공부를 많이 해서 이 세상 이치에 대해 모르는 게 없고 마음먹은 건 뭐든지 마음대로 할 수 있는 자유로운 여자였으니 먹고 사는 게 문제가 아니었을 것이다. 나는 또 소일거리를 빼앗기고 말았다. 한 평 남짓한 놀이터와 연필과 공책만이 나에게 주어졌다. 엄마가 오빠에게 부탁해서 내가 하루에 써야 할 글씨 공부의 양도 대폭 늘어났다.

그러나 나는 지금의 악필과도 결코 무관한 것이 아닌 속필로 제아무리 많은 글씨 공부도 후딱 끝냈다. 글씨 공부 중에서도 일본 가나 공부는 단조롭고도 무의미했다. 오빠는 자기 공부가 바빠서인지 그 부호의 음만 가르쳐 주었다. 그 부호를 연결해서 만들 수 있는 새로운 말에 대해선 한마디도 안 가르쳐 주었기 때문에 재미를 붙일 수가 없었다.

그러나 어떤 계율도 여덟 살 먹은 계집애를 완전히 가두진 못했다. 나는 공책의 여백에 그림을 그리기 시작했다. 머리는 하사시까미하고 흰 저고리에 검정 통치마를 입고 뾰족구두 신고 한도바꾸 든 신여성을 그리고 또 그렸다. 그때 이미 나는 신여성의 특이한 외모를 별로 신기해하고 있지 않았다. 엄마가 문밖이라고 무시하는 현저동에서만도 그보다 더 신식에 앞선 여자를 얼마든지 만날 수가 있었다. 양장한 여자나 단발을 한 여자까지 있었다. 엄마의 신여성은 이미 구닥다리가 돼 있었다. 그러나 엄마가 나에게 무작정 주입한 신여성만이 할 수 있는 일은 아직도 나에게 암호(暗號)였다. 어려운 말은 아닌데 못 알아들을 소리였다. 신여성 속의 이런 암호 때문에 날마다 똑같은 신여성을 그리는 일에 싫증을 내지 않을 수가 있었는지도 모른다. 나는 차츰 공책의 여백에 조그맣게 그리던 걸 온 장에다 크게 그리기 시작했다. 공책의 소모가 점점 빨라졌다. 가난한 집에선 그것도 문제였다. 그렇다고 그 일까지 빼앗을 만큼 엄마도 오빠도 모질지는 못했다.

어느 날 오빠는 석필을 사다 주면서 공책엔 글씨만 쓰고 그림은 그걸로 땅바닥에 그리라고 일러 주었다. 오빠는 손수 석필로 대문 밖 골목길에다 그림을 그리고 발로 쓱쓱 지우는 시범까지 보여 주었다. 효성이 지극한 오빠였으니까 엄마가 바느질품 판 돈으로 산 공책을 너무 헤프게 쓰는 게 아까워서 그런 꾀를 낸 모양이었다.

나는 석필보다는 단간방의 연금 상태에서 벗어난 게 신기하고 즐거웠다. 살 것 같았다. 우리가 세 든 초가집은 높은 축대 위에 있었다. 대문 밖도 평탄한 골목길이 아니고 인왕산으로 통하는 오르막길에서 가지를 뻗은 좁은 막다른 길이어서 사람이 드나들 수 있는 길 밖은 곧 낭떠러지였다. 그러나 전망은 좋았다. 멀리 파란 상자갑같이 생긴 전차가 왕래하는 한길이 보였고, 그 너머론 붉은 담장을 둘러친 어마어마하게 큰 집이 보였다. 그 큰 집엔 임금님이라도 사시는지 파수꾼이 밤이나 낮이나 지켜 서 있었고 전차의 이마빡에 뻗친 더듬이가 공중에 걸린 줄과 맞닿으면서 간간이 일어나는 푸른 섬광은 어둑어둑해질 무렵이 가장 아름다웠다. 나는 그것을 볼 때마다 내 속에서도 뭔가와 부딪쳐 스파크를 일으키려는 아슬아슬한 힘 같기도 하고 열기 같기도 한 걸 느끼고 전율했다. 그건 골수에 사무치는 심심함이었다. 나는 심심하다는 골병이 들어 있었다. 엄마도 오빠도 심심함이 얼마나 깊숙이 나의 생기를 잠식하고 있는지 모르고 있었다.

그날도 나는 대문 밖 낭떠러지 위 평상같이 생긴 땅에다 신여성을 그렸다 지웠다 하면서 놀고 있었다. 나하고 놀자, 어떤 키 큰 아이가 내 앞에 서서 말했다. 그 아이하고 놀아 보진 않았지만 나는 그 아이에 대해 알고 있었다. 그 아이는 바로 낭떠러지 밑에 있는 집에 살고 있었다. 낭떠러지 위에선 그 집의 안마당이 곧장 내려다보였다. 안마당은 좁고 질척거리고 복작거렸다. 방방이 세 들어 사는 여편네들은 끼니때마다 커다란 엉덩이를 부비면서 밥을 짓기도 하고 가끔 팔뚝을 부르걷고 싸움질을 하기도 했다. 그 아이는 그 집에 세 들어 사는 땜장이 딸이었다. 그 아이 아버지 땜장이는 아침마다 테가 이상한 모양으로 비뚤어진 중절모를 쓰고 철사끈이 달린 깡통을 팔에 걸고 한 어깨엔 망태를 메고 "양은 냄비나 빠께스 때애려 생철통이나 양은솥도 때애려" 하고 구슬픈 가락을 붙여 목청을 빼면서 비탈길을 내려가곤 했다. 풍로처럼 바람구멍이 뚫린 깡통에는 불씨가 들어 있었고 기다란 인두가 꽂혀 있었고, 망태엔 막대기같이 생긴 납이랑 함석 조각, 가윗밥 크기의 양은 조각, 큰 가위, 망치 같은 게 들어 있었다. 저녁땐 언제 들어오는지 본 적이 없었다. 그 아이의 엄마는 아버지에 비해 게으르고 더구나 뭘 깁거나 때우는 건 좋아하지 않는 모양으로 자기의 옷도 아이들의 옷도 해져 있거나 터져 있는 적이 많았다.

그날도 그 아이는 팔꿈치가 해져서 시커먼 솜이 드러난 저고리에 말기가 한 뼘은 뜯긴 치마를 입고 있었다. 그러나 키는 나보다 훨씬 컸다. 그 아이는 대답도 기다리지 않고 석필 먼저 뺏더니 사람을 그리기 시작했다. 신여성이 아닌, 바지 입은 남자를 여럿 그리더니 줄로 엮기 시작했다.

"사람을 왜 묶니?"

"전중이[38]니까."

"전중이가 뭔데?"

"저 큰 집에 사는 무서운 사람이야."

그 아이는 전찻길 건너 붉은 벽돌담이 드높은 대궐 같은 집을 가리키며 말했다. 그 아이는 전중이뿐 아니라, 비행기, 전차, 인력거도 그릴 줄 알았고, 새나 과일도 그릴 줄 알았다. 도깨비나 선녀처럼 내가 한 번도 본 적이 없는 것도 그럴듯하게 그릴 줄 알았다.

"넌 몇 학년이니?"

나는 그 키 큰 아이에 대한 경탄을 이렇게 나타냈다.

"난 학교 안 댕겨, 언문 다 깨쳤는데 학교를 뭣 하러 댕기니, 우리 아버지가 그러는데 계집앤 언문만 깨치면 된대."

나는 할머니한테서 언문을 깨쳤지만 그걸 글이라고 생각해 본 적조차 없었다. 시골집에선 할아버지의 한문의 위세에 눌려서 그랬고, 서울 와선 일본글에 가려서 그건 도무지 빛을 못 봤었다. 나는 그 아이가 그까짓 언문을 가지고 행세하려 드는 게 부럽기도 하고 측은하기도 했다.

"넌 그럼 커서 신여성이 안 될 거니?"

"난 순사한테로 시집갈 거야."

그 아이는 단박 칼 찬 순사를 그리면서 말했다. 그 아이는 또 내 허락도 없이 석필을 분지르더니 선심 쓰듯이 나한테도 한 토막을 주면서 서로의 얼굴을 그리자고 했다. 나는 그때까지 사람을 그리려면 우선 히사시까미한 머리 먼저 의식했기 때문에 꼭 옆얼굴만 그렸으므로 아무리 보고 그린다고는 하지만 얼굴을 정면으로 그리기는 어려웠다. 그러나 그 아이는 힘 안 들이고 동그라미를 그리고 그 안에 내 단발머리와 이목

---

38) 전중이 징역살이하는 사람을 속되게 이르는 말.

구비를 그려 넣었다. 그 아이는 못 그리는 게 없었다.

"아이 심심해."

그 아이는 모든 그림에 익숙했으므로 싫증도 잘 냈다. 나는 그 아이가 심심한 게 내 탓처럼 불편해서 어떡하든 그 아이가 안심할 수 있게 비위를 맞추고 싶었다. 그 아이는 나의 이런 아부하고픈 속셈을 놓치지 않았다. 그 아이의 입가에 찌개가 조는 것처럼 자글자글한 웃음이 감돌았다.

"너 속바지 벗을래? 나도 벗을게."

그 아이는 내 대답도 기다리지 않고 때 묻은 무릎이 나오게 해진 속바지를 벗고 아랫도리를 벌리고 무릎을 세우고 앉았다. 아까 서로의 얼굴을 사생(寫生)했듯이 서로의 성기를 사생하자는 기발한 제안을 나는 거절하지 못했다. 엄마한테 들키면 당장 매 맞을 나쁜 짓을 하고 있다는 자각이 심심하다는 축 늘어진 의식을 팽팽하게 잡아당기면서 그 쓰잘데없는 장난에 줄타기 같은 고도의 긴장감을 주었다. 우선 땅바닥에 서로의 성기를 사생했다. 사생이 끝나자마자 나는 얼른 그것을 발로 부벼 지우고 속바지를 치켰다. 그 아이도 속바지를 치켰다. 그러나 그 아이의 장난은 그것으로 끝나지 않고 우리 집 담벼락과 대문에도 같은 그림을 여러 개 그리기 시작했다. 그 아이는 실물을 보지 않아도 잘 그렸다. 나는 어린 마음에 어떤 모독감을 느끼고, 그 아이를 밀치면서 그것을 지워버리려고 했지만, 시커멓게 찌든 회벽과 널빤지문에 그려 놓은 석필 그림은 흙바닥과 달라서 좀처럼 지워지지 않았다. 나쁜 짓의 증거 인멸에 실패한 나는 울상이 됐다. 나의 나쁜 짓은 감쪽 같은 증거 인멸을 전제로 하고 있었다. 나는 얼굴이 화끈화끈 상기해서 그 아이한테 그걸 지워놓으라고 애걸했다. 그 아이는 내가 단지 창피해서 그러는 줄 알고 사뭇 여유 있게 굴었다.

"이 바보야. 이건 네 것이 아냐. 느이 안집 식구 거야."

"남들이 그걸 어떻게 알아?"

"왜 몰라. 내가 명토³⁹⁾를 박아 줄걸."

그 아이는 그 그림에다 삐죽삐죽 수염 같은 걸 가필하고 나서 옆에다 정말 명토를 박았다. '옥분 할머니 ××' '옥분 엄마 ××……'

나는 일이 이미 걷잡을 수 없이 커져 가고 있다는 걸 느꼈으나 한편 될 대로 되라는 배짱과 함께 짜릿한 복수의 쾌감조차 느끼고 있었다. 옥분이는 안집 아이 이름이었다.

이 그림은 우리 식구에게 당장 큰 화를 몰고 왔다. 그 아이가 집으로 간 뒤에 마침 일터에서 돌아오던 안집 아저씨한테 나는 현장에서 붙잡혔다. 안집 아저씨는 큰소리로 그의 처첩(妻妾)을 불러냈고 그의 처첩은 아이고 망측해라,⁴⁰⁾ 아이고 망측해라 하면서 발을 동동 굴렀다. 뒤미처 뛰어나온 엄마가 사색이 되어 빌기 시작했다. 오빠도 뛰어나왔다. 유일하게 오빠만이 흥분하지 않고 그 사태를 차근차근 갈피 잡아 바른 판단을 하려는 침착성을 보였다. 오빠의 늠름함과 조숙함이 돋보였다.

"이건 제 동생 짓이 아네요. 제 동생은 언문을 모르거든요. 잘 알지도 못하고 제 동생을 죄인 취급하지 말아요."

오빠는 당당하게 안집 아저씨한테 도전을 하며 나를 안집 아저씨의 손아귀에서 빼내려고 했다. 나는 그때 안집 아저씨한테 뒷덜미를 단단히 잡힌 채 오들오들 떨고 있었다.

---

39) **명토**(名-) 누구 또는 무엇이라고 이름을 대거나 지목하다.
40) **망측하다** 이치에 맞지 아니하여 어이가 없거나 차마 보기 어렵다.

오빠는 참으로 총기[41]가 있었다. 실은 안집 식구들도 의아해하는 것의 정곡을 오빠가 찔렀기 때문에 그들의 기세도 조금씩 흔들리기 시작했다. 나는 내 덜미를 잡은 아저씨의 손에서 재빨리 그걸 느끼고 은밀하게 회심[42]의 미소를 짓고 있었다. 그러나 속단이었다. 아저씨는 마치 도리깨질하듯이 힘껏 나를 뿌리치더니 오빠의 멱살을 잡고 따귀를 후려치기 시작했다.

"이런 후레자식 같으니, 어른한테 어디 함부로 말참견이야 말참견이, 그것도 눈을 똥그랗게 뜨고 훈계조로, 천하의 배우지 못한 후레자식 같으니……."

그러면서 침을 탁 뱉어서 엄마한테 당장 그 망측한 그림들을 깨끗이 닦아 놓으라고 명령하고 안으로 들어갔다. 오빠는 경우에 맞는 소리를 했고 그들도 별수 없이 그 소리를 받아들인 셈이지만 그 받아들인 방법이 문제였다.

따귀 맞은 것도 분하지만, 후레자식 소리는 엄마의 자존심에 깊은 상처를 입혔다. 오빠는 엄마의 신앙이있다. 엄마는 오빠가 잠든 머리맡도 지나다니지 않았다. 오빠가 다 쓴 책이나 공책도 선반 위에 차곡차곡 쌓아 놓고 신줏단지처럼 받들었다. 신줏단지를 배반한 엄마에게 그거야말로 새로운 신줏단지였다. 그런 아들이 가장 심한 모멸을 담은 욕인 후레자식 소리를 들은 것이다. 딴사람도 아닌 엄마가 비록 겉으론 굽신대지만 속으로 상상 못 할 바닥 상것으로 멸시하는 안집 남자한테. 대야에 물을 떠다 놓고 솔로 그 망측한 석필 그림을 닦아 내는 엄마의 손이 부

41) 총기(聰氣) 총명한 기운. 총명기.
42) 회심(會心) 마음에 흐뭇하게 들어맞음. 또는 그런 상태의 마음.

들부들 떨리고 목구멍에선 짓눌린 오열이 격렬하게 끄르럭대고 있었다.

그날 밤 엄마는 이불 속에서 울면서 시골에다 편지를 썼다. 구구절절 셋방살이의 서러운 사정을 곁들여 시골서 조금만 보태 주시면 금융조합에서 융자라도 좀 얻고 해서 서울서 집값이 제일 싼 이 동네에다 집을 살 엄두를 한번 내보겠다는 사연이었다. 그건 엄마의 계획엔 들어 있지 않은 엄마 나름으론 대단한 양보였다. 엄마는 맨주먹으로 오빠를 공부시켜 성공을 거두어야 했고 내 집은 어떡하든 정작 서울인 문안에 사야 했다.

엄마는 시골에 나를 데리러 왔을 때 나무랄 데 없는 서울 사람이었지만 그건 엄마의 허구였다. 엄마는 문밖에 살면서 아직은 서울 사람이 못 됐다는 조바심과 열등감을 가지고 있었다. 엄마의 이런 문밖 의식을 위로하고, 문밖의 이웃을 툭하면 상종 못 할 상것 취급을 하게 하는 것이 다름 아닌 엄마가 절망하고 경멸한 나머지 배반한 시골에 둔 근거라는 건 기묘한 상관관계였다. 엄마는 그 모순된 관계에서 헤어나기는커녕 점점 더 깊이 빠져들고 있었다.

낙서 사건은 또 당연하게 나를 그 땜장이 딸과 놀지 못하게 하는 좋은 구실이 됐다. 엄마와 오빠는 내가 마음 붙이는 건 뭐든지 나로부터 떼려 한다고 나는 생각했다. 그러나 이번에 마음을 붙인 건 먹을 거나 물건이 아니었다. 그건 친구였다. 그 아이는 아주 앳되고 구슬픈 소리로 나와 놀자고 대문간에서 나를 불렀다. 그 소리만 들으면 나는 눈이 새앙쥐처럼 교활해지면서 엄마의 눈을 속일 기회를 잡으려고 온몸으로 조바심했다.

엄마는 나 들으라는 듯이 크게 한숨을 쉬면서 조금만 나가 놀다 들어오라는 허락을 내렸다. 내가 눈을 속이는 걸 보니 차라리 허락을 내리는 게 낫겠다는 엄마의 판단은 옳았다. 나는 내가 처음 사귄 그 아이한테 깊이 매혹당하고 있었다. 나는 그 아이를 따라서 조금씩 조금씩 집으로부터 멀리 벗어나기 시작했다. 생전 그 켯속[43]을 익힐 수 있을 것 같지 않던 소삽한[44] 골목과 층층다리와 비탈이 깨친 글자처럼 하나하나 분명해지기 시작했다. 켯속을 익힌 것만큼은 영락없이 자유로워질 수 있다는 것은 신나는 경험이었다. 나는 하루하루 집으로부터 멀리 떨어져 나갔다. 드디어 전찻길까지 구경을 나간 날, 그 아이는 엄마의 돈을 훔쳐다가 전차를 타보지 않겠느냐는 당돌한 제안을 했다. 전차를 탄다는 건 생각만 해도 가슴이 울렁거리는 일이었다. 그러나 나는 한참 심각하게 생각하고 나서 싫다고 대답했다. 그 아이의 말에 동의 안 해보긴 처음이었고 자기가 한 일에 그때만큼 스스로 만족해 보기도 처음이었다.

그 아이는 자기는 전차를 수없이 타봤으니 괜찮다고 하면서 나의 거절에 조금도 마음을 상해하지 않았다. 다행한 일이었다.

그 아이는 전차 타는 것보다 더 재미있는 놀이를 가르쳐 주마고 하면서 전찻길을 건넜다. 전찻길 건너에는 너른 마당이 있었고 너른 마당에서 층층다리를 올라간 곳엔 큰길과 철대문이 보였고 철대문 좌우로 높디높은 벽돌담이 끝 간 데 없이 뻗어 있었다. 집 마당만 나서면 곧장 내려다뵈던 바로 그 큰 대궐 같은 집 담장이었다. 위에서 내려다볼 땐 담장 속에 있는 여러 채의 큰 집들을 볼 수 있었지만 전찻길에서 쳐다본 그 집은 담장밖에 안 보였다.

전차 타는 것보다 더 재미있는 놀이란 한길 옆 너른 마당에서 큰 집의

43) **켯속** 일이 되어 가는 속사정.
44) **소삽하다** 길이 낯설고 막막하다.

붉은 담장까지를 잇는 층층다리 양쪽에 물이 흐르도록 팬 홀에서 미끄럼을 타는 것이었다. 그 홀은 아이들의 엉덩이가 들어갈 만큼 넓었고 바닥이 매끄러웠다. 우리뿐만 아니라 그 동네 아이들이 여럿 거기서 즐거운 환성을 지르면서 미끄럼틀을 타고 있었다. 미끄럼 타기는 꽁무니가 짜릿짜릿하도록 재미있는 놀이였다. 나는 그 놀이의 재미에 흠뻑 빠져서 날 저무는 줄 몰랐다. 며칠 그 짓에만 신명이 나다 보니 속바지 엉덩이가 다 떨어지는 것도 모르고 있었다. 아무래도 정식 미끄럼틀이 아니었기 때문에 바닥이 고르게 매끄럽진 못했던 것 같다.

엄마는 속바지 엉덩이를 너덜너덜하게 해뜨린 것에 대해 내가 걱정했던 것보다 훨씬 너그러웠다.

"어디서 이 지경을 만들었어?"

"저 아래 미끄럼틀이 있는 큰 집에서."

"그래? 이 동네도 유치원이 있었나? 이제부턴 너무 한 가지만 타지 말고 그네도 타고, 철봉 장난도 하고 놀렴."

아무리 신여성을 만들기 위해서라곤 하지만 어린 딸로부터 시골집의 넓은 후원과 여러 식구의 사랑을 무참히 빼앗고 더러운 단간 셋방에 가두다시피 한 엄마로서의 뉘우침과 마음 아픔이 가득 밴 목소리였다. 내가 저절로 찾아낸 마음 놓고 뛰어놀 수 있는 놀이터를 여간 다행스러워하는 게 아니었다.

엄마는 내 해진 엉덩이에다 두터운 무명 헝겊을 안팎으로 대서 튼튼하게 기워 주었다. 그 후 나는 딴 애들은 어떻게 옷을 안 해뜨리고 타나를 눈치 봐가며 엉덩이를 살짝 들고 발바닥에다 힘을 주고 타는 새로운 미끄럼 타기도 익히게 됐다.

어느 날, "전중이 온다!" 하고 한 아이가 고함치니까 모든 아이들이 일제히 도망가서 너른 마당에 있는 회색빛 건물 뒤에 숨는 사건이 있었다. 나는 영문을 몰라 맨 나중에 도망치면서 거의 악을 쓰고 울어 버릴 것 같은 무서움증을 느꼈다. 나는 '전중이'란 말뜻은 잘 몰랐지만 아이들한테 몇 번 들은 적은 있었다. 그러나 보긴 처음이었다. 흘긋 보았을 뿐인데 그건 무섭다기보다는 불길했다. 회색빛 건물 뒤에 숨어서 좀 더 자세히 본 그 모습도 마찬가지였다. 말라붙은 핏빛 같은 옷을 입고 쇠사슬 같은 걸 철렁거리고 있었고, 고개를 푹 숙이고 걷는 게 몹시 지쳐 보였다. 중간 중간에 칼 찬 사람들이 지키는 이 전중이의 힘없고 느릿느릿한 행렬은 층층다리 위 붉은 담장을 끼고 한없이 이어지고 있었다. 그들이 누굴 해칠 처지도 못 됐지만 그럴 뜻이나 힘이 전혀 있어 뵈지도 않았다. 그럼에도 불구하고 우리는 간이 콩알만 해지는 것처럼 그들이 무서웠다. 그것은 거의 미신적인 공포감이었다. 그래서 그 공포에서 헤어나려는 몸짓도 다분히 미신적이었다. 어떤 아이는 침을 퉤퉤 뱉었고 어떤 아이는 발을 쾅쾅 굴렀다. 어떤 아이는 시골 아이들이 지나가는 기차에다 대고 하는 것같이 이상한 주먹질을 하고 나서 씩 웃기도 했다. 나는 얼떨결에 아이들이 하는 짓을 조금씩 섞어서 흉내 내보았지만 마음으로부터 개운하진 않았다.

아이들은 다시 미끄럼 타기를 시작했지만 나는 다시 신명이 날 것 같지 않아 슬그머니 집으로 돌아왔다.

"엄마, 전중이가 뭐야?"

"건 왜?"

엄마는 대답하고 싶지 않은지 짐짓 시들한 얼굴을 하고 바느질만 계속했다. 나는 내가 줄창 미끄럼을 타고 놀던 큰 집에서 본 전중이들과 아이들이 일으킨 소동에 대해 이야기했다.

"그럼, 그럼 네가 여적지 나가 논 데가 감옥소 마당이었단 말이지?"

엄마는 한바탕 대경실색을 하고 나서 조용해졌다. 엄마는 뭔가를 골똘히 생각하는 것 같았다. 엄마를 엄마답게 보이게 하는 기품이 가신 엄마는 초라하고 불쌍해 보였다. 기품을 버티게 할 기력조차 없을 만큼 엄마의 자존심이 초죽음이 돼 있다는 게 엉뚱스럽게도 나에게 연민의 정을 불러일으켰다. 나는 엄마를 위로하고 싶었다. 그런 엄마는 성이 나 있지 않으면서도 매사에 뜨악해[45] 보였다. 엄마는 엄마 상식으로 바닥 상것으로 보이는 사람들이 많이 살고 있는 동네라는 것보다는 감옥소와 이웃해 있는 동네라는 데 더 정이 떨어져서 그만 우두망찰[46]하고 있었다. 하긴 남을 덮어놓고 바닥 상것으로 업신여기려면 그래도 우월감이라는 숨구멍이라도 틔어 있어야 하련만 어린 딸에게 감옥소 마당밖에 놀이터가 없다는 건 엄마에겐 막다른 비참함이었음직하다.

감옥소가 있는 문밖 동네에서 문안 동네를 바라보는 엄마의 눈길은 한층 절절해졌다. 그 절절한 소망은 불시에 나를 소학교 보내는 일에 큰 변경을 가져오고 말았다. 엄마는 그 동네 아이들이 다 가게 돼 있는 무악재 고개 너머에 있는 학교를 갑자기 타박하면서 나를 꼭 문안에 있는 국민학교에 보내야 한다고 우기기 시작했다. 국민학교도 시험 쳐야 들어가는 시절이었지만, 학구제라는 게 있어서 함부로 타동네 학교를 지원하는 건 금지돼 있었다.

[45] 뜨악하다 마음이 선뜻 내키지 않아 꺼림칙하고 싫다.
[46] 우두망찰 정신이 얼떨떨하여 어찌할 바를 모르는 모양.

서울에 친척이 꽤 여러 군데 흩어져 살고 있었지만 아이들이 성공해서 여봐란듯이 살게 될 때까지는 이를 악물고 아무도 안 찾아다니고 견딜 거라는 매서운 결심을 누차 우리 앞에서 다짐한 바까지 있는 엄마가 여기저기로 친척댁을 수소문해 나서기 시작했다. 문안이라도 현저동에서 가까운 문안에 사는 친척을 남대문 입납으로 찾아 나서는 엄마를 보자 오빠까지 참 엄마도 주책이셔 하면서 쓴웃음 짓고 외면했다.

그러나 엄마는 그런 친척을 기어코 찾아내고 말았고 내 기류계[47]는 그 댁으로 옮겨졌다. 그 댁은 사직동에 있었고 내가 가야 할 학교는 매동학교였다. 엄마는 걸어서도 갈 수 있는 가까운 문안에서 친척을 찾아낸 엄마의 요행과 나의 운을 두고두고 되뇌이며 즐거워했다. 그러나 전차를 안 타고 갈 수 있는 학교라는 건 나에겐 여간 실망스러운 게 아니었다. 전차를 안 타고 걸어 다니려면 하다못해 독립문을 지나 당당히 문안으로 입성을 하는 기분이라도 맛보고 싶은데 매동학교는 어떻게 된게 인왕산 줄기가 흘러내린 등성이를 넘어야 한다는 거였다. 엄마를 닮아 어느 만큼은 문밖이라는 데 서울로부터의 소외 의식을 갖고 있던 나는 문안 학교 간다는 데 서울 구경에의 기대를 더 많이 걸고 있었다. 그런데 번화가 쪽과는 반대 방향의 산꼭대기 쪽으로 뚫린 문안 가는 길은 실망스럽다 못해 미덥지 못하기까지 했다.

별로 신명도 안 나는 문안 학교 가는 길을 위해 치러야 할 곤욕은 의외로 많았다. 엄마는 입학시험날 입을 내 옷에 뜻밖에 과용을 하고 있었고 주소를 빌려 준 친척댁한테 몸에 익지 않은 아부를 하기도 아니꼽고

힘든 일인 것 같았다. 그러나 나의 곤욕에 비하면 아무것도 아니었다. 나는 기류계 옮긴 날부터 친척댁 주소를 외워야 했는데 그렇다고 정작 살고 있는 주소를 잊어버려도 되는 건 아니었다. 길 잃었을 때는 정작 주소를 대야 하고 입학시험 칠 때나 학교 들어가고 나서 선생님한테 말씀드릴 일이 있을 때는 가짜 주소를 대야 한다는 일은 나에게 적잖이 심리적 부담이 되었다. 실상 주소 두 군데쯤 외고 있는 게 그렇게 어려울 것은 없었고 실제로 주소를 대야 할 경우도 있을지 말지 했다. 그러나 엄마는 너무 고지식한 분이었다. 주소를 속였다는 걸 마음속으로 꺼림칙해하고 있는 것만큼 내가 혹시나 두 가지 주소를 헛갈리는 실수를 할까 봐 자주자주 점검을 하려 들었다.

너 어디 살지? 지금 넌 집을 잃어버린 거야. 너 어디 살지? 지금 넌 선생님 앞이야. 이렇게 엄마는 내가 두 가지 주소를 헛갈리는 실수를 저지를까 봐 지나친 신경을 썼기 때문에 되레 그걸 헛갈리는 실수를 자주 저질렀다. 또 현저동에서 사직공원으로 넘어가는 등성이도 문제였다. 거긴 정작 인왕산보다 훨씬 수목이 우렁차고 사람의 왕래가 드물었다. 문둥이가 여기저기 굴을 파고 살고 있다고 소문 나 있는 곳이었다. 엄마는 내가 문둥이를 경계하게 하려고 문둥이에 대한 소문을 과장해서 들려줬기 때문에 나는 그 고개가 할멈 할멈 떡 하나 주면 안 잡아먹고 하면서 호랑이가 나오는 옛날얘기 속의 고개보다 훨씬 더 무서웠다.

옷은 시골에서 본 각설이 떼처럼 입고 찌그러진 모자를 푹 눌러 쓰고―왜냐면 눈썹이 없기 때문에 그걸 감추기 위해―시퍼런 입술로 딱 웃으면서 아이들을 꾀어서 어둡고 긴 그늘의 동굴로 데려다가 새빨간 생간을 내서 냠냠 먹고 입 쓱 씻는다는 문둥이는 자주 나를 가위눌리게 했다. 나는 문안 학교를 떨어지든지, 붙더라도 엄마하고 같이 다닐 수 있는 동안까지만 다니고, 병이 나서 눕는 헛된 꿈을 얼마나 꾸었던 가. 그러나 내가 주소를 일부러 헷갈려 대답하거나, 엄마가 입시(入試)를 위해 임의로 꾸며 낸 이런저런 예상문제를 제대로 못 맞췄을 때의 엄마의 실망은 대단해서 나는 엄마가 불쌍해서라도 마음을 고쳐 먹지 않을 수가 없었다. 그럴 때 엄마는 눈물겹도록 간곡하게 나를 타일렀다.

"이것아, 계집애 공부시키는 건 아들 공부시키는 것하고 달라서 순전히 저 한 몸 좋으라고 시키는 거지 집안이 덕 보자고 시키는 거 아니다. 느이 오래비 성공하면 우리 집안이 다 일어나는 거지만 너 공부 많이 해서 신여성 되면 네 신세가 피는 거야, 이것아. 알았지?"

이럴 때 엄마의 눈빛은 도저히 거부하거나 비켜 갈 엄두가 나지 않을 만큼 절박한 열기를 담고 있었다. 나는 엄마가 바라는 신여성이 뭐 하는 건지 알 수가 없었고, 앞으로도 알게 될 것 같지가 않았다. 그러나 급체(急滯)인지 맹장염인지 걸린 남편을 굿해서 고치려다 잃고 층층시하와 봉제사의 의무와 안질에 거머리가 약인 무지를 떨치고 도시로 나온 엄마의 지식과 자유스러움에 대한 피맺힌 원한과 갈망은 벅차고 뭉클한 느낌이 되어 전해 왔다.

이렇게 해서 나는 매동학교 시험을 치고 합격이 됐다. 엄마는 국민학교 합격을 마치 과거 급제처럼 과장해서 시골에다 알렸고 시골에서도 둘밖에 없는 손자 손녀가 서울에다 뿌리를 박은 바에야 며느리한테 너무 인색하게만 굴 수 없다는 판단을 내리게 된 모양이었다.

그러나 당시도 지금과 마찬가지로 겨우 사는 시골집에서 큰마음 먹고 큰돈 마련해 줘봤댔자 서울선 푼돈이었다. 금융조합에서 집값의 절반은 융자를 받았건만도 우리가 살 수 있는 집은 역시 현저동 꼭대기였다. 세들어 살던 집에서도 오르막길로 더 올라가 동네가 인왕산 마루턱을 치받으면서 끝나는 데 있는 여섯 칸짜리 작은 집이었다. 그러나 어엿한 기와집이었다. 엄마는 땅 넓은 줄은 모르고 하늘 높은 줄만 알고 기어오르는 이 상상꼭대기 문밖 동네를 여전히 무시하고 지긋지긋해했지만 새로 산 여섯 칸짜리 기와집만은 극진히 아끼고 사랑했다. 체장수가 살고 있던 이 집은 몇 년이 되었는지 본바탕을 알아볼 수 없는 도배지에 빈대 핏자국만이 끔찍하도록 낭자했다.

"맙소사. 이렇게 뜯기고도 이 집 식구들이 그래도 핏기가 남아 있었던 게 신기하다. 아이고 징그러라."

엄마는 문짝과 두껍닫이를 모조리 뜯어내서 양잿물로 닦아 내면서 이렇게 자주 진저리를 쳤다. 겨울을 난 껍데기만 남은 잔다란 빈대들이 우수수 무수한 비듬처럼 쏟아져 나왔다.

"이래 봬도 이것들이 다 입은 살아 있느니라. 아이고 무서라. 이것들이 다 배때기를 채우고 나면 대신 내 새끼들이 이 꼴 될 거 아닌가?"

엄마는 이렇게 몸서리를 치면서도 그 꼭대기에 새로 장만한 집이 대견해서 어쩔 줄을 몰랐다. 기둥 서까래까지 손수 양잿물로 닦아 내고 구석구석 독한 약을 뿌리고 도배장판도 새로 했다. 집을 처음 산 걸 좋아하기보다는 저런 귀살스러운[48] 집에서 어찌 살까 난감스럽기만 하던 오빠와 나도 매일매일 달라지는 재미에 학교만 갔다 오면 그 집에 붙어서 엄마를 거들게 됐다. 이사 가는 날은 커다란 무쇠솥을 새로 사서 엄마가

---

[48] **귀살스럽다** 일이나 물건 따위가 마구 얼크러져 정신이 뒤숭숭하거나 산란한 느낌이 있다.

손수 부뚜막을 만들고 걸었다. 엄마는 미장이, 도배장이, 칠장이……
못 하는 게 없었다.

이사 간 날, 첫날 밤 세 식구가 나란히 누운 자리에서 엄마는 감개무
량한 듯이 말했다.

"기어코 서울에도 말뚝을 박았구나. 비록 문밖이긴 하지만……."

비록 여섯 칸짜리 집이지만 없는 게 없었다. 안방, 마루, 건넌방, 부엌,
아랫방, 대문간 이렇게 여섯 개의 방이 공평하게 한 칸씩이었다. 마당도
있었다. 마당이 네모나지 않고 삼각형인 게 흠이었다. 엄마는 이런 마당
을 '우리 괴불마당'이란 애칭으로 불렀다. 새집은 셋집처럼 대문 밖이
낭떠러지가 아니고 보통 골목인 대신 직삼각형 마당의 가장 변이 긴 쪽
이 남의 집 뒤쪽으로 난 담인데 그 밑이 어마어마하게 높은 축대였다.

비가 오는 날 밤이면 오빠는 자주 잠을 깨서 들락거렸다. 축대가 무
너질까 봐 잠이 안 온다는 것이었다. 엄마는 "녀석도 사내놈이 옹졸하
긴…… 여지껏 멀쩡하던 축대가 하필 우리 살 때 무너질까" 하면서 태
연한 체했다. 그 밖엔 아무 걱정도 없었다.

나는 괴불마당에 분꽃 씨도 뿌리고 채송화 씨도 뿌리고 봉숭아 씨도
뿌렸다. 그러나 이사 가고 나서 나의 외톨이 신세는 좀 더 심해졌다. 땜
장이 딸하고도 자연히 멀어졌고 나 혼자 매동학교를 다녔기 때문에 그
동네 학교를 다니는 아이들한테는 의식적인 따돌림을 받았다. 엄마는
되레 그걸 바란 것처럼 좋아하는 눈치였다. 문밖에 살면서 일편단심 문
안에 연연한 엄마는 내가 그 동네 아이들과는 격이 다른 문안 애가 되길
바랐다. 딸에게 가장 나쁜 거라고 가르친 거짓말까지 시키게 해가며, 또
친척의 주소를 빌리는 번거로움과 치사함을 참아 가면서 심지어는 문둥

이가 득실댄다는 등성이를 매일 지나다녀야 하는 위험을 무릅쓰게 하고 까지 굳이 문안 학교에 보내지 못해한 엄마의 뜻은 처음부터 그런 데 있었으니까.

엄마는 자기가 미처 도달하지 못한 이상향과 당장 처한 현실과의 갈등을 부드럽게 하기 위해 부지불식간에 자식을 이용하고 있었지만 정작 자식이 겪는 갈등에 대해선 무지한 편이었다. 나는 동네에서도 친구가 없었지만 학교에서도 친구를 사귀지 못했다. 학교 친구들은 모두 그 근처 아이들이었기 때문에 처음부터 저희들 끼리끼리였다. 그 끼리끼리가 저희들끼리 싸우고 바뀌고 편먹고 할 뿐이지, 처음부터 어떤 끼리끼리에도 안 속한 이질적인 아이에 대해선 배타적이고 냉혹했다. 나는 가끔 혼자서 거울을 보면서 내가 어디가 어떻게 남과 달라서 여기저기서 따돌림을 받나를 이상하게도 슬프게도 생각했다. 한동네 사는 애들하곤 격이 다르게 만들려고 엄마가 억지로 조성한 나의 우월감이 등성이 하나만 넘어가면 열등감이 된다는 걸 엄마는 한 번이라도 생각해 본 적이 있었을까? 우월감과 열등감은 다 같이 이질감이라는 것으로 서로 한통속이었다.

1학년 담임선생은 내가 처음 만난 엄마가 말한 신여성의 구색을 한 몸에 갖춘 분이었다. 머리를 반가르마를 타서 뒤에서 히사시까미로 빗어 올리고 흰 하부다이 저고리에 검정 지리면 통치마를 입고 까만 뾰족 구두를 신었다. 출퇴근 때는 까만 핸드백을 들었다. 물론 이 세상 모든 이치를 모르는 거 없이 알고 있다는 것까지도 믿어도 될 것 같았다. 우리들이 물어보는 아무리 어려운 질문도 한 번도 대답 못 한 적이 없었다. 선생님은 뭐든지 알고 있을뿐더러 누구든지 다 사랑했다. 약간 주근

깨가 있는 화장 안 한 수수한 얼굴 가득 웃음을 띤 선생님 둘레엔 항상 많은 아이들이 따랐다. 운동장에서 여러 아이들에게 둘러싸여 걸음도 제대로 못 옮기는 선생님을 볼 때마다 나는 햇병아리를 거느린 암탉과 같다고 생각했다. 나는 멀찌감치서 아이들의 존경과 사랑을 독차지한 선생님을 바라보면서 손톱을 질겅질겅 씹었다. 나는 수업시간에도 등교나 하교시간에도 손톱을 씹었기 때문에 엄마가 따로 깎아 줄 필요가 없었다. 아이들은 누구나 다 선생님 손을 잡아 보고 싶어했다. 선생님 손은 누구든지 잡고 싶어하고 잡으면 놓지 않는데, 선생님 손은 둘뿐이니까, 아이들을 어디까지나 고루 사랑하는 선생님은 번갈아 잡아 주려고 애썼다. 자아, 아직도 선생님 손 못 잡아 본 사람 손 들어요. 그럼, 나요 나요 하고 아이들이 손을 들면 선생님은 그중에서 영락없이 정말 못 잡아 본 애 손만 가려내서 꼭 쥐어 주기도 하고 쓱쓱 어루만져 보기도 했다. 그러나 나는 열심히 손톱을 씹으면 씹었지 손을 들지 않았다.

나는 선생님이 마음에 들지 않았다. 무엇보다도 누구나 고루 사랑할 것 같은 선생님 특유의 상냥한 미소가 마음에 안 들었다. 나는 그것이 거짓이라는 걸 단언할 수가 있었다. 왜냐하면 선생님이 나를 사랑할 리가 없기 때문이었다.

날이 더워지자 나는 인왕산 쪽에 정을 붙이기 시작했다. 현저동 일대에 물난리는 극심했다. 집집마다 수도라는 건 아예 있지도 않았기 때문에 물지게 질 만한 식구가 없는 집에선 물장수를 댔다. 미장이, 도배장이 다 능숙한 엄마도 물지게만은 못 졌다. 진다고 해도 물 한 지게 받으려면 한나절을 소비할 만큼 층층다리 아래 있는 공동수도에는 물통이 온종일 장사진을 이루고 있었다. 물장수를 위해서 숫제 빗장 벗겨 놓고 잤다. 물장수의 물지게에선 삐걱삐걱하는 독특한 소리가 났다. 삐걱삐걱 소리가 가까워지고 대문이 열리고, 철썩 물독에 물 붓는 소리를 듣고 잠이 깼다가도 단잠을 더 자야 날이 밝았다.

이렇게 사 먹는 물이니 겨우 식수나 하는 정도였다. 엄마는 비가 올 때마다 내 집으로 떨어진 빗물을 한 방울도 놓치지 않을 기세로 독독이, 그릇그릇, 받아 놓고 빨래도 하고, 세숫물로도 쓰게 했다. 세숫물에 장구벌레가 가득 들어 있어서 질겁을 하면 엄마는 체에다 받쳐서라도 그 물을 쓰게 했고 쓰고 나서도 한 방울도 버리진 못하게 했다. 세숫물로 다시 발을 씻고 발 씻은 물로 걸레를 빨고 걸레 빤 물은 괴불마당 구석에 있는 나의 꽃밭에 뿌리는 물의 완전 이용 과정을 엄마는 아침마다 엄숙한 얼굴로 감시를 했다.

그러다 장마가 끝난 후의 인왕산 골짜기를 흐르는 맑은 물을 보니 환장을 하게 좋았다. 나는 학교만 파하면 인왕산으로 올라가서 시냇물에 세수도 하고, 발도 씻고 성터까지 올라가 바람을 쐬면서 서울 장안을 굽어보기도 했다. 그러다가 걸레 같은 걸 대야에 담아 가지고 올라가 말갛게 헹구어 가면 엄마를 기쁘게 해드릴 수 있을뿐더러 아무리 오래 놀다 와도 야단을 안 맞을 수 있다는 것도 알게 되었다. 엄마는 가끔 비누 조각에다 양말 같은 걸 얹어 주면서 "비누 아껴 쓰고 박박 부벼 빨아 온" 하기까지 했다. 인왕산 빨래터의 맑은 물에 두 다리 담그고 앉아 빨래를 부비는데 저만치 국사당(國師堂)에서 덩더꿍덩더꿍 굿하는 소리라도 나면 나는 고개를 갸우뚱하면서 사람 사는 거란 무엇일까 하는 황당한 생각이 생각답지 않게 손끝을 저리게 하는 어른스러운 기분을 느끼곤 했다.

어느 날인가 걸레를 헹구고 있는데 상류에서 탁한 핏빛 물이 흘러 내려오기 시작했다. 나는 숨을 죽이고 그것이 대충 맑아질 때까지 기다렸다. 다시 맑은 물이 흐른 후에도 신경줄이 당기는 것 같은 긴장은 계속됐다. 어린아이의 간을 내서 맑은 물에 헹구는 눈썹 없는 문둥이의 모습을 내 눈으로 보고 싶다는 호기심은 결국 무서움증을 능가했다. 나는 발소리를 죽여 가며 물줄기를 피해 수풀을 헤치며 상류 쪽으로 올라가기 시작했다. 얼마 안 올라가 저만큼 냇가 너른 바위에 나보다 약간 큰 소녀가 누워 있는 게 눈에 띄었다. 소녀는 간을 아무에게도 빼앗기지 않았다는 표시로 노래를 부르고 있었다. 무슨 노래인지 애틋하고 청승맞았다.[49] 소녀가 앉은 너른 바위는 온통 빨래로 뒤덮였는데 옷도 아니고 걸레도 아닌 낡아빠진 헝겊 조각들이었다. 베 헝겊에는 아직도 검붉은 핏자국 흔적이 얼룩져 있었다. 나는 그걸 자세히 보기 위해 가까이 갔다. 소녀가 붙임성 있게 웃었다.

"그게 뭐니?"

"바보, 그것도 몰라. 서답이야. 우리 엄마 거!"

나는 서답이 뭔지 몰랐지만 바보 취급당하기 싫어서 알은체하며 고개를 끄덕이고 내 빨래터로 내려왔다.

그날 나는 엄마한테 산에서 보고 들은 대로 얘기하고 서답에 대해 물었다. 엄마는 서답이 뭔지는 안 가르쳐 주고 그 상종 못 할 상것들 타령을 했다.

"세상에 맙소사. 더러운 빨래를 백주에 한데서 빠는 것도 망측한데

---

49) **청승맞다** 궁상스럽고 처량하여 보기에 언짢다.

딸년을 시켜서 빨다니, 상것들 중에서도 상종 못 할 바닥 쌍것들이로구나. 이제부터 다시 산에 가지 마라. 세상에 어떻게 된 놈의 동네가 아이들을 한시반시 문밖에 내놓을 수가 없다니까."

나는 엄마가 남용하는 바닥 상것들이란 말에 역겨움을 느꼈다. 너른 바위 위에 번듯이 누워 흐르는 구름을 보면서 애달픈 목소리로 노래를 부르던 소녀의 모습은 상티하곤 다르게 보기 좋은 것이었다. 늘 어떤 조바심 같은 것에 쫓기고 있는 나는 소녀의 구김살 없는 천연스러움에 부러움을 느끼고 있었다.

괴불마당 집주인이 된 후에도 엄마는 초가집에서 세 들어 살 때와 마찬가지로 이웃을 상것 아니면 바닥 상것으로 평하길 서슴지 않았고 나를 그들로부터 고립시키려고 애썼다. 나는 걸레를 빨러 산에 갈 수 없었고 빈손으로 슬슬 바람 쐬러 가던 것도 국사당에서 굿 구경하고 떡 얻어먹은 일이 무슨 말끝엔가 탄로가 나서 아예 금족령이 내렸다. 뒤에는 인왕산, 앞에는 감옥소가 다 나의 출입금지 구역이었다.

엄마가 이웃을 상종해도 괜찮을 이웃과 상것, 바닥 상것의 세 가지로 나누는 기준은 들쑥날쑥해서 일정치 않았다. 성씨(姓氏)나 사는 형편, 말의 직업하고 관계가 있는 것도 같고 없는 것도 같았다. 기분 내키는 대로였고 또 매우 변덕스러웠다.

동네 사람들마다 엄마가 바닥 상것으로 치부해 놓은 사람들까지가 다 김서방이라고 부르고, '하게'로, 하대하는 늙은 물장수를 엄마는 김씨 할아버지라고 불렀고 '하세요'라는 존댓말을 썼다. 물장수는 대개 단골집에서 번갈아 가며 먹이게 돼 있어서 그 차례가 한 달에 한 번쯤 돌아왔다. 개다리소반에다 김치하고 국이나 한 그릇 놔서 부엌 바닥이나 툇

마루 끝에서 먹이면 됐지 그걸로 신경 쓰는 집은 별로 없었다. 그러나 엄마는 한 달에 한 번 그날은 무슨 잔칫날처럼 벼르다가 휘어지게 차려서 건넌방 아랫목으로 불러들였다. 고기를 볶을 때도 있고 동태나 비웃 찌개를 할 때도 있었다. 나물도 몇 가지 오르고 짭짤한 젓갈도 올랐다. 밥은 시골에서 일꾼 밥 푸는 솜씨 그대로 밥그릇 속의 밥보다 위로 올라앉은 밥이 더 많게 고봉으로 꽉 눌러 펐다. 물장수 영감은 배불리 먹고 나서 손을 부비면서 마님 덕에 매달 한 번씩 소인 생일이굽쇼, 하면서 굽신댔다. 그 대신 영감도 명절이라든가, 집에 무슨 큰일이 낀 것 같은 날엔 말없이 물을 한 지게 더 길어다가 여벌 독에 부어 주는 선심으로 보답하는 것 같았다. 한때, 나는 동네 아이들까지 김서방 김서방 하면서 하게, 아니면 반말로 하대하는 영감을 거만한 엄마가 무엇 때문에 깍듯이 존대하고 오빠보다도 잘 먹이려 드는지 이해할 수가 없어 심각한 고민에 빠진 적이 있었다. 나는 그 영감이 홀아비라는 걸 알고 있었고 엄마는 과부였기 때문이다. 엄마가 물장수 김서방을 좋아할지도 모른다는 건 생각만 해도 치가 떨리는 지옥이었다. 무슨 마(魔)가 낀 것처럼 한 번 그런 생각이 들자 도무지 떨쳐지지가 않았다. 나는 아침에 철썩하는 물 붓는 소리에 깨어나면 얼른 엄마 먼저 더듬어 찾아 겨드랑 밑으로 손을 돌려 꼭 안았지만 애정 표시가 아니라 물장수 만나러 가는 걸 훼방 놓기 위해서였다.

기어코 오빠에게 나의 고민을 털어놓았다. 오빠는 씩 웃으면서 말했다.

"엄마는 김서방 할아버질 존경한단다. 왠줄 아니? 김서방 할아버진 물장수 노릇을 해서 아들을 둘씩이나 전문학교에 보내고 있거든. 전문학교 너도 알지? 사각모 쓰고 가죽 가방 들고 다니는 높은 학교 말야."

나의 엄마에 대한 의심은 어이없이 사그라졌다. 엄마는 김서방 말고도 또 키다리 구장(區長)을 존경했었는데 나 보기엔 김서방을 존경하는 것만큼은 훨씬 못 미치는 것 같았다. 키다리 구장은 청송심씨(靑松沈氏)인데 엄마의 외가 쪽으로 따져 보니까 연줄이 닿을 만한 게 근거 있는 집안 자손이 분명하지만 이런 데서 이런 꼴로 살면서 알은체하는 건 피차가 욕인 것 같아 속으로만 알아주고 있다는 것이었다. 그러나 구장이 여반장들을 모아 놓고 연설할 때 너무 헤프게 웃고 농지거리하는 걸 엄마한테 들키고부턴 속으로만 알아주던 존경이 당장 상것이란 경멸로 변하고 말았다.

　여름방학이 되었다. 엄마는 나를 위해서 야시장에서 옷감을 끊어다가 화신상회에 가서 예쁜 옷을 골라서 살 것처럼 만져 보고, 뒤집어 보고 대강 눈대중을 해다가 그대로 만들기 시작했다. 그뿐 아니라 나를 전차를 태워서 서울 장안을 한 바퀴 돌렸고 처음으로 동물원 구경까지 시켜 주었다. 뭔가 한꺼번에 수용하긴 벅차고 고될 만큼 엄마는 나에게 대처라는 걸 대량으로 주입시키려 들었다.

　현저동에 살면서 박적골의 근거를 가장 으뜸가는 품성으로 숭배하고 지킬 것을 강요했듯이, 박적골로 돌아가려는 마당에선 대처 티를 무작정 날조하려 들었다.

　엄마가 만든 원피스가 나에게 어울리는지 꼴불견인지 분간할 안목이 나에겐 없었다. 모시 두루마기도 그림같이 짓는 내 솜씨가 그까짓 내리닫이 못 지을까 하는 엄마의 장담은 감히 비평을 불허했다.

　그러나 할아버지는 내 옷차림을 흘긋 일별[50]만 하시고도 곡마단에서 깽깽이 치는 년 같군, 하는 혹평을 하셨다. 나는 그 옷을 다신 안 입고 여름방학을 보내고 나서 서울로 돌아오는 날 다시 꺼내 입었다. 겨울방학 땐 엄마는 좀 더 요란하게 나에게 서울 티를 내주었다. 엄마는 친척집에서 토끼털 목도리와 스케이트를 얻어 왔다. 토끼털 목도리는 목에만 두르면 그만이지만 스케이트는 한 번도 타본 일이 없는 걸 어깨에다 척 걸어 주면서 썰매 타지 말고 그걸 타고 놀라고 일러 주는 것이었다. 나는 스케이트를 남이 타는 걸 한두 번 본 적이 있는데 정말로 황홀한 묘기였다. 나는 그런 묘기의 비결이 그 날 달린 구두에 전적으로 달린 줄 알았다.

사랑 마당 앞엔 텃밭이 있었고, 텃밭 너머론 동구 밖으로 지나는 길이 지나가고 있었고, 그 길 건너가 논이었다. 꽁꽁 얼어붙은 논바닥에선 마을 개구쟁이들이 신나게 썰매를 타고 있었다. 나는 그 요술 구두를 신고 자신 있게 그 한가운데로 미끄러져 들어가려 했지만 웬걸, 몸의 중심도 못 잡은 데다가 가랑이는 양쪽으로 벌어져, 넘어지지나 않으려고 헛된 제자리춤을 추는 게 고작이었다. 썰매를 타던 개구쟁이들이 이 신기한 구경을 하려고 내 주위로 미끄러져 왔다. 나를 이 곤경에서 구해 준 선집의 머슴이었다. 머슴은 다짜고짜 나를 업더니 겅정겅정 집으로 뛰어간 것까지는 좋았는데 하필이면 사랑의 할아버지 방에다 내려놓는 것이었다.

할아버지의 장죽이 내 정수리를 연타했다. 번쩍번쩍 불꽃이 튀기는 것 같았다.

"요년, 요 고얀 년, 신식 공분지 뭔지 시킨다길래 대처로 내놓았더니

50) 일별(一瞥) 한 번 흘끗 봄.

기껏 배웠다는 게 덕물산(德物山) 무당의 작두춤이냐 뭐냐? 허어 해괴한 지고? 암만해도 집안 망신을 시키려고 계집앨 대처로 내놓았는가 부다."

나는 정수리에서 불이 번쩍번쩍 나는 판국에도 웃음이 북받치는 걸 참을 수가 없었다. 별일이었다. 기껏 상상력의 한계가 덕물산 무당의 작두춤인 할아버지가 그렇게 우스웠다. 덕물산이란 송도에 있는 최영 장군을 모신 사당이 있는 산으로 거기 무당의 작두춤은 유명했다. 그 이유는 지당했다. 그러면서도 한편 할아버지가 우물 안의 개구리처럼 불쌍하기도 했다. 나는 벌써 별의별 걸 다 배우고 다 구경했는데 할아버지는 돌아가시는 날까지 박적골을 천하 삼고 못 벗어나다가 돌아가시겠지 하는 처량한 생각은 어린 계집애에겐 가당치 않은 거였지만 대처 물 먹은 티이기도 했다.

그해 겨울방학이 끝나고 서울로 돌아올 땐 할머니가 특별히 정성 들여 만드신 깨강정하고 땅콩강정을 싸주시면서 담임선생님께 갖다 드리라고 하셨다. 그걸 다시 서울서 엄마가 예쁜 상자에 담아서 보자기에 싸주셨지만 나는 그걸 선생님께 갖다 드리지 않았다. 그사이 조금씩 사귄 친구들을 사직공원으로 데리고 가서 나눠 먹어 버리고 말았다. 골고루 다 귀여워하는 척하지만, 실은 자기 반에 한 번도 자기 손을 못 잡아 본 애가 있다는 것도 까맣게 모르고 있을 선생님의 위선을 복수한 맛이 깨강정 맛보다 더 고소하고 달콤했으나 깨강정에는 없는 씁쓸한 뒷맛은 오래도록 남아 있었다.

오빠가 성공하면 곧 문안으로 들어갈 것을 믿고 임시적으로 인왕산 마루턱에 박은 말뚝에 우리는 그 후에도 십 년이나 매여 살았다. 오빠는 학교를 졸업하고 큰 회사에 취직도 하고 효성도 여전히 극진했으나 문안에다 번듯한 집을 살 만큼의 성공은 못 됐다. 엄마는 겨우 바느질 품팔이를 놓았을 뿐 2차대전이 막바지로 접어들자 우리들 콩깻묵밥 안 먹이려고 자주 송도 왕래를 해야 했다. 기찻간에서의 쌀 수색이 심해지자 엄마는 빈 몸으로 갔다가 빈 몸으로 돌아왔다. 달라진 게 있다면 호리호리한 엄마가 대보름만 하게 뚱뚱해져 돌아오는 거였다. 대개 밤 기차를 탔기 때문에 자정 못 미쳐 돌아온 엄마가 등화관제용 갓이 내려진 어두운 전등 밑에 쭈그리고 앉아 배나 허리, 젖가슴, 정강이 등 여기저기서 올망졸망한 쌀자루를 꺼내 양동이에 쏟아 붓는 걸 실눈 뜨고 보고 있으면 절망과 슬픔이 목구멍까지 괴어 와서 이를 악물곤 했다. 엄마의 그 짓은 아주 위험한 짓이었다. 목구멍이 포도청이란 말이 그때만큼 절실했던 적도 없으리라. 일본 순사가 뚱뚱한 여자만 보면 창으로 찔러 본다는 소문이 파다했다. 임신한 여자의 배를 찔렀다는 끔찍한 소문도 있었다. 실지로 시골 정거장마다 장대 끝에 이상한 쇠붙이를 매단 걸 든 순사가 나타나서 승객들을 전전긍긍하게 하는 일은 자주 있었다. 이상한 쇠붙이래야 별게 아닌 싸전에서 손님들한테 쌀의 품질을 보여 줄 때 쓰는 쌀가마를 푹 찌르면서 쌀을 떠낼 수 있도록 꽃삽 비슷하게 생긴 연장이었지만 때가 때이니만큼 공포의 대상이었고 엽기적인 소문이 붙어 다녔다.

시골 우리 면(面)에서도 면서기가 그걸 가지고 집집마다 돌면서 쌀을 감춰 뒀음직한 데를 함부로 찌르다 어떤 볏짚 더미 속에서 피와 살이 묻어 나왔다는 참혹한 소문도 엄마는 가져왔다. 징용을 피해 다니던 남자가 그 속에 숨어 있다가 그런 변을 당했다는 거였다.

일본이 망해 가면서 인심이 흉흉하고 내일을 모르게 불안할 무렵 나는 중학생이 돼 있었다. 나는 이미 문둥이가 어린이 간을 내먹는다는 소문은 믿지 않았지만 순사의 창이 엄마의 배를 찌르는 악몽에 비하면 그게 도리어 낭만적이었다.

막판엔 여자정신대의 공포까지 겹쳤다. 엄마가 오빠하고 밤늦도록 내 머리맡에서 두런두런 내 걱정하는 소리를 들으면서 난 세상에 왜 태어났을까 싶은 눅눅한 절망감을 맛보곤 했다. 엄마는 신여성에의 그 집념을 얻다 접어 두었는지 오빠 붙들고 의논하는 소리가 기껏, 시집보내자니 너무 이르고 정신대 안 걸리기엔 나이 갔다는 한탄이었다. 과묵한 오빠는 간간히 그렇잖아요, 글쎄 그렇잖다니까요, 하는 정도의 짧은 위로를 하는 게 고작이었다.

결국 엄마가 악착같이 최초의 말뚝을 박고 서울 살림의 기틀을 마련하던 곳을 뜨지 않으면 안 되었는데 그건 엄마의 당초의 소망대로 문안의 좋은 집을 사서 가는 이사가 아니었다. 패색 짙은 일본의 마지막 성화인 소개령(疎開令)[51]에 못 이겨 솔선해서 시골로 피난을 떠났다.

피난살이 반년 만에 해방이 되었는데 먼저 상경한 오빠는 북새통에 돈을 좀 벌었는지 문안의 평지에다 집을 장만해서 엄마의 소원을 풀어 드렸다. 그 후 살림은 순조롭게 늘어나 좀 더 나은 집으로 이사도 여러 번 다녔다.

그러나 우린 현저동 괴불마당집을 잊지 못했다. 특히 어머니는 늙어갈수록 그게 심했다. 무엇이든지 그 시절하고 대보려 드셨다.

이 아들아, 그때에다 대면 우린 지금 큰 부자 됐지? 하시기 위해서도

---

51) **소개령** 적의 공습이나 화재 따위에 대비하여 한곳에 집중되어 있는 주민이나 시설물을 분산시키라는 명령.

괴불마당집을 잊지 못하셨지만, 그때 생각을 해서라도 아껴 써야 하느니라 하시기 위해서도 잊지 못하셨다. 또 가끔 그때가 좋았느니라고 그리워도 하시고 그때 한사코 바닥 상것들 취급을 하던 이웃들을 뭐니 뭐니 해도 그 사람들이야말로 진국이었지, 하고 뒤늦게 재평가를 하시기도 했다.

이상하게도 그때를 그리시는 어머니는 그때 거기서 고생하시면서 이웃을 함부로 상것들 취급하는 것으로 자존심을 지키던 때 같은 터무니없는 귀골스러움을 잃고 계셨다. 어머니는 예전 생각은 잘 나도 금방 돈지갑을 얻다 놓았는지는 아득한 노쇠한 어른일 뿐이었다. 우리는 그게 쓸쓸했다. 어머니가 정작 잃은 건 근거가 아닐까 하는 생각도 들었다. 어머니에게 지금 남아 있는 근거는 박적골 시골이 아니라 현저동 괴불마당집인지도 몰랐다.

어머니가 아무리 그때에다 대면 지금 큰 부자 됐지? 하시지만 그때하고 비교하는 마음을 버리시지 않는 한 우린 그 최초의 말뚝에 매인 셈이었다. 놓여났다면 구태여 대볼 리가 없었다. 어느 만큼 달라졌나 대본다는 건 한끝을 말뚝에 걸고 새끼줄을 풀다가 문득 그 길이를 재보는 격이었다.

해방 후 서울의 변화처럼 눈부시다는 형용사를 잘 받는 말도 없으리라. 10년은커녕 3년만 외국을 갔다 와도 살던 동네를 못 찾는다는 말도 있다. 그러나 그 괴불마당집이 있는 동네는 늘 그대로였다. 나는 그게 조금도 이상하지 않았다. 어머니가 이 고장에 최초로 박은 말뚝은 우리에겐 뜻 깊은 기념비이므로 기념비는 이끼 끼거나 퇴락할[52] 순 있어도 발전은 없는 건 당연하였다.

몇 달 전 친구들과 택시로 영천을 지난 적이 있다. 그곳을 지날 때면 언제나 그렇듯이 나는 나만의 은밀한 애정과 감회를 가지고 현저동을 쳐다보다가 그 동네의 변화에 가슴이 덜컥 내려앉고 말았다. 괴불마당이 있던 근처에 연립주택이 들어서고 있는 게 아닌가. 실상 그 동넨 너무 오래 변하지 않았었다. 40여 년 전 서울 갓 올라온 촌뜨기의 눈에도 구질구질하고 무질서해 보이던 궁상과 밀집이 오늘날까지 계속되었으니 말이다. 그런데도 그게 비로소 변화하려는 조짐을 보고 내려앉은 가슴은 그날 온종일 허전한 채였다. 그건 하도 잘 변하는 것들 속에서 홀로 변하지 않았으므로 기념비가 되었던 마지막 걸 잃은 마음이었다.

그날 오후 집으로 돌아오는 길에 나는 친구들하고 영천에서 헤어져서 그 동네의 예전 길을 더듬어 올라가기 시작했다. 길이 많이 변했지만 우리가 살 때 화산(華山)학교라고 부르던 붉은 벽돌집이 예전 그대로의 모습으로 남아 있어서 눈대중 삼기에 편했다. 틀림없었다. 괴불마당집이 있던 근처에 연립주택이 병풍처럼 들어서서 인왕산을 쳐다보지도 못하게 가리고 있었다. 나는 가슴속에 소슬바람이 부는 것 같은 감상에 젖으며 그 근처를 헛되이 배회했다.

엄마의 말뚝은 뽑힌 것이다.

나는 오래간만에 실로 오래간만에 나의 어린 시절의 통학로였던 길을 걷고 싶다고 생각했다. 나에겐 통학로였지만 어머니에겐 문안과 문밖을 가로막는 성벽도 되었던 등성이는 지금 도시 한가운데의 작은 녹지일 뿐이었다. 그러나 현저동 꼭대기가 끝나고 등성이를 넘어가는 길로 접

---

52) **퇴락하다(頹落―)** 낡아서 무너지고 떨어지다.

어들려고 하자 성벽이 가로막는 게 아닌가. 신축된 성벽은 인왕산으로부터 흘러 내려와 서대문 쪽까지 이어지고 있었는데 옛길이 있던 곳엔 성벽의 문이 나 있었다. 어머니가 그토록 상상을 하시던 문안 문밖의 구체적인 모습을 지금 와서 볼 줄이야. 그러나 문안 쪽으론 또 한 겹 철조망이 쳐진 채 길은 없어지고 사람의 발길을 거부하는 것 같은 푸르름만이 충충하게 괴어 있었다. 들어오지 말란 팻말 같은 건 못 봤는데도 나는 그 속을 금단의 지역처럼 느꼈다. 문둥이가 득시글거린다고 일컬어지던 예전보다 한층 미개해진 수풀 속을 바라다만 보면서 나는 한 번도 가보지 못한 휴전선을 연상했다.

나는 옛날의 등성이를 넘기를 단념하고 새로 쌓아 내려가고 있는 성벽을 따라 사직터널 방향으로 내려왔다.

샌들 속으로 모래가 들어온 걸 벗어서 털면서 나는 문득 실소(失笑)[53]를 터뜨렸다. 어머니가 낯설고 바늘 끝도 안 들어가게 척박한 땅에다가 아등바등 말뚝을 박으시면서 나에게 제발 되어지이다라고 그렇게도 간절히 바란 신여성보다 지금 나는 너무 멋쟁이가 돼 있지 않은가. 그러나 신여성이 할 수 있는 일이라고 어머니가 생각한 것으로부터는 얼마나 얼토당토않게 못 미쳐 있는가. 엄마의 생각은 그 당시에도 당돌했지만 현재에도 역시 당돌했다. 엄마의 억지는 그뿐이 아니었다. 나로 하여금 끊임없이 근거를 심어 줌으로써 도시에서 만난 웬만한 걸 덮어놓고 무시하도록 부추기다가도 근거의 고향으로 돌아가선 서울내기 흉내를 내도록 조종했다.

---

[53] 실소 어처구니가 없어 저도 모르게 웃음이 툭 터져 나옴. 또는 그 웃음.

어머니가 세운 신여성이란 것의 기준이 되었던 너무 뒤떨어진 외양과 터무니없이 높은 이상과의 갈등, 점잖은 근거와 속된 허영과의 모순, 영원한 문밖 의식, 그건 아직도 나의 의식 내용이었다. 그러고 보니 나의 의식은 아직도 말뚝을 가지고 있었다. 제아무리 멀리 벗어난 것 같아도 말뚝이 풀어 준 새끼줄 길이일 것이다.

새로 복원된 성벽이 도로와 만나면서 끊어지는 데서 나는 성벽과 갈라섰다. 성벽은 길 건너로 다시 이어지고 있었다. 갈라지면서 돌아다본 성벽은 꼭 신흥 부잣집 담장 같았다. 아아, 내가 오빠한테 회초리를 맞던 허물어진 성터의 이끼 낀 돌은 지금 어디 있는 것일까?

나는 내가 아직도 잊지 않고 있는 '신여성'이란 말을 마치 복원한 성벽처럼 옛것도 아닌 것이, 새것도 못 되는 우스꽝스럽고도 무의미한 억지라고 느꼈다. 나는 앞으로 다시는 그것을 복구하지 않을 것이다. 그건 지나간 세월 역시 부정되어선 안 될 것 같았다.

1 '박적골'과 '대처'가 '나'와 '어머니'에게 가지는 의미를 비교해 봅시다.

	박적골	대처(송도, 서울)
나	낙원. 풍요롭고, 자유롭고, 자연과의 교감이 있고, 풍성한 사랑을 받는 곳.	척박한 낭떠러지 위 셋방에 갇혀, 감옥소 마당에서 놀아야 하고, 질책과 금제만이 횡행하는 분위기.
어머니	무지(無知)하여 남편을 잃게 한 반(反)문명적 공간. 특히 여자에게는 교육과 성공의 기회가 차단된 전근대적인 곳.	아들과 딸을 입성(入城)시켜 성공을 시키리라는 꿈의 터전. '신여성' 교육의 기회가 있는 근대적인 곳.

2 엄마의 '문밖 의식'을 설명해 봅시다.

엄마의 문밖 의식은 '문안'에 대한 열등감과 '문밖' 사람들에 대한 오만함이 섞인 복합적인 감정입니다. 열등감은 도회지와 신교육, 근대화에 대한 강한 지향으로 나타나고, 오만함은 구학문이 높으신 시아버지가 계신 박적골의 양반 문화를 근거로 한 것입니다.

엄마는 기필코 아들을 성공시켜 진짜 서울인 '문안'에 입성하고야 말겠다는 투지를 품고 단 하나의 재간인 바느질 솜씨만으로 치열하게 살며 자식들을 공부시킵니다. 엄마는 딸인 '나'를 문안의 친척집에 위장 전입까지 시켜 가며 기어이 문안의 학교에 보내고, 박적골을 방문할 때 '대처 티'가 물씬 풍기는 원피스를 입히는 등 도회지 사람으로 행세하고 싶어합니다.

또한, 엄마는 남들이 하대하는 늙은 물장수 김서방을 깍듯이 대접하는가 하면, 현저동에 새로 산 기와집을 아끼면서도 '나'를 동네 아이들과 어울려 놀지 못하게 합니다. 비록 살림은 어렵더라도 박적골 양반의 기품을 잃고 싶어하지 않는 것입니다.

박완서의 가족사의 일부분으로 보이는 「엄마의 말뚝 1」은 어머니가 자녀 교육을 위해 시골을 떠나 대처 서울에 정착하는 과정을 소녀의 눈을 통하여 기록한 1인칭 소설입니다. '나'는 대처 생활에 차차 길들어 갔지만 처음의 두렵고 주눅 들었던 문밖 의식에서 끝내 벗어날 수 없었으며, 신여성을 표방한 엄마의 교육에 거부감을 가졌으면서도 결국 중대한 영향을 받았음을 후일 깨달았다는 내용입니다.

3 박완서 문학은 어머니의 이야기에서 비롯되었다고 합니다. 그래서인지 유독 여성의 역할이 두드러지고 남성은 부재(不在)하거나 있어도 무능한 존재로 등장합니다. 이 작품에서 '오빠'는 어떤 존재인지 생각해 봅시다.

박완서 문학은 어머니의 구술 이야기 전통에 뿌리를 두고 있습니다. 부계문학의 전통이 강한 우리 문학에서 박완서는 당당하고 솔직하게 어머니의 삶을 어머니의 말투로 담으며 여성 글쟁이 이야기꾼으로 등장한 것입니다.

시골 박적골에 기반을 둔 이 양반 집안에서는 아버지의 죽음과 할아버지를 반신불수로 만든 동풍을 기화로 과부 어머니의 목소리가 새로운 권위를 갖게 됩니다. 엄마가 오빠와 함께한 서울로의 1차 출분과, '나'를 데리고 간 2차 출분은 전통적인 남성 중심의 가부장적 권위가 여전히 지배하는 시골집의 한문지식권으로부터 서양식 근대지식권으로 새로운 세대를 이식(移植)하려는 엄마의 근대주의적 행동의 발로입니다.

엄마가 새롭게 말뚝을 박게 되는 현저동은 문명의 중심에 근접해 있으면서도 주변부의 성격을 벗어나지 못하는 일제 강점기 조선의 축소판입니다. 힘이 금속으로 상징되는 이 남성 위주의 기호 체계에 '바늘'이라는 전통적인 여성의 도구를 생계의 수단으로 가진 엄마가 들어옵니다. 엄마는 딸에게 신여성의 이상을 선포합니다. '공부를 많이 해서 이 세상의 이치에 대해 모르는 게 없고 마음먹은 건 뭐든지 마음대로 할 수 있는 자유로운 여자'가 그것입니다.

엄마가 세우려는 상징적인 집에서 '오빠'는 중요한 위치를 차지합니다. 오빠는 엄마의 뜻을 충실히 받들어 '내'가 신여성이 돼가는 과정을 적극 지원하는 인물입니다. 그 증거로, 오빠는 집을 떠날 때 '자기의 귀중품을 나에게 고스란히 물려주고' 갑니다. 오빠의 물건 중 나에게 가장 막강한 호기심을 일으킨 것이 '지남철'입니다. 지남철의 위력을 "할머니가 바느질하다 놓친 바늘이 오빠의 지남철 끝에서 방금 낚아 올린 붕어처럼 비늘을 반짝이며 파르르 떨고 있는 걸 볼 땐 시샘과 경탄으로 숨이 막힐 지경이었다"고 하면서 '나'는 오빠와 똑같이 힘, 즉 쇠붙이를 갈망하는 주체임을 선포합니다. 즉, 오빠는 '나'의 성장 과정에서 결정적인 동일시 대상이 됩니다.

쇠가 물질문명을 기호화한다면, 글은 정신문명을 기호화합니다. 오빠가 정녕 나에게 중요한 존재가 되는 것은 '더 신기한 걸', 즉 오묘한 지식과 기술의 세계를 알고 있고 그것을 전수해 주는 사람으로서입니다. 서울로 떠나기 전에는 유리 조각으로 '햇볕을 일으키는 법'을 가르쳤고, 서울에서는 한문, 아라비아 숫자, 일본의 가나 같은 글을 가르쳐 줍니다. 즉, 글[文]과 빛[明]의 세계, '내'가 들어가 살게 될 문명의 세계로 입문시키는 안내자 구실을 하는 것입니다.

4 '빛'의 함축적 의미를 생각해 봅시다.

'나'는 처음 만난 대처를 '빛의 덩어리'로 체험합니다. "토담과 초가지 붕에 흡수되어 부드럽고 따스함으로 변하는 빛만 보던 눈에 기와지붕 과 네모난 이층집 유리창에서 박살 나는 한낮의 햇빛은 무수한 화살처 럼 적의(敵意)를 곤두세우고 있었다"는 서술자의 진술처럼 이 도시의 빛은, 시골에서 자유롭고 행복하게 방목되다 억지로 대처로 끌려온 서 술자에게는 소외와 불안의 요소로 체험됩니다. 엄마와 할머니와 함께 오르는 농바위 고갯길에서부터 "끌려가고 있다는 생각 때문에 가파른 고개를 오르면서 추락하고 있는 것 같은 아찔한 공포감과 속도감을 맛 보고 있었다"는 서술자의 진술로 박완서는 상향성을 지향하는 근대주 의가 가질 수 있는 모순적인 결과를 강조합니다. 대처의 인상으로 '외 삼촌의 안경'이 경계의 대상이었듯이 준비되지 않은 채 강요에 의해 마주치게 된 문명의 빛은 서술자에게 무조건 반길 대상이 아니라 경계 의 대상으로 등장합니다. 그리고 이러한 비판적인 거리는 「엄마의 말 뚝」 전편을 통해 지속됩니다.

물리적인 빛과 더불어 글이라는 문화적 빛은 대처에서 '나'를 기다리 고 있었습니다. 역시 오빠가 나에게 이 근대적인 앎의 도구를 전수해 줍니다. 그런데 이 글공부에 한글은 빠져 있습니다. 그 이유는 한글이 어머니가 이미 알고 있는 전통 조선식으로, 어머니가 지향하는 '신여 성'이 되기 위한 새로운 문물이 아니기 때문입니다.

5 어머니가 '나'에게 안집 아이하고 놀기, 사탕 사 먹기, 바느질 장난, 땜장이 딸과의 사귐 등을 금지한 이유는 무엇입니까?

어머니는 딸이 자신과 같아지는 것을 결코 원하지 않고, 할 수 있는 한 자신과는 다른 여성, 즉 '신여성'으로 만들고 싶어합니다. 그래서 손재주를 기르는 바느질은 금지됩니다. 어머니는 딸이 "손재간이나 노래나 인물로 먹고 사는 건 싫다"고, "넌 공부를 많이 해서 신여성이 돼야 한다"고 분명히 선언합니다.

안집 아이와 놀지 못하게 한 것은 셋방살이하는 자로서 곤란한 다툼이 생길까 하는 지극히 실제적인 우려 때문이며, 군것질 금지는 낭비를 막으려는 이유였을 것입니다. 딸을 신여성으로 훌륭하게 기르고 싶어하는 어머니가 땜장이 딸과 노는 것을 금지한 것은 저급한 놀이를 알려 주는 친구를 금지하는 의미였을 것입니다. 땜장이가 '계집앤 언문만 깨치면 된다'는 전통적 의식을 가졌다는 점도 어머니와 차이를 보이고 있습니다. 땜장이 딸이 이름조차 없이 그냥 '땜장이 딸'로 불리는 것은 여자 아이의 가치를 낮게 평가하는 의식을 반영합니다.

즉, 금지의 훈련을 통해 '나'는 '신여성 되기'의 과정을 밟고 있었던 것입니다. 이 과정은 첫째, 바느질의 금지를 통해, 둘째, 습자 공책에 신여성을 사생(寫生)하는 행위로서, 셋째, 집 밖으로 나가 석필로 신여성 이미지를 모사(模寫)해 가면서 '나'는 어머니와의 동일시 대신 근대적인 여성 정체성을 갖추어 가게 됩니다.

6 제목 '엄마의 말뚝'의 의미는 무엇일까요?

"기어코 서울에도 말뚝을 박았구나. 비록 문밖이긴 하지만……."

'말뚝'은 어머니와 그 가족의 서울 입성을 의미하는 집을 비유하는 말로 처음 등장합니다.

단순화하여 말하자면, 「엄마의 말뚝 1」은 홀로 된 어머니가 아이들을 데리고 서울로 와 그 변두리일망정 자신의 권리를 주장할 수 있는 집 한 채를 마련하기까지의 과정을 그린 작품이라고 할 수 있습니다.

전통 사회에서 여인네들의 삶은 태어날 때부터 이미 뿌리 뽑힌 그 무엇이었다고 해도 과언이 아닙니다. 여성은 결혼과 더불어 출가외인이 되어 시댁의 귀신이 되어야 하고, 늙어서는 다시 자식들, 그것도 아들의 보호와 관할하에 놓이는 것이 상례였습니다.

이 작품에서 어머니가 처한 상황은 더욱 심합니다. 그녀는 자신의 정신적 기둥이랄 수 있는 남편도 잃고 뒤이어 아들 교육 문제로 며느리로서의 권리마저 상실했기 때문에, 그 뿌리 없음은 설체설명의 상황이 아닐 수 없습니다. 그녀에게 집의 의미가 얼마나 절실했던가는 바로 이 점에서 설명됩니다. 뿐만 아니라 그녀가 이미 민감하게 느끼고 있는 것처럼, 시대의 흐름이 이미 근대화의 수순을 밟기 시작한 단계에서, 그 근대의 문명이 호흡하고 있는 서울에서의 자리 잡기란 그녀에게 자신의 정체성은 물론 자식들의 정체성까지 확인시켜 주는 유일한 말뚝일 수밖에 없습니다. 훗날 이 가족이 문안에 거처를 마련했을 때에도 현저동의 그 괴불마당집은 불안한 산꼭대기의 집일망정 어머니의 정신적 고향인 것입니다. 작중 화자인 딸은 다음과 같이 회고합니다.

가슴은 그날 온종일 허전한 채였다. 그건 하도 잘 변하는 것들 속에서 홀로 변하지 않았으므로 기념비가 되었던 마지막 걸 잃은 마음이었다. (중략) 괴불마당집이 있던 근처에 연립주택이 병풍처럼 들어서서 인왕산을 쳐다보지도 못하게 가리고 있었다. 나는 가슴속에 소슬바람이 부는 것 같은 감상에 젖으며 그 근처를 헛되이 배회했다.

엄마의 말뚝은 뽑힌 것이다.

어머니가 낯설고 바늘 끝도 안 들어가게 척박한 땅에다가 아등바등 말뚝을 박으시면서……

나의 의식은 아직도 말뚝을 가지고 있었다. 제아무리 멀리 벗어난 것 같아도 말뚝이 풀어 준 새끼줄 길이일 것이다.

결국 '말뚝'은「엄마의 말뚝」연작 1편에서는 어머니가 처음 정착한 주소, 생활의 근거, 삶의 터전, 기념비, 정신적인 지주(支柱)라는 의미로 등장합니다. 2편에서는 한국전쟁 중 의용군에서 도망쳐 온 아들과 함께 피난 갈 곳을 찾던 어머니가 처음 말뚝 박은 동네인 현저동 집으로 되돌아가는 장면이 나옵니다. 3편에 가면, 돌아가신 어머니의 묘비 앞에서 작중 화자인 딸이 어머니의 성함인 '몸 기(己) 자, 잘 숙(宿) 자'의 의미를 새삼 음미하면서 어머니 자신이 '말뚝'이 되었음을 깨닫는 것으로 끝납니다.

다시 말해 어머니는 아들과 딸을 데리고 박적골을 떠남으로써 어머니 자신이 아들의 말뚝이 되고자 하였습니다. 그러나 때로는 떠나온 할아버지의 질서를 말뚝 삼아 서울 생활의 수모를 견디는 모순을 보여 주기도 합니다. 단칸 셋방에 세 들어 살면서도 현저동 상것들을 본데없고 뿌리 없는 인간들이라고 경멸하는 어머니의 당당함은 박적골에 동풍 맞아 누워 있는 시아버지가 양반이라는 데서 비롯된 자부심에 기인합니다. 이렇게 본다면, 신학문과 신교육의 힘을 믿은 '엄마의 말뚝'은 할아버지가 다스리는 토종 국화가 피어 있는 양지바른 한옥의 질서라는 점에서 이율배반적입니다.

엄마는 그 양면적인 말뚝에 굳건히 뿌리를 내림으로써 미로 같은 처넘 속으로 추락하는 것이 아니라 그로부터 비상하여 사대문 안에 안착합니다. 이렇게 엄마의 역설은 완료됩니다.

물장수

한국에서의 물장수는 흔히 물지게에 나무 물통이나 양동이(양철통) 둘을 매달아 물을 지고 날랐는데, 지방에 따라 크고 작은 조직이 있어, 일정한 구역의 가정집 등 수요자에게 한 지게에 얼마, 한 달에 얼마 등으로 계산하여 값을 받았습니다. 물장수들은 수돗물이 보급되기 이전의 식수는 물론 샘물을, 대량의 용수는 강물을 수원(水源)으로 삼아 공급하였습니다.

1900년대 초의 물값은, 매일 한 지게를 단위로 을사조약(1905년) 이전에 통용된 화폐로 20전 정도였는데, 가정에 따라서는 하루에 스무 지게나 되는 식수를 사용하였다고 합니다. 물장수 한 사람이 하루에 30가구를 맡을 수 있었다는 사실을 감안한다면 최성기의 물장수의 수입은 상당한 것이어서 인기 있는 업종에 들었습니다.

이후에도 지방에 따라서 8·15 광복 전까지 물장수들은 곳곳에 남아 생계를 이어 왔으나 "물장수 3년에 남은 것은 물고리뿐이다" 또는 "물장수 3년에 궁둥이짓만 남았다"는 등의 속담처럼 고달픈 생업이었습니다.

그 가을의 사흘 동안

토악질이며 난도질이자 허물 벗기기이던 박완서의
작품세계가 변모하는 전환점이 되는 작품.
훼손되지 않은 생명의 본질을 응시하는
작가의 따뜻한 시선을 느낄 수 있다.

"내년 봄엔 아기가 잠든 땅 위에 채송화 씨를 뿌리리라"

한 생명을 위한 진혼곡

「그 가을의 사흘 동안」은 1980년 6월 『한국문학』에 발표한 작품으로, 같은 해 9월에 발표한 「엄마의 말뚝 1」과 더불어 박완서 문학의 80년대 를 여는 중요한 의의를 가지고 있습니다. 작가의 1970년대 소설들이 6·25 체험의 토악질의 되풀이였다면, 1980년에 발표된 이 두 소설에 접 어들면서 6·25 체험의 심리적 외상(外傷)을 극복하는 기미가 싹트고 있 습니다.

아이에 대한 사랑은 박완서 문학의 지속적인 관심사였습니다. 1980년 에 발표한 「그 가을의 사흘 동안」에서 이러한 관심사가 본격화됩니다.

전쟁 중에 성폭행을 당한 여의사가 평생을 아이 잡는 백정처럼 낙태 만 일삼으며 살지만, 내밀한 마음의 오지에서는 '생명에의 갈구'가 자 신을 '무자비하게 비틀고' 있음을 자각하게 되는 내용을 다룬 이 소설은, 갈망을 은폐하는 기간의 길이와 철저함 때문에 역설적으로 갈망의 크기가 부각됩니다. 남의 아이의 시체라도 가지려 하는 처절한 노처녀의 '생명에의 갈구'는 증오로 얼어붙은 그녀의 세계를 해빙시키는 마력을 발휘합니다. 그녀는 아이의 시체를 안고 어느새 교회에 들어가 있고, 평생 참아 온 울음을 쏟아 놓게 됩니다. 아이는 그녀의 병든 영혼을 구제하는 구원의 길잡이였던 것입니다.

박완서의 작품에는 뿌리 깊은 생명주의가 깃들어 있습니다. 박완서의 생명주의는 완벽한 질서나 화려한 문명보다 삶의 근원적인 활력과 야성을 존중하고 신뢰합니다.

그 가을의 사흘 동안

1. 사흘 전

사흘밖에 남지 않았다.

창밖은 가을이다. 남쪽으로 난 창으로 햇빛은 하루하루 깊이 안을 넘본다. 창가에 놓인 우단[1] 의자는 부드러운 잿빛이다. 그러나 손으로 우단 천을 결과 반대 방향으로 쓸면 슬쩍 녹두빛이 돈다. 처음엔 짙은 쑥색이었다. 그 의자는 아무짝에도 쓸모가 없다. 30년 동안을 같은 자리에서 움직이지 않은 채 하는 일이라곤 햇볕에 자신의 몸을 잿빛으로 바래는[2] 일밖에 없다. 그건 처음부터 거기 있었고 처음부터 쓸모가 없었다.

53년 봄이니까 아직 동란 중이었다. 휴전 설이 나돌면서 서울은 단연

---

1) 우단(羽緞) 거죽에 곱고 짧은 털이 촘촘히 돋게 짠 비단. 비로드. 벨벳.
2) 바래다 볕이나 습기를 받아 색이 변한다.

활기를 띠기 시작했다. 인구도 오늘 다르고 내일 다르게 불어나고 있었지만 정부는 아직 환도3)하기 전이었다. 그때 나는 만 27세의 처녀의 몸으로 겁도 없이 개업하기 위해 단신 서울로 돌아와 마땅한 자리를 물색4)중이었다. 나의 지나치게 앳된 얼굴 외에는 개업의로서의 자격은 충분했다. 나는 동란 전에 여의전(女醫專)을 나왔고, 동란 중엔 부속병원에서 후송되어 온 부상병을 돌본 경험과 피난 가서는 부부가 지방에서 개업해서 성업 중이다가 남편이 군의관으로 징집당해 쩔쩔매고 있는 선배 언니네 병원에 취직했던 경험을 가지고 있었다. 지금처럼 전문의 제도가 확립되기 전이었으니까 그만하면 개업의로서의 자격에 부족함이 없었다. 진료 과목을 뭘로 할까도 내가 차차 정하기 나름이었다.

환도하기 전이라 개업할 만한 자리는 시내 중심가에도 수두룩했다. 그러나 나는 좀 더 분수를 알고 앞을 내다봐야 했다. 곧 있을 정부 환도와 함께 치솟을 집세와 학위를 가진 이름난 전문의들한테 밀려날 전망이 뚜렷한 자리는 처음부터 피하는 게 수였다.

나는 우선 변두리의 어수룩한 주택가에 파고들 궁리를 하고 변두리로만 돌다가 마음에 든 게 지금 있는 경성상회 이층 자리였다. 그때만 해도 이곳은 서울의 동쪽 관문이어서 철길 하나만 건너면 기름내가 코를 찌르는 양주군 땅이었다. 한문으로 '京城商會'라는 구식 이름의 간판이 붙은 농기구 가게는 그 이름과는 딴판으로 그 둘레의 풍경과 걸맞게 매우 촌스러운 것이었다. 그러나 날이 새기 전에 집 떠나서 아침 일찍 나

---

3) 환도(還都) 전쟁 따위의 국난으로 인하여 정부가 한때 수도를 버리고 다른 곳으로 옮겼다가 다시 옛 수도로 돌아옴.
4) 물색(物色) 어떤 기준에 알맞은 사람이나 물건, 장소를 고르는 일. 찾아냄.

무장을 보러 우마차 끌고 들어오는 양주 땅 사람들에게 서울 다 왔다는 안도감을 주기에 충분한, 덜 세련됐지만 어딘지 정이 있는 이름이기도 했다.

그 동네 복덕방 영감이 그 경성상회 이층이 나와 있다고 보여 줄 때 이층에는 경성사진관이라는 간판이 달려 있었다. 세 들어 있던 사진사가 동란 중 행방불명이 되고 나서 쭉 비어 있었다는 사진관 속은 쓸 만한 것은 다 도둑맞고 이젠 동네 아이들의 놀이터가 돼 난장판이었다. 사진관으로 쓰던 곳과 자취방으로 쓰던 곳 사이의 칸막이와 문짝은 떨어져서 바닥에 나동그라져 있었고, 암실⁵⁾을 만들었던 검은 포장은 갈가리 찢겨져 걸레가 되어 있었고, 계단으로 난 문짝은 숫제 없어진 채였고 유리창도 성한 게 하나 없었다. 이런 황폐한 난장판 속에서 발견한 호사스러운 우단 의자는 마치 거센 야만족에게 볼모로 잡혀 온 문약(文弱)한⁶⁾ 나라의 왕자님처럼 이물스럽고도⁷⁾ 귀골스러워 보였다.

나중에 느낀 거지만 그 우단 의자는 그런 난장판이 아니더라도 달리 어디 어울릴 데가 있을 성싶지 않을 만큼 눈에 거슬리게 호화스러운 것이었다. 그건 사람이 앉아서 쉬거나 딴 가구와 어울리기 위한 의자가 아니라 순전히 사진을 찍기 위한 의자였다. 사진관에 가서 찍은 구식 사진을 보면 한 사람은 의자에 앉고 한 사람은 옆에 선다든가, 독사진의 경우, 빈 의자의 등받이에 살짝 손만 얹고 뻣뻣이 서서 찍은 게 흔하다. 또

---

5) **암실(暗室)** 밖으로부터 빛이 들어오지 못하도록 꾸며 놓은 방. 주로 물리, 화학, 생물학 실험과 사진 현상 따위에 사용한다.
6) **문약하다** 글에만 열중하여 정신적으로나 신체적으로 나약하다.
7) **이물스럽다(異物—)** 익숙하지 않고 낯설다.

귀한 첫아들 백일 사진을 위해서도 벌거벗고 혼자 기대앉을 수 있는 편하고 볼품 있는 의자가 필요했을 것이다. 그 우단 의자는 그런 쓸모를 위해 특별히 주문한 것인 듯 드높은 등받이를 두른 나무장식에는 봉황새가 음각[8]돼 있고, 양쪽 팔걸이 나무는 용틀임을 하고 있는 터무니없이 호사스러운 것이었다. 나는 우두망찰을 해서 말없이 빈집의 혼잡의 한가운데에 서 있었다.

나를 안내한 복덕방 영감은 나의 말없음을 그 자리가 마음에 들어하고 있는 걸로 짐작했는지 집주인하고 집세랑 내부 시설에 드는 비용 문제를 나한테 유리하도록 타협을 봐다 주마고 호기[9] 있게 장담하면서 아래층으로 내려갔다. 그때나 이때나 집주인 황씨는 경성상회 주인이기도 했다. 혼자 남겨진 나는 집 보다가 문득 어른의 옷을 입어 보고 싶어 가슴 울렁거리는 어릴 적 같은 호기심으로 그 의자에 살짝 걸터앉았다. 그때도 그 의자는 남으로 난 창가에 놓여 있었다.

지금은 아파트 단지로 변한 길 건너 동네가 그때는 농업학교였는데 미군부대에서 쓰고 있었다. 실습원과 이어진 넓은 운동장엔 무수한 퀀셋[10]이 버섯처럼 돋아나 있었고, 정문엔 헬멧을 쓴 미군 헌병이 지키고 서 있었다. 처음 들어설 때부터 이 동네는 한눈에 빈촌이었는데도 뭔가 될 듯 될 듯한 느낌이 들었던 것은 바로 그 미군부대 때문이었다. 그 일대의 궁상[11]은 어딘지 모르게 순수하지 못해 보였다. 야릇한 화냥기[12]

---

8) 음각(陰刻) 조각에서, 평평한 면에 글자나 그림 따위를 안으로 들어가게 새기는 일. 또는 그런 조각. 오목새김.
9) 호기(豪氣) 씩씩하고 호방한 기운.
10) 퀀셋(quonset) 길쭉한 반원형의 간이 건물.

같은 걸로 오염돼 있었다.

나는 내가 원치 않는 상념에 사로잡히기를 거부하는 몸짓으로 도리머리[13]를 흔들면서 우단 의자에서 벌떡 일어났다. 그리고 갇힌 것처럼 답답한 느낌으로 어쩔 줄을 몰라하면서 마룻바닥을 서성거렸다. 마룻바닥도 비명처럼 삐그덕댔다. 그러다가 무심히 바닥에 흩어져 짓밟힌 사진들을 주워 모으기 시작했다. 단발머리의 여학생이 새침하게 턱에 손을 괴고 찍은 사진도 있고, 잘생긴 애기의 돌사진도 있고, 자식들의 효도로 찍어 드렸음직한 순박하게 늙은 양주[14]가 약간 떨어져 앉아 찍은 사진도 있었다. 우표딱지만 한 증명사진 속엔 갖가지 얼굴이 한결같이 무표정으로 고정돼 있기도 했다. 당연하게도 그 사진의 얼굴들 중에는 아는 얼굴은 하나도 없었다. 그러나 나는 그 사람들이 누구나 그 사진을 찍었을 당시와 지금과의 사이에 굵은 획(劃)을 가지고 있다는 걸로 뭉클한 친화감을 느꼈다. 나에게도 그런 획이 있었다. 6·25, 그건 우리 모두의 공동의 획이었다. 그 획을 통과하면서 각자의 운명은 얼마나 심한 굴절을 겪어야 했던가?

나는 얼른 뭔가를 떨어 버리려는 몸짓으로 허풍스럽게 도리머리를 흔들고 나서 다시 사진 줍기를 시작했다. 그러다가 나는 벌거벗은 남녀의 몸이 복잡하게 꼬이고 얽힌 춘화(春畵)[15]를 한 장 주워 들었다. 나는 그것을 곧 떨리는 손으로 찢어 버리고 뒷걸음질 쳐 우단 의자에 앉았다.

11) 궁상(窮狀) 어렵고 궁한 상태.
12) 화냥기(─氣) 남자를 밝히는 여자의 바람기.
13) 도리머리 머리를 좌우로 흔들어 싫다거나 아니라는 뜻을 표시하는 짓. 도리질.
14) 양주(兩主) 바깥주인과 안주인이라는 뜻으로, '부부'를 이르는 말.
15) 춘화 남녀 간의 성교하는 모습을 그린 그림.

그러나 그것을 찢어 버리는 걸로, 질식할 듯한 노린내, 율동할 때마다 내 얼굴을 빗자루처럼 쓸던 가슴팍의 무성한 털, 동아줄처럼 서리서리[16] 길고 질기게 내 몸을 감던 유연하고도 힘센 사지, 내 몸의 중심부를 관통하는 날카로운 통증…… 이런 것들이 내 몸에 일시에 생생하게 되살아나는 걸 막을 순 없었다.

강간당한 직후처럼 모든 사물의 의미가 아득하고 몽롱해지는 망연자실 속으로 복덕방 영감은 웃으면서 나타났다. 저 영감은 왜 웃는 걸까? 나는 꼼짝도 못 하고 고작 그렇게 생각했다.

"선상님은 암말 말고 그저 내 하라는 대로만 하시오, 잉? 우리 동네 병원 하나 생길 판인데 내 절대로 선상님을 해롭게는 안 할 거시니까 잉?"

영감은 니코틴 냄새 나는 입을 내 귓전에 들이대고 이렇게 속삭였다. 말끝마다 붙는 잉 소리가 사투리라기보다는 애교 있는 말버릇처럼 듣기 싫지 않았다. 곧이어 경성상회 황씨가 올라오고 영감은 계약서를 펴 들었다. 나는 그가 계약서를 편하게 쓸 수 있도록 받침으로 핸드백을 내주었다. 영감은 정말 내 편이 되어 보증금노 싻아내리고 월세도 바득바득 깎으면서 이것저것 사진관 자리에 흠을 잡았다. 경성상회 황씨는 왠지 말수가 적은 사람인지, 화가 났는지, 말끝마다 퉁명스럽게 굴면서도 영감의 술수에 말려들고 있었다. 흥정은 어렵지 않게 영감의 뜻대로 되었다. 마지막으로 내부 장치 문제도 집주인이 유리창과 문짝과 칸막이까지를 복원시켜 주는 선으로 쉽게 합의를 보았다. 영감은 합의한 사항을 계약서의 빈 자리에 깨알 같은 글씨로 조목조목 써 넣었다. 황씨와 나는

16) 서리서리 뱀 따위가 몸을 똬리처럼 둥그렇게 감고 있는 모양.

그걸 대강대강 읽고 도장을 내놓았다.

계약이 끝나고 구전[17]까지 지불하고 나서야 황씨는 무슨 병 고치는 병원을 할 거냐고 물었다. 이제 완전히 내 대변인이 된 것처럼 구는 데 익숙해진 영감이 먼저 나섰다.

"후뚜루[18] 다 보신다고 안 했남. 선상님이 그러셨죠 잉?"

"아뇨. 산부인과를 하겠어요."

나는 우단 의자에서 발딱 일어나면서 말했다. 그것은 즉흥적인 결정이 아니었다. 이 동네의 화냥기에서 힌트를 얻고 춘화도가 이끌어 낸 악몽 속에서 마침내 결정을 본 거였다. 원치 않은 아기가 뱃속에 있을 때의 고통이 어떻다는 건 그걸 가져 본 여자만이 안다. 모든 질병의 고통은 동정자를 끌어 모으지만 그 고통만은 비난과 조소[19]를 면치 못한다. 사람을 질병에서 해방시키는 게 인술[20]의 꿈이라면, 여자를 그런 질병 이상의 고독한 고통에서 해방시키는 건 나의 꿈이었다.

"영업이 안 돼서 떠나갈 적에 시설비 때매 옥신각신허지 않게시리 한마디 써놓으셔요. 집쥔이 책임 못 진다고……."

나를 얼핏 곁눈질하는 황씨의 얼굴에 경멸이 스치면서 이렇게 복덕방 영감한테 새로운 제안을 했다.

"이 사람아, 남 개업하는데 불 일듯이 번창하라고 덕담은 못 하나마 그게 뭔 소리야? 선상님 섭섭하시게스리. 선상님 이 사람 이렇게 말주

변이 없습니다요. 심정은 무던한 사람이니까 이해하시오 잉?"

"아저씨도 다 아시면서 그래요. 이 동네 부녀자들 애 쑥쑥 잘 낳는 거. 삼신할머니[21] 동티 내지 않은 참한 여자가 뭣 때매 부인병원 신세를 진대요? 망측하게스리……."

"허어 이 사람, 말마디나 해야 할 장소에선 곧잘 꿀 먹은 벙어리 노릇을 하다가도 안 헐 말은 툭툭 잘 내뱉는다니까. 후뚜루 다 보신다고 내 안 했남. 자네가 호미나 낫 팔던 걸 집어치우고 피륙[22] 장사를 하겠다면야 문제가 커지겠지만서두 선생님이야 배운 기술이 사람 병 고치는 건데 하필 부인병만 고쳐 주겠다고 하실까 봐서 걱정인감. 내려가세. 구전받은 걸로 내 술 한잔 살 테니까."

영감이 황씨의 등을 밀다시피 해서 데리고 내려갔다. 나는 혼자서 그들의 산부인과에 대한 소박하나마 정상적인 인식을 되씹으며 쓸쓸한 미소를 지었다.

개업 준비는 빠르게 진행했다. 황씨는 약속대로 목수를 들여 문짝을 새로 짜 달고, 칸막이도 해주고, 유리창도 끼워 주었다. 나는 칠장이와 간판장이를 들여 페인트칠도 하고 간판도 해 달았다. '동부의원', 그리고 '진료 과목 산부인과'라는 단서도 붙였다. 책상, 의자, 소파 따위는 그 무렵의 서울에서는 헌 것을 얼마든지 싸구려로 살 수 있었다. 한강을 두어 번 넘나들면서 필요한 최소한의 의료 기구도 갖추었다. 질경(膣鏡),[23] 쓸모가 다른 몇 개의 겸자(鉗子),[24] 1번서부터 15번까지의 헤걸,

---

[21] 삼신할머니(三神—) '삼신'이 할머니 모양을 하고 있다고 해서 나온 말. '삼신'은 아기를 점지하고 산모와 산아(産兒)를 돌보는 세 신령을 이름.
[22] 피륙 아직 끊지 아니한 베, 무명, 비단 따위의 천을 통틀어 이르는 말.

긴 찻숟갈 같은 큐렛 등 반짝이는 쇠붙이를 점검하며, 그 차가운 감촉으로 나는 나의 차가운 마음을 가다듬었다. 나는 아직 그 도구들에 숙련되지 않았건만 피할 수 없는 운명과의 만남처럼 이상한 편안감을 맛보았다. 여자가 치부[25]를 얼굴처럼 치켜들 수 있게 꾸며진 진찰대도 들여놓았다. 거기 누워 보기 전엔 그건 다만 가장 과학적으로 설계된 편리한 의료 기구에 지나지 않지만 일단 거기 누워 보면 그게 여자에게 얼마나 치욕적인 박해(迫害)[26]의 도구라는 걸 알게 된다. 나는 내가 받은 이유 없는 박해를 회상하고 치를 떨었다.

모든 준비는 끝났다. 사진관은 면목을 일신해서 병원으로 변했다. 그러나 아직까지도 남아 있는 사진관의 한 잔재[27]가 눈에 자꾸만 거슬리면서 완성감을 방해하고 있었다. 그건 우단 의자였다. 황씨가 사진관을 초벌[28] 청소할 때도 그 우단 의자는 비켜 놓았고, 목수가 뜯어낼 때도 그 우단 의자는 비켜 놓았고, 칠장이가 칠을 할 때도 그걸 발판으로라도 이용하기는커녕 종이를 덮어 페인트가 떨어지지 않도록 보호해 주었다. 나도 그게 아무짝에도 쓸모없다고 생각하면서도 누굴 주거나 버리지 못하고 구박만 하다가 당초에 그걸 발견했던 자리인 남으로 난 창가에 내버려 두었다.

---

23) **질경** 질(膣) 속에 집어넣어 질벽 및 질부나 자궁을 노출하여 시진(視診)이나 수술을 편리하게 하는 기구. 자궁경. 콜포스코프.
24) **겸자** 날이 서지 않은 가위 모양으로 생긴 외과 수술 기구. 조직이나 기관을 집어서 누르거나 고정하는 데에 쓴다.
25) **치부(恥部)** 남에게 드러내고 싶지 아니한 부끄러운 부분.
26) **박해** 못살게 굴어서 해롭게 함.
27) **잔재(殘滓)** 쓰고 남은 찌꺼기.
28) **초벌(初-)** 같은 일을 여러 차례 거듭하여야 할 때에 맨 처음 대강 하여 낸 차례. 애벌.

모든 준비가 끝났는데도 황씨가 예상한 대로 환자는 없었다. 그러나 나는 그닥 초조하지 않았다. 진찰실 분위기에 도저히 어울리잖는 우단 의자 때문에 나는 아직도 개업을 할 준비가 덜 된 것처럼 느끼곤 했다. 어느 날 시내에 나가서 살림에 필요한 몇 가지 취사도구를 사 가지고 들 어왔더니 손님이 기다리고 있었다. 손님은 남으로 난 창가의 우단 의자 에 앉아 있었다. 손님은 환자가 아니라 나의 아버지였다. 흰 옥양목 두 루마기에 끝이 뾰족한 반짝이는 구두를 신으시고 수염을 기르신 신수[29] 좋은 아버지가 편하게 앉아 계시니까 그 요란한 의자까지 느닷없이 기 품 있어 보였다. 나는 그 의자를 치우지 않기를 참 잘했다고 생각했다. 그러나 아버지가 반가운 건 아니었다.

"어떻게 여길 아셨어요?"

"이리(裡里)에 너 있던 병원에 들렀더니 여길 가르쳐 주더구나."

"아무 데나 어련히 잘 있을까 봐 찾아다니고 그러세요? 건강도 안 좋 으시다면서……."

나는 아버지의 건강에 대해 실은 아무것도 아는 게 없다. 오빠들이 막 내인 나에게 혼인 말을 꺼낼 때마다 아버지가 사셔야 얼마나 더 사시겠 느냐고 속 좀 작작 썩여 드리고 아버지 생전에 시집가야 한다고 위협하 는 소리를 귀가 따갑게 들어 왔기 때문에 막연히 아버지가 오래 못 사실 것처럼 여기고 있을 뿐이었다. 그러잖아도 막내에다가 어머니를 일찍 여의었기 때문에 고아가 될 것 같은 예감은 늘 있어 왔다. 그러나 아버 지가 직접 나더러 자기 생전에 시집을 가주길 바라신 적은 없었다. 아버

---

29) 신수(身手) 용모와 풍채.

지는 자신을 핑계 삼아 자식의 운명을 간섭하실 분이 아니었다.

"병원 자리가 좋구나."

이번에도 아버지는 내가 이미 벌여 놓은 일을 긍정해 주셨다.

"뭘요. 빈촌이라서요."

나는 내 속셈을 감추고 이렇게 시침을 떼었다.

"아픈 사람이야 가난한 동네에 더 많은 거 아니냐. 어렵게 배운 의술로 행여 돈벌이할 생각 말아라. 예로부터 의술은 인술이라 했거늘 어질게 써야 하느니라."

나는 복받치는 웃음을 참기 위해 어금니를 힘주어 악물었다. 아무도 내 비밀을 눈치 채지 못할 것이다. 지난 일에 대해서도, 앞으로 하려는 일에 대해서도 현재 마음속에서 경련 치는 고통에 대해서도.

아버지는 곧 돌아가시려고 했다. 잠깐만 기다리세요. 나는 아버지를 만류했다. 아버지는 나의 만류를 어떻게 받아들이셨는지 아무것도 먹고 싶지 않으니 애쓰지 말라고 하셨다. 나는 아버지에게 잡수실 것을 대접하기 위해 붙든 게 아니었다. 우단 의자에 앉아 계신 아버지의 모습이 하도 보기 좋아서였다. 사람들이 부모나 자식의 모습을 사진 찍어 간직하는 심정을 알 것 같았다. 그때 나는 아버지를 사진 찍어 두지는 못했지만 그때의 아버지의 그윽한 시선과 피곤한 듯하면서도 기품 있는 모습은 지금까지도 선명한 모습으로 마음속에 인화되어 있었다.

아버지는 잠깐을 더 앉아 계시다가 소년처럼 수줍어하시면서 사 가지고 오신 선물을 내놓으시고는 그날로 큰오빠네가 있는 대전까지 내려가야 한다고 돌아가셨다. 그 후 아버지를 다시 뵌 건 임종의 자리에서였다.

그날 아버지가 주신 선물은 히포크라테스 선서가 들어 있는 액자였다. 나는 아버지가 우단 의자에서 의술이 어쩌구 인술이 어쩌구 설교를 하실 때 참았던 웃음을 혼자서 마음껏 터뜨렸다. 나는 그 액자를 걸지 않았다. 그날로 그것은 버리자니 아깝고 쓸모는 없는 걸 모아 두는 골방 신세가 되었다. 그 후 30년 동안 비록 이사는 한 번도 안 다녔지만 적어도 대여섯 번은 내부 시설을 크게 바꾸었고, 1년에 두 번씩은 대청소를 했으니 그게 거기 아직도 남아 있을 리는 없다. 그날 아버지가 앉아 계실 때를 빼고는 우단 의자는 쭉 쓸모없을뿐더러 눈에 거슬렸다. 다른 비품들과 조화되지 못하고 겉돌았고, 수리를 할 때나 대청소를 할 때마다 구박을 받았다. 그럴 때마다 나는 그걸 끼고 돌다가 그 자리에 다시 놓곤 했다. 어쩌면 나는 그걸 없애면 대신 히포크라테스 선서라도 걸어야 할 것 같아서 그걸 못 없애는지도 몰랐다.

공교롭게도 내가 처음 받은 환자는 집주인 황씨의 딸이었다. 황씨는 그때까지는 혼자서 살고 있었다. 병원 북쪽 창으론 경성상회 안채인 살림집이 빤히 내려다보였다. 양기와[30]를 인 허름한 ㄱ자집 마당에서 그는 혼자서 쌀도 씻고 빨래도 했다. 그러나 상독대랑 마루나 부엌살림을 보면 큰살림하던 구색을 제법 갖추고 있었다. 난리통에 아내는 식량 구하러 친정에 갔다 오다 폭사하고 아들 둘은 북으로 끌려가고, 노모는 병들어 죽고, 외동딸은 혼자서 피난 간 채 아직 안 돌아왔다고 했다.

그 딸이 언제 돌아왔는지, 오밤중에 황씨가 왕진을 청하러 왔다. 황씨는 몹시 서둘고 있었고 와들와들 떨고 있었다. 아무리 지척[31]이라곤 하지만 잠옷 바람으로 내려가 볼 순 없어 대강 옷을 주워 입는 동안을 못

---

30) 양기와(洋—) 시멘트로 만든 서양식 기와.
31) 지척(咫尺) 아주 가까운 거리.

참아 일어났다 앉았다 남의 방문을 열었다 닫았다 하면서 안절부절을
못 하면서, 떨리는 목소리로는 뭔가를 설명하려고 두서없이 지껄여 대
고 있었다.

"선생님, 좀 서둘러 주셔야겠구먼요. 병이 심상치 않아요. 무슨 몹쓸
병인지 배가 퉁퉁 부어 갖고 쑤신다고 지접³²⁾을 못 하고 뛰는데 당장
뭔 일 당하고 말 것 같구먼요. 선생님이 후뚜루 다 보신단 것 틀림없겠
죠? 처녀가 부인병원 신세를 졌다면 낭중에 누가 안더라도 우선 우세
스러워서³³⁾……, 망할 년, 애비 혼자 내버려 두고 저만 살겠다고 계집
애가 담³⁴⁾도 크게 혼자서 피난을 내려가더니 어디서 그런 몹쓸 병을 얻
어 가지고…… 선생님 저 이번에 또 한 번 참척³⁵⁾을 보면 저도 죽습니다
요. 선생님, 선생님이 후뚜루 다 보신단 소리 맞습죠? 처녀가 부인병원
신세 지는 걸 누가 알아 보세요. 그렇지만 병세가 워낙 급해서……, 선
생님, 꼭 그 불쌍한 걸 살려 주세요. 또 한 번 참척 보면 저도 살아 있지
않습니다요."

그는 잠시도 입을 다물지 않고 횡설수설했다. 나는 경황없이³⁶⁾ 나한
테 매달리면서도, 똥 묻은 동아줄에 매달린 것처럼 산부인과라는 걸 꺼
리고 있는 황씨의 그 우스꽝스러운 결벽성을 실컷 우롱해 줄 수 있을 것
같아 뱃속이 근질근질했다. 나는 첫 환자인데도 조금도 당황하지 않았
고 여유 만만했다. 나는 옷을 다 입고 가운까지 걸치고 손을 소독했다.

---

32) 지접(止接) 몸에 붙이어 의지함.
33) 우세스럽다 몹시 부끄럽거나 부끄러운 데가 있다.
34) 담(膽) 담력. 겁이 없고 용감한 기운.
35) 참척(慘慽) 자손이 부모나 조부모보다 먼저 죽는 일.
36) 경황없다(景況—) 몹시 괴롭거나 바쁘거나 하여 다른 일을 생각할 겨를이나 흥미가 전혀 없다.

가방 속엔 이미 조산(助産)[37]에 필요한 기구가 챙겨져 있었다. 황씨가 떨리는 손으로 가방을 받아 들고 계단을 곤두박질쳐 내렸다. 안채에선 짐승의 목 따는 소리 같은 처절한 비명이 들려오고 있었다.

안방엔 고쟁이[38] 바람의 처녀가 마구 으깨진 입술을 더욱 모질게 악물고 두 손으론 고쟁이 허리를 필사적으로 움켜쥐고 나를 노려보고 있었다. 땀에 절은 머리칼이 가닥가닥 엉켜 붙은 얼굴에서 튀어나올 듯이 부릅뜬 눈은 너무 순수하게 고통스럽고 고독해 보여서 사람의 눈 같지도 않았다. 언제 파수(破水)[39]했는지 고쟁이는 이미 평하게 젖어 있었다. 나는 황씨를 처녀의 머리맡으로 떠다밀고는 고쟁이를 끌어 내렸다. 입속이 깔깔하게 말라 아무 말도 안 나왔다. 고쟁이 허리를 빼앗긴 처녀의 두 손이 두어 번 허공을 젓더니 장승처럼 서 있는 황씨의 바짓가랑이에 매달렸다. 처녀의 산도는 아람[40]이 번 밤송이처럼 걷잡을 수 없이 열려 있었다.

황씨가 뭐라고 알아들을 수 없는 외마디 소리를 지르며 주저앉았다. 처녀가 그의 허리를 붙들고 이를 갈더니 맹수처럼 포효[41]했다. 그러나 태아는 두부만 겨우 만출(娩出)되고 나서 일단 정지했다. 놀랍게도 그 경황 중에 태아가 눈을 반짝 떴다. 이미 태아가 아니라 아기였다. 일순 나는 나를 관통하는 경외감[42]에 소스라치면서[43] 한 번만 더 힘을 주라

---

37) 조산 해산을 도움.
38) 고쟁이 한복에 입는 여자 속옷의 하나. 속속곳 위, 단속곳 밑에 입는 아래 속곳으로, 통이 넓지만 발목 부분으로 내려가면서 좁아지고 밑을 여미도록 되어 있다. 여름에 많이 입으며 무명, 베, 모시 따위를 홑으로 박아 짓는다.
39) 파수 분만 때 양수가 터져 나오는 일.
40) 아람 밤이나 상수리 따위가 충분히 익어 저절로 떨어질 정도가 된 상태. 또는 그런 열매.
41) 포효(咆哮) 사나운 짐승이 울부짖음.

고 힘차게 명령했다. 나는 내 목소리를 처음 듣는 남의 목소리처럼 신선하고 당당하다고 생각했다.

산모가 다시 한 번 포효하는 것과 동시에 나는 아기를 끌어당겼다. 나는 한창나이의 산파처럼 산후 처리를 능숙하고도 신속하게 해냈다. 교과서에 나오는 대로의 정상 분만인 때문이라기보다는 나 아닌 딴 힘이 나를 조종하는 것처럼 내가 아는 지식이나 경험을 조금도 떠올리지 않고도 나의 조산은 우수했다. 아기는 사내아이였다.

이층으로 돌아온 나는 아침까지 푹 잤다. 창문을 열고 노래를 부르면서 아침밥을 짓고 있는데 황씨가 올라왔다. 하룻밤 새 몰라보게 늙고 초라해진 황씨는 어깨를 축 늘어뜨리고 눈을 내리깔고 있었다.

"산모랑 아기랑 별일 없죠?"

"선생님 뵐 낯이 없구먼요."

"이제 아셨죠? 부인병원도 왜 있어야 하는지……."

"부인병원 무시한 벌을 이렇게 영검하게[44] 받다니요."

"벌이라뇨? 손자 보시고서! 녀석이 대단하던데요. 글쎄 얼굴이 반쯤 나왔는데 벌써 눈을 뜨고 쳐다보지 뭐예요. 대장감이에요. 두고 보세요."

나는 괜히 신이 나서 지껄였다. 황씨가 내리깔았던 눈을 치떴다. 동굴처럼 정기 없이 움푹 파인 눈이었다.

"이 망신을 어쩌죠? 선생님, 글쎄 애비를 모른다지 뭡니까. 아무리 당조짐[45]을 해도, 코찡찡이[46] 곰배팔이[47]라도 상관 않고 성례[48]를 시

---

42) 경외감(敬畏感) 공경하면서 두려워하는 감정.
43) 소스라치다 깜짝 놀라 몸을 갑자기 떠는 듯이 움직이다.
44) 영검하다 사람의 기원대로 되는 신기한 징험이 있다.

102

켜 주겠대도, 그게 아니라고 자꾸 울기만 하더니 턱 하니 한다는 소리가 겁탈[49]을 당했다는 거예요. 겁탈을……, 이름도 성도 모르는 놈한테……."

황씨는 비탄과 분노로 떨고 있었다. 그러나 나는 그의 비탄에서 얼핏 정욕[50]의 냄새를 맡은 것처럼 느꼈다. 나는 게울[51] 것처럼 기분이 나빠져서 얼굴을 찡그렸다. 남자에겐 누구나 여자를 겁탈할 수 있는 소지가 있다. 나에겐 이름이나 성보다는 그게 남자라는 게 더 중요했다.

"세상에 이런 망측한 일도 있습니까? 다 망한 집안에 어쩌다 딸년이 하나 남아 가지고 망한 가문에다 똥칠을 해도 분수가 있지……."

그의 가문이 얼마나 대단한 가문인지는 몰라도 그는 보이지 않는 가문에 칠한 똥만 알고 그의 딸이 원치 않는 애기를 배고 겪었을 생지옥에 대해선 아무것도 모르는 것 같았다.

"선생님 도와주세요, 제발."

그의 비탄에 비굴이 가해지니까 더욱 보기에 추악했다.

"유감이지만 저는 애기를 도루 뱃속에 넣을 재수가 없는걸요."

내가 정말 유감인 건 그에게 더 참혹한 선언을 할 수가 없는 거였다.

"선생님, 저도 그만한 건 알고 있습니다요. 그게 아니라……."

---

45) **당조짐** 정신을 차리도록 단단히 단속하고 조임.
46) **코찡찡이** 병으로 코가 막혀 말소리가 찡찡하거나 코가 찌그러진 사람의 별명.
47) **곰배팔이** 팔이 꼬부라져 붙어 펴지 못하거나 팔뚝이 없는 사람을 낮잡아 이르는 말.
48) **성례(成禮)** 혼인의 예식을 지냄.
49) **겁탈(劫奪)** 위협하거나 폭력을 써서 성 관계를 맺음.
50) **정욕(情慾)** 이성(異性)의 육체에 대하여 느끼는 성적(性的) 욕망.
51) **게우다** 먹은 것을 삭이지 못하고 도로 입 밖으로 내어 놓다. 토하다.

여기서 말끝을 흐린 그의 얼굴에 재기[52] 같은 게 반짝거렸다. 그런 반짝임은 농사꾼처럼 털털하고 우직한[53] 그에게 매우 안 어울려서 보기에 불안했다. 나는 그 까닭을 놓치지 않을 것처럼 그에게서 눈을 떼지 않았다. 그가 부신 듯 외면하고 손을 부볐다.

"그게 아니라…… 선생님, 선생님만 모른 척해 주신다면 아주 좋은 수가 있습니다요. 선생님만 믿겠어요. 핏덩어리를 엎어 죽이자니 그것도 살자고 나온 인생인데 인두겁[54] 쓰곤 못 할 노릇이고……."

"아저씨, 제발 그 수라는 것부터 말씀해 주실 순 없어요?"

"네 말씀드리고말굽쇼. 딸년이 그래도 제 꼴 창피한 건 알아서 요행 어제 밤중에 돌아와서 아무도 만난 사람이 없다는군요. 그래서 말씀인데 딸년은 아직 안 돌아온 걸로 허고, 어린걸 제 아들로 삼았으면 해서요."

"아저씨 아들을요?"

나는 그 기상천외[55]의 발상에 혀를 내둘렀다.

"네, 업둥이[56]가 들어왔다고 한바탕 소동을 피우면 될 것 아니겠어요? 딸년은 뒷방구석에 숨어 있다가 몸 추스른 연후에 나타나면 이러쿵저러쿵 둘러댈 것도 없이 피난 갔다 돌아오는 게 될 테구요."

"따님이 동의하던가요?"

"제깐 년이 지금 동의를 허고 말고가 어딨어요. 모자 목숨 살려 주는

---

52) 재기(才氣) 재주가 있는 기질.
53) 우직하다(愚直—) 어리석고 고지식하다.
54) 인두겁(人—) 사람의 형상이나 탈.
55) 기상천외(奇想天外) 착상이나 생각 따위가 쉽게 짐작할 수 없을 정도로 기발하고 엉뚱함.
56) 업둥이 집 앞에 버려진 아이. 주로 자식이 없는 집 앞에 버려지며 보통 그 집에서 키운다.

것만도 끔찍허죠."

"그래도 따님의 애긴걸요."

"그년은 제 딸년이고, 그 녀석이 제 손자인 건 어떡허구요?"

그가 자기 답이 정답인 걸 주장하는 국민학생처럼 대들다가 생각난 듯이 비굴해지면서 다시 손을 부비며 어쩔 줄을 몰라했다. 그의 즉흥적이고도 완벽한 음모에 나는 얼마나 달갑잖은 훼방꾼일까? 나는 약간 주눅이 드는 기분으로 그렇게 생각했다.

"따님만 동의한다면 당장의 망신을 모면하는 방법으로 아주 좋은 생각이네요."

나는 결국은 동의한 셈이 되고 말았다.

"아무려면 제가 당장의 망신이나 모면할 생각으로 이런 꾀를 내겠습니까요. 손 끊긴 집안에 손이 생겼으니 우리 집안도 고목나무에 꽃핀 셈이 되는 거죠. 아마 업둥이가 들어왔다면 동네방네 입 가진 사람은 한마디씩 경사 났다고 안 허는 사람은 없을 거구먼요. 딸년은 딸년대로 몇 년 아들을 동생이라고 생각허든, 동생을 아들이라고 생각허든 하여튼 그 핏덩이를 지성껏 기르지 않겠어요. 그러다가 참한 혼처 생기는 대로 시집가 버리면 그 내막을 누가 알겠어요?"

그 사내는 순전히 자기의 꾀 하나로, 어젯밤의 악몽을 놀라운 행운으로 돌변시킨 데 도취하고 있는 것 같았다. 얼굴에 화색[57]이 돌면서 운명의 유희를 즐기는 것 같은 짜릿한 쾌감이 비늘처럼 번득였다.

"선생님만 눈감아 주신다면……."

---

57) 화색(和色) 얼굴에 드러나는 온화하고 환한 빛.

그는 눈을 내리깔고 그렇게 말했지만 나는 이미 그의 눈이 아까의 절망적인 구멍이 아니라는 걸 알고 있었다. 그리고 내가 만일 눈감아 주지 않겠다면 그가 내 목을 조를지도 모른다고 생각했다. 사내들이란 쾌감의 완성을 위해선 뭐든지 할 수 있으니까. 그는 음흉해 보이긴 했지만 조금도 폭력적으로 보이지 않았건만도 그렇게 생각하면서 나는 그 일을 눈감아 줄 것을 마지못해 약속했다. 실상 아기를 위해서도 산모를 위해서도 황씨를 위해서도 그 이상의 좋은 방법은 없었다. 나는 어쩌면 너무도 교묘하고 산뜻한 그들의 전화위복에 질투를 내고 있는지도 몰랐다.

황씨는 내 승낙이 떨어지자 수없이 굽신대면서 호주머니를 뒤적이더니 한 다발의 돈을 내놓았다.

"어젯밤 두 목숨 살려 주신 은혜를 어떻게 돈으로 따질 수가 있겠어요? 두고두고 갚아 나갈 것이지만서두 우선 성의껏 마련한 것이니까 넣어 두셔요."

그러고는 뺑소니치듯 내려가 버렸다. 나는 그 돈을 그가 내려간 뒤에 세어 보았다. 규정상의 정상 분만비의 세 곱은 되는 액수였다. 아마 입다무는 삯까지 포함돼 있음직했다. 다시 한 번 그들의 전화위복에 자신도 이해할 수 없는 질투를 느꼈다. 그리고 그 돈에다 국제시장 장사꾼들이 마수걸이한 돈에 하듯이 퉤 침을 뱉었다. 그건 나의 마수걸이였다. 마수걸이치고도 후한 마수걸이였지만 다시 애기를 받을 생각은 없었다. 나는 처음부터 이 동네를 감도는 화냥기에만 기대를 걸었기 때문에 산부인과 병원을 차리면서도 분만대 같은 건 애당초 시설도 안 했다. 나는 오로지 이 동네의 화냥기와 야합해서[58] 돈을 벌어 볼 작정이었다.

내가 이 동네에 들어서자마자 받은 예감은 틀림이 없었다. 양공주[59]

가 하나 둘 드나들기 시작하면서 영업이 되기 시작하더니 나는 하루에도 몇 번씩 소파수술[60]을 해야 했고 차츰 그 방면에 명수가 되었다. 그동안 내가 태어나지 못하게 한 아이가 다 살아난다면 큰 국민학교를 하나 더 만들어야 할까? 작은 읍(邑)을 하나 더 만들어야 할까? 그러나 나는 그런 부질없는 감상에 잠기는 일조차 거의 없었다. 나에게 줄기차게 이어지는 감상이 하나 있다면 그건 우단 의자를 남으로 난 창가에서 치우지 못하는 일이었다. 그 우단 의자는 세월과 함께 곱게 늙어 갈수록 더욱더 병원 분위기와 안 어울리고 겉돌았다. 들락거리는 간호원마다 그걸 내다 버리라고 성화를 했다. 대강의 살림을 간호원에게 맡기다시피 하고 살건만도 그 청만은 못 들어 주었다.

그걸 내다 버리려면 히포크라테스 선서가 든 액자를 대신 걸어야 할 것 같은데 그게 없어진 지는 오래되었다. 하긴 액자도 안 걸고 의자도 없앨 수도 있었다. 그러면 아마 그 의자에다 흰 옥양목 두루마기를 입으시고 뾰족하고 반짝이는 구두를 신으신 신수 좋은 아버지의 환상을 겹쳐 놓고 바라보는 일도 없으리라. 그 의자의 유일한 주인은 그분이었다. 그 의자를 없앨 수 없는 건 의사라기보다는 화냥기와 야합한 의술자가 된 내 모습을 바라보는 그분의 슬픈 얼굴을 함부로 지울 수 없는 것과 같은 이치였다. 그건 나에게 있어서 돌아가신 아버지에 대한 애정의 그루터기 이상의 그 무엇이었다.

그럭저럭 30년 가까운 세월이 한곳에서 같은 일을 되풀이하면서 흘

58) 야합하다(野合—) 좋지 못한 목적으로 서로 어울리다.
59) 양공주(洋公主) 서양 사람에게 몸을 파는 여자. 양갈보.
60) 소파수술(搔爬手術) 자궁 속의 내용물을 긁어내는 수술. 주로 인공 유산을 말함.

렀다. 그동안 이 동네도 많이 변했다. 이제 변두리라기보다는 도심권에 가까운 동네가 되었고 물론 양공주도 사라진 지 오래다. 그러나 처음에 나를 잡아당기던 화냥기는 그 후로도 꽤 오래 이어져 내려왔던 것 같다.

농업학교는 정부가 환도하고 나서도 2, 3년은 더 미군부대였고, 농업학교가 정상화되고 나서도 딴 큰 미군부대가 멀지 않아서 이 동네의 화냥기는 계속 호황을 누리다가 미군이 대폭 감축되고 나서도 그 뿌리는 쉽게 청산되지 않고 싸구려 윤락가로 이어져 내려왔다. 근래에 주택가 속에서의 윤락행위 단속으로 대개는 흩어졌지만 멀리서도 연줄로 계속 내 단골이 되어 주고 있고, 또 아들딸 가리지 말고 둘만 낳기 때문에 이 동네 가정주부들치고 내 신세 안 진 여편네는 거의 없는 형편이다.

길 건너 농업학교는 건설회사한테 학교 부지를 팔고 교외로 떠나 아파트 단지가 됐다. 그러나 그 새로운 인구 밀집 지대에서는 어떻게 된 게 하나도 새 단골이 생기지 않았다. 내 단골은 미우나 고우나 경성상회 뒤편의 퇴락한 구(舊)동네였다. 그 동네의 얌전한 여편네들 사이에서나, 또 시내 곳곳에 점점이 흩어져 제 버릇 개 못 주고 그 짓으로 밥 먹는 포주⁶¹⁾들 사이에서나 나는 값싸고 믿을 만한 의사로 소문이 나 있었다. 그도 그럴밖에 나는 그동안 단 한 건의 사고도 내지 않았던 것이다. 자주 그럴 필요가 있는 넉넉지 못한 여자일수록 거만한 박사학위나 으리으리 기죽이는 시설보다는 값싸고 믿을 만하다는 실속이 앞서는 건 당연했다. 그러나 여지껏 단 한 건의 사고도 없었다는 건 사실과 약간의 차이가 있었다. 사고의 뒤처리를 신속하고 적절하게 그리고 아무도 눈

---

61) 포주(抱主) 창녀를 두고 영업을 하는 사람.

치 채지 못하게 감쪽같이 했고 또 운수 좋게 그게 그대로 적중해서 큰 사고로까지 발전한 적만 없다 뿐이었다.

내 손에는 겸자를 쥐었던 자리와 큐렛을 쥐었던 자리 세 군데가 옹이[62]처럼 뿌리 깊은 못이 박여 있다. 웬만한 읍을 구성할 만한 인명을 처치한 흔적이다. 그 일이라면 눈감고도 할 수 있을 만큼 이골이 났으면서도[63] 실수는 끊임없이 있어 왔다. 가장 가공할[64] 사고로 치는 자궁 천공[65]을 저지른 일만도 열 손가락을 넘게 헤아린다. 문제는 늘 눈 감고도 할 수 있다는 데 있었다. 실상 그 일은 눈이 필요 없는 일이었다. 어떤 명의(名醫)도 생명이 착상[66]한 신비한 오지를 육안으로 볼 순 없다. 눈은 헤걸이나 큐렛 끝에나 달려 있으면 된다. 그러나 큐렛 끝의 눈을 뜨고 있게 하기 위해선 한순간도 그것을 쥔 의사의 넋이 나가 있으면 안 된다. 나가 있을 땐 나가 있는 걸 결코 느끼지 못한다.

마치 잘 익은 꽈리를 따다가 성냥개비로 무심결에 구멍을 내면서 아차 할 때 같은 폭 하는 느낌이 헤걸 끝에 오면서 나갔던 넋은 돌아온다. 넋이 들어앉았을 땐 모르지만 나갔다 들어올 땐 순간적으로 이물처럼 어떤 감촉을 지닌다. 나는 그렇게 들어오는 넋의 냉혹한 감촉 때문에 나의 넋이 증오로 되어 있는 것처럼 느끼곤 했다. 그렇다. 나는 증오로써 그

---

62) 옹이 나무의 몸에 박힌 가지의 그루터기. 또는 '굳은살'을 비유적으로 이르는 말. 여기서는 후자의 뜻으로 쓰임.
63) 이골이 나다 어떤 일에 길이 들어서 아주 익숙해지다.
64) 가공하다(可恐―) 두려워하거나 놀랄 만하다.
65) 천공(穿孔) 구멍이 뚫림.
66) 착상(着床) 포유류의 수정란이 자궁벽에 접착하여 모체의 영양을 흡수할 수 있는 상태가 됨. 또는 그런 현상.

일을 했다. 그 일을 실수 없이 하기 위해선 내 얼굴 앞에 냄새 나는 치부를 얼굴처럼 쳐들고 자빠진 여자와 그 속에 자리 잡은 원치 않은 생명에 대한 증오가 잠시도 나를 떠나 있으면 안 되었다. 실수를 즉각 만회하는 데도 증오는 있어야 했다. 들어온 넋이 나를 완벽하게 지배하면서 나는 냉정하고 기민하고 정확하게 대처했다. 그렇다고 내 태도가 외견상 달라지는 건 아무것도 없었다. 안색 하나 안 변하고, 그럴수록 보다 침착하고 깨끗하게 소파를 끝마치고 항생제와 수축제를 주사하고 나서, 환자를 안정시키고 경과를 관찰한다. 자궁이 심한 후굴[67]이어서 소파가 어려웠으니까 통증이 좀 있어도 참으라는 둥 둘러댈 말은 얼마든지 있다. 잘 익은 꽈리 뚫어지듯이 맥없이 뚫어질 수도 있는 자궁이지만 생체는 꽈리하곤 다르다. 자신의 자연치유 능력을 가지고 있다. 여지껏 한 번도 천공이 복막염이나 그 밖의 큰일을 일으킨 일 없이 결과는 감쪽같았다.

그러나 그런 일을 한 번 치르고 나면 한바탕 몸살 비슷한 증세를 앓는 허약한 구석도 있어서, 그럴 때마다 그 노릇을 다시는 못 할 것처럼 정이 떨어지다가도 그래도 55세까진 해야지 하고는 마음을 다시 눙쳐[68] 먹곤 했었다. 55세에 특별한 뜻은 없었다. 나도 모르게 공무원이나 은행원의 퇴직연한에서 빌어 온 착상인 것 같았다.

이제 앞으로 사흘만 있으면 나는 만 55세가 되고 공교롭게도 그날은 이 일대가 도시계획에 걸려 경성상회를 철거해야 하는 마지막 날이기도 했다. 나는 그동안 번 돈을 착실하게 축적해 놓았기 때문에 노후를 슬슬

67) 후굴(後屈) 뒤쪽으로 굽어 있음.
68) 눙치다 좋은 말로 마음을 풀어 누그러지게 하다.

해외여행이라도 하면서 윤택하고 유유자적하게 보낼 수 있을 것 같다. 공무원 같은 연한이 있는 것도 아니고, 55세까지만 해먹겠다고 누구한 테 각서를 쓴 것도 아니지만, 더 해먹을 생각은 조금도 없다. 벌써 조용한 주택가에 마당 넓고, 예쁜 집을 마련해서 내부 단장까지 다 끝냈으니 들기만 하면 되고, 그 밖에도 적지 않은 집세가 들어오는 부동산이 또 있고, 막대한 금액의 노후보험 불입도 끝나 이젠 해마다 타먹는 일만 남 았다. 증권도 있고 채권도 있다. 내가 이제부터 할 일은 돈을 어떻게 버 느냐가 아니라 어떻게 그 돈을 다 쓰고 죽느냐.

그런데도 나는 내가 이 노릇 할 날이 앞으로 사흘밖에 안 남았다는 데 대해서 심한 조바심을 하고 있었다. 내가 이 노릇을 그만두기 전에 마지 막으로 꼭 해보고 싶은 게 한 가지 있었다. 그건 애기를 받아 보는 일이 었다. 내가 개업하고 나서의 첫 손님도 산모였다. 그러고 이날 입때 어 쩌면 나는 단 하나의 산 목숨도 받아 보지 못했다. 내가 그걸 의식적으 로 피하는 사이에 나는 그만 소파의 전문의로만 알려졌던 것이다. 처음 에 몇 년 동안만 해도 더러 해산 문의가 있어서 인근의 산원을 소개해 준 일도 있었건만 그런 일도 점점 줄어들고 근래엔 아주 없어졌다. 이제 저절로 산모가 굴러들어 올 가망은 없다.

그러나 나는 벌써 두어 달 전부터 60일, 50일…… 10일, 9일, 8일 …… 카운트다운까지 해가면서 초조하게 그 일을 기다리고 있다. 이제 사흘밖에 남지 않았다. 가망이 없다고 생각할수록 그 일이 하고 싶어 환 장을 할 지경이다. 생각해 보면 얼떨결에 내가 마수걸이로 그 일을 해냈 을 때만 해도 지금에다 대면 너무도 미숙한 애송이 의사였다. 그러나 지 금 나는 그때의 나를 일생을 정진해도 도달할까 말까 한 나, 늘 앞날에만 있는 나, 완성된 나, 이상화된 나처럼 느끼고 있다. 어느새 망령이 난 것처럼 시간까지 이렇게 내 속에서 도착(倒錯)[69]을 일으키고 있다.

사흘밖에 남지 않았다. 사흘밖에…….

만득(晩得)이 처가 만삭이 된 걸 본 순간부터 간절히 바라고 바라던 일이 아직 안 일어난 채 내가 그 일을 할 수 있는 날은 앞으로 사흘밖에 남지 않았다.

만득이는 내가 처음이자 마지막으로 받은 황씨의 외손자였다. 황씨는 그날 나한테 눈감아 달라고 애걸한 대로 그 아기를 업둥이가 들어온 걸로 동네방네 소문을 냈다. 처음엔 이름도 없이 누구나 다 업둥이, 업둥이 하면서 신기해만 하다가 이왕 들어온 업둥이 아주 아들 삼아 손을 잇게 하는 게 좋지 않겠느냐고 동네 사람들의 중론[70]이 모아졌다. 처음부터 그럴 작정이었던 황씨건만 그제서야 마지못해 그러는 것처럼 늦게 둔 자식이라는 뜻으로 만득이란 이름을 붙이면서 동네 사람들에겐 업둥이란 소리를 다시는 입 밖에 내지 말아 달라고 부탁했다. 업둥이가 들어온 지 한 달쯤 있다 혼자 피난 나갔던 딸이 돌아왔다. 비록 젖까지 먹일 순 없었지만, 딸은 새로 생긴 남동생을 극진히 양육해서 동네의 칭송을 한 몸에 받았다. 동생을 다섯 살이나 먹여 놓고 나니 노처녀 소리를 들을 나이라, 마침 전실 자식 없는 후취 자리가 나서서 부랴부랴 시집보내 아들딸 낳고 잘사니 그만하면 황씨의 각본대로 안 된 게 없었다. 황씨의 각본에서 나의 구실은 뭘까? 문득 그런 생각을 하면 이사라도 떠나 주고 싶지만 나의 병원은 날로 성업 중이었다.

69) 도착 본능이나 감정 또는 덕성의 이상(異常)으로 사회나 도덕에 어그러진 행동을 나타냄.
70) 중론(衆論) 여러 사람의 의견.

황씨는 고집 세고, 의심 많고, 인색한, 그래서 노랭이 황영감이란 별명까지 붙은 괴팍한 노인으로 늙어 가고 만득이는 훤칠하고, 씀씀이 좋고, 난봉 잘 피우는 청년으로 성장했다. 그동안에 동네 사람들은 수없이 갈려서 이제 만득이를 마누라가 노산후더침으로 죽어서 황영감 혼잣손으로 기른 외아들이란 걸 의심하는 사람은 아무도 없다.

나만이 모든 것을 알고 봐서 그런지는 몰라도 만득이에 대한 황영감의 애증의 갈등은 좀 심한 데가 있었다. 일찌거니 바로잡아 줘야 할 밥투정이나 주전부리[71] 버릇, 버르장머리 없는 말씨 등에 대해선 그저 오냐오냐, 따끔한 말 한마디 못 하다가도, 어쩌다 백점 받은 시험지를 받아 오면 누구 거 보고 썼나 대라고 매를 드는가 하면, 성적이 오른 통지표도 고쳐 썼을 거라고 생트집을 잡아 아이가 울고 집을 나가 며칠씩 안 들어오게 한 일도 있었다. 그럴 때마다 그의 딸이 친정에 돌아와 몰래 울고불고하다가 돌아가곤 했다. 황영감은 만득이에게서 딸의 피와 딸을 강간한 놈팡이의 피를 따로따로 갈라서 느낌으로써 자신을 괴롭히는 것 같았다. 인심 좋고 건강해 보이던 황씨는 의심 많고 인색하고 우울한 늙은이로 못되게 변해 갔다. 그의 전화위복은 결코 완벽하지 않았던 것이다. 그의 전화위복을 질투했던 나도 이젠 그것을 연민하는 마음이었다.

자기가 감히 생모라는 발설은 하지 않았지만 몰래몰래 후한 용돈을 주는 것으로 누나 이상의 애정 표시를 해온 생모 덕으로 만득이는 어려서부터 낭비벽이 붙었고 군대 갔다 와서 취직을 하더니 씀씀이는 더욱 호탕해져 버렸다. 그는 자기 월급이 얼마란 소리보다는 자기 회사의 연

---

71) **주전부리** 때를 가리지 아니하고 군음식을 자꾸 먹음. 또는 그러한 입버릇.

간 수출 실적이 얼마란 소리 하기를 더 좋아했다. 그는 마치 그 회사의 말단 사원이 아니라 대주주처럼 회사의 이익에 대한 신바람을 냈고 그걸로 자기의 씀씀이를 합리화시키려고 했다. 황영감은 이런 만득이를 경멸할 뿐 아니라 도둑놈처럼 경계하면서 마치 육체에는 한계가 있다는 것도 모르는 것처럼 한푼어치를 떨고 먹지 않고 입지 않고 다만 돈주머니를 불리고 움켜쥐었다. 만득이를 보는 그의 눈에 애정은 이미 없었다. 아마 그의 딸을 겁탈한 놈팡이의 피에 대해서만 생각하기로 작정한 모양이다.

그렇다고 그의 편견이 만득이에게서 끝나는 게 아니었다. 만득이가 자기 회사 수출 실적이 몇십만 달러라고 뽐내면, 흥 그놈의 회사 차관[72]은 얼말걸 하면서 그 갑절[73]도 넘는 수치를 둘러댔다. 그는 신문을 따로 대 보지 않고 우리 집에 오는 신문을 가로채다가 샅샅이 읽어서 아는 게 많았지만 수출고보다는 차관의 액수에 더 밝았고, 사람들이 잘살아야 하는 까닭에 대해서보다 못살아야 하는 까닭에 대해서 더 소상했고, 양지의 소식보다는 음지의 소식에 더 밝았다. 그는 만득이뿐 아니라 모든 사물을 그늘만 보면서 괴팍하고[74] 스산하게 늙어 갔다.

만득이가 제법 제 밥벌이라도 하게 되자마자 집을 뛰쳐나간 건 당연했다. 그 일이 황영감에게 충격이 되었는지 아닌지는 아무도 헤아릴 수 없었다. 황영감의 얼굴은 이미 더 불행해질 나위 없이 불행해진 뒤였으므로.

72) 차관(借款) 정부나 기업, 은행 따위가 외국 정부나 공적 기관으로부터 자금을 빌려 옴.
73) 갑절 배(倍).
74) 괴팍하다 붙임성이 없이 까다롭고 별나다.

지금부터 두 달 전 만득이는 만삭의 여자를 거느리고 집으로 들어왔다. 황영감은 반기지도 내쫓지도 않았고 딱 한 가지 예식을 올렸느냐고 물어봤다.

"아버지, 제가 아무리 불효자식이기로서니 아무려면 아버지 안 뫼시고 저희끼리 식을 올렸겠어요? 절 그렇게까지 다된 놈 취급하시면 저 정말 서럽습니다. 네, 서럽구말구요."

만득이는 이렇게 청승과 너스레[75]를 함께 떨었다. 만삭이 되어 들이닥치던 아람 번 밤송이처럼 걷잡을 수 없이 아기를 쏟아 놓던 딸 적에 놀란 가슴 때문이겠지만 황영감은 무슨 발작처럼 급히 예식을 서둘렀다. 며느리 될 여자가 뉘 집 딸이고, 몇 살 먹고, 뭐 하던 여자라는 것에 대해 일언반구 묻는 법도 없이 종점에 있는 슈퍼마켓 이층의 허름한 예식장을 빌려 때 묻은 웨딩드레스를 입혔다. 만득은 부득부득 해산하고 나서 시내 중심가 호텔 예식장에서 양가 친척과 친구를 다 불러 모아 성대한 결혼식을 올리겠다고 고집을 부렸지만 황영감의 우격다짐[76]엔 당하지 못했다. 아무도 초대하지 않아 내막[77]을 아는 이웃 사람만 몇 모인 식장은 썰렁했다. 특히 제일 큰 걸로 빌렸다는데도 지퍼를 올리지 못해 옷핀으로 대강 찡궜어도 허리가 한 뼘도 넘게 벌어져서 속치마가 드러난 신부의 웨딩드레스 차림은 차마 눈 뜨고는 못 볼 꼴불견이었다. 황영감이 해도 너무한다 싶게 날조한 것처럼 엉성한 결혼식이었다. 그래도 입심 좋고 명랑한 만득이는 몇 명 안 되는 하객한테 이건 오픈게임이고

75) 너스레 수다스럽게 떠벌려 늘어놓는 말이나 짓.
76) 우격다짐 억지로 우겨서 남을 굴복시킴. 또는 그런 행위.
77) 내막(內幕) 겉으로 드러나지 아니한 일의 속 내용. 속사정.

곧 본게임이 있을 테니 기대하시라고 익살을 떨었다.

"저런 싸가지 없는 놈을 봤나? 입이 헤프면 밑천이라도 굳던지, 밑천이 헤프면 입이라도 굳던지, 둘 다 헤퍼 가지고 설라문에 이런 망신당하는 것도 모르고…… 쯧쯧, 집안이 망하려니까."

황영감 말투에 의하면 오로지 만득이를 망신 주려고 그 결혼식을 꾸민 것 같았다. 아무튼 처음 구경하는 진풍경이었다. 모두 킬킬대고 수군댔다. 그러나 나는 웨딩드레스의 허리 다트가 터질 것처럼 부푼 신부의 배를 보는 순간 별안간 가슴이 심하게 울렁거리면서 그 아기를 내 손으로 받아 내고 싶다고 생각했다. 식장에서 돌아와서도 온종일 그 생각에서 헤어나질 못했다. 모체로부터 완전히 만출되기도 전에 벌써 눈을 뜨고 이 세상을 보던 신선하고 정갈한 아기의 눈을 또 한 번 보고 싶다는 갈망으로 심장이 죄어드는 것 같았다.

나는 비록 소파만을 전문으로 한 지가 근 30년이지만 황영감에게 내 쪽에서 부탁한다면야 그쯤은 쉽게 승낙해 줄 줄 알았다. 황영감의 인색한 성품을 생각해서 싸게 해준다거나 오래 세 들어 산 정리로 거저 해주마고 할 속셈까지 가지고 있었다. 그러나 황영감은 내 부탁을 일언지하에 거절하면서 차마 못 할 소리까지 했다.

"그 말도 안 되는 소리 좀 작작 허슈. 내가 아무려면 내 첫 손자를 사람백정 손에 맡길 성싶소."

그러고도 미진한지 부정탄 것처럼 당장 소금이라도 뿌리고 싶은 얼굴을 했다.

이런 동네서 이런 짓을 오래 하다 보면 거느린 창녀의 성병 치료하러 오는 데 따라온 포주가 어깨를 툭툭 치면서 선생님 대신 여보 당신 하면서 숫제 동업자 취급을 당하는 일도 있었다. 계집의 밑××으로 돈 벌긴 너나 내나 매일반이란 그들의 태도를 나는 크게 탓하지 않았고 그런 사람은 그런 사람 대접하면서 반죽 좋게[78] 살아왔다. 그러나 황영감한테서 들은 사람백정이란 소리는 가슴에 못이 박히는 것처럼 쓰라렸다.

만득이댁은 예식 올린 지 사흘 만에 종합병원 산과에서 아들을 순산했다. 나는 황영감한테 받은 가슴 아픈 수모에도 불구하고 퇴원한 아기를 보러 들어갔다. 아기는 내가 처음 받은 아기를 쏙 빼닮아 있었다. 나는 그 아기를 받은 누군지 모르는 산과 의사에게 맹렬한 질투를 느꼈다. 그리고 황영감한테서 받은 수모 때문에 잠시 단념했던 아기를 받고 싶은 욕심이 뜨겁게 재연하는 걸 느꼈다. 만득이 애기만 애길까 보냐. 의사 짓을 그만두기 전에 꼭 한 번은 애기를 받아 보고 말리라. 처음으로 이 세상을 보는 아기의 신선하고 정결한 눈과 힘찬 울음소리를 접하고 싶은 갈망으로 심장이 죄어들었다.

그때부터 카운트다운이 시작됐다. 그러나 그때는 앞으로 60일이나 남아 있었다. 설마 60일 안에 산모 하나 안 걸릴라구. 60일, 50일…… 10일, 9일…… 앞으로 사흘밖에 남지 않았다.

오늘도 세 건의 소파수술과 두 건의 성병 치료가 있었다. 그뿐이다. 나는 아래층으로 내려갔다. 농기구를 팔던 경성상회는 지금 식료품 상회지만 간판은 아직도 경성상회다. 한문 간판 단속 때 한글로 고쳐 썼을 뿐이다. 한글 간판 속의 '서울 그로서리'라는 알파벳엔 만득이의 입김 같은 게 느껴져 절로 웃음이 난다.

[78] **반죽 좋다** 노여움이나 부끄러움을 타지 아니하다.

"요구르트 하나 주세요."

신문을 보고 있던 황영감이 흘긋 한 번 쳐다보고 냉장고에서 요구르트를 큰 것으로 꺼내 준다. 나는 그것을 별로 좋아하지 않지만 안채로 들어가기 위해선 가게를 통하는 게 편하기 때문에 통행세처럼 그걸 한 병 사서 쭉 들이켠다. 모로 앉은 황영감의 목고개에 힘줄이 처참하도록 두드러져 보이고 구레나룻이 서릿발처럼 희다. 나는 가슴이 뭉클하면서 황영감이 요새로 부쩍 더 늙었다고 생각한다. 그런 뭉클함에는 어쩔 수 없이 아래 위층 한지붕 밑에서 30년을 같이 산 사이의 미운 정 고운 정이 엉겨 있다. 모로 앉은 황영감이 신문에서 눈을 떼지 않은 채 말세야 말세야라고 중얼거린다. 그에게 말세 아닌 날은 없다. 허구한 날이 말세다. 만득이한테서 딸을 보지 않고 딸을 강간한 놈팡이만 보고, 수출액보다는 수입액에 밝고, 우리 모두 얼마나 잘살게 됐나보다는, 우리 모두의 빚이 얼마나 늘어났나에 도통한 그의 심보는 모든 사물, 모든 사람 사는 켯속의 그늘만을 보니까.

하긴 황영감은 자신만의 그런 특이한 시선 때문에 어디서 둥둥 북소리 나면 우선 어깨춤 먼저 추고 나서는 소갈머리 얕은 이웃에 비해 사람이 어딘지 어렵고 줏대 있어 보이는 건 사실이다. 그러나 내가 여자들의 얼굴보다는 밑××에 대해 더 많이 알고 있다고 해서 여자들을 남보다 더 안다고 할 수 없는 것처럼, 그가 세상사에 그늘을 보는 눈이 유별난게 어떻게 남보다 세상사를 더 잘 아는 게 될 수 있으랴. 나는 엉뚱한 이치를 꾸며 대면서까지 그에게 동병상련 격인 연민을 느끼려 든다.

"아기 많이 컸죠?"

나는 아기를 보러 들어간다는 뜻으로 이런 말을 남기고 안채로 들어

갔다. 만득이댁은 웃음이 헤픈 여자다. 아기 자랑을 할 때도 남편 험담을 할 때도 시아버지 때문에 속 썩는 얘기를 할 때도 그저 싱글벙글이다. 그래 그런지 아기도 잘 웃는다. 제법 눈을 똑똑히 맞추고 나서 벙글 입이 헤벌어진다. 아기를 받아 보고 싶다는 어거지 같은 생각을 달래려 들어왔건만 되레 그 생각을 좀 더 죈 결과가 된다. 그 소망을 못 이루고 나의 직업에서 아주 손을 떼고 말면 죽는 날까지 비참한 신세를 못 면할 것 같다. 그러나 앞으로 사흘밖에 남지 않았다. 단지 사흘밖에.

2. 이틀 전

끔찍한 꿈이었다. 내 손에 박인 못이 암종[79]이 되어 온몸의 살갗으로 무섭게 퍼지는 꿈에서 깨어나려고 몸부림치면서 아스라이 악머구리 끓듯[80] 하는 한여름 밤의 개구리 소리를 들은 것처럼 느꼈다. 내가 나를 다방면으로 공격해 오는 이질적인 노린내와 무성한 가슴의 딜과 동아줄처럼 길고도 힘센 사지와 바윗덩이처럼 육중한 체중으로부터 벗어나려고 몸부림치면서 듣던 것도 개구리 소리였다. 그때, 그 개구리 소리는 인간들의 전쟁과는 아랑곳없이 너무도 태평스러워서 당장 당하고 있는 게 설마 꿈이겠지 생각하는 걸로 나의 의식을 비몽사몽간으로 흐렸었다.

---

79) 암종(癌腫) 표피, 점막, 선 조직(腺組織) 따위의 상피 조직에서 생기는 악성 종양. 조직을 파괴하고 각 부위로 전이를 일으킨다.
80) 악머구리 끓듯 많은 사람이 모여 시끄럽게 마구 떠드는 모양. '악머구리'는 잘 우는 개구리란 뜻으로, '참개구리'를 이르는 말.

그때와는 거꾸로 비몽사몽간에 들은 악머구리 끓듯 하는 소리 때문에 차츰 나는 깨어났다. 나는 우선 그게 꿈이었다는 걸 확인하기 위해 손에 박힌 못을 만져 보고 잠옷 속으로 손을 넣어 가슴과 배와 허벅지를 쓸어 본다. 55세까지 한 번도 애를 낳아 보지 못한 여자의 살찌고 노쇠한 살 갗의 감촉은 명주실처럼 부드럽고 탄력 없을 뿐 거슬리는 건 아무것도 없다. 꿈이었군. 그까짓 못, 앞으로 몇 달만 일손을 놓으면 깨끗이 풀리리라. 그래도 역시 마음은 언짢다. 꿈에서 온몸의 살갗으로 암종이 되어 퍼진 못이 손에 박힌 못이 아니라 심장에 박힌 못인지도 모른다는 엉뚱한 생각이 들면서 가슴이 답답하다. 나는 오랜 생활의 습관으로 침실의 창을 연다. 아스라이[81] 들리던 악머구리 끓는 소리가 확성기를 댄 것처럼 별안간 커지면서 방 안으로 쏟아져 들어온다.

요새 새로 생긴 교회에서 들려오는 새벽 예배 보는 신도들의 울음소리였다. 그 교회에 모이는 신도들은 허구한 날 그렇게 통곡을 했다. 나는 그 소리를 들을 때마다 내 속에 통곡하고 싶은 욕망과 한 방울의 눈물도 못 짜내리라는 확신이 같이 있는 걸 느꼈다. 아직 이른 새벽이다. 경성상회 이면의 동네가 남빛 어둠에 잠겨 있다.

이틀밖에 남지 않았다. 이틀밖에…… 잠이 완전히 깨면서 맨 처음 떠오른 생각은 이사 갈 날이 이틀밖에 남지 않았다는 것이었다. 살아 있는 애기를 받아 낼 가망도 앞으로 남은 이틀로 줄어들었다.

우단 의자가 놓인 남창(南窓)과는 반대쪽에 나의 살림방과 진찰실 겸 수술실이 있다. 살림방에서도 수술실에서도 쉽게 구태의연한[82] ㄱ자 아

---

81) 아스라이 (먼 곳에서 들려오는 소리가) 분명하지 않고 희미하게.

니면 ㄷ자의 지붕이 무질서하게 밀집한 퇴락한 동네가 내려다보인다. 서울의 눈부신 발전은 귀 있고 입 가진 사람이라면 아무도 이의를 제기할 수 없는 우리 모두의 상투어가 되었건만, 어떻게 된 게 나의 단골들이 살고 떠나가고, 들어오는 이 동네는 내가 처음 개업할 무렵과 별로 달라진 게 없다. 한옥도 아니고 양옥도 아닌, 일제 말기 한창 물자가 궁핍할 때 들어선 날림 양기와집들은 아무리 집 없이 살아도 세간살이라도 좀 반반한 거 가진 사람이라면 아무도 안 부러워하게 간살이 좁고 구질구질하고 늙어 빠졌다. 더군다나 경성상회를 위시한 이층 삼층의 상점들이 늘어선 한길로부터 지금은 복개[83]를 했지만 10여 년 전까지도 열린 채로 있던 더러운 개천을 향해 서서히 지대가 낮아지는 웅덩이 같은 동네라 여름마다 물난리를 안 겪고 넘어가는 일이 드물다. 한 집이 차지한 평수가 거의 30평 미만이어서 헐고 신축을 하려고 해도 허가가 안 나온다던가. 그래서 돈을 번 사람은 지딱지딱[84] 딴 동네로 떠난다. 몇 집을 사서 터서 새집을 짓는 방법도 있겠으나 그래 봤댔자 빈촌 속의 호화주택을 누가 알아줄 것인가. 그것을 무릅쓰고 그런 어리석은 짓을 할 만큼 이 알량한 동네에 애착을 가진 사람이 있을 리도 없고, 그래 놓으니 세상이 온통 잘살게 됐다고 떠드는 소리가 이 동네선 한낱 풍문에 불과했다. 그러나 풍문도 못 듣는 것보다야 얼마나 좋은가.

모두 겉보기보다는 잘산다. 풍문으로 들은 대로 제각기 흉내는 다 낼 줄 안다. 만득이가 제 월급보다는 즈이 회사 수출고를 믿고 씀씀이가 헤

---

82) **구태의연하다(舊態依然—)** 조금도 변하거나 발전한 데 없이 예전 모습 그대로이다. 여전하다.
83) **복개(覆蓋)** 하천에 덮개 구조물을 씌워 겉으로 보이지 않도록 함.
84) **지딱지딱** 서둘러서 마구 일 따위를 벌이는 모양.

프듯이, 어디서 둥둥 장구 소리 나면 얼씨구 엉덩춤 먼저 추듯이 실속 없이도 잘들 산다. 우선 살림만 하는 여편네들의 속옷과 사타구니가 창녀의 것처럼 깨끗해진 것만 봐도 그동안 얼마나 잘살게 됐나를 알 수가 있다.

창녀의 사타구니와 정숙한 여자의 그것과를 감히 비교하는 것은 정숙한 여자에겐 모독이 되겠지만 나는 다만 외관을 말하고 있을 뿐이다. 상식적으로 창녀의 것은 더럽고 정숙한 여자의 것은 깨끗한 걸로 돼 있지만 육안을 통한 관찰에 의하면 그와 정반대다. 어떤 창녀의 그곳은 거의 백치의 얼굴처럼 청결하다. 그러나 자기의 그곳이 가장 정숙하다고 믿는 여자일수록 그곳의 불결에 파렴치하다. 그것은 마치 뉘 집에서나 응접실이 가장 깨끗한 것과 같은 이치이리라.

이 동네서 창녀가 거의 자취를 감추고 나서 가장 눈에 띄게 달라진 건 교회당이 많이 생긴 거다. 인구가 밀집해서 동회에 가면 늘 차례를 기다려야 할 만큼 복작대지만 면적으로 봐선 과히 넓지 않은 동네에 교회당이 일곱 군데나 생겼다. 내가 이 동네에 자리를 잡을 때만 해도 한 군데도 없었다. 교회당은 자리를 잡았다 하면 해마다 다르게 불어나고 치솟는다. 이 동네서 번영이 풍문이 아닌 곳은 오로지 교회당밖에 없다. 일곱 개의 교회당은 다 같이 예수님을 믿을 터인데도 교파가 다른 제각기의 간판을 가지고 더러는 신도의 이동도 있는 모양이지만 신도가 모자라는 교회당은 없는 모양이다. 최근에 생긴 교회당은 무슨 교파인지는 모르지만 매일 아침 신도들이 모여서 처음엔 울다가 나중에는 박수를 치면서 환희에 찬 목소리로 거룩한 하나님을 찬송하고 헤어진다. 그게 그 교파의 예배 방식인가 보다. 신도가 아닌 이웃을 위해선 별로 바람직하지 못한 예배 방식인데도 새벽의 울음소리가 하루가 다르게 드높아지는 걸 보면 그 교회의 교세도 착실히 불어나고 있음에 틀림이 없으리라. 신도들의 반수 이상이 여자들이다. 그러니까 나의 단골들이기도 하다. 그들이 울면서 기구하는 건 뭘까. 허구한 날 어디서 저런 지겨운 통곡이 치받치는 걸까. 원치 않는 애기를 뱃속에 가지고 나를 찾아왔을 때 그들은 거의가 다 당장 죽고 싶은 절망적인 얼굴을 하고 있게 마련이다. 그러나, 그것이 안전하고도 정확하게 제거됐다는 것만 알면 그들은 당장에 개운하고 근심 없는 얼굴이 됐다. 그들의 고통을 털끝만 한 잔재도 안 남기고 뿌리 뽑아내는 내 솜씨는 참으로 영검했다. 마음속에 여자가 받는 그런 고통에 대한 뿌리 깊은 증오가 있음으로써만 그럴 수 있는 일이었다. 그들을 고통으로부터 해방시킨 건 나였다.

그런데 그들은 허구한 날 내 새벽잠을 깨우면서 서럽게 통곡을 한다. 도대체 저들을 울게 하는 또 다른 고통은 뭘까? 하나님도 그것을 나처럼 족집게로 집어내서 보여 줄 만큼 영검하진 못하리라. 그런데도 교회는 늘어나고 치솟는다.

언젠가 나는 이 교회, 저 교회로 옮겨 나니는 나의 단골인 가정부인한테 그 까닭을 물었었다. 내 딴에 그 여자를 무안 줄 마음보다는 각 교파 간의 특색에 대해 뭘 좀 알까 해서였다. 그 여자는 전에 다니던 교회는 병을 잘 고쳐 준다는 소문을 듣고 지병인 신경통이 나을까 해서 다녔는데 지금 다니는 교회는 재수를 좋게 해준다는 소문이 났기에 남편 돈벌이나 잘될까 해서 옮겨 갔다고 했다. 그렇다면 새벽마다 통곡의 자리를 마련한 교회선 무슨 약속을 내걸었을까?

하나님 아버지, 저들이 하나님 아버지를 믿는다고 골백번을 맹서해도 하나님 아버지는 저들의 말을 믿지 마소서. 저들은 지금 입으로 하나님 아버지를 찾고 있지만 저들의 밑××이 무엇을 찾고 무엇을 저질렀는지 저는 다 알고 있습니다.

나는 이렇게 저들이 울부짖으며 찾는 분에게 으스대는 마음까지 있다. 그러나 나의 속 내밀한 곳에도 뭉쳐서 마침내 딱딱하게 굳은 한 덩어리의 통곡이 있을지도 모른다는 의구심을 품게 하는 것도 바로 저 새벽의 울음소리이다.

새벽 어둠이 조금씩 걷히면서 제일 먼저 여기저기서 드러나는 건 교회의 첨탑들이다. 아직도 집들은 젖빛 어둠에 가라앉아 있어서 창을 통해 들어오는 시야가 온통 안개 낀 바다 같으면서 문득 교회의 첨탑들이 침몰해 가는 선박의 마스트[85]처럼 보인다. 통곡 소리는 메마른 아귀다툼[86]으로 변한다. 침몰해 가는 선박의 여객들이 서로 먼저 마스트 꼭대기로 기어오르려고 다투는 소리다. 마스트 꼭대기에 아직 사람은 안 보인다. 다투느라 아무도 그곳을 차지하지 못하나 보다. 차지하건 못 하건 결과는 마찬가지다. 어차피 선체는 침몰할 것이므로.

어둠이 점점 더 엷어지고 ㄱ자 ㄷ자의 지붕이 어렴풋이 떠오르면서 마스트 끝까지 기어오른 사람이 보이는가 했더니, 그건 사람이 아니라 텅 빈 십자가였다.

이틀밖에 남지 않았다. 마지막으로부터 둘째 날은 빠른 속도로 밝아오고 있다.

첫 번째 환자는 성병 치료를 받으러 다니는 화영이라는 창녀였다. 이 동네 살지는 않지만 전에 여기 살다 떠난 포주들이 보내오는 창녀들이

---

85) **마스트**(mast) 돛대. 돛을 달기 위하여 배 바닥에 세운 기둥.
86) **아귀다툼** 각자 자기의 욕심을 채우고자 서로 헐뜯고 기를 쓰며 다투는 일.

아직 쏠쏠히[87] 있었다.

　오늘은 포주인 전마담까지 따라왔다. 전마담도 이젠 많이 늙었다. 황영감과는 또 다르게 스산하면서도 울긋불긋 원색적인 전마담의 늙음이 남의 일 같지 않게 민망하고 측은하다. 그러나 나는 겉으론 심히 무뚝뚝하다.

　"웬일이야 전마담이 다 따라오고…… 참 사람 귀하네. 요샌 고작 저 화영이가 그 집 딸러 박슨가 보지?"

　나는 화영이를 진찰대에 뻗쳐 놓고 나서 대기실에 얼굴을 내밀고 퉁명스럽게 한마디 했다.

　"아냐요. 아무려면 내가 그간 년 밑××소식이 궁금해서 따라왔을라고요. 선생님, 내일까지만 영업하신다며요."

　"그래. 왜 섭섭해?"

　"그럼 내가 뭐 선생님처럼 목석[88]일 줄 아슈. 섭섭도 하고 부럽기도 하고. 난 언제나 그놈의 영업 그만두고 편히 살아 볼꼬?"

　전마담이 담배를 피워 물며 한숨을 푹 쉰다. 실찐 손의 팥죽색 메니큐어가 불결하고 처량해 보인다.

　"그 돈 다 뭐 하고 우는 소리야?"

　나는 이렇게 내뱉고 대기실 문을 탁 닫는다. 전마담은 농업학교가 미군부대였을 적부터 단골인 양공주 출신의 포주다. 그녀도 내 신세를 많이 졌지만 그녀가 데리고 있는 아이들도 멀든 가깝든 꾸준히 나한테로 보내는 진국 단골이다. 오랜 단골이면서도 여보 당신이라고까진 안 하

─────────────────────

87) 쏠쏠하다 품질이나 수준, 정도 따위가 웬만하여 괜찮거나 기대 이상이다.
88) 목석(木石) 나무나 돌처럼 아무런 감정도 없는 사람.

고 깍듯이 선생님으로 불러 주긴 하지만 나의 일이나 자기 일을 똑같이 영업으로 부르는 말투 속엔 의심할 여지없는 동업자 의식이 깔려 있다.

진찰과 치료를 끝마친 화영이가 묻는 말도 언제부터 영업해도 되냐는 거였다.

"내일서부터라도 해도 되겠지만 핑계 김에 며칠 더 쉬게 해줄까?"

"안 돼요, 의리가 있죠. 너무 오래 쉬어서 엄마한테 미안해 죽겠는데요."

"그래? 그럼 내일부터 당장 의리를 지키렴."

나는 씹어뱉듯이 말한다.

"선생님, 그래도 우리 엄마만 한 엄마도 드물어요."

화영이 늘씬한 가랑이에 팬티를 끼면서 포주를 변명한다. 화장은 야하지만 본바탕은 수수한 얼굴이다. 그러나 그녀가 팬티를 벗고 진찰대에 가랑이를 벌리는 동작은 군더더기 없이 극도로 세련되어 일종의 직업미 같은 걸 느끼게 한다. 나는 그녀를 아름답다고 생각한다.

세 사람이 다 대기실에 모이자 일종의 가족적인 무드[89] 같은 게 조성이 된다.

"요 앞길이 지금의 곱절로 넓어진다니 이 동네 수났군?"

"글쎄 말야. 전마담도 그 집 그냥 갖고 있었으면 부자 될 뻔했잖아?"

"아유 그까짓 옛날 얘긴 해 뭘 해요. 그렇게 부자 될 뻔한 거 놓친 게 어디 한두 번인가."

"우리 엄마 이번에도 또 큰 손해 봤어요, 선생님."

[89] 무드(mood) 어떤 상황에서 대체로 느껴지는 분위기나 기분.

"또 부질없는 욕심을 부렸겠지 뭐."

"선생님도 내가 언제 한눈파는 거 보셨어요? 되나 안 되나 한 우물만 파건만도 사고가 연발이니, 이 노릇도 이제 그만 해먹으라는 팔잔가 싶은데 뭐 모아 놓은 게 있어야죠."

"무슨 일인데 그렇게 풀이 팍 죽어 가지고 그래?"

"별일도 아녜요. 늘 있는 일이죠. 돈 많이 든 애가 빚만 들입다[90] 져 놓고 도망을 갔지 뭐예요."

"찾겠지 뭐, 다시 기어들던지."

"찾을 마음이 있어야 찾죠. 누가 빼내 갔다면 내 성질도 가만히 당하고만 있는 성질은 아닌데 죽자 사자 연애하는 남자 따라 도망을 갔다니 그만 마음 약해서 행복을 빌 수밖에요."

"전마담 천당 가겠어."

"선생님도 아시잖아요, 나 연애 좋아하는 거……."

전마담이 쓸쓸하게 웃는다.

"화영이도 빨리 연애해야겠다. 서러워서라도……."

"서럽다고 뭐 연애가 되나요."

나는 늘 거부하는 마음이면서도 너무 오랫동안에 걸쳐 서로를 알아 버려 이제 어쩔 수 없이 되어 버린 가족적인 무드에서 편안히 마음을 푼다.

"그나저나 집 헐리는 사람만 억울하게 됐잖아요. 경성상회만 안 헐렸으면 선생님도 앞으로 십 년은 넘어 더 영업하실 수 있었을걸."

"아냐, 딱 알맞게 그만두는 거야. 막상 날짜까지 정하고 보니 더는 누

---

90) 들입다 세차게 마구. 또는 무리하게 힘을 들여서.

가 죽인대도 못 할 것 같아."

"황영감은 어데로 떠난대요? 워낙 구두쇠라 한밑천 잡아 놓았겠지
만……."

"집터가 이 근처선 제일 넓으니까 보상금도 꽤 받았을걸. 가게 터 달
린 반반한 양옥을 사서 가게 물건도 그대로 옮긴다던데."

"그럼 나중에 봅시다. 선생님 영업 그만둔다니까 내가 젤로 한 팔 떨
어지는 것 같네요. 약도나 하나 그려 줘요. 성냥 사 갖고 집구경 가도
되죠?"

"안 돼. 양반 동네 가서 양반 행세하면서 살 참인데 전마담이 뭣 하러
찾아와."

나는 그러면서도 약도를 그렸다.

"난 오지 말라는 덴 더 드나드는 취미니까……."

전마담도 지지 않고 말대꾸를 하고 약도를 간직하고 치료비를 내고
돌아갔다.

이틀밖에 남지 않았다. 그러나 찾아오는 환자는 성병 아니면 소파를
원하는 임부였다. 이상할 건 하나도 없었다. 그건 내가 닦아 놓은 길이
었다. 궤도를 수정하기엔 이미 때가 늦었다. 이틀밖에 남지 않았다. 그
런데도 나는 내 손으로 애기를 한 번만 받고 나서 이 일을 그만두고 싶
다는 바람을 못 버리고 있다.

그런 나의 바람을 비웃듯이 오늘 소파를 한 세 임부의 내용물엔 하나
같이 3개월 미만의 작은 태아의 모습이 조금도 손상되지 않고 옹글다.[91]

---

91) 옹글다 물건 따위가 깨져도 조각나거나 축가지 아니하고 본대대로 있다.

대개는 손상되어 적출되는데 오늘은 좀 이상했다. 새끼손가락 끝의 한 마디만 한 크기의 태아가 인간이 갖출 구색을 얼추[92] 다 갖추고 있다는 건 아마 임부 자신도 모르리라. 다만 몸의 각 부분의 비율만이 완성된 인간하고는 딴판이어서 크기의 대부분을 두부(頭部)가 차지하고 있다. 그래 봤댔자 기껏 완두콩만 한 두부인 것을 놀랍게도 두 개의 눈이 또렷하게 박혀 있다. 눈꺼풀이 아직 안 생겼음인지 그 두 개의 눈이 마치 채송화 씨를 박아 놓은 것처럼 또렷하게 뜨고 있다.

내가 처형한 눈, 한 번도 의식화(意識化)되지 않은 눈, 앞으로 의식화될 가망이 전혀 없는 채송화 씨만 한 눈이 느닷없이 나의 어떤 지난날부터 지금까지를 한꺼번에 꿰뚫어 보는 듯한 느낌에 나는 전율한다. 그 채송화씨 만한 눈이 샅샅이 조명한 나의 생애는 거러지보다 남루하고 나의 손은 피 묻어 있다. 황영감이 그의 첫 손자를 이 세상에 맞이하는 일을 내 손에 맡기기 싫어한 걸 나는 이해할 수밖에 없다.

그 눈은 의식화되지 않았으므로 오히려 시계(視界)가 무한한가. 나의 지난날과 현재와 앞날을 종횡무진으로 간섭하고 내가 의지하고 있던 고정관념을 뒤흔들려 든다. 멀리선 포성이, 가까이선 개구리 울음소리 시끄러운 여름밤의 풀섶에서 당한 치욕을 핑계 삼아 그 후 한 번도 남자를 사랑하지 않고도 잘만 살아온 잘난 여자를 감히 지지리 못난이처럼 우습게 본다. 그래서 얻은 알토란 같은 이익에 간섭해서 당장 엄청난 손해로 바꾸어 놓는다. 그러고도 모자라 나를 의사는커녕 의술자도 못 된다고 비웃는다. 나의 의술은 환자의 고통을 대상으로 하지 않고 자신의 불

---

92) **얼추** 어지간한 정도로 대충.

순한 쾌감을 대상으로 하고 있으므로.

그 일을 할 때마다 되살아나던, 꽃다운 나이가 박해받은 기억과 박해를 또 다른 박해로써 갚으려는 비밀스러운 보복의 쾌감까지도 그 작은 눈은 꿰뚫고 있었다.

대기실과 상담실을 겸해서 넓고 쾌적하게 꾸며진 방의 남으로 난 창가에 아직도 우단 의자는 놓여 있다. 그 의자는 허구한 날, 내 눈에 거슬렸던 것처럼 오늘도 눈에 거슬린다. 손으로 우단 천을 결과 반대 방향으로 쓸면 다 바랜 잿빛 속에서 밝은 녹두색이 살아난다. 그 녹두색은 30년 전의 쑥색의 잔재다. 그 의자는 쑥색이었을 적에도 녹두색이었을 적에도 잿빛이 된 후에도 나의 병원과는 안 어울렸다. 단 한 번 아버지가 거기 걸터앉으셨을 때를 빼고는.

아버지가 거기 앉아서 뭐라고 말씀하셨더라. 예로부터 의술은 인술이라 했거늘. 어질게 써야 하느니라. 그때도 그랬지만 지금도 그 말씀을 생각하면, 절로 웃음이 복받친다. 그때 이미 나는 나의 기술로 돈 버는 수단을 삼기 위한 만반의 준비를 하고 있었다. 나는 때때로 어쩔 수 없이 그 우단 의자에다 신수 좋은 아버지의 모습을 재현시키고 바라다본 적은 있어도 그때 그 말씀으로 내가 하는 일을 간섭받진 않았었다. 나는 오로지 내 뜻대로 하면서 살았다. 그런데도 문득문득 그 우단 의자가 나의 넋을 움켜쥐고 있는 것처럼 느낄 적이 있다. 증오로 된 넋이 아닌 또 다른 넋을.

아무짝에도 쓸모없고 어떤 것하고도 안 어울리는 우단 의자를 버리지도 못하고 천덕꾸러기 취급도 못 하고 여지껏 남으로 난 창가에 모셔 놓고 있을 수밖에 없는 것도 그런 까닭이었다. 병원에 있던 건 단 한 가지도 나의 새집으로 가지고 들어가지 않을 작정을 한 지 오래건만 물끄러미 우단 의자를 바라보면서 나는 머릿속으로 그 의자가 놓인 새집의 남으로 난 창가를 그리고 있다.

이틀밖에 남지 않았다. 그러나 오늘 그 일이 일어나기엔 너무 늦었다. 나의 간절한 소망에도 아랑곳없이 가을 해는 이미 뉘엿뉘엿하다. 나는 입술을 질겅질겅 씹으면서 하릴없이 이 방 저 방 오락가락하다가 진찰실 탁자 위에 놓인 걸 보고 질겁을 했다. 빈 페니실린 병 속에 오늘 소파한 완두콩에 꼬리가 달릴 만한 크기의 태아가 셋 고스란히 포르말린에 잠겨 있지 않은가. 나는 순간적으로 격노해서 불에 덴 것처럼 간호원 미스 최를 불렀다.

"미스 최, 이게 무슨 짓이야? 왜 이딴 짓을 했어? 응 왜?"

나는 무섬을 잘 타는 아이처럼 조금은 겁까지 내면서 이렇게 떨리는 소리로 따졌다.

"선생님, 그거 제가 한 거 아녜요. 아까 선생님이 그렇게 해놓으시고서……"

미스 최는 되레 내 정신 상태가 의심스럽다는 듯이 눈을 똥그랗게 뜨고 항의했다. 미스 최는 그런 실속 없는 거짓말이나 장난을 칠 아이가 아니다. 그러고 보니 내가 그런 것도 같다. 왜 그랬을까? 나는 자신을 이해할 수가 없다. 옹글게 적출되는 태아가 신기하긴 해도 그런 것을 한두 번 본 것도 아니겠다 왜 그런 짓을 했을까. 하긴 태아를 월별로 각각 유리병에 나란히 담가 표본을 만들어 놓은 친구의 병원을 본 적도 있긴 있다. 그때 나는 인간으로 젓갈을 담가 놓은 것을 보는 것처럼 속이 메스꺼웠다. 그런 내가 나도 모르게 인간 젓갈을 담가 놓았으니.

"선생님, 그럼 버릴까요?"

미스 최가 페니실린 병을 주워 들며 말했다.

"아냐, 버리지 마. 안 돼."

나는 악을 빽 쓰면서 그걸 빼앗았다. 그걸 보관하거나 그 밖에 어떻게 할 생각이 있어서 그런 건 아니었다. 다만 버리는 걸 의식하면서 버리기가 싫어서였다. 여지껏 그런 것은 다른 오물과 함께, 버린다는 의식조차 없이 저절로 처리됐다. 그걸 오물 이상으로 생각하는 일을 거치지 않은 무의식적인 행동이었다. 근데 오늘의 무의식은 어쩌자고 그런 엉뚱한 실수를 한 것일까. 나는 그것을 빼앗아 탁자 위에 다시 놓으면서 미스 최가 나 안 볼 적에 그걸 슬쩍 없애 주길 바랐다.

그러면서 나는 자신에 대한 어떤 의구심에 사로잡혔다. 왜 나는 내가 이렇게 이해할 수 없는 거동이나 기색을 보일 때 기분이 더 나빠지는지. 하물며 자기 자신에 있어서랴. 하긴 그 우스꽝스러운 날림 결혼식 구경을 하면서 느닷없이 살아 있는 완전한 아기를 받아 보고 싶단 생각을 품기 시작하고부터 나는 나로부터 떨어져 나가 내가 도저히 이해할 수 없는 것이 되고 있는지도 모른다. 나는 나 자신에 대해서 될 수 있는 대로 따지지 말고 내버려 두자고 벼른다. 건드리면 건드릴수록 분리되는 수은처럼 자신이 산산조각 날 것 같아 나는 두렵다.

"선생님, 이따 양장점집 아줌마랑 물역 가겟집 아줌마랑 불러서 이거 줘도 되죠."

미스 최가 플라스틱 접시에 착색하지 않은 명란젓 비슷한 걸 받쳐 들고 내 눈치를 살핀다.

"그게 뭔데?"

"선생님 정말 오늘 이상하시다. 아까 소파한 태(胎)지 뭐예요?"

마침내 미스 최의 얼굴에도 의혹이 스친다. 나는 내가 나를 이상해하는 건 참을 수 있어도 남이 나를 이상해하는 건 참을 수가 없다.

"그래 그래, 그 여편네들이 참 그거 부탁했었지. 부르렴. 지금이라도."

나는 짐짓 관대하고도 명랑하게 미스 최의 소청을 들어준다. 요새 이동네 여편네들 사이엔 소파한 태반이 젊어지고 예뻐지는 신기한 영약이라는 소문이 그럴듯하게 유포되고 있다. 나는 의사로서 그게 전혀 근거 없다고는 못 해도 떠도는 소문처럼 그런 신기한 효과를 거둔다고도 물론 생각하고 있지 않다. 그러나 젊음이나 미용이 다분히 기분이라는 걸 감안해서 그렇게 믿고 먹으면 효과가 있을지도 모른다고쯤은 여기고 있다.

나한테 몇 번씩이나 가랑이 벌린 단골 여자들도 그걸 먹고 싶단 소리를 차마 나에게 직접 못 하고, 대개 미스 최한테 청을 들이는 모양이다. 그럼 나는 그 여자들을 불러들여 미스 최 방에서 먹도록 허락을 해왔다. 뒷구멍으로 빼돌리면 상할 염려도 있고, 또 돈푼이 오고 갈 수도 있을 가능성을 미리 막고자 해서였다. 미스 최한테 그만한 청을 들일 만한 단골은 나하고도 곰삭을[93] 대로 삭은 사이라 별로 스스러워하지 않고 그것을 먹으러들 왔다. 그냥 먹기가 비위 상하는 여자는 소주를 한 병 슬쩍 차고 들어와 안주로 회 먹듯이 먹는 여자도 있었다. 회춘제[94]라면 물불 안 가릴 때면 이미 여자가 가장 헤벌어지고 뻔뻔스러워졌을 때라 소주 한 잔 들어간 김에 음담패설이 없을 수가 없었다.

그런 여자들을 구경하노라면 진찰대에 치부를 얼굴처럼 쳐드는 자세

---

93) 곰삭다 두 사람의 사이가 스스럼없이 가까워지다.
94) 회춘제(回春劑) 정력을 회복하는 작용을 하는 약제.

로 누워 있을 때하곤 또 다르게 여자의 추악함이 그 극한까지 다다른 것을 보는 것 같은 잔혹한 쾌감을 느끼곤 했다. 그러니까 여자들에게 남의 미숙한 태반을 먹이고, 그 비릿한 입으로 음담을 지껄이게 하는 것도 내 나름의 여자들에 대한 박해의 한 방법이었다. 증오로써 할 수 있는 일 중 박해처럼 자연스러운 일도 없다. 이렇게 끊임없이 나는 내가 여자이기에 받은 치가 떨리는 박해의 기억을 수단 방법 가리지 않고 남에게 분배함으로써 나만의 억울함을 덜어 보려 하고 있었다. 그러나 그건 결코 덜어지지 않았다. 아무리 남을 비참하고 추악하게 만들어 놓고 비교해도 역시 내가 더 비참하고 추악했다.

소주 두어 잔과 색다른 안주로 눈가가 도화꽃처럼 피어오른 물역 가겟집 아줌마가 된 소리 안 된 소리 해롱거리더니 비틀대며 대기실로 걸어 나와 우단 의자에 앉으려고 했다. 나는 질색을 하면서 그녀를 소파로 떠다밀었다. 양장점집 여자도 따라 나와 둘이 나란히 앉았다. 두 여자가 어색하게 심란스러워하는 게 아마 작별의 말을 하고 싶은 것 같았다.

"내일모레죠?"

조신하고[95] 술도 못 하는 양장점집 여자가 먼저 말을 꺼냈다.

"선생님 정말 병원 아주 그만두실 거예요? 섭섭해서 어쩌지?"

"지금은 그러셔도 밴 도둑질을 못 그만두실 거니 두고 보시오. 쬐금만 쉬시다가 우리가 삘딩 올리거든 한자리 드릴 것이니까 그땐 사양 말고 나오셔야 해요. 안 나오시면 우리들이 작당[96]을 해서 끌어내지 뭐."

물역 가게도 양장점집도 이번 도시계획으로 저절로 길가에 나앉게 되

---

95) 조신하다(操身―) 몸가짐이 조심스럽고 얌전하다.
96) 작당(作黨) 떼를 지음.

어 빌딩을 올린다고 대단히 들떠 있었다. 다른 집들도 그렇게 크게는 못 좋아지더라도 불량주택 개선지구에 든다니까 이 동네도 오랜만에 변화가 있을 모양이었다.

"댁에서라도 단골만은 좀 봐주셨으면 좋겠어요. 딴 병원은 몰라도 산부인과는 단골이 좋은데……."

"그래 그건 맞는 소리요. 나는 딴 사내한테 가랑이 벌릴 생각을 하면 아주 기분 나쁘지도 않더니만, 딴 의사한테 그 짓 헐 생각허면 영 기분이 안 좋습디다요. 선생님 어떡하면 그동안에 애가 안 생기게 헐까요?"

"××하지 말아요."

나는 씩 웃으면서 한마디 해주고는 자리를 일어섰다. 그들은 그들이 하던 음담의 연장인 줄 아는지 몸을 비틀고 킬킬댔다. 아직 젊었을 때만 해도 동네 여자들이 피임에 대해 상담해 오면 진지하게 조언을 해주고 도표나 기구 같은 걸 나누어 주기도 했었다. 그러나 이 동네 여자들은 만날 가르쳐야 한글도 못 깨치는 저능아처럼 같은 실수를 되풀이했다. 까다롭게 신경 쓰는 일도 싫어했고, 쾌락을 줄이는 방법은 더군다나 질색이었으니, 이제 내가 해줄 수 있는 말은 그 말밖에 남아 있지 않았다. 번연히 그 대답이 나올 줄 알면서도 자주 그런 질문들을 하는 걸 보면 그 쌍소리 자체를 즐기자는 심보이리라. 나 역시 그렇게 말해 주고 나면 침을 뱉어 준 것처럼 후련해지곤 했다.

"잘 먹었어요, 선생님."

"고마워, 미스 최."

마치 포식을 한 잔칫집의 손님 같은 말을 남기고 두 여자가 돌아가는 소리가 났다.

나는 내 방 창가에 앉아 하나 둘 불을 켜기 시작하는 동네를 내려다본다.

황영감네 안마당이 바로 눈앞에 펼친 손바닥처럼 빤히 내다보인다. 마당에까지 불을 밝히고 이삿짐들을 챙기고 있다. 친정 이사를 거들기 위해 왔는지 어제도 안 보이던 황영감의 딸의 모습이 보인다. 그녀도 많이 늙었다. 만득이의 갓난아기를 안고 서서 이것저것 총찰[97]만 하지 직접 일을 하진 않는다. 때때로 아기하고 볼을 부비기도 하고, 뭐라고 지껄이기도 한다. 아기가 방긋 웃었는지 큰 소리로 바쁜 사람들을 불러 모아 자랑스럽게 보여 주기도 한다. 가슴속에서 사랑이 마구 샘솟는 것처럼 자애와 행복으로 충만한 얼굴이다. 겉으로는 고모 행세를 하고 있지만 속으로 할머니일 테니 그럴 수밖에 없겠지. 나는 홀린 듯이 눈 아래 펼쳐진 어수선한 광경 속에서 황영감 딸의 모습만을 뒤쫓는다. 어째 온몸이 꺼풀만 남은 것처럼 허전해지고 있다.

나는 황영감 딸의 비밀스러운 악몽에 동참했던 걸로 마치 내가 그녀를 움켜쥐고 있는 것처럼 여겼었는데 그게 아니었다. 그녀는 이미 오래전에 놓여나서 내가 이해할 수도 손 닿을 수도 없는 고장 사람이 되어 있었다. 아직도 악몽에 갇혀 있는 건 그녀가 아니고 나였다.

이틀밖에 남지 않은 날이 가속이 붙은 것처럼 빠르게 침몰해 가는 느낌에 몸을 맡긴 채 나는 생각했다.

홀로 사는 여자보다는 더불어 사는 여자가 아름답다고, 더불어 살되 아들딸 가리지 말고 둘만 낳는답시고 소파를 열두 번도 넘어 했으되 그래도 아들딸이 서넛은 되는 여자가 훨씬 아름답다고, 그보다 더 아름다

---

97) 총찰(總察) 모든 일을 맡아 총괄하여 살핌.

운 여자는 서방이 수없이 있으면서도 평생에 연애 한번 해보기가 소원인 창녀고, 그보다 더 아름다운 여자는 도망간 창녀가 죽자 사자 연애하던 남자를 따라갔대서 찾지 않기로 마음먹은 산전수전 다 겪은 늙은 포주라고, 마치 고정관념을 허물어 거꾸로 쌓듯이 그렇게 생각했다.

이제 밤도 깊었다. 나는 눈 아래 펼쳐지는 야경 속에서 하나, 둘, 셋 …… 교회당의 뾰족지붕을 센다. 그것은 일곱까지 있다.

하나님, 제가 지금 연애를 하고 싶다면 얼마나 꼴불견이겠습니까. 조롱거리나 되겠죠. 하나님, 저를 그렇게까지 추악하게 만들지는 마시옵소서. 그 대신 바라옵건대 저에게 살아 있는 아기를 받을 기회를 마지막으로 한 번만 주소서. 그게 왜 그렇게 하고 싶은지는 묻지 마소서. 그건 저도 모르니까요. 지금 저에게 중요한 건 '왜?'가 아니라 그게 절절히 하고 싶다는 겁니다. 제 소청을 물리치지 마시옵소서.

나는 생전 처음 기도를 하고 있는 자신을 느끼고 쓸쓸하게 실소했다.

3. 마지막 날

나의 새집 뜨락이었다. 양지바르고 전망이 좋아 예쁜 집들과 잔디가 푸르고 온갖 꽃이 만발한 마당들을 한눈에 굽어볼 수 있었다. 나의 집 뜨락만이 텅 비어 있을뿐더러 두텁게 콘크리트까지 쳐져 있었다. 나는 주머니 가득히 꽃씨를 가지고 있었기 때문에 콘크리트 바닥을 발로 쾅쾅 굴러 보기도 하고 손톱으로 후벼파 보기도 했지만 요지부동이었다. 나는 내 손발 외에는 아무런 연장도 없었다. 연장이 없어 답답하면서도 나는 연장을 안 가져오길 참 잘했다고 생각하고 있었다. 꿈속에서도, 내가 버리고 온 연장은 호미나 곡괭이가 아니라 겸자, 헤걸, 큐렛 등이었다.

나는 할 수 없이 주머니 속의 꽃씨를 홀홀 콘크리트 바닥에 뿌렸다. 뿌리고 보니 채송화 씨였다. 조그만 채송화 씨들은 순전히 제 힘으로 콘크리트 바닥을 잘도 뚫고 땅속으로 들어갔다. 콘크리트 바닥은 순식간에 푸실푸실[98] 떡고물처럼 곱게 부서졌다. 작은 씨앗들은 단박 싹이 나고 잎이 나더니 색색가지 꽃을 피웠다. 빨강, 노랑, 분홍, 자주…… 나의 뜨락은 난만한[99] 채송화 꽃밭이 되었다. 그러더니 꽃들은 저희끼리 싸우기 시작했다. 울고불고 아우성치는 게, 꽃들의 목소리는 아이들의 목소리하고 어쩌면 그렇게 닮아 있는지, 목소리뿐 아니라 꽃들의 얼굴까지 입이 생기고 눈코가 생기면서 아기의 얼굴을 닮아 갔다. 나의 뜨락은 이제 꽃밭이 아니었다. 수도 없는 아기들의 얼굴이 땅속에서 얼굴만 내밀고 원성같이 듣기 싫은 소리로 한없이 울어 대는 생지옥이었다. 그만 그만 울라니까, 당장 그치지 못할까. 불도저로 밀고 다시 콘크리트를 입히기 전에 뚝 그치라니까 뚝, 뚝, 그만, 그만……

또 악몽이었다. 꿈에서 깨어났건만 울음소리는 약간 멀어졌을 뿐 여전히 계속되고 있었다. 습관적으로 창문을 열었다. 아스라이 멀어져 간 울음소리가 확성기를 댄 것처럼 별안간 커지면서 방 안으로 쏟아져 들어왔다. 아침 예배 보는 신도들의 울음소리였다. 아직 이른 새벽이다. 교회당의 첨탑들이 침몰해 가는 선박의 마스트처럼 보이고 울음소리는 물에 잠긴 선체에서 선객이 마지막으로 외치는 살려 달라는 소리처럼

---

[98] 푸실푸실 물건이 꽤 바싹 말라서 매우 잘게 부스러지기 쉽거나 잘 엉기지 아니하는 모양.
[99] 난만하다(爛漫—) 꽃이 활짝 많이 피어 화려하다.

처절하다. 내 속에서 통곡하고 싶은 욕망과 단 한 방울의 눈물도 못 짜 내리라는 확신이 어느 때보다도 심하게 갈등한다.

오늘이 마지막 날이다. 카운트다운이 제로를 앞둔 긴박감과 도저히 단념할 수 없는 절실한 소망이 두 가닥의 새끼줄이 되어 나를 쥐어짜는 것 같다.

나는 그 일이 안 일어날 것을 알고 있다. 그러면서도 기다림을 멈추질 못한다. 오늘까지 정상적으로 일을 하자고 했는데도 미스 최는 아침부터 작업복 차림으로 자기 짐을 싸고 있다. 이 거리의 끝에서부터 이미 철거 작업은 시작되고 있다. 봄날의 황사 현상처럼 창밖의 공기는 부예니 불투명하고 우수수 우수수 날림 집 허물어지는 소리도 간간이 들린다. 이 까짓 동네가 뭐가 좋다고 흉흉한 마지막 날을 볼 때까지 남아 있었을까?

황영감, 만득이, 그리고 남의 태반을 신비한 미약(媚藥)[100]인 줄 알고 탐내지만, 실은 자신이 그것의 제공자이기도 한 여염집 여편네들, 동녀[101]처럼 무구한 사타구니를 가진 창녀들과 그녀들이 엄마라고 부르는 포주들……, 그동안 내가 고통을 덜어 주거나 비밀에 관계했던 그 사람들을 나는 통틀어 무시하면서 언제고 아쉬움 없이 떨칠 수 있다고 생각했다. 나는 항상 베푸는 입장이고 그들은 신세 지는 입장이라는 걸 의심해 본 적이 없다. 그러나 이제 와서 생각하니 신세 진 건 그들이 아니라 나였다. 속속들이 알고 있어 어쩔 수 없이 그렇게 되어 버린 소위 가족적인 관계라는 게 두고두고 아쉬울 사람은 그들이 아니라 나였다. 나는 앞으로 그들에 대해서밖에 생각할 게 없으련만 그들은 곧 나를 잊

100) 미약 성욕을 일으키는 약.
101) 동녀(童女) 여자 아이.

을 것이다.

"오늘도 설마 환자가 있을라구요?"

미스 최는 오늘로 떠나고 싶은 눈치다. 퇴직금도 섭섭잖게 지불해 줬고, 며칠 쉬고 나서 입주할 수 있도록 새 직장도 정해 줬다. 내일 아침 같이 떠나기로 약속했지만 하루쯤 먼저 떠나고 싶다면 붙잡지 않는 게 야박하지 않은 처사련만 나는 그러지를 못했다.

"미스 최, 언제 하루라도 우리 병원이 환자 없어 공치는 거 본 적 있어?"

이렇게 장사꾼 같은 말투로 미스 최를 윽박질렀다. 마침 이때 스무 살도 안 돼 보이는 앳된 소녀의 얼굴이 계단 밑으로부터 떠올랐다. 소녀는 계단을 다 올라오지 않고 상반신만 내놓고 우선 안의 분위기를 염탐하려는 듯했다. 죄지은 듯 불안한 눈이 내 시선에 붙잡히자 울상이 되더니 꼼짝도 안 했다. 올라올 것인가 뒷걸음질 칠 것인가를 망설이는 게 너무 역력히 드러나 차라리 애처로웠다. 나는 소녀가 뒷걸음질 쳐주길 바랐다. 고 또래가 그런 울상을 하고 산부인과를 찾는 목적은 보나 마나 뻔했다. 나는 마지막 날, 그런 수술은 하고 싶지 않았다.

그러나 미스 최가 부랴부랴 가운을 걸치면서 계단 중턱에 못 박힌 소녀를 손수 부축해 끌어 올렸다. 나의 철저한 장사꾼 근성[102)]에 대한 그녀 나름 대거리[103)]를 하는 셈인 것 같았다.

다 올라온 소녀를 보자마자 나는 가슴이 울렁거리기 시작했다. 뜻밖에 소녀의 배는 상당히 불렀다. 배를 밋밋하게 하기 위해 엉덩이를 뒤로 쑥 빼고 있었지만 내 눈은 못 속인다. 거의 만삭에 가까워 보였다. 어쩌

102) 근성(根性) 뿌리가 깊게 박힌 성질.
103) 대거리 상대편에게 언짢은 기분이나 태도로 맞서서 대듦. 또는 그런 말이나 행동.

면 소녀는 아기를 분만하려고 왔는지도 모른다. 그렇다면 보호자가 한 두 명 따라왔음직한데 아무도 안 보였고, 내 앞에 홀로 선 소녀는 눈에 눈물이 그득한 채 와들와들 떨고 있었다. 수치감인지 공포감인지 나로선 분간을 할 수가 없었다. 우선 소녀를 안심시키는 일이 급했다.

"아기를 가졌군요? 그렇지만 그렇게 두려워할 거 없어요. 좀 이른 나이 같긴 하지만 아기를 가질 수 있는 나이라면 능히 낳을 수도 기를 수도 있는 거예요. 자아, 자아, 마음 푹 놓고 선생님한테 자초지종을 얘기해 봐요."

나는 차트를 집어 들며 이렇게 곰살궂게[104] 달랬다. 무뚝뚝하고 막말하기로 소문난 나의 어디서 그런 간사스러운 목소리가 나오는지 내심 신기할 지경이었다.

"아녜요. 선생님, 저 임신 아녜요. 누가 그래요? 제가 임신했다고?"

뜻밖에 소녀가 머리를 세차게 흔들면서 앙칼지고도[105] 분명한 소리로 말했다.

"그래요? 미안해요. 넘겨짚어서…… 그럼 여긴 왜 왔나요?"

"지, 진찰을 받으려요."

"여긴 산부인과 병원이고, 산부인과 병원에선 어떤 병을 진찰한다는 걸 알고 왔나요?"

나는 소녀가 혹시 정신이상이나 지능 미달일지도 모른다는 생각이 퍼뜩 들어서 어린애 다루듯 했다.

"네, 알아요."

104) 곰살궂다 태도나 성질이 부드럽고 친절하다.
105) 앙칼지다 매우 모질고 날카롭다.

소녀가 나를 똑바로 보면서 분명한 목소리로 대답했다. 나는 차트에다 이름이랑 주소랑 생년월일 등 형식적인 사항을 적고 나서 증세를 물어보았다.

언제부터인지 자세한 날짜는 생각 안 나지만 이른 봄부터 생리 현상이 없어지고 배가 조금씩 불러 오더니 뱃속에서 뭔가 꿈틀대는 지가 두어 달 넘었다는 게 소녀의 증세였다. 깜찍한 소녀였다. 목적이 뭔지는 모르지만 소녀는 나를 우롱할 셈인 것 같았다. 이젠 소녀의 눈은 눈물 자국도 없이 메말라 있었고, 태도도 썩 후안무치했다.[106] 나는 위신을 잃지 않고 점잖게 말했다.

"자세한 건 진찰을 해봐야겠지만, 지금까지의 소견[107]은 십중팔구 임신이겠는데."

"전 남자하고 자지 않았어요."

소녀가 제법 날카로운 목소리로 항의했다.

"난 아가씰 퍽 어리게 봤더니만 생년월일을 보니 스무 살이나 됐군. 그 나이에 곧 탄로가 날 거짓말은 안 하는 게 좋아. 미스 최 진찰 준비……."

소녀는 입만 쫑긋대면서 나를 강하게 노려보았다. 미스 최가 그녀를 끌다시피 진찰실로 들어갔다. 내가 가운을 입고 들어갔을 때 미스 최와 소녀의 실랑이가 한창이었다. 소녀는 막무가내 미스 최가 시키는 대로의 진찰을 위한 자세를 거부하고 있었다. 나는 소녀의 부른 배를 훑어보며 그대로 침대에 눕도록 했다. 소녀는 배를 만져 보는 것까지 마다하진 않았다. 육안으로도 보이게 태아는 잘 놀고 있었고 심음[108]도 확실했고

---

106) 후안무치하다(厚顔無恥—) 뻔뻔스러워 부끄러움이 없다.
107) 소견(所見) 어떤 일이나 사물을 살펴보고 가지게 되는 생각이나 의견.

위치도 좋았다.

"임신이에요. 칠 개월 내지 팔 개월……."

"아니에요. 전 남자하고 자지 않았다니까요."

소녀가 발딱 일어나 앉으면서 울부짖었다. 그러더니 제 스스로 속옷을 훌훌 벗고는 진찰대에 누우면서 말했다.

"아닐 거예요. 절대로 그럴 리가 없어요. 똑똑히 진찰해 주세요."

소녀의 이런 태도는 필사적인 데가 있었다. 진찰을 끝마치고 임신이란 소리를 또 한 번 하는 게 너무 무자비한 것 같아 망설여질 지경이었다.

"아니죠? 선생님, 제가 죽을병이 든 거죠?"

소녀는 팬티도 안 입고 꼿꼿이 서서 말했다. 나는 내가 되레 허물을 추궁당하고 있는 것처럼 무안해하면서 더듬거렸다.

"죽을병이라니 당치도 않아. 엄마도 아기도 건강해. 아가씨는 곧 애 엄마가 되는 거야."

소녀가 왈칵 내 가슴으로 쓰러졌다.

"안 돼요. 안 돼. 그럴 순 없어요. 나 죽어. 내가 죽을 테야. 난 살 수 없어. 내가 죽을 수밖에 없어……."

소녀는 몸부림쳤다. 얼굴은 눈물로 범벅이 되고 어깨와 가슴은 경련하듯 꿈틀대고 있었다. 소녀의 눈물이 내 블라우스 깃을 적시고 팔은 내 목고개를 감았다.

"선생님 어떡하면 좋죠? 전 어떡하면 좋죠? 죽을 수밖에 없어요. 선생님, 선생님……."

---

108) 심음(心音) 심장이 수축하거나 확장할 때 나는 소리.

나는 소녀를 감싸 안았다. 소녀는 내 품 안에서 더욱 격렬하게 몸부림 쳤다.

"언니 어떡하면 좋지? 난 어떡하면 좋지. 죽을 수밖에 없을 거야. 언니, 난 당장 죽어 버릴 테야."

나도 내 뱃속에 원치 않은 아이가 생겼다는 걸 알았을 때 이리에서 개업하고 있는 선배 언니네 병원에 가서 이렇게 울부짖었었다. 소녀를 안고 있는 나에게 그때의 생지옥 같은 고통이 생생하게 되살아났다. 죽고 싶다는 게 그때처럼 거짓말이 아닌 적은 그 후에도 그전에도 없었다. 나는 소녀를 그렇게 만든 자에 대해 살의에 가까운 분노를 느꼈다. 나는 소녀와 마찬가지로 눈물이 솟았고 분하고 억울해서 살점이 있는 대로 떨렸다. 이미 그건 소녀에 대한 동정의 분노가 아니라 아득한 지난날로부터 고이고 고인 나의 한이었다.

"미스 최, 진정제, 진정제를……."

미스 최가 진정제를 가져다 소녀에게 먹였다. 소녀가 엉엉 울면서 그것을 받아먹었다.

"미스 최, 일인분만 더……."

나도 진정제를 먹고 소녀를 부축하고 내 방으로 갔다. 진정제 때문인지, 격분이란 마냥 지속되는 게 아니어선지, 소녀는 울음을 그치고, 자초지종을 차근차근 얘기했다. 홀어머니 밑에서 중학교까지 다닐 때만 해도 넉넉지는 못해도 단란한 집안이었다고 했다. 홀어머니가 무슨 병인지 미처 병원에 갈 새도 없이 돌아가신 후, 삼남매가 삼촌, 이모, 고모네로 흩어졌는데 장녀인 소녀는 자진해서 가장 어렵게 사는 고모네를 택했다고 했다. 고모네 식구는 싸구려 하숙을 치면서 근근이 살고 있어 소녀도 자연히 식모처럼 잔심부름을 거들며 잔뼈가 굵었는데 나이 들수록 그럴 바에야 차라리 남의 집 식모를 사는 게 월급이라도 제대로 받을 수 있을 것 같아 마땅한 기회를 엿보고 있던 중 그런 일을 당했다고 했다. 소녀는 부득부득 남자하고 잔 일이 없다고 우길 만도 한 게 늘 고모의 딸인 사촌 동생하고 같이 자다가 그 애가 수학여행을 가서 혼자 잔 날 밤, 잠결에 어둠 속에서 이미 온몸을 짓눌린 연에 깨어나긴 했어도, 죽을 기를 쓰고 버둥거려 그 일을 오래 당한 것 같진 않다고 말하면서 그렇게 쉽사리 아이를 밸 수도 있느냐고 다시 못 미더워했다. 여인숙 비슷한 하숙집에서 어둠 속에서 잠결에 당한 일이라 그가 누구라는 건 짐작도 할 수 없거니와 짐작한들 뭐 하냐는 것이었다.

어림짐작이라도 할 수 있으면 그자를 찔러 죽이고 자기도 죽으려면 또 모를까, 그자와 어떤 인연을 갖는 것은 생각할 수도 없는 일이라고 했다. 내가 그것 비슷한 얘기를 비쳤더니 당장 겨우 가라앉은 발작이 재발하려고 했다.

"어떡하면 좋죠? 선생님. 그게 확실해졌는데 어떻게 살겠어요? 창피한 것도 둘째예요. 그냥 죽고 싶어요. 아니 뱃속의 그걸 죽이고 싶어요. 그걸 죽이겠어요. 그걸 죽이고 제가 죽는 거예요."

소녀는 한 차례 체머리를 흔들더니 고개를 꼿꼿이 곧추세웠다. 소녀의 눈이 눈물 없이도 번들거렸다. 그건 명확한 살의(殺意)였다. 증오의 극한이 살의라면, 살의 중에서도 가장 냉혹하고도 열렬한 살의는 자기 몸속에 있는 것에 대한 살의라는 걸 나는 경험으로 알고 있었다. 그때 그 선배 언니네 병원에서 나를 내 뱃속에 있는 것으로부터 자유롭게 해주지 않으면 나도 아마 죽음을 택했을 것이다. 결코 창피해서가 아니었다. 내 몸속에 있는 걸 죽이는 유일한 방법이 내가 죽는 거니까 죽으려고 했을 뿐이다. 어떤 살의도 자기 살 구멍은 터놓으려 들지만, 제 몸속에 있는 것에 대한 살의는 그 목적을 달성하는 유일한 방법이 자기 목숨을 내놓는 일이라도 마다하지 않을 만큼 엄청난 것이라는 걸 나는 알고 있었다.

나는 소녀를 죽게 내버려 둘 순 없다고 생각했다. 선배 언니가 나한테 베푼 걸 나도 소녀에게 베풀기만 하면 됐다. 더군다나 나는 선배 언니보다 몇 배나 그 방면의 도통한 기술자가 아닌가. 그러나 나는 맹세코 세상 밖에 나와서 고고(呱呱)의 소리를 지를 수 있을 만큼 자란 애기를 떼는 일, 그야말로 죽이는 일을 한 적은 한 번도 없었다. 실상 그런 일이 도처에서 얼마나 성행한다는 걸 모르진 않았다. 그러나 나는 거기까지 가진 못했다. 누가 시켜서도 보아서도 아닌, 스스로 지킨 꽤나 엄격한 경계였다.

하필 마지막 날, 그 경계에서 어쩔 줄을 모를 줄이야. 마지막 날이기에 그것만은 지킨 채로 끝마치고 싶고, 마지막 날이기에 그 경계를 한 번쯤 슬쩍 넘은들 어쩌랴도 싶다. 그러나 단 한 번 그 짓을 해도 사람백정 소리가 평생을 따라다닐 것 같다. 황영감으로부터 사람백정한테 내 손자를 맡길 성싶으냐는 지독한 수모를 당하고도 황영감하고 의가 상하지 않을 수 있었던 건, 고약한 말버릇 이상으론 안 받아들였기 때문이었고, 그럴 수 있었던 것은 사람백정 노릇만은 안 했다는 자신감이 있었기 때문이다. 마지막 날 막상 그 경계를 침범하려니 제일 먼저 황영감의 사람백정 소리가 가슴에 저리게 고깝다.[109)]

그러나 원치 않는 아이를 가진 생지옥의 괴로움은 이미 소녀의 것이 아닌, 내가 지닌 깊고 어두운 곳으로부터 되살아난 나의 것이었다. 나는 조금도 과장 없이 소녀의 고통을 나의 고통으로 하고 있었다. 아니, 소녀를 제쳐 놓고 혼자서 살의의 날〔刃〕을 갈고 있었다.

황영감의 눈치 볼 것 없었다. 나는 여지껏 내 뜻대로만 살아왔다. 남을 받아들인 적이 없다. 혹시라도 아기를 살릴 수 있는 바늘 구멍만 한 가망이라도 있을까 생각하고 또 생각한 끝이니 이젠 망설일 게 없다.

나는 마침내 마음을 굳히고, 소녀에게 태아를 처리해 줄 것을 승낙했다. 소녀는 안도와 감사의 눈물을 흘렸다. 소녀가 바란 것이 처음부터 그거였다고 생각하니 내가 마음속으로 겪은 폭풍 같은 우여곡절이 슬그머니 열없어졌다.[110] 그러나 나의 증오가 대상으로 하고 있는 건 이미 소녀가 아니라, 원치 않은 아기, 태어나기 위해서가 아니라 화근[111]이 되기 위해 생긴 아기였다.

초산이라 진행이 더딜 각오를 하고 일을 시작했다. 우선 자궁 경관에 라미라리아를 세 개쯤 삽입해 놓고 소녀를 편히 쉬게 하면서 경과를 보기로 했다. 저녁때쯤 뜻밖에도 자궁구가 삼횡지(三橫指)나 되게 열려 있었다. 초산부[112]치곤 빠른 진행이었다. 경관도 부드럽고 위치도 좋았다. 자궁 내부에 물리적인 자극을 주어 진통을 유발하면서 촉진제를 주사하기 시작했다. 분만은 순조롭게 유도되고 있었다. 소녀가 점점 심하게 자주 고통을 호소해 왔다.

109) 고깝다 섭섭하고 야속하여 마음이 언짢다.
110) 열없다 좀 겸연쩍고 부끄럽다.
111) 화근(禍根) 재앙의 근원.
112) 초산부(初産婦) 아이를 처음 낳는 여자.

나는 소녀를 위로하고 잘 견디도록 격려하면서도 한편으론 고함치고 발광하길 기다렸다. 소녀가 마침내 짐승처럼 고함치기 시작했다. 창밖은 몇 시쯤 됐는지 헤아릴 길 없는 깊은 밤이었다. 두터운 어둠을 배경으로 검은 거울로 변한 유리창에 비친 나의 땀으로 번들대는 얼굴에선 옴팍한 눈이 잔인하게 빛나고 있었다. 그건 고문자(拷問者)의 얼굴이었다. 30년 동안을 고문을 고문으로 갚는 일로 일관해 온 가장 가혹한 고문자는 마침내 발광하려 하고 있었다.

소녀가 지옥의 소리처럼 처참한 소리로 발악을 하자 나의 밑바닥에서도 고열의 증오가 불타올랐다. 그 순간 태아는 만출되고, 후산도 순조로웠다. 약간의 피비린내가 남은 것 말고는 산실로 변한 내 방은 모든 것이 꿈이었던 것처럼 평온했다. 세상모르게 잠이 든 소녀의 순결하고, 고역을 함께한 미스 최는 하품을 하며 비틀댔다. 나는 몸뚱이가 눅진눅진 녹아서 흘러내릴 것처럼 고단했지만 뭐라 형언할 수 없는 허탈감이 되레 정신을 말똥말똥하게 했다.

시계를 몇 번이나 봤건만 지금이 오늘인지 내일인지 알 수가 없었다. 나는 피비린내가 안 섞인 신선한 공기를 마시려고 산실을 빠져나갔다. 그러나 어디에고 피비린내는 조금씩 스며 있었다. 처음 주어진 것 같은 해방감 속에서 피비린내를 배제할 수가 없다는 건 안타까운 일이었다. 나는 무턱대고 서성거렸다.

어디선가 희미하고도 확실하게 무슨 소리가 들리고 있었다. 처음엔 창밖에서 나는 소리인 줄 알았으나 그게 아니었다. 마치 한옥(韓屋)의 무거운 대문을 여닫을 때 나는 소리 같은 끼익하는 소리가 아스라이 멀리서 들리는 것 같으면서 분명히 지척에서부터 들려오고 있었다.

이상한 예감으로 가슴을 울렁이며 대기실의 밝은 불을 켰다. 제일 먼저 우단 의자가 떠올랐다. 그 소리는 우단 의자로부터 들려오고 있었다. 우단 의자 위에 방금 분만한 소녀의 미숙아(未熟兒)가 강보에 싸여 그런 기성[113]으로 아직 목숨 붙어 있음을 알리고 있었다.

"미스 최, 미스 최, 왜 이런 짓을 했어? 응 누가 이런 짓을 하라고 시키더냐구?"

나는 큰소리로 미스 최를 불렀다. 미스 최가 잠옷을 꿰다 말고 나오더니 되레 기분 나쁜 얼굴로 나를 관찰하듯 바라보면서 말했다.

"선생님, 참 요새 이상하시더라. 선생님이 그러셨잖아요. 산모 뒤처리는 다 저한테 맡기시고, 선생님은 아기를 맡으셨잖아요?"

내가? 정말 내가 그랬을까? 살려 두지 않을 목적으로 조산한 아기는 배꼽 처리랑, 모든 뒤처리를 정상대로 할 필요가 없었다. 엎어 놓는다거나 더러는 물속에다 넣는 동업자도 있다는 소리까지 소문으로 들은 바 있지만, 그렇게까진 안 하더라도 방치하면 곧 사망할 수밖에 없는 게 미숙아의 이슬 같은 운명이다. 그런데 소녀의 미숙아는 아직도 살아 있었다. 내가 모르게 미숙아에게 베푼 건 완벽하고 따뜻한 신생아 취급이었다. 배꼽 처리도 잘돼 있었고 기저귀까지 차고 있었다.

아아, 이제부터 나는 아무것도 숨길 필요가 없겠다. 나는 아기를 갖고 싶었던 것이다. 기르고 사랑할 수 있는 아기를. 마지막으로 한 번 살아 있는 아기를 내 손으로 받아 보고 싶단 소망도 실은 아기에 대한 욕심이 쓰고 있는 가면에 불과했다. 나는 나의 정직한 소망이 모든 억압과 가면

---

113) 기성(奇聲) 기이한 소리.

을 박차고 생명력처럼 억세게 분출하는 걸 느꼈다.

나는 가냘픈 기성을 지르는 아기를 품에다 품고 미친년처럼 계단을 뛰어내려 문을 박찼다. 미스 최가 떨리는 목소리로 뭐라고 악을 쓰는 소리가 등 뒤에서 들렸다. 도시는 어둠을 빗장처럼 잠그고 깊은 잠에 빠져 있었다. 큰 병원, 인큐베이터가 있는 큰 병원……, 나는 아기를 품에 안고 쏜살같이 달음질쳤다. 인큐베이터가 있는 큰 병원은 멀고도 멀었다.

어디선지 야경꾼[114]이 내 덜미를 잡았다. 호루라기 소리가 사방에서 나를 포위했다. 나는 품 안엣 것을 조금만 내보이면서 아기, 아기, 내 아기를 살려야 해요, 하면서 서럽게 흐느꼈다. 미친년이군, 내버려 둬. 호루라기 소리는 산산히 흩어지고 내 앞길은 다시 열렸다. 그러나 아직도 인큐베이터가 있는 큰 병원은 멀고도 멀었다. 그것보다 더 먼 건 아기를 살릴 수 있는 일루의 희망이었다. 내 의식 속에서 그 희망은 반딧불처럼 너무도 희미하게 명멸했다.[115]

큰 병원은 아직 아직 멀었다. 그러나 나는 벌써 당직 의사의 발밑에 몸을 던지고 아기를 살려 달라고 애원하고 있었다. 선생님, 제발 살려 주세요. 내 애기예요. 하나밖에 없는 내 애기예요. 지금 낳았어요. 조산이었어요. 벌 받은 거죠. 전 애기를 원치 않았거든요. 그러나 지금은 아녜요. 살려 주세요. 제발…… 안 믿을 거야. 의사는. 나는 이렇게 늙어빠진걸. 난 누가 보아도 아기를 낳을 수 있는 여자가 아닌 늙은이일 뿐이야. 그럼 손자라고 해야지. 이왕이면 5대 독자라고 하는 게 좋을 거야. 선생님, 우리 집 5대 독자를 살려 주세요. 제발 선생님 은혜는 죽도

---

114) 야경꾼(夜警—) 밤사이에 화재나 범죄가 없도록 살피고 지키는 사람.
115) 명멸하다(明滅—) 나타났다 사라졌다 하다.

150

록 안 잊을 거예요. 살려 주세요. 살려 주세요…….

눈물이 끊임없이 볼을 타고 흘러내리고 목이 뜨겁게 메었다. 그래도 정작 큰 병원에 당도해서 당직 의사한테 품 안엣 것을 내밀면서 아무 말도 못 했다.

품 안엣 것은 죽어 있었다. 나는 당직 의사의 얼굴에 미친년이군, 내버려 둬, 하던 야경꾼의 표정과 닮은 연민이 스치는 걸 보았다. 나는 아기를 다시 소중하게 품에 품고 큰 병원을 등졌다. 빨간 불을 켠 택시가 내 옆을 천천히 스쳤다. 통금이 해제된 도시가 여기저기서 몸을 뒤척이고 눈을 부비고 있었다. 아기는 어제 태어나서 오늘 죽었다. 어제는 내가 살아 있는 아기를 받아 보고 싶단 소망을 건 마지막 날이었다. 내 소망은 마지막 날에야 이루어졌고, 오늘은 새날이었다. 그게 무효가 되고 나서야 비로소 나는 그게 이루어졌음을 깨닫고 있었다.

나는 아기를 품에 품은 채 나의 새집이 있는 동네를 향해 천천히 그러나 쉬지 않고 걸었다. 오늘은 새집으로 드는 날이다. 나는 나의 아기와 함께 새집으로 들 터였다. 아기를 내 새집 뜨락, 양지바른 곳에 깊이 잠재울 터였다. 나의 아기가 죽다니. 그러나 한 번도 아기를 못 가져 본 여자보다는 아기의 무덤이라도 가진 여자가 훨씬 아름다울 것 같았다. 내년 봄엔 아기가 잠든 땅 위에 채송화 씨를 뿌리리라. 내가 죽인 수많은 아기의 한 번도 의식화되지 못한 작은 눈 같은 채송화 씨를.

어디만치 왔는지 교회당에서 신도들이 흐느껴 우는 소리가 났다. 그 동네에도 신도들이 울면서 아침 예배 보는 교회가 있는 모양이다. 신도들이 꾸역꾸역 모여들고 있었다. 작은 성경책을 들고, 한 줌의 통곡을 가슴속에 간직한 신도들이 어디선지 끝없이 모여들고 있었다.

어느 틈에 나도 신도들 틈에 섞여서 교회당으로 가고 있었다. 작은 아기와 모든 신도들의 울음 위로 범람할 것 같은 큰 통곡을 품고.

내 속의 통곡은 이제 한 방울의 눈물도 못 짜낼 것같이 굳은 게 아니었다. 다만 크게 터져서 마음대로 범람할 수 있는 장소까지 갈 동안을 주리 참듯[116] 참고 있을 뿐이었다.

---

116) **주리 참듯** 모진 고통을 억지로 참음을 이르는 말.

1 제목 '그 가을의 사흘 동안'에는 어떤 의미가 있을까요?

지시적 의미 '나'의 동네가 도시 계획에 걸려 재개발될 것이며, 특히 '나'의 병원이 세를 들어 있는 경성상회 건물이 사흘 뒤면 철거될 예정입니다.

함축적 의미 산부인과 의사인 '나'는 스물일곱 살이던 처녀 시절부터 쉰다섯 살 중년이 된 지금까지 줄곧 이 자리에서 개업의(開業醫)로 일해 왔습니다. 그런데 '나'는 55세까지만 의사로 일하겠다고 이전부터 결심해 온 데다가, 때마침 재개발로 건물을 철거하는 일이 겹치는 바람에 이참에 아예 병원을 그만두고 쉴 계획입니다. 따라서 '나'에게는 병원 건물이 철거되기까지 앞으로 사흘만 더 의사 노릇을 할 기회가 남아 있다는 개인적 의미가 있습니다.

2 '내'가 낡은 우단 의자를 버리지 못하는 심리를 설명해 봅시다.

우단 의자는 병원이 입주하기 전, '경성사진관'이던 시절부터 남쪽으로 난 창가에 놓여 있던 오래된 기념물입니다. 어찌나 오래되었던지 본디 짙은 쑥색이던 빛깔이 세월에 바래 이제는 부드러운 잿빛을 띠고 있습니다. 그 의자는 사진관에서 기념사진 찍을 때나 쓰이던 지나치게 장식적이고 호사스러운 분위기의 물건이라, 병원의 실용적 용도에는 전혀 맞지 않습니다. 그런데도 '나'는 어쩐지 그 우단 의자를 버릴 수가 없습니다. '내'가 우단 의자를 버리지 못하는 심리는 다음과 같이 추론해 볼 수 있습니다.

신성함 : 아버지 개업을 축하하러 방문하신 아버지가 우단 의자에 앉아 계시는 것을 본 '나'는 그 의자를 치우지 않기를 참 잘했다고 생각했습니다. 아버지의 기품 있는 모습이 그 의자까지도 기품 있는 것으로 여겨지게 했기 때문이었습니다. 그 후 '나'에게 우단 의자의 유일한 주인은 아버지였습니다. 양장점집 여자와 물역 가겟집 여자가 낙태한 태반을 먹으러 왔다가 그 의자에 앉는 것을 질색을 하며 떠다미는 것을 보면 '나'에게 우단 의자는 단순한 의자가 아니라 아버지를 기념하는 뜻 깊은 의미가 있음을 짐작할 수 있습니다.

자기방어 : 양심 아버지는 처음이자 마지막으로 병원을 방문한 그날, 개업 축하선물로 히포크라테스 선서가 든 액자를 주고 가십니다. 그러나 '나'는 그 액자를 걸지 못합니다. 아버지가 바라는 것처럼 "의술은 인술이라 했거늘 어질게 써야 하느니라"에 걸맞은 이상적인 의사로 사는 대신, 낙태 수술을 전문으로 '이 동네의 화냥기'에 영합해서 돈을

154

벌어 왔기 때문입니다. '내'가 드러내어 말하지는 않고 있으나 그 사실을 떳떳지 못하게 여기고 있음을 여기서 짐작할 수 있습니다.

전쟁이 파괴해 버린 일상의 상징 "6·25, 그건 우리 모두의 공동의 획(劃)이었다. 그 획을 통과하면서 각자의 운명은 얼마나 심한 굴절을 겪어야 했던가?"라고 '내'가 독백하듯이, 전쟁으로 인해 우리 개개인의 삶은 엄청난 굴곡을 겪었습니다. 폭격으로 파괴된 사진관에 떨어져 있던 사진 속의 다정한 노부부도, 잘생긴 돌배기 아기도, 그 아기의 부모도, 새침한 표정의 단발머리 여학생도 그 굴곡을 피해 갈 수는 없었을 것입니다. 죽고, 헤어지고, 재산을 잃고, 모욕을 당하고, 사람으로서 차마 견딜 수 없는 이런저런 일들을 겪지 않을 수 없었을 것입니다. 그러나 그 우단 의자는 모든 것을 지켜보고도 그 자리에 묵묵히 남아 있었습니다. 때때로 오래된 물건이 우리에게 주는 위안은 이런 것이 아닐까요. 추억과 위로와 친밀감과 알지 못할 매혹, 그리고 말 없는 증언자로서.

모성과 아름다움 : 아기 '나'는 젊은 시절에 강간을 당한 상흔(傷痕)으로 인해 결혼도 하지 않고 생명을 죽이는 소와 전문 의사라는 전문 직업인으로만 무덤덤하게 살아왔습니다. 여성다움이나 아름다움이라는 미적 가치는 마치 거세된 것처럼 보였습니다. 그러나 마지막에 드러났듯이 여자로서의 욕망—아이를 낳아 기르고 싶은 모성(母性)—까지 거세된 것은 아니었습니다. 소녀의 미숙아가 우단 의자에서 울고 있는 장면은 '나'의 억압된 모성을 말해 줍니다. '마치 거센 야만족에게 볼모로 잡혀 온 문약한 나라의 왕자님처럼 이물스럽고도 귀골스러운' 우단 의자는 그런 '나'에게 감추어진 내밀한 여자다움의 욕구라고 볼 수 있습니다.

3 '내'가 스물일곱 살에 병원을 개업한 1953년 봄은 휴전 설이 나돌면서 서울이 단연 활기를 띠기 시작하던 때였습니다. 그렇다면 '내'가 쉰다섯이 되고 도시 계획으로 병원 건물이 철거되는 사흘 후는 1980년대 초반이 되어야 하지만, 길 건너 농업학교가 아파트 단지가 되었다는 등 여러 정황으로 미루어 1970년대 말쯤으로 짐작됩니다. 1953년과 1970년대 말에 우리나라에는 어떤 일들이 있었는지 자료를 조사해 봅시다.

1953년, 통화 개혁

　도시민들은 걷잡을 수 없는 인플레이션에 시달리고 있었다. 인플레이션은 52년에 절정에 달해 47년 도매 물가를 기준으로 55.7퍼센트를 기록했다. 정부는 전쟁으로 인해 더욱 극심해진 인플레이션에 대한 대응책으로 2월 15일 오전 6시를 기해 대통령 긴급명령 13호로 전국에 일제히 긴급통화조치령(緊急通貨措置令)을 발표했다. 그때까지 써오던 원(圓) 단위의 화폐 유통이 중지되고 환(圜) 단위의 새 화폐로 바뀐 것이다. 100대 1로 평가절하되어 구화(舊貨) 100원에 신화(新貨) 1환의 비율로 교환되었다. 개혁 직후 쌀 한 말 값이 1천 280환이었는데, 이것은 개혁 전의 화폐로는 12만 8천 원이었던 것이다.

　　　　　　　　　　　　　　　— 강준만, 『한국 현대사 산책 – 1950년대편 2』 중에서

　특히 집값의 오름세가 심했다. 즉 천만 원 하던 집이 100대 1이 됐다고 십만 환이 되는 게 아니었다. 또 휴전이 될 듯 될 듯한 것도 집값을 부채질하는 요소였다. 휴전이 되면 당연히 정부가 환도하게 될 테고, 뒤따라 서울 인구가 급격히 팽창할 것은 삼척동자도 내다볼 수 있는 일이었다.

　　　　　　　　　　　　　　　— 박완서, 『그 산이 정말 거기 있었을까』 중에서

1978년, 아파트 열기

1968년 1천여만 평의 강남 지역이 본격적으로 개발됨에 따라 반포 지구 아파트 건설을 시작으로 잠실·압구정동에 아파트가 들어서면서 강남은 아파트 숲으로 변하게 된다. 74년부터 강남 지역에서 시작된 아파트 열기는 78년 절정에 달했다. (중략) 77년 3월에 분양된 여의도의 H아파트 분양에는 76대 1이라는 경쟁률을 보이더니 영동 K아파트의 분양 때는 1백24대 1이라는 엄청난 경쟁률을 보여 사회가 온통 아파트 열기로 달아오르는 듯했다.

—고철, 「한국주택변천사·고층아파트」, 〈중앙일보〉(1994년 7월 13일)

4 의사인 주인공이 진료 과목으로 산부인과를 택하게 된 심리의 추이를
따라가 봅시다.

'내'가 산부인과를 택한 것에는 실리적 동기와 무의식적 동기 두 가지
가 있습니다.

세 들게 될 사진관 건물의 남쪽 창밖으로 내다보이는 길 건너 미군부대
의 '야릇한 화냥기'에서 '나'는 기지촌 동네에서는 성매매나 범죄 등으
로 인해 원치 않는 임신이 많이 발생할 것이며, 이 점을 이용하면 병원
이 잘될 것이라고 직감했습니다. 이것이 실리적 동기입니다.

한편, 사진관 바닥에서 발견한 춘화(春畵)가 연상시킨 강간(强姦)의
기억은 '나'의 무의식에 작용해서 보복의 욕망과 치유의 욕망을 불러
일으킵니다. 즉, 자신을 강간했던 남성에 대한 보복과 자신이 느낀 분
노에 대한 보복, 강간당하지 않은 다른 여성들에게 느끼는 열등감을 보
상받으려는 욕망 등이 보복의 욕망입니다. 또한 지워지지 않은 과거의
상처를 다른 여인들의 낙태 시술을 되풀이함으로써 자기도 모르게 치
유하려는 몸부림을 하는 셈입니다. 이것이 치유의 욕망입니다. 이 보복
과 치유의 욕망이 산부인과를 택한 무의식적 동기입니다.

5 소설에 등장하는 주요 인물과 그 특징을 요약해 봅시다.

주요 인물	특징
나	강간과 낙태의 상처를 잊지 못하고 사는 독신의 55세 여의사. 20년간 산부인과 의사로 수많은 낙태 시술을 해왔음.
아버지	'나'에게 '의술은 인술'임을 일깨워 준 기품 있는 분.
황영감	집주인. 경성상회 주인. 딸의 비밀 때문에 괴팍하고 스산하게 늙어 가는 중.
황씨의 딸	'나'의 첫 분만 환자. 피난 나섰다가 강간을 당해 아비 모르는 아들 만득이를 낳았음.
만득이	황영감 딸이 낳은 사생아. 황영감에 의해 업둥이로 길러졌음. 허세와 낭비벽이 있음.
만득이 처	만득이가 데리고 들어온 호방하고 웃음이 많은 명랑한 여자. 아들을 낳음.
소녀	'나'의 마지막 환자. 소녀로 인해 다시 아기를 받고자 하는 '나'의 꿈이 이루어지만 태어난 아기는 곧 죽음.
미스 최	간호사.
전마담, 화영	'나'의 단골인 포주와 창녀. '나'와는 정이 많이 든 사이.
양장점집 여자, 물역 가겟집 여자	낙태한 태반을 회춘제로 먹으러 오는 속물스러운 동네 여인들.

6 사흘 동안 일어난 사건을 차례로 정리해 봅시다.

사흘 전 여느 때처럼 소파수술 몇 건을 함 → 분만 환자를 기다리나 오지 않음 → 만득이 처가 득남함 → 만득이 처의 아기를 받은 의사를 강렬히 질투함.

이틀 전 악몽 → 첫 환자인 창녀 화영의 성병 치료 → 소파수술을 한 태아를 나도 모르게 빈 페니실린 병에 담가 놓은 모습에 소스라치게 놀람.

마지막 날 악몽 → 소녀 환자의 분만 → 아기의 죽음.

7 '나'의 심리가 나타난 행동과 그런 행동을 하는 숨은 동기를 찾아봅시다.

'나'는 집요하게 아기를 받고 싶은 욕망을 지니고 있습니다. 이러한 욕망은 다음과 같은 행동으로 드러납니다. 먼저 사흘 전에는 집주인 황영감에게 그의 외손자의 분만을 돕겠다고 제안하나 거절당합니다. 이틀 전에는 낙태한 태아를 자기도 모르게 빈 페니실린 병에 포르말린으로 담가 놓습니다. 마지막 날에는 갓 태어난 소녀의 미숙아를 정상아처럼 처치하여 강보에 싸놓습니다.

이러한 행동의 동기가 된 가장 깊은 욕망은 어머니가 되고 싶은 모성(母性)이었습니다. 과거에 낙태시켜 세상을 보지 못한 자신의 아기를 대신하여 기르고 사랑할 수 있는 아기를, 이제 나이가 들어 출산을 하지 못하는 자신의 몸을 대신해 미혼모의 아기를 받아 기르고 싶어하는 것은 의사로서의 욕망을 넘어 어미로서의 욕망, 여자로서의 소망인 것입니다.

8 '나'는 두 번에 걸쳐 악몽을 꿉니다. 꿈이 말해 주는 '나'의 숨겨진 공포심을 추리해 봅시다.

'나'는 병원 문을 닫기 이틀 전과 마지막 날에 걸쳐 끔찍한 악몽을 꿉니다. 첫 번째로 꾼 꿈에서는 손에 박힌 못이 암종(癌腫)이 되어 온몸의 살갗으로 무섭게 퍼지고, 악머구리 끓듯 하는 한여름 밤의 개구리 소리가 들리는 듯하고, 이질적인 노린내와 무성한 가슴의 털과 동아줄처럼 길고도 힘센 사지와 바윗덩이처럼 육중한 체중이 '나'를 압박합니다. 이런 정황으로 보아 과거에 강간당하던 순간이 악몽으로 나타난 듯합니다. 깨어 보니 개구리 소리는 가까운 교회 신도들이 새벽 기도를 하며 터뜨리는 울음소리였습니다.

마지막 날에는, 양지바른 새집 뜰에 채송화 씨를 뿌렸는데, 콘크리트 바닥을 저 혼자 뚫고 들어가 저절로 싹이 트고 잎이 나고 꽃을 피운 채 송화들이 어느새 저마다 아기의 얼굴로 변해 한없이 울어 대는 생지옥의 꿈을 꿉니다. 깨어나니 역시 교회의 울음소리가 들려옵니다.

'나'의 꿈을 통해, 20년이나 흘렀음에도 강간의 기억을 완전히 떨쳐 버리지 못했다는 것을 알 수 있습니다. 또한 자신이 낙태해 태어나지 못한 생명에 대한 죄책감이 '나'를 강력하게 지배하고 있으며, 그 심층에는 과거에 낳지 못하고 낙태해 버렸던 자신의 아기에 대한 모성이 숨어 있음을 엿볼 수 있습니다.

9 교회당의 울음소리에 대한 '나'의 시각은 어떠합니까?

'나'는 교회에서 흐느껴 우는 신도들의 진실성을 의심하고 그들의 속물스러운 욕심을 마음껏 조롱하고 있습니다. 하지만 겉으로 보이는 비판적인 시각과는 달리, 내면은 그렇지 않습니다.

'나'는 오랫동안 속내를 드러내지 않고 참으면서 살아왔습니다. 겉으로는 매우 냉정하고 사무적으로 행동하지만 실은 깊은 상처와 약점을 감추고 있으며, 아무렇지도 않은 듯 자신을 속이며 살고 있지만 실은 신도들의 울음에 공감하고 있습니다. 그리고 자신도 그들처럼 마음껏 통곡하며 지난 상처를 털어놓고 자유로워지고 싶어합니다. 반복되는 꿈과 결말부의 고백이 그것을 증명해 줍니다.

10 다음은 이 소설에 대한 논문입니다. 아래 인용문 중 밑줄 친 '생명의 본질 응시'와 '훼손되지 않은 양상 추적'이 이 소설에 구체적으로 어떻게 나타나 있는지 생각해 봅시다.

> 박완서의 글쓰기는 토악질이고 난도질이며 허물 벗기기 작업이기 때문에, 거기에는 인간끼리의 따뜻한 사랑이나 낭만적인 비전이 들어설 자리가 없었다. 씨의 문학이 "풍자나 비판의 칼날만이 거의 살기를 띠며 번뜩인다"거나, "전천후 폭격기"라는 혹평을 받는 이유가 거기에 있다. 긍정적인 것보다는 부정적인 것이 압도적으로 우세한 것이 씨의 1970년대 문학의 특징이었기 때문이다.
>
> 하지만 1980년대에 들어서면 박완서의 글쓰기의 성격에 변화가 일기 시작한다. 대상에 대한 부정적 관점, 야박스러운 허물 벗기기 작업은 여전히 계속되지만, 부정하거나 거부하는 것들 사이에서 작가가 긍정하고 싶어하는 것들이 조금씩 고개를 내밀기 시작하는 것이다. 이 시기에 씨는 <u>생명의 본질을 응시</u>하며, 그 <u>훼손되지 않은 양상을 추적</u>하는 일련의 소설들을 쓴다. 1980년대 벽두에 쓴 「그 가을의 사흘 동안」(1980. 6.)은 그런 변화의 효시가 되는 작품이다.
>
> ─강인숙, 「시대적 상황과 소설의 변용」 중에서

다시는 복원되지 못할 듯한 그토록 많은 파괴와 살상을 겪고도 삶은 계속됩니다. 살아남은 남녀는 사랑을 하고, 아이들은 태어나고, 먹고, 울고 웃고, 집을 짓고, 돈을 벌고, 돈을 쓰고, 또 사랑을 하고 자신의 아이들을 낳는 것입니다.

행복한 결혼의 결과가 아니라, 지독히 불운한 범죄의 결과로 생긴 아기도 한 생명이며, 태어날 권리와 자라날 권리, 살아갈 권리를 갖습니다. 비록 우리가, 황영감의 '아들'이자 외손자인 만득이에 대해 그의 '아버지'이자 외할아버지처럼 애증의 감정을 품게 된다 하더라도 만득이가 살아갈 권리를 막을 권리는 없는 것입니다. 그것이 생명의 법칙이요 우주의 섭리라는 것을 작가는 이 소설을 통해 말하고 있습니다.

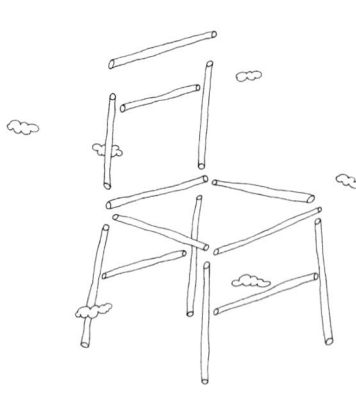

부처님 근처

6·25 체험의 심리적 외상(外傷)으로부터
자유로워지려는 토악질로서의 글쓰기.

"이 평화로움, 이 천진함, 나는 별안간 세차게 가슴이 두근거렸다"

삼킨 망령 토악질하기 — 어머니의 고운 죽음을 위해서

「부처님 근처」는 1973년 7월 『현대문학』에 발표된 작품입니다. 작가 박완서는 그의 초기 작품, 그중에서도 특히 6·25를 다룬 일련의 작품들은 오빠의 망령으로부터 벗어나려는 몸부림이었다고 고백하고 있습니다. 「부처님 근처」의 서술자처럼 작가에게도 한때 사회주의 사상에 심취했다가 전향한 경력의 오빠가 있었습니다. 열 살이나 나이 차이가 났지만 우애가 각별했던 오빠는 어려서 아버지를 여읜 작가에게는 아버지였고 우상이었습니다.

그 오빠가 전쟁 중 좌우익의 이데올로기 대립에 희생물이 되어 끔찍하게 죽임을 당한 것입니다. 소설과는 달리, 작가의 오빠는 총상을 입고 1·4 후퇴 후의 텅 빈 서울에 남겨져 장장 일 년이나 차마 눈 뜨고 못 볼 고통을 겪다가 죽었다고 합니다. 아무한테도 발설하지 못하고 가족만의 비밀로 꼭꼭 숨겨 둔 오빠의 죽음은 원귀가 된 것처럼 수시로 작가를 괴롭혔다고 합니다.

박완서의 작품에는 6·25의 기억이 여전히 피가 흐르는 상처로, 마냥 발뒤꿈치를 따라다니는 생생한 상처로 남아 있습니다. 처녀작 『나목』을 비롯해서 「부처님 근처」「카메라와 워커」「부끄러움을 가르칩니다」「세상에서 제일 무거운 틀니」「저녁의 해후」「아저씨의 훈장」「엄마의 말뚝」으로 이어지는 일련의 작품들은 이른바 분단 문제를 다룬 작품이고, 그런 작품들을 통해 작가는 자신의 비통한 가족사를 반복하여 이야기해 왔습니다.

작가는 이 상처를 일삼아 쥐어뜯어 가면서라도 싱싱한 피를 흐르게 하겠다고, 자신이 소설가인 한 동어반복을 계속하겠다고 말합니다. 왜냐하면 그것은 작가 개인의 상처가 아니라 우리 모두의 무참히 토막 난 상처이기 때문입니다.

부처님 근처

초는 한 갑에 백이십 원, 만수향은 백 원이라고 한다. 나는 시치미 딱 떼고 이백 원만 내주고 일부러 핸드백을 소리 나게 닫았다.

"이십 원 더 주셔얍지요."

"아저씨도 괜히 그러셔, 이런 초는 백 원이면 어디서나 살 수 있는 건데."

나는 꽁치 한 마리에 오 원을 깎을 때라든가, 콩나물 이십 원어치에 기어코 덤을 한 움큼 더 뺏어 낼 때처럼, 뻔뻔스럽고 익숙한 추파를 주인 남자에게 던지면서, 초와 만수향을 어머니가 들고 있는 쇼핑백 속에 밀어 넣었다.

"얘가, 깎을 게 따로 있지."

어머니는 나를 거칠게 밀어젖히고, 주섬주섬 치마를 걷어올리더니 속바지에 꿰매 단 커다란 주머니에서 십 원짜리 동전 두 닢을 꺼내 주인 남자에게 공손히 바치고 두어 번 굽실거리기까지 한다.

물건 깎는 데라면, 나보다 한술 더 뜨던 어머니다.

어머니는 방금 내가 한 짓을 인색한 짓으로 못마땅해하기보다는 부처님에 대한 정성 부족으로 받아들이고 황공해하고 있는 눈치다.

가게를 나와 같이 걸으면서도 어머니는 내내 시무룩하고 엄숙했다. 어머니의 이런 엄숙함에는 다분히 의식적이요, 과장된 허풍이 보였다. 마치 유치원 원아 앞에서 유회를 가르치는 보모같이 열심스럽고 과장된 표정과 몸짓으로 그녀는 내가 그녀의 엄숙함을 흉내 내기를 꾀고 있었다.

일전에 어머니가 나를 꾀어서, 박수무당[1] 집에 데리고 갈 때도 꼭 저렇게 어마어마하게 엄숙했으렷다. 퉤, 퉤. 생각이 어쩌다 박수무당에게로 미치자 나는 길바닥이 그 녀석의 상판때기[2]라도 되는 듯이 함부로 침을 뱉고, 부르르 진저리까지 쳤다.

나는 어머니를 따라 절에 가고 있는 일에 대해, 이미 후회를 시작하고 있었다.

그러나 우리는 벌써 B사 앞에 와 있었다.

B사는 창건한 지 삼백여 년을 줄곧 여승들만으로 유지해 온 유서 깊은 절이요, 여신도가 많기로도 아마 우리나라에서 으뜸이리라는 어머니의 말로 짐작하고 있었던 것보다 훨씬 그 규모가 컸다. 그것은 절이라기보다는 성새(城塞) 같은 모습으로 촘촘한 주택가를 위압하고 있었다.

우리식도 양식도 아닌, 기와지붕의 육중한 이층 콘크리트 건물이 ㄷ자

[1] 박수무당 박수. 남자 무당.
[2] 상판때기 상판대기. '얼굴'을 속되게 이르는 말.

로 담장처럼 법당을 포함한 사찰 경내와 주택가를 차단하고 있어, 주택가에서 본 B사는, 아무런 겉치장도 안 한 벌거벗은 콘크리트의 냉혹한 재질감과, 이층 건물에 재래식 기와지붕이라는 부조화에서 오는 우스꽝스러움이 뒤범벅된 불안한 위엄을 갖추고 있었다.

그러나 경내로 들어서자 바로 우러러뵈도록 돌층계 위에 높이 자리 잡은 법당은 단청이 아름답고, 무엇보다도 전형적인 사찰 양식의 목조 건물인 것이 반가웠다. 어머니는 법당을 향해 합장하고 예배했다.

경내로 들어서서 본 콘크리트 건물은 외부에서 본 것과는 전연 다른 모습을 하고 있어 나는 어리둥절했다. 외부로 향해서 그렇게도 폐쇄적이고 음험하던 모습이 안으로는 너무도 밝게 열려 있었다. 벽이라곤 없이 온통 번들번들한 유리 분합문만으로 되어 있고, 그 속에는 마치 요정[3]의 객실 같은 드넓은 장판방이 즐비하니 잇달아 있었다.

그중 제일 큰, 국민학교 교실을 두 개쯤 터놓은 듯한 장판방 앞에는 고무신이 수없이 많이 늘어놓여 있고 신도들의 염불 소리가 낭랑하게 들려왔다.

"나무대비관세음 원아속지일체법
나무대비관세음 원아조득지혜안
나무대비관세음 원아속도일체중
나무대비관세음 원아조득선방편……."

생소하지 않은 염불 소리여서 반가웠다. 생소하기는커녕 잘하면 따라 할 수도 있으리만큼 귀에 익은 소리다.

---

3) 요정(料亭) 요릿집. 기생을 두고 술과 요리를 파는 집.

부우연 이른 아침, 나는 영락없이 아랫방에서 들리는 어머니의 염불 소리에 선잠이 깨게 마련이었다. 아이들 시간밥 짓기에도 아직 이른 시간이었다. 나는 남편이 그 소리에 깨면 어쩌나 조마조마하면서도 그 소리가 싫지는 않았다. 어쩌면 나는 그 소리로 나의 하루를 안심스러워하려 들었는지도 모른다.

그리고 난 또 어머니의 그 염불 때문에, 아이들의 환경 조사서의 종교란에 서슴지 않고 불교라고 써넣을 수도 있었다. 그건 다행한 일이었다. 아이들은 환경 조사서에 '무'가 많은 것을 몹시 싫어했으니까.

넓은 방 한가운데에는 테이블과 방석이 깔린 의자가 놓여 있고, 신도들은 그 테이블을 중심으로 양편으로 마주 보게 빽빽이 늘어 앉아 있었다.

예식장에서 남녀가 서로 패를 갈라 앉듯이, 여기서는 노소(老少)가 패를 갈라 서로 마주 보도록 나눠 앉아 있었다. 나는 젊은이들이 있는 쪽으로 가 자리를 잡으려 했으나 어머니는 내 손을 꼭 잡아 전면에 안치된 불상 앞으로 이끌었다.

"절을 해라. 민지 불진을 놓고."

불상은 울긋불긋한 벽화를 배경으로, 비단 방석을 깔고 쇼윈도같이 생긴 유리장 속에 들어앉아 있었다. 유리장 속에 들어앉아 있어서 그런지 꼭 종로4가 근처의 만물전 진열장 속의 불상처럼 세속스럽고 가짜스러워 보였다.

유리장 앞, 넓은 불단에는 스테인리스 촛대가 수도 없이 여러 개 놓여 있고 촛대마다 촛불이 꼬마전구처럼 움직이지도 않고 켜져 있었다. 빈 촛대도 없는데 어머니는 우리가 사 온 새 초에 불을 붙이더니 켜져 있는 남의 촛불을 손끝으로 눌러 끄고 대신 우리 초를 꽂았다. 딴사람들도 다 그렇게 하는 모양으로 심만 조금씩 그슬린 새 초들이 즐비하니 촛대 사이를 뒹굴고 있고, 유리장 바로 앞, 좀 더 높은 단에는 백 원, 오백 원 지폐가 한 삼태기가 되게 쌓여 있었다.

나는 핸드백에서 오백 원권을 꺼내 그 무더기 위에 더했다. 백 원짜리도 갖고 있었고, 좀 아깝기도 했지만, 아까 초 살 때 이십 원 때문에 어머니의 마음을 언짢게 해드린 것이 뉘우쳐져 이번엔 한번 어머니를 흐뭇하게 해드리고 싶어서였다. 그러나 어머니는 내 오백 원짜리를 보자 안색이 달라지더니 어쩔 셈인지 수북한 불전 무더기를 겁도 없이 헤치고는 백 원짜리 넉 장을 집어내는 게 아닌가.

"내 미리 일러둔다는 게 고만…… 쯧쯧, 잔돈을 좀 바꿔 가지고 오지 않구. 불전 놀 데가 여기 한 곳뿐인 줄 아니? 이따가 법당에도 올라가 봐야지, 칠성각에도 가봐야지, 산신당에도 가봐야지, 어서 절이나 하지 뭘 그러구 있어?"

그러잖아도 불전을 거슬러 가진 게 부끄러워 죽겠던 판이라 나는 부랴부랴 절을 하였다. 앉아서 염불을 외는 신도도 많았지만 절을 하고 있는 신도들도 많아, 앞의 여자 궁둥이가 내 코빼기를 들이받고, 또 내 엉덩이론 내 뒤 여자 이마를 들이받았다.

그래도 나는 절을 하고 또 하고, 또 했다. 그럴 수밖에 없었다. 다리가 아파 왔지만 나는 계속 절을 할 수밖에 없었다. 마치 매스게임의 일원이 된 것처럼 나는 내 둘레의 열심스런 율동으로부터 고립할 용기가 없었다.

"고만 좀 앉자꾸나."

어머니는 퍽 만족스러워했다. 나는 기뻤다. 이제 앉아서 쉴 수 있게 된 것과, 내 열심스런 절로 어머니를 흡족하게 해드린 것이. 나는 젊은

이들이 있는 쪽으로 가 앉으려 했으나, 어머니는 그쪽은 방바닥이 차다고 굳이 나를 자기 옆에 앉혔다.

신도들은 자꾸 모여들고, 자꾸 남의 촛불을 꺼버리고 자기의 새 촛불을 켜고, 앉아서 염불하던 신도 중에도 발작적으로 일어나 남의 촛불을 끄고 자기의 새 촛불을 켜는 이가 있고, 모두 모두 절을 하고, 또 하고, 거듭거듭 합장하고, 절하고 또 하고, 그럴 때마다 긴 치맛자락이 휘장처럼 갈라지고 인조 속치마, 테토론 속치마, 털 속치마에 싸인 안반 같은 궁둥이가 보꾹⁴⁾을 향해 치솟았다.

큰 화로만 한 스테인리스 향로에 촘촘히 꽂힌 만수향에서 피어오르는 푸른 연기는 넓은 방을 짙은 안개처럼 채우고, 목구멍을 따갑게 찌른다. 공기가 탁해 가슴이 억눌린 듯이 답답하다. 그래도 난 잘 참는다. 염불은 주로 극성맞게 절을 할 기운이 없는 늙은 신도들이 하고 있다.

"나모라 다나 다라 야야 나막알약 바로기제 새바라야 모리사다바야 마하사다바야 마하가로 니가야 옴 살바바예수……."

이 소리 역시 아침마다 들어 봐서 따라 할 수 있을 만큼 익숙하다. 그러나 마치 마법사의 주문 같아 그 뜻은 도무지 짐작도 안 된다.

언젠가 나는 어머니에게 그 뜻을 물어본 일이 있다. 어머니는 내 물음을 교묘히 피했다. 뜻이 뭐 그리 대단하냐고 하면서 이런 이야길 했다. 예전 어떤 아낙네가 싸움터에 나간 남편의 안부를 주야로 걱정하던 끝에, 깊은 산중의 고승을 찾아가 남편의 무사를 위해 자기가 할 수 있는 치성은 뭐냐고 물었단다. 고승은 그녀에게 매일같이, 앉으나 서나, 그저

⁴⁾ 보꾹 지붕 안쪽의 겉면.

정성껏 나무아미타불만 부르라고 일러 줬다. 그 자리서부터 나무아미타불을 부르며 돌아오던 아낙네는 동구 밖 개울을 건너다 그만 잊어버리고 말았다. 아무리 노심초사해도 생각나지 않았다. 생각다 못해 그녀는 동네의 학식 높은 이를 찾아 잊어버린 염불을 가르쳐 주기를 간청했다. 학식은 높지만 짓궂고 천박한 이 사람은 그녀에게 음탕하기 짝이 없는 쌍소리를 가르쳤다. 그녀는 주야로 그 쌍소리를 외었고, 동네 사람들은 생과부 노릇 끝에 서방에 미친 년이라 비웃었다. 그러나 그녀는 정성껏 외고 또 외었다. 남편은 마침내 살아서 돌아왔다. 그가 넘긴 몇 번의 죽음의 고비는 도저히 부처님의 신통력 아니고는 설명할 수 없는 것이었다.

말의 뜻이란 겉모양 같은 거고, 거기 담긴 정성, 믿음이 참알맹이라고 어머니는 말하고 싶은 거였다.

그러나 나는 뜻으로 염불을 납득하려 든다든가, 짤막한 지식으로 불교와 불교 의식을 이해하려 드는 버릇을 버리지 못했다. 실상 불교에 대한 내 지식이란 퍽 짧을뿐더러, 지극히 교과서적이고 상식적인 것이었고, 더 나쁜 것은 신앙이 전연 곁들지 않고 맨숭맨숭한 것이었다.

결국 50점 정도의 시험 답안지를 쓸 수 있는, 예수나 마호메트에 대해서도 그만큼은 알고 있는, 그런 정도의 지식을 안경처럼 코에 걸고 불교를 바라보려 들었다.

그래서 나는 사찰 경내의 법당과 나란히 자리 잡은 칠성각이니 산신당이니가 도무지 못마땅했고, 어머니는 부처님이고 칠성님이고, 그저 우리를 보살펴 주는 분으로, 여러 분 계실수록 고맙고 황공해했다.

칠성각은 어머니가 B사의 신도가 되기 전부터 있었던 모양이나 산신당은 불당 뒤 암벽 위에 요즈음 새로 생긴 것으로 이것의 건립을 위해 신도들로부터 대대적인 시주를 받았었다. 그때 어머니는 내 눈치를 민망하도록 오래 살펴 가며 거의 애걸하다시피 시주할 돈을 요구했고, 나는 절에 산신당이 아랑곳이냐고, 펄펄 뛰며 중들을 걸어 가짜라느니, 순엉터리 사기꾼이라느니 욕지거리만 실컷 하고 한 푼도 내놓지 않았다. 뿐만 아니라 어머니가 어떡하든 시주를 안 하고는 못 배기리라 짐작한 나는 거의 어머니에게 맡기다시피 하고 있던 살림살이까지 영악스럽게 간섭해, 한 푼이라도 시주로 새 나갈까 봐 극성을 떨었다.

그것은 어머니에 대한 심한 모욕이요 학대였다ㅡ왜 또 성미를 부리니ㅡ어머니는 이 한마디로 내 학대를 잘 견디고 또 시주는 시주대로 한 눈치였다. 환갑 때 해드린 금반지를 어느 틈엔지 끼고 있지 않았다.

어머니는 내가 성미를 부리는 것을 참는 데 너무 익숙해 있었다. 나는 주기적으로 무슨 꼬투리든지 잡아 가지고, 또는 아무 꼬투리도 없이 성미를 부렸고 어머니는 병간호하듯이 내 고약한 성미를 간호했다.

만수향의 연기는 정말 지독했다. 침을 삼키려 해도 목구멍에 통증이 왔다. 그래도 눈을 지그시 감고 잘 견디고 있던 나는 신도들이 일제히 일어서는 기미에 따라 일어서며 이제야 끝났나 보다고 휴우 한숨을 내쉬었다.

그러나 끝이 아니라 이제부터 시작인 모양이었다. 아까부터 빈 채로 한가운데 놓여 있던 의자에 눈썹까지 흰 노스님이 붉디붉은 가사를 두르고 꾸불꾸불 옹이가 많은 지팡이를 짚고 와 앉고, 따라 들어온 여러 명의 비구니들이 우선 부처님께 예배하고 노스님께 예배하고, 분합문 쪽으로 등을 돌리고 노스님을 마주 보는 위치에 나란히 앉는다.

"법문5)을 해주실 스님이란다. 먼 곳에서 일부러 오시지."

어머니가 소곤소곤 내 귀에 속삭였다. 신도들은 일제히 노스님을 향해 절을 했다. 절의 횟수는 한정이 없었다. 노스님이 눈을 지그시 감고 낭랑한 목소리로 염불을 시작하자, 비구니들도 따라 하고 신도들도 자리에 앉아 눈을 감고 염불을 시작했다.

그러나 몇몇 젊은 신도들은 여전히 불상 앞에 촛불 켜고 만수향을 켜고 절을 하는 것을 그치지 않았다. 좀 나이 든 비구니가, 다들 앉으라고, 제발 만수향은 고만 켜달라고, 목이 잠겨 염불을 잘 할 수 없다고 애걸조로 말하였으나 그녀들은 들은 둥 만 둥 신들린 무당처럼 너울너울 절하기를 멈출 줄을 몰랐다.

그런 중에도 노스님의 법문이 시작되었다. 세존께서 마침내 해탈하시고 참자유를 얻으신 후, 진리를 펴시는 이야기를, 주로 세존께서 행하신 기적―어마어마하게 큰 독사를 바리때에 거두셨다든가, 무서운 홍수 속에서 성난 물결을 양편으로 물리치시고 마른땅에 서 계셨다든가 ―을 중심으로 쉬운 말로 해나갔다. 그것은 퍽 재미있는 얘기였지만, 세존께서 고뇌에서 해탈하시기까지의 고뇌, 헤매임을 없이하실 수 있기까지의 헤매임은 전연 언급하지 않았으므로 재미있지만 졸린 이야기일 수밖에 없었다.

난 그런 이야기를 재미있어하기에는 너무 나이를 먹은 것이다.

재미있는 건 노스님의 법문보다는 아직도 극성스럽게 절을 계속하고 있는 젊은 신도들의 모습이었다. 팔을 크게 벌려 공중에 커다란 호(弧)를 그리고는 조용히 가슴에 모아 합장하고는 꿇어 엎드리는데, 손바닥

5) 법문(法問) 불법(佛法)에 대하여 묻고 대답하는 일.

을 공손히 방바닥에 붙이는 여자가 있는가 하면, 손바닥을 세워 울타리처럼 만드는 여자도 있고, 부처님을 향해 구걸하듯이 두 손바닥을 쩍 펴서 내밀며 엎드리는 여자도 있었다. 그리고 한결같이 절 그 자체에 깊이 도취되어 있었다.

부처님께서는 "바르게 깨달은 이, 해탈한 이야말로 예배받기에 합당한 이"라고 하셨으니 절에 와서 절을 하는 건 지극히 마땅한 일이고, 그래서 절을 절이라 부른다고 하지 않는가.

그러나 이 여자들이 부처님을 온갖 번뇌, 집착, 욕심으로부터 해탈한 분으로 숭앙하고, 저다지도 간절한 예배를 드리고 있다고 봐주기는 암만해도 좀 민망한 것이, 절하는 데만 열중해 있는 여잘수록 뭔가 물욕적인 것을 짙게 탁하게 풍기고 있었다. 마치 복중에 온몸이 지글지글 끓어오르는 땀방울처럼 염치없이 끈적끈적하고도 번들번들하게.

나는 법문을 듣는 게, 남 절하는 걸 보는 게, 앉아 있는 게 점점 진저리가 나 몸을 비비 틀었다가 하품을 소리 나게 했다가 핸드백 뚜껑으로 똑딱똑딱 장난을 치다가 이빨로 손톱을 질겅질겅 씹었다가 했다. 옆에 앉아 있는 노인네들도 중얼중얼 잡담들을 했다.

"저 여편네들은 다리 힘도 장사야. 저렇게 줄창 절을 하니……."

"아마 올해도 천 번 채우는 여편네 몇 나겠는데."

"작년보다 더 나면 더 났지 덜 나진 않을 거요. 절을 천 번 하고 그해에 남편 사업이 불 일어나듯 했다고 자랑하는 여편네도 있잖습디까. 지금도 그 집엔 돈이 자가사리 끓듯 한답디다."

"그래서 올해도 저 극성들이구먼. 젠장, 아무리 돈이 좋긴 하지만 우리 같은 늙은이야 어디 다리 힘이 있어야 근처라도 가보지."

"글쎄 말이오. 보살님이나 나나 밤에 꾹꾹 주물러 줄 영감이라도 있으면 또 몰라. 힛히히……."

"그래 저 젊은것들은 서방이 주물러 준답디까?"

"아 보살님은 저번에 젊은 년들 서방 자랑하는 소리도 못 들으셨소? 재수 불공 드리고 가서 다리 아파 죽겠다고 엄살을 부리면 서방이 쩔쩔매면서 밤새도록 주물러 준다고……."

"에이, 잡년들 같으니라구."

"그래 정말 정초 재수 불공에 절을 천 번 하면 재수가 트일까?"

"왜? 보살님은 참 영감님이 있으니까 생각이 다른가 보구려."

"누가 그까짓 송장 다 된 영감님 바라고 하는 소리요. 아들이 하도 되는 노릇이 없으니까 하 답답해서……."

"보살님, 좋은 수가 있어요. 그 무슨 절이라든가, 우이동 어디 산속에 있는 절인데 거기 석불이 기가 막히게 영검하답디다. 한 가지 소원만 빌면 꼭 들어주신다던데 같이 안 가보겠수?"

"그럼 그럴까? 나도 그런 소릴 어디서 들은 것 같아."

"에구, 이 보살님들이, 거기가 얼마나 멀다구 섣불리 나설려구 그래. 차라리 여기서 천 번 절을 하는 게 낫지. 거긴 자가용 가진 부자들만 와서 돈을 휴지처럼 뿌리는 데예요."

"돈이야 여기선 휴지 같잖은가 뭐. 작년 사월 파일만 해도 돈을 중들이 주체를 못 해 가마니에다 우거지처럼 처넣고 발로 꽉꽉 밟아서 은행으로 메구 갔다지 않소."

"설마……."

"보살님도, 설마가 뭐예요. 장사치고 부처님이나 예수 파는 장사만큼

수지맞는 장사도 없다오. 우리도 어디 절이나 하나 이룩할까 젠장."

"보살님, 그 염불 밑천 가지구……."

노인네들답지 않게 키득키득 웃는다. 그러곤 이야기가 딸 며느리가 해준 옷 자랑, 패물 자랑으로 옮겨 간다. 그리고 또 언제는 누구 칠순 잔치, 누구 손자며느리 보는 날, 노인네들의 화제는 무궁무진하다.

노스님의 법문이 막바지에 이른 모양으로 잠겼던 목소리가 별안간 우렁차게 트이더니, 모든 것이 탐욕의 불로, 노여움의 불로, 슬픔 괴로움 두려움의 불로 타고 있다고 외친다.

감히 그른 말씀이라고 반박할 여지가 조금도 없는 옳은 말씀인데도, 전연 심금에 와 닿지 않고 공소한6) 게, 다분히 쇼적이다.

차라리 만수향이 타고 있다고, 촛불이 타고 있다고, 우리 모두의 목구멍이 타고 있다고 외쳤더라면 얼마나 당면하고 절실한 문제로서 모두의 공감을 모을 수 있었을까?

만수향의 연기는 정말 지독했다. 나는 타는 듯이 아픈 목구멍의 통증을 더 이상 참을 수기 없었다.

나는 일어서서 가까스로 노인들 사이를 헤집고 사잇문으로 해서 마루방으로 해서 난간이 딸린 쪽마루로 해서 댓돌에 놓인 고무신을 찾아 신을 수 있었다. 살 것 같았다. 나는 입을 크게 벌려 숨을 헉헉 들이쉬고는 재채기를 수없이 해댔다.

어느 틈에 어머니가 따라 나와 아무 말도 안 하고 내 눈치만 본다.

"저 먼저 가도 되죠? 으스스한 게 어째 감기라도 들 것 같네요. 어머

6) 공소하다(空疏─) 내용이 별로 없고 짜임이 허술하다.

닌 천천히 오시죠 뭐."

"애야, 먼저 가다니, 정작 제사도 안 보고?"

"참, 참 내 정신 좀 봐."

난 멍청이 같은 소리를 지르며 킬킬 웃기까지 했다.

오늘은 어머니가 다니시는 B사에서 음력 정초에, 날 받아 행하는 재수 불공날이자 아버지의 22주기 기일[7]이기도 했다. 22주기⋯⋯. 그런 데도 절에서나마 제사를 지내기는 오늘이 처음이었고, 제사를 덮어 둔 사연, 지내기로 정해지기까지의 사연으로 오늘의 어머니에겐 무척 감개 깊은 날일 터인데, 난 또 어머니를 섭섭하게 해드린 모양이다.

"자식도⋯⋯ 난 또 네가 박수무당 집에서처럼 도망을 칠까 봐 겁이 나서 부랴부랴 따라 나왔지 뭐니."

어머니는 내가 제사 지내는 일에 무심한 것을 마땅찮아하기는커녕 도 망 안 친 것만 다행스러워했다. 그런 어머니가 난 측은했다.

"오래 기다려야 되나?"

나는 혼잣말처럼 중얼거리고 또 한 번 재채기를 했다.

"뭘, 불공도 곧 끝나겠지만, 그전에라도 해달라지 뭐. 내 지금 담당 스님께 이르고 올게. 넌 여기 꼭 섰거라."

"위패 모신 데는 어딘데요? 거기 가 있을래요. 추워서 그래요."

"너 혼자? 아서라. 곧 올게."

어머니는 정말 한달음에 다녀왔다. 어머니는 신바람이 나 보였고 그 런 어머니가 측은해서 난 가슴이 뭉클했다.

---

[7] 기일(忌日) 해마다 돌아오는 제삿날. 명일(命日). 연기(年忌).

위패를 모셔 둔 방은 법당 밑의 방이었다. 법당은 외견상 돌층계 위에 자리 잡은 단층 건물 같았으나, 돌층계 뒤에 위패 모신 방으로 통하는 문이 있고, 법당도 이를테면 이층 건물의 위층인 셈이었다.

어머니는 내 손을 꼬옥 잡았다. 내가 박수무당 집에서 도망친 것을 충격 때문이었다고 오해하고 있는 어머니는 제사 지내는 일이 내게 다시 한 번 충격이 될까 봐 조마조마한 눈치였다. 난 어머니를 안심시키려고 비실비실 웃으며, 재채기를 함부로 해댔다.

썰렁하고 우중충한 마루방은 삼면 벽이 온통 위패와 사진들로 메워져 있었다. 아버지와 오빠의 위패는 사진과 함께 나란히 있었다. 종이로 만든 흰 연꽃 속에 들어앉아서.

사진은 처음 보는 것이었다. 고인들에게 그렇게 큰 사진은 없었으니, 아마 요즈음 어머니가 작은 사진을 사진관에 갖고 가 확대시킨 모양으로 지나치게 수정이 가해져, 어머니가 일러 주지 않았으면 못 알아볼 지경이었다. 뭐, 이목구비가 특별히 다르게 된 것은 아닌데도 짙은 화장을 입힌 얼굴처럼 살갗에서 우러나는 표정이 없어서 백치스러워 보였다. 둘이 똑같이, 부자지간에 있음직한 나이 차이도 지워진 채 그냥 둘은 닮아 있었다. 어머니를 많이 닮은 나는 어머니를 흉내 내 슬프고 엄숙한 얼굴을 하고 그들과 마주 섰다. 이십여 년 전의 한 가족은 이렇게 모인 것이다. 나는 정말 아무렇지도 않았다.

곧 제상이 들어와 위패 앞에 놓이고 어린 스님이 목탁을 치며 염불을 시작했다. 제상은 초라하고 염불은 서툴렀다.

"간소하게 해주십사고 했다. 정성이 제일이지 뭐."

어머니는 안 해도 좋을 변명을 웅얼웅얼했다. 나는 그냥 조금 웃었다.

어머니는 초를 켜는 일, 만수향을 켜는 일, 정안수를 드리는 일을 나에게 시켰고 절은 같이 했다. 나는 네 번 절하고 다소곳이 물러섰다. 어머니는 더 오래 했다. 여러 번 하는 게 아니라 한 번 한 번을 오래 했다. 정성스럽고도 곱게 몸을 숙여 오랫동안 잠이라도 든 듯이 엎드렸다 일어났다. 그리고 음식이 차려지지 않은 오빠의 사진에다 대고도 그렇게 했다. 엎드린 어머니는 등이 좁고 어깨는 수척하고 회색빛 쪽은 아기 주먹보다도 작았다. 아들의 위패 앞에 엎드려야 하는 욕된 배리(背理)[8]에도 그녀는 다소곳할 뿐이었다.

그러나 나는 어머니의 조용하지만 절실한 몸짓을 통해 이 두 죽음이 얼마나 오래, 얼마나 심하게 우리의 일상을 훼방 놓았던가를, 그 훼방으로부터 놓여나려는 간망[9]이 얼마나 간절한 것인가를 아프게 느꼈다. 그것은 소리 없는 통곡이요, 몸짓 없는 몸부림이었다. 그리고 나도 지금정말은 아무렇지도 않지는 않다는 것을 깨달았다.

우리는 다정하고 오붓한 한 식구들이었다. 남자 둘, 여자 둘의. 그러나 어느 날 갑자기 두 남자 식구가 차례차례로 죽어 갔다. 아주 끔찍한 모습으로. 그리고 그 끔찍한 사상(死相)[10]으로 이십여 년 동안이나 여자들을 얽맸다.

6·25가 터지고 한동안 오빠는 꽤나 신이 나 보였다. 오빠는 그전부터 좌익 운동에 가담하여 심심찮게 말썽을 일으켜 오던 터라 신 날 만도 했

---

8) 배리 사리에 어긋남.
9) 간망(懇望) 간절히 바람.
10) 사상 죽은 사람의 얼굴.

을 테고, 그런 오빠 때문에 적잖이 속을 썩이던 아버지도 때가 때이니만 큼 내버려 두려는 눈치였다.

그러나 어느 날부터인가 오빠는 바깥출입을 뚝 끊고 안방에 누워 담배만 온종일 뻐끔뻐끔 피우고, 수염이 무성하게 자라도 깎을 체도 안 했다. 누가 찾아와도 없다고 따돌리지는 않고 만나긴 만나는데 뭔가 상대방을 몹시 불쾌하게 해서 보내는 것 같았다. 우리는 날로 심해지는 폭격에서보다 오빠의 이런 태도에서 더 위급한 폭발물 같은 위험을 느끼고 있었다. 어느 날 늘 찾아오던 오빠의 '동무'가 총잡이를 앞세우고 찾아왔다. 마당에 마주 선 채 웅얼웅얼 대화가 오고 갔다. 조용한, 거의 졸립도록 권태로운 말의 주고받음이었다. 별안간 오빠가 "못 해" 하고 악을 썼다. 상대방이 "못 해? 죽인대도?" "죽어도 싫다니까." 목숨은 어처구니없이 조급하게 흥정된 모양이다. 총잡이가 정말 총을 쐈다. 한 방도 아닌 여러 방을, 가슴과 목과 얼굴과 이마에.

그들은 갔다. 우리 식구는, 나는 얼마나 소름 끼치게 참혹하고 추악한 죽음을 목도하고 처리해야 했던가? 형체를 알아볼 수 없이 산산이 망가진 상체의 살점과 뇌수와 응고된 선혈을 주워 모으며 우리 식구는 모질게도 악 한마디 안 썼다. 그런 죽음, 반동으로서의 죽음은 당시의 상황으론 극히 떳떳지 못한 욕된 죽음이었으니 곡을 하고 아우성을 칠 계제가 못 됐다. 믿을 만한 인부를 사 쉬쉬 감쪽같이 뒤처리를 했다.

우리는 마치 새끼를 낳고는 태덩이를 집어삼키고 구정물까지 싹싹 핥아먹는 짐승처럼 앙큼하고 태연하게 한 죽음을 꼴깍 삼킨 것이었다.

그 후 아버지가 조금씩 이상해지기 시작했다. 빨갱이라면 이를 갈아도 시원찮을 그분이 그때 한자리하고 있는 친구를 찾아가 구질구질 아첨을 떠는 눈치더니, 일을 봐준다고 쫓아다니고 어이없게도 숨어 들어 앉은 친구의 자제를 밀고까지 하는 모양이었다. 그들이 승승장구할 때도 아닌, 패세가 분명할 시기에 이 무슨 망령인지.

세상이 바뀌고 아버지는 원한을 산 사람들의 고발로 잡혀 갔다. 1·4 후퇴를 며칠 안 남기고 용케도 풀려나온 아버지는 전신이 매 맞은 자국과 동상으로 푸릇푸릇 짓무르고 해지고 퉁퉁 부은 채 썩은 냄새를 심하게 풍기는 송장이었다. 그래도 그 끔찍한 몰골로 목숨은 붙어 있어 우리를 피난도 못 가게 서울에 묶어 놓았다가, 1·4 후퇴 후의 텅 빈 서울에서 돌아가셨다. 그것은 오빠의 죽음보다 더 끔찍한, 차마 눈뜨곤 볼 수 없는 죽음의 모습이었다. 우리는 아버지의 죽음도 감쪽같이 처리했다. 아아, 우리는 이미 그런 일에 능숙해져 있었다.

당시의 서울에선 알리려야 알릴 만한 곳도 없었지만, 서울이 수복되고 나자 빨갱이로서 매 맞아 죽은 아버지의 죽음은 욕되고 수치스런 것이었기 때문에 가까운 친척에게까지 그 일을 속이자고 어머니와 나는 공모했다. 공모를 더욱 빈틈없이 하기 위해 우리는 이사까지 갔다.

난리통엔 죽은 이도 많았지만 죽었는지 살았는지도 모르게 없어진 이도 많았으므로 나의 아버지와 오빠도 일가친척에게 없어진 이로 알려졌다. 그것은 실로 일거양득이었다. 행방불명이란 생과 사에 똑같이 반반씩의 확률이 있으므로 우리 모녀의 불행도 남의 눈에 반쯤은 줄어서 비쳐졌을 게 아닌가.

이렇게 해서 우리 모녀는 앙큼하게도 두 죽음을, 두 무서운 사상을 눈썹 하나 까딱 안 하고 꼴깍 삼켜 버렸던 것이다.

물론 우리는 제사도 안 지냈다. 그들은 행방불명이니까.

사람이 죽으면 아이고아이고 곡을 한다. 눈물이 마르면 침을 몰래몰래 발라 가며, 기운이 빠지면 박카스를 꼴깍꼴깍 마셔 가며 아이고아이고 곡을 하고, 조상객을 치르고, 노름꾼을 치르고, 거지를 치르고, 복잡하고 복잡한 밑도 끝도 없는 여러 가지 절차를 치르고 복잡한 절차 때문에 웃어른과 아랫사람과 말다툼도 치르고, 차례에 제사에 또 제사를 치른다. 그래서 살아남은 사람은 기운이 빠질 대로 빠지고 진저리가 나고, 빈털터리가 되고 지긋지긋해지면서 죽은 사람에게서까지 정나미가 떨어진다. 비로소 산 사람은 죽은 사람으로부터 자유로워진 것이다.

그런데 우리는 사자(死者)를 삼킨 것이다. 은밀히, 음험하게. 어머니와 나는 교외의 조그만 집에 살면서 나는 밥벌이를 다녀야 했다.

어둑어둑해지는 저녁나절 집에 돌아올 때, 앞서 가는 젊은 남자의 뒤통수가 잘생기고 걸음걸이가 근사했다고 치자. 그 무렵의 나는 그런 일로도 감미로운 기대로 가슴이 두근거릴 수 있는 그런 나이였다. 그러나나는 무서웠다. 앞서 가는 사람이 행여 돌아다볼까 봐, 돌아다보는 그의 얼굴이 꼭 피투성이의 무너져 내린 살덩이일 것 같아 나는 무서웠다. 나는 지독스런 혐오감으로 몸을 떨며 온몸에 식은땀을 흘렸다. 내 처녀 시절, 내 인생의 가장 빛나는 시절을 나는 이렇게 지긋지긋하게 보냈다. 무서운 게, 무서워하며 사는 게 지긋지긋했다.

너도 결혼을 해야지. 처자식만 알 착실한 남자하고. 어느 날 어머니가 그랬다. 나는 어머니의 그 말에 대번에 동의했다. 처자식만 아는 착실한 남자라는 말이 내 마음에 쏙 들었다. 처자식의 먹이를 벌어들이는 것 외에는 자기가 속한 사회에 섣불리 참여하지도 저항하지도 않는 남자, 그런 뜻이 아니겠는가. 그런 남자가 좋고말고. 그리고 나는 왠지 그런 남자와 결혼함으로써 오빠와 아버지에게 복수라도 하는 기분이었고, 무엇보다도 사는 일에 지쳐 있기도 하였다.

나는 그런 남자를 만나 결혼했다. 그리고 애를 낳고 또 낳았다. 애에 대한 내 욕심은 채워질 줄 몰랐다. 알게 뭐람. 언제 또 어떤 시대의 횡포가, 광기가, 검은 총구가 되어 내 아이의 가슴을 향해 겨누어질지 알게 뭐람. 뭘 믿고 아이를 둘만 낳을까. 셋도 적지. 넷도 적고말고. 다섯 여섯…… 나는 몸서리를 치면서 자꾸 아이를 낳았다. 남편이 참다못해 불임수술을 할 때까지 내 출산은 계속됐다.

처자식만 아는 남편, 많은 아이들. 그래도 나는 행복하지 않았다.

사는 게 매가리11)가 없고 시들시들하고 구질구질하고 답답하고 넌더리가 났다. 사는 즐거움, 나는 흥미를 받아들이는 감수성이 마치 망가진 용수철처럼 매가리가 없이 풀려 있었다.

성성한 것은 아무것도 없었다. 무서움증조차도 처녀 적 같은 성성함을 이미 상실하고 있었다.

나는 이제 망령12)이 어두운 골목길에 피투성이의 유령이 되어 나타날까 봐 무서워하는 대신, 유령도 못 되고 어느 구석에 꽉 처박혀 있는 망령을 지지리도 못난 것으로 얕잡고 있기까지 했다.

그런데 문제는 바로 그 망령이 처박혀 있는 곳이었다. 나는 그들이 있는 곳을 명치 근처에서 체증13)을 의식하듯 내 내부의 한가운데서 늘 의식해야만 했다. 그 느낌은 아주 고약했다. 어머니와 함께 두 죽음을 꼴

---

11) 매가리 '맥(脈)'을 낮잡아 이르는 말.
12) 망령(亡靈) 죽은 사람의 영혼. 음귀(陰鬼).
13) 체증(滯症) 먹은 음식이 잘 소화되지 아니하는 증상.

깍 삼켰을 당시의 그 뭉클하기도 하고, 뭔가가 철썩 무너져 내리는 것 같기도 하고, 속이 뒤틀리게 메슥거리기도 하던 그 고약한 느낌은 아무리 날이 지나도 희미해지지 않았다.

자업자득이었다. 나는 그것들을 삼켰으니까. 나는 망령들을 내 내부에 가뒀으니까. 나의 망령들은 언젠가는 토해 내지 않으면 치유될 수 없는 체증이 되어 내 내부의 한가운데에 가로놓여 있을 수밖에 없었다. 차차 나는 더 묘한 것을 깨닫게 되었다. 내가 망령을 가둔 것이 아니라 실상은 내가 망령에게 갇힌 꼴이라는 것을, 나는 망령에게 갇힘으로써 온갖 사는 즐거움, 세상 아름다움으로부터 완전히 격리당하고 있다는 것을.

나는 늘 두 죽음을 억울하고 원통한 것으로 생각해 왔는데 그 생각조차 바뀌어 갔다. 정말로 억울한 것은 죽은 그들이 아니라 그 죽음을 목도해야 했던 나일지도 모른다 싶었다. 그 나이에, 내 인생의 가장 빛나는 시기에, 가장 반짝거리고 향기로운 시기에 그런 것을, 그 끔찍한 것을 보았다니, 그리고 그것을 소리도 없이 삼켜야 했다니! 정말이지 정말이지 억울한 것은 그들이 아니라 나인 것이다.

나는 그들로부터 자유로워지고 싶었다. 삼킨 죽음을 토해 내고 싶었다. 그 무렵 나는 낯선 길모퉁이 초상집에서 들리는 곡성에도 황홀해져 그곳을 떠나지 못하고 오래 서성대기가 일쑤였다. 저들은 목이 쉬도록 곡을 함으로써, 엄살을 떪으로써, 그들이 겪은 죽음으로부터 놓여나리라. 나에겐 곡성이 마치 자유의 노래였다.

그사이 세상도 많이 변했다. 6·25란, 우리가 겪은 수난의 시대를 보는 눈에도 많은 여유들이 생기고, 그 시대를 나의 아버지나 오빠같이 지지리도 못나게 살다 간 사람들을 보는 눈도 관대해졌다.

나는 이때다, 이때를 놓치지 말고 나도 곡을 하리라, 나도 자유로워지리라 마음먹었다. 나의 곡의 방법이란 우선 숨겼던 것을 털어놓는 일이었다.

이렇게 해서 나는 어머니의 허락도 없이 어머니와의 공모에서 이탈했다.

나는 만나는 사람마다 붙잡고 그 이야길 시켰다. 실상은 말야, 6·25 때 말야, 우리 아버진 말야, 우리 오빠 말야, 오래 묵은 체증을 토하듯이 이야길 시켰다. 그러나 아무도 내 비밀을 재미있어하지도 귀를 기울여 주지도 않았다.

듣는 사람이 없는 곡성이 무슨 의미가 있을까? 상주도 문상객이 있어야 곡을 할 게 아닌가?

그 시대를 보는 눈이 관대해졌다는 건 그만큼 무관심해졌다는 의미도 된다는 것을 나는 비로소 알았다.

친척들 중에도, 친구들 중에도 그까짓 이십여 년 전의 난리 때 일어났던 일을 대수로운 일로 받아들이는 사람은 아무도 없었다. 그들의 관심은 땅을 도봉 지구에 사두는 게 더 유리한가 영동 지구에 사두는 게 더 유리한가에 있었고, 사채놀이의 수익이 더 높은가 증권 투자의 수익이 더 높은가에 있었다. 그들의 관심은 오로지 어떡하면 더 잘살 수 있나에 대해 곤충의 촉각처럼 예민할 따름이었다.

내가 아는 이는 다 나보다 부자인데도 내 곡성을 들어줄 수 있을 만큼 한가한 이는 정말 아무도 없었다. 그들은 남보다 더 나은 집, 더 앞서는 문화 시설에의 경주14)로 막벌이꾼보다 더 지쳐 있었고, 그들이 가진 것

14) 경주(傾注) 힘이나 정신을 한곳에만 기울임.

190

은 늘 그들의 욕망에 훨씬 미치지 못해 거러지보다 더 허기가 져 있었다.

내 지각한 곡성은 이렇게 맞받아 주는 문상객을 못 만나 한번 시원히 뽑아 보지도 못하고 싱겁게 끝났다.

나는 내 괴로움이 얼마나 외로운 것일 수밖에 없나를 뒤늦게 깨달은 것이다.

내가 삼킨 죽음은 여전히 내 내부의 한가운데 가로걸려 체증처럼 신경통처럼 내 일상을 훼방 놓았다. 나는 여전히 사는 게 재미없고 시시하고 따분하고 이가 들끓는 누더기처럼 지긋지긋해 벗어던질 수 있는 거라면 벗어던져 흠뻑 방망이질을 해주고 싶었다.

간혹 꿈에서 피 묻은 얼굴이라도 보면 식은땀이나 실컷 흘리고 깨어나서는 오늘도 재수 옴 붙었어, 퉤퉤, 하루를 살기도 전에 내던지고, 그러다가도 문득 6·25 때 말야, 사실은 말야, 우리 아버지는 말야, 하고 이야기가 하고 싶어졌다.

나는 그 이야기가 하고 싶어 정말 미칠 것 같았다. 나는 아직도 그 이야길 쏟아 놓길 단념 못 하고 있었다. 어떡하면 그들이 내 얘기를 끝까지 들어줄까, 어떡하면 그들을 재미나게 할까, 어떡하면 그들로부터 동정까지 받을 수 있을까. 나는 심심하면 속으로 내 얘기를 들어줄 사람의 비위까지 어림짐작으로 맞춰 가며 요모조모 내 이야길 꾸며 갔다.

나는 어느 틈에 내 이야기로 소설을 쓰고 있었던 것이다. 토악질하듯이 괴롭게 몸부림을 치며, 토악질하듯이 시원해하며.

임금님 귀는 당나귀 귀라고 대나무 숲에서 외친 이발사의 행복을 나도 누리는 듯했다. 그러나 이발사의 행복도 대나무 숲으로 하여금 임금님 귀는 당나귀 귀라는 요란한 공명을 얻어 냄으로써 완벽했던 것이지 그 스스로의 외침만으론 미흡했던 게 아닐까?

그런 뜻에서도 나는 내 소설을 활자화하기로 결심했고 그것은 이루어졌다.

내 글이지만 활자가 되고 나니 원고지에서 육필로 대할 때보다 객관성을 가지고 읽을 수 있었고, 읽고 난 나는 거짓말이라고 외칠밖에 없었다. 이 경우의 거짓말이란 사실이 아니란 뜻보다 소설적인 진실이 아니란 뜻이었음직하고 하여튼 나는 기가 팍 죽었다.

이런 나의 실패는 나의 능력 부족의 탓도 있었고 내 이야기를 들어줄 사람과 내가 사는 시대의 비위를 지나치게 의식한 탓도 있었겠지만 가장 큰 이유는 두 죽음이 내가 작품화할 수 있을 만큼, 즉 여유 있게 전모를 파악할 수 있을 만큼의 거리로 물러나 주지 않고 너무 나에게 바싹 다붙어 있기 때문이기도 했다.

모든 체험은 시간과 함께 뒤로 물러나 원경(遠景)이 됨으로써 말초적인 것이 생략되는 대신 비로소 그 전모를 드러낸다. 그러나 내가 겪은 두 죽음은 이십여 년이란 세월이 흐른 후에도 거의 피부적인 촉감으로 나에게 밀착돼 있어 도저히 관조할 수 있는 거리로 뿌리쳐 내지 못했던 것이다.

이런 실패로 우울해진 나는 자주 어머니에게 엄살을 떨밖에 없었다. 죽음을 같이 삼킨 공범자인 어머니가 딸과 사위에게 얹혀사는 것에 별불만 없이 떳떳하고 건강한 생활인의 자세를 유지하고 있는 게 못마땅하기도 했고, 내 엄살이 먹혀들어 갈 만한 곳으로 내가 마지막 택한 상대가 어머니이기도 했다. 그때까지만 해도 우리들의 공범의 비밀은 공범자끼리도 잘 지켜져 모녀가 그 끔찍한 일을 입에 담는 일이란 없었던 터였다.

나는 조금씩 어머니에게 그 이야길 시켰다. 꿈에 아버지를 봤다든가, 피투성이의 오빠를 봤다든가, 그런 꿈을 꾸면 재수가 없다든가 하고.

어머니는 내가 기대했던 것보다 더 놀라워했다. 죽으면 가시손이 된다더니, 그러면 그렇지 휴우. 어머니는 우리가 돈복이 없이 못사는 것, 내가 자주 앓는 것, 아이들이 상급 학교 시험에 떨어지는 것까지 곱게 못 죽은 원귀의 탓으로 돌리는 눈치였고, 그것이야말로 내가 어머니에게 엄살을 떨기 전부터 늘 어머니를 괴롭혀 오던 문제였던 것 같았다.

나는 늘 조마조마했더랬느니라. 하루도 마음 편한 날이 있더랜 줄 아니. 그렇게 끔찍하게 죽은 이들을 지노귀굿[15]이라도 해줘 봤니, 일 년에 한 번 제사라도 지내 봤니. 천도(薦度) 못 받은 원귀가 갈 데가 어디 있겠니.

망령은 나뿐 아니라 어머니도 간섭하고 있었던 것이다. 전연 다른 방법으로.

어머니의 불도에의 신심이 이 무렵부터 한층 더해 갔다. 내가 소설을 써서 그들을 내 내부로부터 토해 내려고 몸부림을 치는 동안 어머니는 그들을 극락으로 천도하려고 열심히 절에 다니셨다.

그것만으로 부족했던지 용한 박수무당을 찾아 무꾸리[16]를 하더니 기어코 지노귀굿까지 벌여 놓고 말았다. 불명까지 받은 어엿한 보살님이신 어머니는 절과 무당집을 동시에 다니는 것에 조금치의 부끄러움이나 망설임도 없었고 이런 어머니를 나는 어느 만큼 딱해하기도 하고 어느

15) 지노귀굿 죽은 사람의 넋을 위로하고 극락으로 인도하는 굿.
16) 무꾸리 무당이나 판수에게 가서 길흉을 점침.

만큼은 경멸하기도 했다.

나는 무슨 핑계든지 대고 지노귀굿엔 따라가지 않으려고 했다. 겉으론 무꾸리니 지노귀니를 가볍게 일소에 부치는[17] 척했지만 실상은 난 좀 무서워하고 있었다. 그것은 아주 터무니없는 공포감이었다. 마치 처녀 적, 앞서 가는 남자의 준수한 뒷모습에서 느닷없이 피 묻은 얼굴을 환각하고 떨던 것 같은.

그러나 지노귀굿날의 어머니의 태도는 뜻밖에 강압적이고도 엄숙했다. 핑계가 아닌 진짜 볼일도 있었는데도 나는 끽소리 한마디 못하고 어머니를 따를 수밖에 없었고, 도리어 박수무당에게 양해를 얻어 잠시 그 집을 빠져나와 볼일을 봐야 했다.

내가 다시 그 집에 들어갔을 때, 마침 박수무당에겐 아버지의 혼백이 올라 있었다. 박수는 다짜고짜 나를 얼싸안더니, 에구구 요 매정한 것아, 이제야 오는구나, 에구구 보고 지고 보고 지고 오매에도 못 잊던 내 딸아, 어디 한번 마지막으로 만져나 보자, 하고 구성지게 느껴 울면서 나를 얼싸안더니 볼을 비비고 몸을 더듬었다. 박수에게선 시척지근한 막걸리 냄새가 지독하게 풍기고 손길은 흉측스러웠다. 그의 한 팔이 허리를 조이더니 다른 한 팔이 엉덩이를 더듬자 나는 그를 밀치고 도망쳤다. 어머니는 지금까지도 그때 내가 도망친 것을 아버지의 혼백의 넋두리를 들은 충격 때문인 것으로 오해하고 있다.

그리고 그때의 박수의 공수[18]에 의해 올해부터 아버지와 오빠의 제사

---

17) 일소(一笑)에 부치다 대수롭지 않게 여겨 무시해 버리다.
18) 공수 무당에게 신(神)이 내려 신의 소리를 내는 일. 무당이 죽은 사람의 넋이 하는 말이라고 전하는 말.

를 절에서나마 받들기로 한 것이다.

그동안 혼백인들 얼마나 야속했을까, 배는 또 얼마나 주렸을까, 남의 제사에라도 따라가 눈치 보며 얻어먹었겠지, 그 도도한 분이. 쯧쯧, 제사도 못 지내는 주제에 한 끼도 안 거르고 내 목구멍엔 밥을 넘기는 게 꼭 가시 같더라니, 박수가 참 영검도 하더라, 꼭 집어내드라니까. 너 그때 도망가기 참 잘했지. 끝까지 들었더라면 아마 기절이라도 했을 게다. 몸도 약한 게, 아버지 혼백이 들어와 그동안 이승과 저승 사이를 떠돌아다니며 설움받은 넋두릴 얼마나 서럽게 한 줄 아니, 호령은 또 얼마나 내렸다고, 목석만도 도척만도 못한 것들이라고. 호령이야 암만 들어도 싸지, 싸고말고, 어쩌면 그 양반 성미가 돌아가고 나서도 그렇게 여전하신지……

어머니는 지노귀굿날 아버지 혼백과 만난 얘기를 두고두고 했다.

어머니는 절을 수없이 하고 또 했다. 한 번 한 번을 한결같이 정성스럽고도 간곡하게, 이제 그만 제상을 물리라는 스님의 밑이 몇 번 있은 후에야 어머니의 절은 끝났다. 물린 제상이 곧 밥상이 되어 다시 들어왔다. 나는 퍽 시장했으므로 많이 먹었다. 뭇국에 밥을 말고 튀각[19]을 와지직와지직 깨물며 여러 가지 나물을 뒤섞어서 소담스럽게 퍼먹었다. 어머니는 국 국물만 조금씩 떠 잡숫는 게 기진맥진해 보였다. 벼르고 벼르던 일을 한 후의 허탈감으로 진지 잡술 기운도 없는 것 같았다. 마치 오늘날까지 어머니의 기력을 지탱해 온 게 다만 제사 지내기 위해서였

---

[19] **튀각** 다시마나 죽순 따위를 잘라 기름에 튀긴 반찬.

던 것처럼 그것을 마친 후의 어머니는 툭 건드리면 무너져 내릴 듯이 무력해 보였다.

그래도 어머니는 곧장 집으로 돌아가려 들지 않고 당초의 계획대로 나를 법당으로 칠성각으로 산신당으로 데리고 다니며 절을 시키고 불전을 놓게 했다. 나는 어쩐 일인지 절 속에 있는 산신당이니 칠성각에 대한 반발, 종교적인 것과 무당적인 것과의 뒤죽박죽에 대한 냉소를 자중하고 있었다. 젠장, 이게 무슨 꼴이람. 나는 너무 고분고분한 나 자신에 화가 나서 하다못해 아까처럼 재채기라도 하려 했으나 그것조차 마음대로 되지 않았다.

절을 너무 여러 번 해서 다리가 후들거리고 현기증이 났다.

"어머니 피곤하시죠?"

"아니 괜찮다."

어머니는 곱게 웃었다.

"택시 타고 갈까?"

"관둬라. 오늘 너 과용했지?"

나는 택시를 잡아 어머니를 억지로 밀어 넣고 나도 옆에 탔다. 어머니는 내 손을 꼭 잡으며

"고맙다, 네가 딸 노릇 잘해 줘서. 여름에 네 오래비 제삿날도 잊지 말아라."

"어머니가 그때 가서 가르쳐 주시면 되잖아요."

"그렇긴 하다만 늙은이 일을 뉘 아니. 언제 어떨려는지. 그래도 잊지 말아, 응?"

나는 그냥 웃었다.

"웃을 일이 아니래도. 죽은 이들이 극락에 가야 산 사람이 다 편한 법이야. 난 이제 죽어도 한이 없다. 밤낮 걸리던 일을 해서."

어머니는 머리를 내 어깨에 기대더니 눈을 감았다. 오래 그러고 있었다. 잠이 드신 것 같았다. 조그만 머리는 전연 무게를 지니지 않은 채 내 어깨에 곱게 얹혀 있고 마디 굵은 손으로 내 손을 가볍게 쥔 채.

차는 무슨 일인지 자주자주 급정거를 하고, 그럴 때마다 어머니의 머리가 위태롭게 흔들리고 나는 속이 덜 좋아 신트림[20]을 했다. 시척지근하고 고약한 것을 입 속에서 되새김질하며 나는 내가 먹은 여러 가지 나물들을 하나하나 다시 생각해 내고 그것들 중 하나라도 다시는 또 먹을 것 같지 않은 싫증을 느꼈다. 그리고 오늘 겪은 일, 재수 불공, 요란한 벽화를 배경으로 비단 방석을 깔고 지폐를 한 삼태기나 안고 앉았던 불상, 여신도들의 광적이고도 주술적인 몸짓의 절, 초와 만수향의 엄청난 낭비와 탁한 공기, 보살님들의 수다, 시주한 사람들의 이름이 시주한 액수에 비례한 크기로 초석마다 기둥마다 새겨진 산신당과 칠성각, 종교적인 것과 부당적인 것과의 소삽하기 짝이 없는 뒤죽박죽, 이 모든 것이 또 하나의 역겨운 신트림이 되어 와락와락 치밀었다. 그것은 박수무당 집에서의 혐오감보다 더하면 더했지 조금도 덜한 게 아니었다. 박수무당 집엔 적어도 뒤죽박죽은 없었지 않나.

도로가 포장이 안 된 우리 동네로 들어서자 차는 형편없이 덜컹댔다. 게다가 운전사까지 까닭 없이 쌍 제기랄 씨발 퉤퉤 하며 차를 거칠게 몰아, 창밖의 을씨년스러운 빈촌의 겨울 풍경이 심하게 출렁댔다.

20) 신트림 시큼한 냄새나 신물이 목구멍으로 넘어오면서 나는 트림.

어깨에 얹혔던 어머니의 머리가 스르르 내 가슴으로 미끄러져 내렸다. 마치 풀어진 비단 머플러가 흘러내리듯이 소리도 없이, 무게도 없이, 슬몃.

나는 어머니를 편히 안았다. 이렇게 깊이 잠들 수가 있을까? 평온하고 천진하기가 꼭 애기 같았다. 어머니는 지쳐 있기도 했겠지만 무엇보다도 마음을 턱 놓았기 때문에 더욱 깊은, 마치 혼수상태 같은 잠에 빠져 있었다. 정말 애기 같았다. 나는 마치 내가 내 어머니의 어머니가 된 듯, 내 깊은 곳에서 자비심 같은 게 솟구치는 걸 느끼며 가엾은 내 어머니를 안았다. 사람이 살아야 한다는 것은 얼마나 서럽고도 서러운 업일까. 어머니를 안으니 문득 그런 생각이 났다.

거칠고도 말랑한 손의 희미한 온기, 손목에서 뛰는 약한 맥박, 그것만 없다면 지금 내 품의 어머니는 꼭 죽어 있는 것 같았다. 오오, 죽은 사람, 참 이렇게 고운 사상(死相)도 있겠구나! 이 평화로움, 이 천진함, 나는 별안간 세차게 가슴이 두근거렸다. 언젠가는 그래, 언젠가는 어머니는 지금 잠드신 것 같은 고운 사상을 내게 보여 줄 게 아닌가. 나는 그것을 볼 수 있을 것이다. 고운 죽음이 얼마나 큰 축복이 될 것인지를 나는 알고 있다. 흉한 죽음이 얼마나 집요한 저주인가를 알기 때문에. 아아, 이제 다신 어머니에게 엄살일랑 떨지 말아야겠다. 어머니의 고운 죽음을 위해서. 나는 처음으로 털끝만큼의 혐오감도 없이 한 죽음을 생각할 수 있었던 것이다. 혐오감은커녕 샘물 같은 희열로 그것을 생각했다면 불효일까, 불효라도 좋다. 나는 내 어머니의 죽음으로 내 오랜 얽매임을 풀고 자유로워질 실마리를 삼아 볼 작정이다.

1 불교에 대한 주인공과 어머니의 태도는 어떻게 다르며 그 이유는 무엇일까요?

6·25의 전화(戰火)에 남편과 아들을 잃은 늙은 어머니와 역시 아버지와 오빠를 잃은 젊은 딸은 두 사내의 죽음을 통해 피맺힌 충격의 기억을 갖게 됩니다. 그러나 비극적인 죽음에 반응하는 감도(感度)에 있어서 폐쇄적인 전통사회를 대변하는 어머니와 지성적인 현대사회를 대표하는 딸은 심한 차이를 보입니다.

어머니는 그 죽음의 강박에서 벗어나기 위하여 절을 찾아 부처님께 불공을 드리는데, 부처님에 대한 예불을 점쟁이를 대하듯이 샤머니즘적 차원에서 행하고 있습니다. 어머니에게 중요한 것은 현세의 고통스러운 강박의 압력에서 벗어나는 것이기 때문입니다.

딸은 늙은 어머니가 낡은 기억을 멍에처럼 메고 흡사 동냥하듯 구원을 비는 것이 못마땅합니다. 어머니뿐 아니라 불공을 통해서 알게 된 절의 풍속이 도대체 못마땅합니다. 사람들은 인간의 영원한 생명을 믿고, 초월적 존재를 믿고, 내세를 위해 기도하는 것 대신에 어느 날 갑자기 복권에라도 당첨되기를 바라는 마음으로 요행을 점치고 있기 때문입니다. 그들이 받은 상처, 그 억압이 주는 심리적 고통으로부터 너무 쉽게 구제되려고 하고 있는 것입니다. 그것은 박완서가, 뒤에 소개될 작품인 「지렁이 울음소리」에서 그토록 비판해 마지않던 순응주의의 다른 얼굴에 불과한 것입니다.

2 '망령'은 어디에서 비롯되었으며, 주인공 '나'의 삶에 어떤 영향을 주었습니까?

'나'는 아버지와 오빠의 죽음 이후 어두운 골목길에서 젊은 남자의 뒤통수만 봐도 꼭 피투성이의 무너져 내린 살덩이일 것 같은 망상에 시달립니다. 더욱 곤란한 것은, 그 망령을 명치 근처에서 체증을 의식하듯 내부에서 의식해야만 하는 고약한 느낌이었습니다. 그것은 아버지와 오빠의 두 죽음을 삼키고 그들의 망령을 '나'의 내부에 가둔 이후 줄곧 '나'를 괴롭혀 온 문제였습니다. 그러나 실상은 내가 망령을 가둔 것이 아니라 도리어 망령에게 갇힘으로써 온갖 사는 즐거움, 세상의 아름다움으로부터 완전히 격리당하고 있다는 것을 차차 깨닫게 됩니다.

처자식만 아는 남편과 연달아 태어난 아이들, 그래도 '나'는 행복하지 않았습니다. 사는 게 매가리가 없고 시들시들하고 구질구질하고 답답하고 넌더리가 난다고 털어놓고 있습니다. '나'는 원통했으며 그들로부터 자유로워지고 싶었습니다. 삼킨 죽음을 토해 내고 싶어서 사람들에게 얘기하기 시작했습니다. 그러나 그때는 이미 사람들이 지난 역사에 대한 관심을 잃어버린 뒤라서 누구도 '나'의 뒤늦은 곡성(哭聲)을 귀 기울여 아프게 들어주는 이는 없었습니다. 그래서 '그 이야기'가 하고 싶어 미칠 것 같은 '나'는 토악질하듯 소설을 쓰는 것으로 방법을 바꿔 보지만, 체험으로부터의 거리 두기에 실패해 기가 죽고 맙니다. 그만큼 망령의 간섭은 뿌리 깊이 박혀 있었던 것입니다.

3 재채기, 토악질, 신트림의 심리를 추론해 봅시다.

재채기, 토악질, 신트림은 모두 의지와 무관하게 나타나는 생리 현상이
지만, 작품 속에서는 '나'의 심리를 보여 주는 역할을 하고 있습니다.
주인공은 다분히 쇼를 하는 듯한 노스님의 법문에 거부감을 느껴 법당
을 뛰쳐나올 때 재채기를 하며, 불심이 깊은 어머니를 안심시키려고 마
음에 없는 말을 할 때 역시 재채기를 합니다. 후에 '내'가 어머니와 공
감을 하고부터는 재채기를 하려 해도 마음대로 되지 않는다는 말에서
재채기가 반감의 표현임이 드러나고 있습니다.

토악질은 주인공이 내부의 망령을 몰아내기 위해 자기 이야기를 소설
로 쓸 때 느낀 심정으로, 역겨우면서도 후련한 이중적인 심리를 보여
주고 있습니다. 한편 신트림은 절과 박수무당 집에서 보고 겪은 속물스
러운 탐욕의 모습에 대한 혐오감이 생리적인 역겨움으로 나타난 것입
니다.

따라서 이 무의식적 생리 현상들은 주인공이 통속적이고 저급한 상황
에 부닥쳤을 때 보이는 반감의 표현이자, 소외감의 표현이라고 하겠습
니다.

4 '나'의 생각이 변모하는 과정을 말해 봅시다.

'나'는 아버지와 오빠의 비극적인 죽음으로 인한 상처에서 헤어 나오지 못하고 끝없이 망령의 지배를 받으면서도 어머니의 주술적인 대응 방식에는 경멸을 느낍니다. 박수무당 집에서 도망쳐 나오고, 절에 가서는 미온적인 반응을 보이는 것에서 이를 엿볼 수 있습니다. 그러나 한편으로 '나'는 어머니에게 끊임없는 연민을 느낍니다. 절을 하느라 엎드린 어머니의 좁은 등과 수척한 어깨, 아기 주먹보다도 작은 쪽을 보면서도 그러했고, 제사를 끝낸 어머니가 툭 건드리면 무너져 내릴 듯이 무력해 보인다는 묘사에도 연민은 드러나 있습니다. 택시 안에서 잠든 어머니가 무게도 없이 슬며시 내 가슴으로 미끄러져 내렸을 때, 거칠고 말랑한 손의 온기, 손목에서 뛰는 약한 맥박에서 천진함과 평화로움을 발견하고 자신의 깊은 곳에서 한없는 자비심이 솟구치는 걸 느낍니다.

이러한 연민의 감정이 커감과 함께 경멸의 정도는 차츰 약해져 갑니다. 망령을 토해 내기 위해 '내'가 택한 방식인 '남들에게 이야기하기'와 '소설 쓰기'가 무위(無爲)로 돌아간 뒤 어머니의 방식인 '절에서 불공 드리기'와 '박수무당에게 지노귀굿 하기'에 대한 반감이 차츰 약해졌다고도 볼 수 있고, 그저 어머니에 대한 연민으로 어머니의 방식을 존중해 주는 행동으로 볼 수도 있습니다. 어느 쪽이건 간에 어머니와 '나'의 심정적 거리는 차츰 좁혀져서 결말부에는 어머니를 안고 있는 '내'가 스스로 자비심과 자유로움에 가까이 가는 상태에 이릅니다. 제목인 '부처님 근처'의 뜻도 이렇게 오랜 수행 끝에 이르는 자비심과 자유로움의 상태를 말하는 것이 아닐지요.

5 다음은 1·4 후퇴 직전과 직후의 우리나라 상황을 말해 주는 자료들입니다. 다음을 읽고 어떤 생각이 드는지 자유롭게 이야기해 봅시다.

중국군의 공격을 받은 미군과 국군은 계속 후퇴하고 있었다. 그런 후퇴 작전의 하나로 1950년 12월 9일 맥아더에 의해 흥남 철수 명령이 내려졌다. 병력 10만 5천 명과 수십만 명의 피난민들을 남으로 피난시키는, 한국 전쟁 최대 규모의 철수 작전이 12월 10일부터 24일까지 전개되었다. 흥남 부두에는 아비규환(阿鼻叫喚)의 장면이 벌어졌다. (중략)

삭풍이 몰아치는 흥남 부두. 수많은 군인과 부상병, 목숨을 부지하기 위해 몰려든 수십만의 피난민들, 그곳은 차라리 지옥이었다. (중략) 피난 민들은 서로 먼저 타려고 죽기 살기로 몰려들었다. 밟혀 죽는 사람이 부지기수였다. 그물에 매달려 기어오르다 떨어져 죽은 시체가 즐비했다. 주인 잃은 피난 보따리가 산처럼 쌓여 주인을 기다리고 있었다. 살을 에는 듯한 혹한의 연속이었다. 추위에 못 이겨 얼어 죽은 시체가 매일 밤 수없이 버려졌다. (중략)

그때 피난민 한 사람이 벌떡 일어섰다. 아이를 업고 있던 30대 중반의 젊은 여자를 노려보더니 얼굴이 일그러졌다. "이 에미나이 남편이 빨갱이 다이. 악질 빨갱이가 무슨 낯짝이 있어 이 배를 탔음." 누가 말릴 틈도 없이 주위 사람들이 악바친 목소리로 아우성쳤다. "저년 죽이라우. 배에서 끌어내우다." 새파랗게 질린 여자는 주르르 눈물을 쏟더니 이를 악물었다. 아이를 업은 채 배에서 뛰어내린 것은 순식간이었다. 커다란 파도가 아이와 여자를 꿀꺽 삼켰다.

─김용삼, 「흥남 철수 및 1·4 후퇴: 아비규환의 겨울 부두」,
월간조선 엮음, 『한국현대사 119대 사건: 체험기와 특종 사진』 중에서 인구 백만이 넘던 도시는 갑자기 텅 비었다. 북쪽 하늘에서는 지난여름처럼 우릉우릉하는 공포의 음향이 점점 가까이 들려왔다. 이 집도 저 집도 대문이 굳게 닫혔고 밤이면 바람 소리만이 말발굽 소리처럼 텅 빈 거리를 황량하게 휩쓸고 지나갔다. 약탈이 시작되었다. 한밤에 이웃집의 대문이 부서졌고 그 안에서 낯선 사내들이 무언가를 분주히 골목 밖으로 들어내었다. 이들은 공산주의자가 아니다. 떠나도 죽고 남아 있어도 죽을 바에는 차라리 길에서 죽기보다는 자기 집에서 죽기로 작정한 사람들이다.

—홍성원, 『남과 북』 중에서

언론과 출판과 집회와 결사의 자유가 헌법에 보장되어 있고, 사상의 자유를 누리고 있는 오늘의 현실에서 '빨갱이' 혹은 '빨갱이 가족'으로 낙인찍힌다는 것의 의미를 짐작하기란 쉽지 않습니다. 전쟁 역시 바로 우리 부모와 조부모 세대가 몸으로 겪은 일임에도 불과 50년 사이 많이 지워지고 잊혀진 것이 사실입니다. 위와 같은 살얼음판을 건너며 얼마나 떨었을 것이며, 생사의 경계를 또 얼마나 건넜을 것이며, 사랑하는 이들과는 얼마나 뼈아픈 이별을 해야 했을까요. 그래도 살아남은 그들이 있어 지금 우리가 태어난 것이 아닐까요.

6 다음은 윤흥길의 중편소설 『장마』의 줄거리와 결말 부분입니다. 이 소설의 결말에서 '어머니의 고운 사상(死相)'을 상상하는 장면을 『장마』의 결말과 비교해 봅시다.

장마가 계속되던 6·25 전쟁의 어느 날, 국군인 외삼촌의 전사(戰死) 소식이 전해진다. 외할머니는 외삼촌의 전사 통지를 받고 빨갱이들은 다 죽으라고 하였는데 이 때문에 빨치산 삼촌을 아들로 둔 할머니의 분노를 사게 되었다. '나' 역시 어떤 사람의 꼬임에 빠져 삼촌이 집에 왔었다는 말을 하는 바람에 아버지가 지서에 끌려가게 하여 할머니의 분노를 산 상태였다.

한편, 할머니는 삼촌이 '아무 날 아무 시'에 아무 탈 없이 돌아온다는 점쟁이의 말을 철석같이 믿고 있었다. 그날이 가까워지면서 장마통에도 할머니의 성화 때문에 집안은 대단히 바빴다. 그날이 되자 삼촌 대신 나타난 것은 커다란 구렁이였고, 할머니는 구렁이를 보자 기절한다. 그때 이 구렁이를 외할머니가 수습하여 무사히 보낸다.

—『장마』의 줄거리

그날 저녁에 할머니는 또 까무러쳤다. 의식이 없는 중에도 댓 숟갈 흘려 넣은 미음과 탕약을 입 밖으로 죄다 토해 버렸다. 그리고 이튿날부터는 마치 육체의 운동장에서 정신이란 이름의 장난꾸러기가 들어왔다 나갔다 숨바꼭질하기를 수없이 되풀이하는 것 같은 고통의 시간의 연속이었다. 대소변을 일일이 받아 내는 고역을 치러 가면서 할머니는 꼬박 한 주일을 더 버티었다. 안에 있는 아들보다 밖에 있는 아들을 언제나 더 생각했던 할머니는 마지막 날 밤에 다 타버린 촛불이 스러지듯 그렇게 눈을 감았다. 할머니의 긴 일생 가운데서, 어떻게 생각하면, 잠도 안 자고 먹지도 않고 그러고도 놀라운 기력으로 며칠 동안이나 식구들을 들볶아 대면서 삼촌을 기다리던 그 짤막한 기간이 사실은 꺼지기 직전에 마지막 한순 간을 확 타오르는 촛불의 찬란함과 맞먹는, 할머니에겐 가장 자랑스럽고 행복에 넘치던 시간이었었나 보다. 임종의 자리에서 할머니는 내 손을 잡 고 내 지난날을 모두 용서해 주었다. 나도 마음속으로 할머니의 모든 걸 용서했다.

정말 지루한 장마였다.

— 윤흥길, 『장마』 중에서

어머니의 존재는 딸에게 「지렁이 울음소리」에서 남편의 존재가 그러하 듯이 너무 안이하고, 너무 힘겨운 존재입니다. 남편이라는 이름이 오랫 동안 '물질주의'라는 막강한 현실을 대변하듯이, 어머니라는 이름 역 시 관습과 전통 심리, 즉 '샤머니즘'이라는 말로 압축할 수 있을 것입니 다. 이는 지금껏 우리들이 편승해 온 자기기만적 강박 해소법으로, 참 다운 정신이 지향하는 어떤 힘과는 근본적으로 등을 맞대고 있는 정신 의 적입니다. 그러나 그 적은 우리 근처에 너무 가까이 붙어 있어서 우 리의 몸과 정신이 과연 그들과 전혀 무연(無緣)한지 가려낼 수 없을 때 가 있습니다. 「부처님 근처」에서 딸의 해방은 어머니가 죽음으로써 이 루어질 수 있습니다. 어머니는 물리적 강박의 화신, 샤머니즘적 구제법 의 실천자로서 그녀의 죽음은 딸에게 있어 압력 자체의 소멸을 의미합 니다. 그것은 사실 힘든 일입니다. 왜냐하면 현실이나 외부 세계가 인 간을 억압할 때에는 사람이 자연사하듯 그렇게 손쉽게 제 몸뚱이를 거 두지는 않기 때문입니다.

윤흥길의 소설 『장마』에서도 좌우익의 질긴 대립과 살의(殺意)는 결국 한쪽의 죽음, 또는 양쪽 다의 죽음을 통해 화해를 이룹니다. 뒤집어 말

한다면 죽기 전에는 화해가 어려울 만큼 이 대립이 끈질기다는 뜻이 될 터인데, 죽어서야 화해하는 이들 양쪽이 알고 보면 모두 피해자라는 데서 비극은 그 의미를 더합니다. 즉, 국군 외삼촌이든 빨치산 친삼촌이든 이들은 서로 미워할 하등의 이유가 없는 사람들이었던 것입니다. 하물며 한집안의 사돈 간이라는 설정 자체가 우리 민족이 좌우익으로 분열되어 격렬하게 피 흘리며 싸웠던 희대의 비극을 압축해서 보여 주는 상징이라 하겠습니다. 전쟁의 원인이 어디에 있든지 전쟁을 일으킨 주체가 이들 선량한 젊은이들이 아님은 분명하며, 자식 세대의 죽음을 고스란히 지켜보고 배웅까지 해야 했던 어머니 세대의 아픔은 분명 잊히지 않을 피맺힌 응어리입니다. 또한 그 일에 관여하기에는 어렸던, 한편 어려서 다행이었던 조카 세대는 그 일을 관찰하고 기억하는 역사적 소명을 맡아야 하는 것이겠지요.

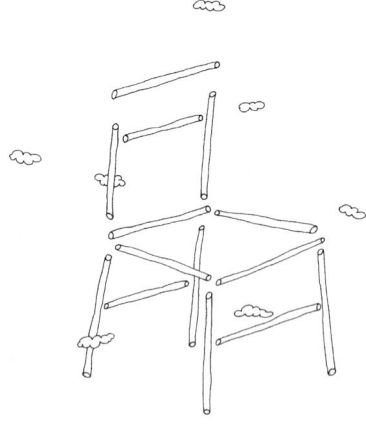

닮은 방들

개개인의 개성적 삶을 획일화하고,
이웃과 가족과의 관계를 단절시키는
아파트의 불모성을 고발한 작품.

"내 쌍둥이 아이들이 싫어진다"

아파트의 획일적 삶이 불러온 권태와 일탈

1974년 『월간중앙』 6월호에 발표한 이 소설은 아파트의 획일성을 집중적으로 고발하고 있습니다.

7년간의 친정살이 끝에 드디어 내 집을 마련한 '나'의 가족은 아파트로 이사를 합니다. 친정어머니는 아파트의 독립성과 비정(非情)함을 우려하지만, '나'는 대가족의 소란과 이웃의 지나친 관심에서 알지 못할 스트레스를 겪어 온 터라, 바로 그 독립성이 좋아서 아파트를 택합니다. 그러나 시설의 편리함, 독립성의 보장, 보안상의 이점 등 아파트의 장점에도 불구하고 '나'는 점차 노이로제 상태가 되어 갑니다.

그 이유로 우선, 주거 공간으로서 아파트가 갖는 획일성과 비정함을 들 수 있습니다. 아파트의 획일성은 건축 양식과 집단성에서 나타납니다. 개성 없는 건물이 밀집해 있으니 자기 집을 찾는 일 자체가 어려워집니다. 그래서 박완서의 작품 속 인물들은 자주 길을 잃습니다. 예를 들어, 「울음소리」라는 작품에는 아파트의 외양을 보고 충격을 받아 망령이 심해지는 할머니가 나오는데, 그 할머니는 아파트를 '아래위 줄행랑 같은 셋집'이라 부릅니다. 획일성에 대한 경멸이 나타난 말입니다. 이들이 살고 싶어하는 미래의 집은 양옥 단독주택입니다. 아름다운 전원 도시의 언덕 위에 있는 '다락방이 있는 뾰족한 지붕을 가진 오밀조밀한 집', 마당에는 잔디를 깔고 꽃을 심으며, 텃밭에서는 완두콩, 옥수수 등이 자라는 집인 것입니다. 생성하는 터전이 있는 그 집이 풍요성의 상징이라면, 아파트는 반대로 불모성(不毛性)을 상징하는 주거 양식입니다.

안팎 공간의 유사성은 생활 패턴의 유사성을 유발합니다. 획일성은 식생활과 의복, 소지품 등에도 영향을 미쳐 '철이 엄마가 내 요리 선생'이 되니 두 집에서 먹는 음식이 같아지고, 두 여자가 같이 쇼핑을 하니 남편들의 잠옷과 포마드도 같아지는 것입니다. 그런 유사성은 내면에까지 확대됩니다. 두 여자는 다이어트법도 닮아 가며, 계란팩을 교대로 붙이고 누워 있는 것까지 같아지며, 아파트 생활의 심심함을 못 이겨 노이로제 증세를 보이는 것까지 닮아 버리는 것입니다.

아파트는 시멘트와 쇠붙이로 되어 있고, 고층화되어 접지성(接地性)을 상실하며, 견고한 문으로 차단되어 인간의 고립화를 초래합니다. 아파트의 장점인 독립성과 보안상의 이점은 동시에 인간의 고립과 상호 불신의 징표이기도 합니다. 「닮은 방들」의 주인공이 아파트에서 가장 못 견뎌하는 장치는 현관문에 달려 있는 조그만 렌즈입니다. 두 개의 방범용 쇠붙이가 안에 장치되어 있는데도 다시 문에 해 박은 어안(魚

眼) 렌즈는 불신의 징표입니다. 그 렌즈로 내다보면 백색 형광등 밑에 서 있는 '남편의 얼굴은 무섭도록 창백하고 냉혹'합니다. 그래서 번번이 '나'는 그가 살인범인 줄 알고 화다닥 놀라기부터 합니다. 남편인 것을 확인하고 나서도 당초의 무서움과 혐오감이 남아 있습니다. 그래서 '나'는 그걸 떼버리고 싶습니다. 그러나 남편에게 그런 무섬증을 하소연하면 등식 찾기의 명수인 남편은 "흥, 노이로제군. 누가 현대인이 아니랄까 봐" 하고 냉담한 어조로 비웃을 뿐입니다. 남편을 살인범으로 착각하고 두려워하는 생활을 되풀이하면서 '나'는 하루하루 살 기운을 잃어 갑니다.

또한, 아파트의 삶은 인간관계의 단절마저 가져옵니다. 「닮은 방들」에 등장하는 '철이 엄마'는 내가 아파트에서 처음 만난 이웃으로, '나'에게는 경쟁자이자 거울 같은 구실을 합니다. 이웃사촌의 지나친 관심이 싫어 아파트를 선택한 '나'는 결국 고립성을 두려워하게 되어 남의 흉내나 내는 인간으로 전락하고 맙니다. 더구나 그 이웃이 닮은 방으로부터 탈출하려고 하는 모든 시도에 지지 않기 위해 기를 쓰고 따라 하는 모습을 보입니다. 그 결과 그들은 더욱더 서로 닮아 가게 됩니다.

가족 관계, 특히 부부 사이도 전과 같지 않습니다. 「닮은 방들」의 남편은 결혼하기 이전과 너무 판이합니다. 연애할 때의 남편은 '건강하고 훤칠하니 키도 컸는데도' 주인공은 늘 그를 불쌍해합니다. 그들은 싱그러운 풀밭에서 첫 뽀뽀를 했고, 그가 죽자고 해도 좋다고 했을 정도로 서로 깊이 사랑했습니다. 그런데 지금의 '나'는 남편에게 주눅이 들어 있습니다. 그것은 남편의 냉혹성 때문입니다. '내'가 불안을 호소하면 남편은 냉혹한 어조로 비웃기만 합니다. 그들 사이에는 '당하는 쪽의 기분을 공중변소처럼 타락시키는' 성적 유대가 있을 뿐입니다.

  이렇게 아파트의 삶은 이웃과의 관계, 가족 간의 관계가 단절되어 가는 양상을 보여 줍니다.

닮은 방들

    마치 겁쟁이가 실로폰 채로 실로폰을 가볍게 건드린 것같이 짧게 살짝 울리는 차임벨[1]의 "딩" 소리를 대가족의 무르익을 대로 무르익은 흥겨운 소란 속에서 나는 가려내야 하는 것이다. 그 일은 어렵다. 나는 그 일이 끔찍하다. 그 시간의 이 집안의 시끌시끌함을 무엇에 비길까.

    안방에선 텔레비전이 골든 타임이고 건넌방에선 동생이 기타를 퉁기고 아랫방에선 막냇동생이 FM을 듣는다. 고만고만한 조카애들과 내 아이들이 울고 웃고 싸우고 이 방에서 저 방으로 쫓고 쫓기고 숨바꼭질을 한다. 어른도 아이도 식모도 식후의 저녁 한때의 즐거움이 절정에 달해 전연 서로 상관하지 않고 내지르는 명랑한 소리가 시끌시끌 서로 어울려, 마치 커다란 가마솥에서 잡동사니들이 부글부글 끓어 이루는 알맞

---

1) 차임벨(chime bell) 시각을 알리거나 호출용으로 쓰는 종.

은 미미(美味)의 순간 같은 농익은²⁾ 소란의 시간이다. 그러나 나는 그 시간에 그런 소음으로부터 내 청각을 단절시키고 단 한마디 소리 "딩"을 가려내야 하는 것이다. 나는 그 일에 익숙하다. 그러고도 그 일이 끔찍하다. 요즈음 내 귀는 그 일에 지쳐 있어 가끔 환청을 한다. 분명히 "딩" 소리를 듣고 대문을 열었는데 문밖 외등³⁾ 밑에는 아무도 없다. 대문을 닫고 들어오며 나는 이 집 식구들에게 부끄러움을 탄다. 식모애에게까지 부끄러움을 탄다.

이 집은 내가 살고 있지만 우리 집이 아니고, 이 집이다. 이 집은 친정집이고 나는 출가외인이기 때문이다. 내가 좋아하는 사람이 가난뱅이라는 걸 알고도 결혼을 쾌히 승낙한 부모님도 우리가 셋방으로 나가는 건 반대하셨다. 친정에서 몇 년이고 거저먹여는 줄 테니 남편 월급을 고스란히 모았다가 집을 사서 나가라고 붙들었다. 우리는 못 이기는 척 그대로 했다. 친정 식구는 다 친절하고, 불편한 거라곤 아무것도 없었다. 널찍한 사랑채에서 우리는 거처했다. 올케도 있었지만 눈치 보일 건 조금도 없었다. 아직도 아버지가 경제권을 쥐시고 집안 살림을 도맡아 꾸리셨고 나는 아버지의 귀한 고명딸⁴⁾이었다. 올케 처지나 내 처지나 알고 보면 비슷했다. 올케도 집을 사서 딴살림을 내려고 오빠가 버는 돈을 열심히 모으고 있었다.

우리는 시누이올케 사이지만 공범자끼리처럼 단짝이었다.

친정살이로서 겪어야 할 서러운 일, 야속한 일은 정말 하나도 없었다.

²⁾ 농익다(濃—) 일이나 분위기 따위가 성숙하다.
³⁾ 외등(外燈) 옥외등(屋外燈). 집 밖에 켜는 등불.
⁴⁾ 고명딸 아들 많은 집의 외딸.

다만 남편을 기다리는 저녁 시간이 끔찍했다. 차임벨을 누르는 소리는 식구마다 특색이 있어서 "딩, 뎅, 동" 소리만 듣고도 누군지를 알 수 있었다. 아버지의 그것은 아버지의 목소리처럼 느리고 점잖았다. 오빠는 강하게 누르고는 이어서 대문을 발길로 쾅 차는 버릇이 있었다. 동생은 기타를 퉁기듯이 방정맞게 누가 대문을 열어 줄 때까지 계속해서 눌러 댔고 막냇동생은 아예 차임벨 같은 건 무시하고 직접 대문을 어찌나 몹시 흔들어 대는지 온 집안이 질겁을 했다. 어머니는 "이크 패사5) 도련님 왔구나, 어서 문 열어 줘라, 빗장 부러질라" 하며 식모애를 재촉했고 식모애는 하던 일을 팽개치고 대문간으로 곤두박질쳤다. 막냇동생뿐 아니라 누가 오면, 대문은 식모애가 열어 주기로 돼 있다. 올케까지도 번연히 오빠가 온 줄 알고도 텔레비전 앞에 질펀히 앉아서 일어나려 하지를 않았다. 겨우 마루 끝까지나 마중 나가면 잘 나가는 폭이다. 모든 것은 식모애가 알아서 잘 해준다.

다만 내 남편이 누르는 차임벨 소리를 알아듣고 나가서 대문을 열어 주는 것은 내 일이다. 언제부터 그것이 내 몫의 일이 되었는지 그건 분명치 않다. 아마 남편이 누르는 차임벨 소리가 하도 희미해 웬만큼 귀가 밝지 않으면 못 알아듣겠고 그래서 내가 그 소리에 신경을 곤두세우고 보니 그렇게 된 모양이다. 나는 내 남편의 특유의 가냘픈 "딩" 소리를 들을 때마다 처갓집 문전에서 겁쟁이로 위축돼 겨우 스위치에 손을 대다 말고 떼는 내 남편을 생각하고 뭉클하도록 측은하다. 나는 울음을 참는 아이처럼 슬픈 얼굴을 하고 대문을 열러 나간다. 대문 밖에 그이가

5) 패사 변덕스럽게 익살을 부리며 엇가는 말이나 짓.

서 있다. 그러나 내 울음은 촉발[6]되지 않는다. 남편은 결코 처가살이하는 겁쟁이로서 거기 서 있지 않다. 그이는 당당할뿐더러 경도(硬度) 높은 쇠붙이처럼 단단하고 냉혹해 뵌다. 너무 냉혹해 보여서 차임벨을 그렇게 희미하게 누른 것도 그이가 소심해서가 아니라 나를 골탕 먹이기 위해 고의였을 것 같은 생각이 든다.

내가 반했을 당시의 그이는 부드럽고 따뜻하고 좀 슬픈 듯한 얼굴을 하고 있었다. 나는 아직도 내 남편을 그렇게 생각하고 있기 때문에 번번이 대문간에서 잠깐 낯을 가린다. 그이는 그런 나에게 조금도 개의치 않고 우리 방으로 걸어 들어간다.

조금씩 집 안의 소요[7]가 가라앉는다. 어머니는 자기 혼자 짐작으로 사위가 시끄러운 것을 싫어하는 것으로 알고 있다. 그래서 우선 텔레비전의 볼륨부터 낮추고는 방방이 돌아다니면서 "매형 들어왔다. 쉿" 하는 소리로 기타와 FM을 멎게 한다. 내 동생들은 이렇게 착하다. 아이들까지 덩달아 조용해지고 내 아이들은 비로소 사랑채의 우리 방으로 들어온다.

식모애가 밥상을 가지고 들어온다. 아버지나 오빠의 상과 조금도 다르지 않게 깔끔하고 맛깔스럽게 봐논 상이다. 그래도 어머니는 행여 반찬 한 가지라도 빠뜨렸을까 봐 따라 들어와 상을 점검한다. 그러고는 "찬은 없어도 많이 들게" 하며 공연히 미안해한다. "제가 뭐 손님인가요" "암 사위는 백년손이라는데" 때로는 "자네 이것 좀 맛보려나" 하고 감추어 두었던 빛깔 고운 양주까지 권하며 사위에게 은근히 아첨을 한

---

6) 촉발(觸發) 어떤 일을 당하여 감정, 충동 따위가 일어남.
7) 소요(騷擾) 여럿이 떠들썩하게 들고 일어남. 또는 그런 술렁거림과 소란.

다. 내 남편은 어머니의 이런 호의를 과분해한다거나 허겁지겁한다거나 하는 법 없이 어디까지나 당당하고 익숙하게 때로는 자못 무관심한 척 시들하게 받아들인다.

어머니는 이렇게 우리에게 잘해 준다. 아무것도 불편한 거라곤 없었다. 모든 것은 어머니와 식모애가 알아서 해줘서 저녁때 남편 문 열어 주는 것 이외에는 할 일이 없다. 그런데도 나는 단 하나의 내 일인 그 일이 끔찍하다. 그리고 내가 그 일을 얼마나 끔찍해하는지 내 남편이 알아줬으면 싶다. 점점 불어 가는 저축도 남편의 노고의 대가 같지를 않고 내가 그 끔찍한 일을 감당한 결과 같은 생각이 들 때가 있고, 그럴 때는 백여만 원의 저축이 엄청난 무게로 나를 짓눌러 나는 압사 직전에 이르는 듯한 고통을 느낀다.

그래서 나는 남편에게 그 고통을 하소연하고 위로받고 싶다. 남편 혼자만 처가살이의 고통이 뭔지도 모르는 양 뻔뻔스러운 게 나는 견딜 수 없다. 그래도 나는 칠 년 동안이나 이런 혼자만의 고통을 견디었다. 내 귀는 그동안의 혹사로 자주 "딩" 하는 환청에 시달리게 되고 오동통하던 얼굴은 신경질적인 선으로 말라 버렸다. 그리고 잘하면 조그만 아파트 하나는 장만할 수 있는 돈이 모이고 아이들은 국민학교에 들어갈 만큼 자랐다.

내 두 애는 같은 해에 같이 국민학교에 들어가게 돼 있다. 그 애들은 쌍둥이다. 나는 한 번의 입덧과 한 번의 잉태와 한 번의 산고로 두 아들을 얻은 것이다. 일석이조란 바로 이런 건가 보다. 육아까지도 친정살이 덕분에 힘들거나 어려운 고비 없이 수월하게 치렀다.

이제 늠름하게 자란, 이목구비가 수려한 내 아들들을 보면 곡 거저 얻은 한 쌍의 보물 같다. 나는 내 아들들보다 더 잘생긴 얼굴은 아예 상상도 할 수 없으므로 내 아들들이 쌍둥이라는 데 지극히 만족했다.

어머니도 아버지도 친손자보다는 외손자를 더 사랑했다. 성격이 낙천적인 올케는 노인네들이 자고로 친손자보다 외손자들을 더 사랑하는 것으로 치고 그런 데 마음을 쓰지 않았지만 내 눈엔 외손자 친손자의 문제가 아니었다. 내 아들들에겐 누구라도 사랑 안 하곤 못 배길 만한 천성의 귀여움과 순진성이 있었다.

그런 내 애들이 학교에 들어가게 된 것이다. 나는 독립하고 싶었다. 나는 내 귀여운 아이들이 학교에서 돌아와 내 집 문을 쾅쾅 두드리게 하고 싶었다. 조카애들보다 작고 위축된 내 애들의 차임벨 소리를 가려내는 일을 새롭게 시작할 수는 도저히 없었다. 그것은 상상만으로도 끔찍했다.

우리의 집을 갖는 데 대해서 친정 식구들은 서운해하면서도 찬성해주었다. 나는 그들이 진정으로 서운해해 준 고운 마음씨를 추호[8]도 의심하지 않는다.

그런데 처음 갖는 집을 아파트로 하느냐 단독주택으로 하느냐엔 올케와 어머니의 의견이 대립했다. 올케는 아파트 편이었다. 첫째 난방에 신경을 쓸 필요가 없으니 구공탄을 가는 구질구질한 일을 면할 수 있고, 부엌 등 모든 시설이 편리하니 식모가 필요 없고, 잠그고 외출할 수 있고, 이웃과 완전히 차단된 독립성이 보장돼 있고 등등이 아파트를 편드는 이유였다. 그러나 어머니는 바로 이 독립성이라는 걸 겁내고 있었다.

---

[8] 추호(秋毫) 가을에 짐승의 털이 아주 가늘다는 뜻으로, 아주 적거나 조금이라는 뜻.

아파트에서 가끔 일어나는 살인 사건 같은 걸 다 이 냉정하고 철저한 독립성에 그 까닭을 두고 있었다. 어머니의 이론대로라면 이 나라에선 살인 사건은 꼭 아파트에서만 일어나는 것으로 봐야 할 판이었다.

이웃끼리 고사떡 찌는 냄새도 훌훌 넘어오고, 지짐질하는 소리도 지글지글 넘어가 서로 나누어 먹고 대소사를 서로 의논하고 도와주고 해야 사람 사는 동네라는 거였다.

올케와 나는 마주 보고 눈을 찡긋했다. 나는 올케 편이었다. 나는 이웃사촌이 철저히 지켜지고 있는 이 구(舊)동네가 싫었다. 도대체가 남의 집 일에 너무 관심들이 많았다. 뉘 집 아들이 일류 대학이나 일류 고등학교에 들어갔다 하면 서로 제 일처럼 신이 나고, 떨어진 집엔 심란한 얼굴로 위로를 하러 몰려가고 노인네들 생일엔 서로 청해서 먹고 노는 것까지는 좋았으나 남의 집 내막을 알아내서 풍기고 흉을 보는 데도 선수들이었다.

나는 알고 있었다. 내 남편이 출퇴근할 때마다 이웃의 수다쟁이 여편네들이 왜 저렇게 신수가 멀쩡해 가지고 처가살이를 할까 하며 혀를 끌끌 차고 입을 비죽대는 것을, 또 그 여편네들이 올케를 세상에도 없는 무던한 여자로 나는 그와는 정반대의 얌체로 꼽고 있는 줄도 알고 있었다.

어머니는 남의 속도 모르고 내가 돈이 모자라 아파트로 가려는 줄로만 알고 안쓰러워했다. 몇 년만 더 아버지 밥을 얻어먹으면 누가 뭐래겠느냐고 공연히 죄 없는 올케를 흘겨보고는, 나를 꼬이려 들기도 했다. 그렇지만 나는 올케와 단짝이 되어 돌아다니다가 드디어 마땅한 아파트를 구할 수 있었다. 어머니는 계약 후 모시고 갔다. 어머니는 우선 18평짜리가 너무 좁은 데 놀라서 너희가 평수를 사기당한 거 아니냐고 성화를 했다. "원 세상에, 우리 집 건평이 그게 서른일곱 평인데 열 몇 식구가 들끓고도 방이 몇 개나 남아돌았는데 세상에 이걸 열여덟 평이라고 젊은것들을 속여?" 하며 분개해 마지않았다. 예전 평수하고 요새 평수하곤 다르다니까 그제서야 "그건 그래, 예전 고기 한 근하고 요새 고기 한 근하곤 다르고말고" 하며 알아들은 듯한 얼굴을 했다.

그럭저럭 이삿날이 가까워졌다. 어머니는 새삼 묵은 근심을 들춰내서 또 걱정을 시작했다. 두터운 콘크리트 벽으로 차단된 세대 간의 그 독립성이란 게 암만해도 못마땅한 모양이었다. 어머니는 내가 혼자서 살림을 할 수 있다는 나의 독립성조차 도무지 믿으려 하지 않았다. 그렇다고 당신이 와서 살림 참견을 하자니 사위고 딸이고 그래 주십사고 청하지도 않는데 자청한다는 건 자존심 문제였다.

내 아파트는 소위 계단식이라는 것으로 계단을 오르면 두 세대의 현관문이 마주 보도록 되어 있다. 어머니의 성화로 우리는 미리 앞집에 인사를 하러 갔다. 어머니는 앞집 여주인이 적어도 자기만큼은 나이가 먹었으면 하고 기대했으나 본데 나만큼 젊은 주부였다. 그래도 결혼하자 곧 딴살림을 나 팔 년째라니 나보다는 훨씬 선배였다.

어머니는 우리 애는 아무것도 모르는 철부지니 매사를 좀 가르쳐 주고 도와주라고 그 여자에게 신신당부했다. 어머니의 부탁이 아니더라도 나는 단박에 그 여자에게 호감이 갔다. 그 여자네 살림살이는 어찌나 알뜰하고 아기자기한지 꼭 동화 속에 나오는 방 같았다. 나는 꼭 그 여자네 방처럼 꾸미고 싶었다. 나는 꽤나 수줍어하면서 가구나 실내장식에 대해 도와 달라고 부탁했다. 그 여자는 조금도 염려 말라고, 이 아래 상가에 가구점이랑 커튼 센터랑 없는 게 없다고 일러 줬다. 아파트란 참

너희 올케 말 짝으로 편한 데로구나 하며 어머니까지 좋아했다.

방은 빨리 꾸며졌다. 뒤늦게 혼수해 주는 셈 친다고 비용은 아버지가 부담했다. 나는 그 여자네 방보다 더 멋있게 꾸미려고 별렀으나 꾸며 놓고 보니 가구의 배치나 커튼의 빛깔까지 비슷한 것이 되고 말았다. 내가 그 여자네 방에서 받은 첫인상이 너무 강렬해서 내 기호가 어느 틈에 그 여자를 흉내 내고 있었는지도 모른다. 하여튼 올케도 부러워하고 어머니와 아버지도 신통해할 만큼 예쁜 방이 꾸며졌다.

아아, 이제야말로 초저녁의 그 대가족의 대소요 속에서 "딩" 하는 가냘픈 차임벨의 울음을 가려내야 하는 끔찍한 일로부터 놓여난 것이다.

나는 예쁜 앞치마를 두르고 식구들을 위해 밥도 짓고 반찬도 만들었다. 앞집 여자 — 철이 엄마가 내 요리 선생이었다. 그녀는 내가 만든 반찬을 냠냠 간을 보고 나서 식초도 찔끔 쳐주고, 고춧가루도 솔솔 뿌려주고 했다. 그네가 너무 맛있어하면 나는 아낌없이 한 접시 나눠 주었다. 그녀는 그녀대로 빈 접시를 보내는 법 없이 뭐든지 꼭 담아 보냈다. 우린 시장도 같이 봤다. 아파트 지하실은 슈퍼마켓이어서 별의별 것이 다 있었다. 그러나 그녀나 내가 별의별 것을 다 살 수 있는 것은 아니었다. 그렇다고 그만 일로 비참해할 우리가 아니었다. 우리는 고급의 편식가처럼 오만한 얼굴을 하고 콩나물이니 두부니 꽁치니를 샀다. 나는 쉽게 이런 것들의 요리법을 익혔다. 가끔 오시는 어머니는 내가 만든 이런 반찬을 해서 진지를 많이 잡수시고 흡족해하시고 나서는 꼭 철이 엄마를 고마워하셨다.

남들까지 내 음식 솜씨를 칭찬해 줄 만큼 살림에 익숙해질 무렵부터 나는 때때로 애기라도 서는 것처럼 발작적으로 내가 만든 음식에 메스꺼움을 느꼈다. 그것은 어떤 특정한 음식에 대한 식상[9]이라기보다는 철이 엄마의 음식 솜씨에 대한 혐오감이랄 수도 있었다. 나는 인제 혼자서도 음식을 잘 만들 수 있었으나 철이 엄마의 음식 솜씨의 영향력을 벗어난 음식을 만들 수는 없었다. 이를테면 우리는 철이네와 똑같은 음식을 먹고 있는 셈이었다. 남편의 저녁상을 봐놓고 나서 앞집에서도 똑같은 저녁상이 그 집 남편을 기다린다고 생각하면 비참해졌다. 가끔 남편까지 내 음식 솜씨에 대해 악의에 찬 트집을 부려 내 비참함을 아주 결정적인 것으로 만들어 놓기 일쑤였다. 가령 동치미에 떠 있는 꽃 모양으로 도려낸 당근 조각을 젓가락으로 끄집어내 가지고는 "제발 맛대가리도 없는 걸 가지고 요리학원식 잔재주 좀 작작 부리라구……" 하면서 마치 헤엄치는 파리라도 건져 낸 듯이 진저리를 쳤다. 그리고 나는 아직도 남편이 집으로 돌아오는 저녁 시간을 끔찍해하고 있었다. 여긴 내 집이고 차임벨 대신 콩알만 한 렌즈가 달려 있어 방문객의 얼굴을 확인할 수 있게 되어 있었다.

나는 내 눈을 애꾸를 만들어 가지고 이 렌즈에다 대고, 천장에 달라붙은 20와트 형광등 불빛 밑에 서 있는 내 남편을 확인하는 일이 끔찍하다. 하루의 피로 때문인지 백색 형광등 때문인지 남편의 얼굴은 무섭도록 창백하고 냉혹하다. 어느 호주머니엔가 목을 조를 밧줄을 숨긴 얼굴이다. 번번이 나는 내 남편을 어머니가 겁내던 아파트 살인범으로 알아보고 화다닥 놀라고 나서야 남편임을 알아차린다. 문을 열어 주고 옷을 걸고 하면서도 어느 만큼은 당초의 무서움증과 혐오감이 남아 있다.

[9] 식상(食傷) 같은 음식이나 사물이 되풀이되어 물리거나 질림. 싫증 남.

나는 내 이런 터무니없는 무서움증을 남편에게 고백하고 현관문에서 그 콩알만 한 유리 조각을 떼어 버리도록 부탁하고 싶었으나 그런 얘기를 남편이 기분 안 상하게 할 자신이 없었다. 그이에게 나를 이해시킬 만한 말주변이 나에겐 없었다. 그이가 부드럽고 따뜻한 눈으로 나를 보아 주던 시절 우리 사이엔 말주변 같은 건 필요 없었다. 그이와 나 사이에 말주변의 필요성을 다급하게 의식하게 되면서부터 내 불안과 초조는 비롯됐다. 나는 어쩌다 남편에게 "여보, 요새 나 좀 이상해요. 괜히 불안하고 초조하고……" 그러면 남편은 자못 냉담하게 "흥 노이로제[10]군, 누가 현대인 아니랄까 봐" 했다. 남편은 척하면 척하고 빠르게 어떤 등식(等式)을 찾아내는 데 능했다. 그러나 이런 등식으로 도대체 무엇을 해결할 수 있단 말인가.

나는 철이 엄마에게 노이로제라는 것에 대해 물었다. 그러면 그녀는 내 증세 같은 건 물어보지도 않고 자기도 노이로제고 누구도 그렇고 또 누구도 그렇고 하며 그녀가 아는 여편네들을 모조리 꼽았다. 그녀는 아파트에 사는 많은 여편네들을 알고 있었고, 그만큼 여러 노이로제의 유형을 알고 있었다. 나는 그녀를 따라 몇 군데 마실도 가봤다. 비슷한 여편네들이 비슷한 형편의 살림을 하고 있었다. 우리 방과 철이네 방이 닮은 것만큼 우리의 상하좌우의 방들은 닮아 있었다. 물론 어느 집은 딴 집이 안 가진 세탁기가 있고 어느 집은 딴 집보다 먼저 피아노를 들여놓고 그 정도의 차이는 있었으나, 그 정도의 우월감조차 오래 누리지를 못했

---

10) 노이로제(neurose) 불안, 과로, 갈등, 억압 따위의 감정 체험이 원인이 되어 일어나는 신체적 병증을 통틀어 이르는 말. 심장, 위장, 신경계에 증상이 나타나는 수가 많은데 심장 신경증, 위장 신경증, 히스테리 따위를 포함한다.

다. 곧 누가 그것을 흉내 내고 말기 때문이다.

서양 여자들이 체중을 줄이기 위해 다이어트를 하듯이 이곳 아파트의 여자들은 남의 흉내를 내기 위해 순전히 남을 닮기 위해 다이어트를 했다. 나는 이런 닮음에의 싫증으로 진저리를 쳐가면서도 철이네만 있고 우린 없는 세탁기를 위해 콩나물과 꽁치와 화학조미료와 철이 엄마식 요리법만 가지고 밥상을 차리고, 철이 엄마는 내가 살림 날 때 올케한테서 선물로 받은 미제 전기 프라이팬을 노골적으로 샘을 내더니, 오로지 그녀의 요리법 하나만 믿고 형편없는 장보기를 하고 있었다.

이렇게 나나 철이 엄마나 딴 방 여자들이나 남보다 잘살기 위해, 그러나 결과적으론 겨우 남과 닮기 위해 하루하루를 잃어버렸다. 내 남편이 열여덟 평짜리 아파트를 위해 칠 년의 세월과 부드러움과 따뜻함을 상실했듯이.

우리 이웃에는 앙큼한 여편네도 있어, 이런 고단하고 허망한 경쟁으로부터 기상천외의 방법으로 탈출을 기도하는 이도 없지 않아 있었다. 철이 임마만 해도 그랬다. 여식껏 철이 엄마는 내 거울 같은 존재였다. 내가 얼마나 권태로운가, 얼마나 공허한가, 얼마나 맥이 빠져 있나를 그 여자를 보면 알 수 있었다. 그런 그녀가 어느 날 전연 나와 상관없는 표정을 하고 내 앞에 나타난 것이다. 속 깊숙이 염통 가까운 데쯤, 미칠 듯한 희열을 감춘 듯이 살갗은 반들대고 눈은 번들댔다. 나는 당혹했다. 기분이 영 잡쳤다. 우리가 어느 날 거울 앞에 섰을 때 허구한 날 거울에서 낯익은 자기 얼굴이 아닌 전연 생소한 얼굴이 비친다거나 자기는 분명히 찡그렸을 터인데 거울 속에선 웃어 보인다거나 할 때 우리는 얼마나 놀라고 기분이 나쁠 것인가. 내가 바로 그렇게 기분이 나빴고, 더 나쁜 것은 그런 그 여자를 볼 때 느껴야 하는 굴욕감이었다.

나는 어떻게든 그 여자의 변모의 비밀을 알아내야 했다. 둘 사이가 갑자기 긴장했다. 내가 파악할 수 있는 그 여자의 모든 것―눈빛, 몸짓, 말씨, 웃음, 하나하나에 내 조심스러운 탐색의 실〔絲〕은 던져졌다. 나는 사진(絲診)[11]을 하는 전의(典醫)[12]처럼 교활하고 주의 깊게 실을 긴장시키고 실 끝에 온 신경을 모았다.

드디어 나는 그 여자의 희열과 긴장이 차츰 고조됐다가 급격히 쇠퇴하고 다시 그것을 잉태하고 하는 주기를 알아낼 수 있었다. 그것은 일주일을 주기로 하고 있었고 금요일 저녁을 그 정점으로 하고 있었다.

금요일 저녁, 금요일 저녁이 문제였다. 남편이 돌아오기 전 어린 남매는 이른 저녁을 먹고 피아노 레슨을 받으러 9동 음대생한테 가는 시간이었다. 나는 재빨리 금요일 저녁에서 후텁지근하고 아슬아슬한 간음의 냄새를 맡았다.

희열과 초조로 통통한 몸뚱이가 거의 파열할 듯이 불안해 뵈는 금요일, 그리고 다음 날인 토요일의 그 여자의 걸레쪽 같은 허탈, 일요일부터 다시 번뜩이기 시작하는 그 기분 나쁜 희열―, 도대체 의심할 여지는 조금도 없었다.

어느 금요일 저녁, 마침내 나는 자신 있게 간음의 현장을 급습했다. 나는 간부(姦夫) 대신 한 장의 주택복권을 발견했다.

---

11) 사진 맥과 연결된 실의 끝을 잡고 그 감촉으로 살피는 진맥. 부녀자의 몸에 손을 대거나 마주 보지 않도록 벽을 사이하여 진맥한다.
12) 전의 조선 후기에 궁내부의 태의원에 속하여 왕의 질병과 왕실의 의무(醫務)를 맡아보던 주임(奏任) 관직.

입술이 바싹 탄 그 여자는 한 손엔 주택복권을 움켜쥐고, 한 손으론 까닭 모를 팔짓을 해가며, 텔레비전 속에서 숫자판에 화살을 쏠 때마다 자기가 뛰어들어 대신 쏘아 댈 듯이 그 살집 많은 궁둥이로 연방 엉덩방아를 찧으면서, 목구멍으로 *끄르륵끄르륵* 이상한 신음 소리를 내면서 텔레비전을 보고 있었다.

나는 단박에 무엇이 이 여자를 그토록 충만하게 빛나게 했던가를 알아차렸다. 이곳으로부터, 이곳의 무수한 닮은 방으로부터, 놓여날 수 있는 가능성이 이 여자를 그렇게 놀랍게 변모시켰던 것이다.

다음 날, 나도 슈퍼마켓으로 내려가는 계단 입구에 나무 궤짝을 놓고 복권을 파는 검버섯[13]이 얼굴 가득히 핀 아줌마한테서 그것을 한 장 샀다. 그러나 그것을 사놓고 금요일을 기다리는 동안 아무래도 나는 철이 엄마처럼 되지를 않았다. 그것은 철이 엄마도 마찬가지인 것 같았다. 한번 비밀을 들키고 난 후의 그녀의 희열은 바늘로 찔리고 난 풍선 꼴이었다.

금요일이 되었다. 나는 희열은커녕 뜻하지 않은 불안으로 안절부절을 못 했다. 나는 내 복권에 대해선 전연 관심이 없고 다만 철이 엄마의 복권에만 관심이 있었다. 내 것이 당첨될 리는 있을 수 없는 일로 여겨지는데 철이 엄마 것은 꼭 될 것 같았다. 그런 생각은 같은 무기수 중 하나만 이유 없이 석방되는 것을 봐야 하는 남은 무기수의 심정 같아서 미칠 것 같았다.

그 여자는 당첨금 팔백만 원을 타면 곧 이곳에서 떨어진 공기 좋고 아

---

13) 검버섯 주로 노인의 살갗에 생기는 거무스름한 얼룩.

름다운 전원도시의 언덕 위에 땅을 사고 말 거다. 그러곤 집을 설계하겠지. 다락방이 있는 뾰족한 지붕을 가진 오밀조밀한 집을 짓겠지. 그런 집은 내 집이어야 하는 건데. 그 집 철이와 난이는 다락방 서재에서 지붕에 떨어지는 빗소리를 들으며 『플랜더스의 개』를 읽을 수 있겠구나. 내 아이들이 그래야 하는 건데. 내 아이들에게 내가 그렇게 해주고 싶었던 걸 그 여자는 모조리 훔쳐다가 제 아이들에게 해주겠구나.

마당에는 잔디를 깔고, 장미를 심고, 라일락도 심고, 그리고 철이와 난이의 밭도 따로 만들겠지. 그래서 완두콩도 심고, 옥수수도 심고, 이것은 쌍떡잎식물, 저것은 외떡잎식물 하며 씨앗에서 싹이 트는 신비한 모습을 아이들에게 보여 주며 자기야말로 훌륭한 엄마인 양 자족의 미소를 짓겠지. 그런 짓은 내가 하려고 하던 건데 그 여자가 모조리 훔쳐다가 마치 제 것처럼 써먹겠지. 나는 너무 분해서 숨이 찼다.

이런 고통은 철이 엄마 쪽에서도 마찬가지였던가 보다. 우리는 핏발 선 눈으로 서로 마주 보는 데 어지간히 지쳤다. 우리 중 누가 먼저였는지 모르게 복권을 살 때부터 네 것 내 것 없이 같이 사서 아무거나 당첨이 되면 반씩 나눠 갖자는 말이 나오고 두말없이 이에 합의를 보았다.

그리고 나니 복권 사는 재미는 김이 샐 대로 새서 시들해지고 시들해지자 갑자기 눈이 밝아지면서 몇백만 분의 일이라는 당첨의 확률까지 계산하게 되고 그래서 일주일에 백 원의 낭비도 할 게 뭐냐고 지극히 건전한 결론에 도달했다. 결국 철이 엄마에게도 나에게도 이곳으로부터 놓여날 수 있는 아무런 일도 일어나지 않고 말았다. 다시 심심한 날이 계속됐다.

나는 따분한 낮 동안 커튼을 젖히고 마주 보이는 13동의 방들을 헤어

보고 거기다가 이곳 아파트 단지의 아파트 총 동수를 곱해 보고 하다가, 고만 눈이 아물아물해지면서 머리가 뒤죽박죽이 되고 만다.

그럴 때 나는 이상하게도 내 쌍둥이 아이들이 싫어진다. 그 애들이 쌍둥이라는 사실이 견딜 수 없어진다. 그러곤 눈앞이 어질어질해지면서 그 애들을 구별할 수 없게 된다. 누가 형이고 누가 아우인지를 못 알아보게 되는 것이다.

나는 죽고 싶도록 비참한 심정으로 그 애들에게 그걸 물을 수밖에 없다. 그 애들은 그런 내가 재미있어 죽겠다는 듯이 깔깔대며 "엄마 내가 형이야" "응, 그래 난 동생이구" 한다. "너희들은 그걸 어떻게 알았지?" 나는 내가 모르겠는 걸 쉽게 알고 있는 그 애들이 수상쩍은 나머지 이런 멍청이 같은 질문까지 하고 만다.

아이들은 한층 깔깔대며 "엄마가 그랬잖아?" 한다. 참 내가 그랬겠군. 내가 그걸 가르쳐 줬지. 그렇지 않으면 그 애들이 어떻게 그걸 저절로 알 수가 있담. 그럼 나는 어떻게 그걸 알았더라. 그 애들을 받은 의사가 일러 줬었지. 행여 뒤바뀌는 일이 생길까 봐 꼼꼼하게도 태어난 정확한 시각을 적은 반창고를 그 애들 가슴팍에 붙여서 퇴원시켜 주지 않았던가.

처음엔 나도 그걸로 형 아우를 구별하다가 곧 그것 없이도 할 수 있게 되었다. 엄마답게 제일 먼저 그것을 구별할 수 있게 되었다. 가까이에서뿐 아니라 어울려 노는 것, 걸어오는 것을 멀리서 보고도 단박에 알 수 있었다. 나는 그 일이 예사로웠는데도 남들은 신기해서 어떤 사람은 형과 아우의 차이점을 나더러 설명해 달라고 조르기까지 했다. 그렇지만 그것은 설명을 초월한 엄마로서의 직관일 뿐이었다.

그러던 내가 문득문득 내 아이들을 구별 못 하는 일을 겪게 된 것이다. 이렇게 엄마다운 직관이 흐려질 때, 나는 내 아이들까지 믿을 수 없어진다. 꼭 두 놈이 짜고서 아우는 형이라고 형은 아우라고 나를 속여 먹는 것 같다. 이런 의심은 불쾌하고 고통스럽다. 자꾸자꾸 속여 먹다가 결국 제가 누군지 저희들 스스로도 잊어버리고 말 날이 올 것 같다. 꼭 그럴 것 같다. 나는 덜컥 겁이 나서 불의(不意)[14]에 내 아이들이 나를 속여 먹을 틈을 주지 않기 위해 불의에, 내 아이들의 이름을 불러 가지고 찾아낸 형과 아우의 특징을 잊지 않으려고 요모조모 날카롭게 뜯어보고, 꼬옥 껴안고 만져 보고 냄새도 맡아 본다. 그러나 그들의 닮음은 어느 틈에 내 이런 모든 노력을 빠져나가 나를 포위하고 나를 놀린다.

나는 지쳐 빠진 나머지 그까짓 형 아우쯤 뒤바뀌면 어떠랴, 한 뱃속에서 동시에 생명이 비롯되어 나란히 한자리에 앉았다가 다만 세상 밖에 누가 몇 분 먼저 나오고 나중 나온 걸로 결정된 형 아운데 그게 무슨 대단한 의미가 있는 것일까 하고 눙쳐 생각하려 든다.

그럼, 내 아이들의 '나'는 함부로 바꿔치기해도 되는 '나'란 말인가. 다시 나는 그런 일은 절대로 그대로 내버려 둘 수 없는 끔찍한 일이라고 진저리를 친다. 나는 엄청난 혼란에 빠지고 만다. 아아 쌍둥이 엄마란 얼마나 저주받은 엄마일까.

나는 거울에 나를 비춰 볼 때 이미 이 세상을 다 살아 버린 듯이 피곤하고 못쓰게 된 내 얼굴을 발견하고 놀란다. 철이 엄마를 불러서 계란팩이나 오이팩이나 그런 걸 해달란다. 우리는 서로 그 일을 품앗이한다. 그 여자는 내 얼굴에 주름이 하나도 없다고 샘을 내는 척하면서, 콜드크

14) 불의 미처 생각하지 않았던 판.

230

림으로 얼굴을 문지르고 두들기고 뱅뱅 돌리고, 살갗이 익어 버리도록 뜨거운 타월로 찜질을 해내고, 한바탕 법석을 떨고는, 계란하고 꿀하고 무슨 당근 짜낸 국물 같은 걸 범벅을 해서 얼굴에 처덕거린다. 그것이 마르면서 피부를 옥죈다. 그동안 웃어도 안 되고 말을 해도 안 된다. 그 동안을 못 참고 웃으면 얼굴에 주름이 간다는 게 우리들의 상식이다.

철이 엄만 혼자서 심심한지 종알종알 얘기를 시킨다. 하필 우스운 얘기만 골라서 한다. 내가 자기보다 먼저 주름이 잡히길 노리는 그 여자의 음모를 내가 모를 리 없다. "글쎄 우리 난이란 년, 고게 얼마나 깜찍하게 구는지 재미나긴 아들보다 딸이 납디다. 어제는 글쎄 나보고 이 세상에서 제일 먼저 다이빙을 한 사람이 누구게 하지 않겠어. 나는 글쎄 누구더라 아마 영국 사람일 텐데, 어쩌구 하며 좀 아는 척을 하려 했더니 고게 허릴 잡고 깔깔대며 대한민국 심청이 하지 않겠어." 그러고는 혼자서 오랫동안 깔깔댔다. 그 여자는 내가 따라 웃기를 바라고 있었다. 나는 안 웃는다. 주름 때문에 못 웃는 게 아니라 하나도 안 우습다. 코미디언이나 디스크자키들이 골백번은 써먹은 소리다. 요샌 신선한 웃음거리조차 없다. 직업적인 웃기기꾼들이 동서고금의 우스운 이야기란 이야기는 다 끄집어내다가 요리조리 장난질을 해서 써먹고 또 써먹어 단물은 다 빼먹고 씹어뱉은 찌꺼기뿐이다. 말장난질에 닳고 닳아빠진 말뿐이다. 나는 우습기는커녕 어느 개뼈다귀가 씹다 버린 껌이라도 입 속에 던져진 듯한 욕지기를 느낀다.

이번엔 내가 철이 엄마를 해줄 차례다. 내가 당한 것과 똑같은 짓을 그 여자의 얼굴에 베푼다. 대낮에 계란팩을 뒤집어쓰고 나자빠졌는 여편네 꼴은 추하고 너절하다. 흡사 합성섬유의 누더기 같다.

나도 심심해진다. 심심풀이 삼아라도 입을 놀리고 싶다. 그러나 그 여자를 웃길 생각은 안 한다. 저 보기 흉한 얼굴에서 입이 벌어지면서 이빨과 혀와 목구멍이 보일 것을 생각하면 끔찍하다. 낮도깨비를 상상하는 것처럼 끔찍하다. 나는 그 여자를 아프게 하고 싶다. 그 여자를 아프게 하려면 샘을 내게 하는 수밖에 없다. 내 남편과 내가 연애하던 때의 이야기를 해줘야겠다. 그런 이야기가 얼마나 쑥스럽고 더리적은지, 너무 안다고 할 만큼 알고 있는데도 그 짓이 하고 싶다. 나는 그 이야기를 이 여자에게 들려주고 싶은 건지 내가 듣고 싶은 건지 구별을 못 한다. 이 여자를 아프게 하고 싶은지 내가 아프고 싶은지 그것도 모르겠다. 모르는 채 나는 지껄였다.

총각 때의 남편은 건강하고 훤칠하니 키도 컸는데도 그를 볼 때마다 나는 그를 불쌍해했다. 그를 불쌍해하는 내 느낌은 너무도 애틋하고 순수해서 그를 불쌍해하는 게 그에게 모욕이 된다고는 조금도 생각하지 않았다.

우리는 대개 만날 장소를 길가로 정하고 길가에서 만났다. 오래 기다리고 서 있어도 남이 이상하게 보지 않을 길가, 그러니까 버스 정거장 같은 데가 좋았다. 홍릉 버스 종점, 이대 입구 정거장, 미도파 앞 이런 식이었다. 취미가 고상하다거나 괴팍해서 다방을 기피했거나, 찻값이 아까울 만큼 가난해서가 아니었다. 시작부터 어쩌다 그렇게 되고 말았다. 제대하고 복교해서 한 학년이 된 그를 알게 되고 학교 외의 장소에서 만나고 싶다고 생각하고, 만날 날짜와 시간은 쉽사리 정했는데도 만날 장소는 쉽사리 정해지지를 않았다. 우린 다 같이 단골 다방도 없었고 이름과 장소가 연관 지어서 기억나는 다방도 없었다. 여기저기 생각은 낮으나 조금씩 어리숭했다. 어리숭한 채로 정할 수도 있겠는데 그랬다가 우리의 중대한 두 번째 만남에 어떤 차질이 생길까 두려웠다. 우선 꼭 다시 만나야 했다. S동 버스 정거장에서 만나기로 하고 내가 먼저 가서 기다렸다.

나는 아주 멀리서부터 인파 속에서 그를 알아보았다. 그는 딴 사람들과 달랐다. 그 다른 것이 나로 하여금 그를 최초로 불쌍해하게 했다.

그와의 사귐이 깊어짐에 따라 불쌍하다는 느낌도 심화됐다. 그가 남보다 착해 보이는 것, 정직해 보이는 것, 그런 것 때문에도 그가 불쌍했다. 딴 사람들은 갑각류처럼 견고하고 무표정한데 그만이 인간의 가장 깊고 연한 속살, 따뜻하고 부드러운 속살을 노출시키고 있는 게 불쌍했다. 딴 사람들은 다 무장을 하고 있는데 그만이 무방비 상태인 것으로 여겨져 불쌍했다.

나는 그가 불쌍하고 불쌍해서 가슴을 조이며 내 앞으로 가까이 오는 것을 기다리는 동안이 좋았다. 나는 그가 불쌍해서, 서럽도록 불쌍해서 좋았다.

우리는 만나면 여러 군데를 걸어 돌아다녔고, 걷다가 지치면 시외버스를 탔다. 이름난 유원지로 가는 것만 아니면 우리는 아무 거나 탔다. 아무 데서나 내렸다. 서울 교외의 시골은 비슷비슷했다. 지독한 거름 냄새가 나는 곳도 있었지만 산기슭 쪽으로 조금만 피하면 거름 냄새는 구수하게 희석되고 싱그러운 초록의 냄새를 맡을 수 있었다. 초록빛 나는 풀, 나물, 채소 등이 풍기는 풋풋한 시골 들판의 냄새를 우리는 좋아했다. 가깝고 낮은 산들의 초록빛, 멀수록 푸른빛을 띠다가 푸른 안개처럼 번져 보이는 먼, 먼 높은 산들, 밭둑의 미루나무, 마을 어귀 까치집이 매달린 고목, 느릿느릿 꼬부라진 들길, 그런 평범한 풍경들이 그와 함께 바라보면 그렇게 좋을 수가 없었다. 그러나 더 좋은 것은 그를 바라보는 거였다.

나는 군중 속에 있는 그를 불쌍해하며 바라보는 것도 좋아했지만, 단둘이서 아무와도 비교 안 하고 그를 바라보는 것을 더 좋아했다. 그의 따뜻함과 부드러움을 불쌍해하지 않고 느끼는 것이 실상은 더 좋았던 것이다. 우리는 이렇게 해서 가까워졌다.

우리가 처음 뽀뽀하던 날, 그날도 우리는 밭이 끝나고 산이 시작되려는 둔덕 풀밭에 있었다. 우리는 같이 노래도 부르고 까불고 장난치고 했다. 나의 어머니 아버지는 사내놈은 그저 도둑놈으로 알라는 무지막지한 공갈로 나에 대한 성교육을 삼았지만 나는 그를 조금도 경계하지 않았다. 경계는커녕 어린애 같은 천진한 장난에 열중하다가도 문득 그의 도둑놈에 대해 안타까운 궁금증을 느끼곤 했다.

그가 어디로 숨었는가 하다가, 목덜미로부터 뺨으로 기는 송충이의 징그러운 감촉을 느끼고 질겁을 해서 비명을 지르며 오두방정을 떨었다. 그러나 송충이가 아니었다. 그가 강아지풀로 콧수염을 해 달고 내 등 뒤로 돌아와 나를 놀렸던 것이다. 그는 장난질이 성공한 아이답잖게 얼굴은 심한 부끄러움으로 붉게 상기되어 있고 눈은 슬퍼 보였다. 나는 곧 강아지풀로 위장한 그의 욕망을 본다. 그가 정말로 하고 싶었던 건 뽀뽀였다는 걸 안다. 나는 그렇게밖에 뽀뽀를 할 줄 모르는 그가 측은하고 불쌍해 울음이라도 터질 것 같다.

나는 그에게 다가가 우스꽝스러운 콧수염을 뜯어내고 그의 부드럽고 따뜻한 입술에 뽀뽀를 해주었다. 마침내 망설임과 부끄러움을 떨친 그의 뽀뽀는 길고 섬세했다. 나는 그가 좋아서 너무 좋아서 슬펐다. 그가 사랑한다고 그랬고, 결혼하자고 그랬고 나는 좋다고 했다. 그가 죽자고 해도 좋다고 했을 것이다.

내 이야기와 철이 엄마의 계란팩은 거의 같이 끝났다. 뜨거운 물수건으로 얼굴을 닦아낸 그녀는 흡사 표피가 뜨거운 물수건에 익어서 홀라당 벗겨진 것처럼 징그럽고 붉게 이글거렸다. 그 여자는 그 위에 냄새가 짙은 화장수를 처덕이며 부르르 몸서리를 치더니 음탕하게 웃으며 "우리 그 새낀 잔재미라곤 없다우. 그 새낀 무지막지하고 억세기가 꼭 짐승이라니까. 아이 징그러" 했다. 그러곤 다시 건강하고 흰 이를 드러내고 찍 웃었다. 웃는 입이 방금 찢어진 상처처럼 생생했다. 그 생생함과 남편을 "그 새끼"라고 하는 당돌한 호칭이 짐승 같다는 표현에 이상하리만큼 싱싱한 현실감을 주었다.

나는 어떤 예감이 강한 전류처럼 나를 꿰뚫는 것을 느끼고 깊이 전율했다. 그것은 고통스러운 쾌감이었다.

그 후에도 내 생활은 여전히 끔찍하게 따분했다. 나는 내 이웃의 무수한 닮은 방들이 끔찍했고 내 쌍둥이 아들을 구별 못 하는 일이 끔찍했고 무엇보다도 한 눈을 애꾸를 만들어 가지고 콩알만 한 유리 조각을 통해 퇴근한 남편의 얼굴을 확인하는 일이 끔찍했다. 천장에 달라붙은 20와트 형광등 불빛 밑에서 비인간적으로 창백하고 냉혹해 보여 자기 남편을 아파트 살인범으로 착각해야 하는 일이 끔찍했다.

내 생활에서 끔찍하지 않은 일은 철이 엄마의 그 '짐승 같은 새끼'와 간음을 하고 말 것 같은 예감뿐이었다. 나는 그 예감을 사랑했다. 그 예감이 미칠 듯이 따분한 내 생활과 마찰하면서 일으키는 섬광 같은 불꽃을 사랑했다. 그 섬광을 통해 보는 일상적인 사물의 돌변한 빛깔을 사랑했다.

뭔가 저질러야겠다는, 꼭 저지르고 말리라는 준비 태세로 온몸이 조바심했다. 마치 오랫동안 맛대가리 없는 배합 사료로 사육돼 오던 들짐승이 어떤 계기로 촉발된 싱싱한 야성의 먹이에 대한 식욕으로 이빨이 견딜 수 없이 근질대듯 내 온몸이 이빨이 되어 근질근질 조바심했다.

어느 날 철이 엄마는 시골 친정에 다녀오마고 했다. 허름한 걸로 어머니 아버지 옷감이나 사다 드리고 고추랑 깨랑 마늘이랑 얻어 오면 그게 어디냐고 나에게 그동안 자기 식구 식사를 부탁하는 것이었다. 남편에게 당일로 돌아오마고 했지만, 가까워도 시골이고 친정인데 하룻밤쯤 자고 오면 제까짓 게 날 내쫓을까 했다. "아무렴요. 아무렴. 자고 와요. 자고 와. 집 걱정도 밥 걱정도 나한테 맡겨요." 나는 눈웃음을 치며 알랑을 떨었다.

모든 것이 다 잘됐다. 나는 양쪽 집을 분주하게 오락가락하며 두 남편과 네 아이를 먹이고 잠재웠다.

밤이 제대로 깊어 갈 즈음, 나는 살금살금 철이네로 들어갔다. 곤히 잠든 철이 아빠를 침대 머리에 달린 촉광 낮은 푸른 베드 라이트가 비추고 있었다. 그는 하필 전에 내가 철이 엄마하고 같이 나가서 산 내 남편의 것과 똑같은 파자마를 입고 있었다. 그래서 그런지, 베드 라이트가 파래서 그런지 철이 아빠 평상시보다 창백하고 피곤해 보여 내 남편과 퍽 닮아 있었다. 나는 누구에겐지 모를 연민을 느꼈다. 베드 라이트를 끌까 하다가 만약의 경우를 생각해서 아주 두꺼비집의 스위치를 내려 버렸다. 칠흑의 어둠이 왔다.

나는 그의 옆에 누웠다. 그의 머리를 안았다. D포마드[15] 냄새가 역겹다. 내 남편도 D포마드의 애용자다. 나는 참고 그의 입술을 찾는다. 매캐한 담배 냄새가 난다. 그도 내 남편도 골초다. 그가 조금씩 잠이 깨면서 귀찮다는 듯이 나를 뿌리친다. 나는 더욱 그에게 나를 밀착시킨다. 마침내 "언제 왔어" 잠꼬대처럼 웅얼대고 마지못해 나를 안는다.

그의 섹스는 신경질적이고 허약한 주제에 가학적이다. 당하는 쪽의 기분을 공중변소처럼 타락시킨다. 그의 속살은 쇠붙이에서 풍기는 것 같은, 사람을 밀어내는 기분 나쁜 냄새를 지니고 있다. 그런 모든 것이 내 남편과 너무도 닮아 있다. 나는 내가 간음하고 있다는 느낌조차 가질 수 없다. 나는 내 남편에게 안겨 있는 동안에도 간음하고 있는 것으로 공상을 하는 못된 버릇이 있었는데 정작 간음을 하면서도 그것조차 안된다. 죄의식도 쾌감도 없다.

일을 끝낸 그는 더 깊이 잠들고 나는 여기가 정말 철이넨가 그것조차 믿어지지 않아 아이들이 자고 있는 이층 침대로 가서 자는 애들을 더듬어 본다. 난이의 머리꼬랑이가 만져진다. 아들과 딸이 있다는 건 좋은 일이다. 우리는 아들만 있는데 그것도 쌍둥이로.

우리 집 이층 침대에도 아이들이 깊이 잠들어 있다. 나는 걷어찬 이불을 덮어 주고 고른 숨소리를 듣는다. 나의 어머니가 우리들을 기를 땐 우리를 잠재우고 고른 숨소리를 지키며 우리가 자라서 어느 만큼 훌륭하게 될까, 어떤 효도를 할까, 그런 공상을 할 때가 제일 흐뭇하고 행복했다고 한다. 나도 그래 보려고 한다. 그러나 그게 되지를 않는다. 나는

---

15) 포마드(pomade) 머리털에 바르는 반고체의 진득진득한 기름. 광택과 방향(芳香)을 내는데, 머리를 매만져서 다듬기 위하여 주로 남자가 사용한다.

내 애들이 자라 무엇이 될지도 나와 어떤 모자 관계를 이룰지도 짐작할 수도 없다. 춥고 막막하다.

나는 욕실에 들어가 불을 켠다. 눈이 부시게 환하다. 간음한 여자를 똑똑히 보고 싶다. 거울 앞에 선다. 거울 속에 내가 있다. 생전 아무하고도 얘기해 본 적도 관계를 맺어 본 적도 없는 것같이 절망적인 무구(無垢)를 풍기는 여자가 거기 있다.

나는 이상하리만큼 해맑고 절망적인 기분으로 나를 처녀처럼 느낀다. 십 년 가까운 남의 아내 노릇에 두 아이까지 있고 방금 간음까지 저지른 주제에 나는 나를 처녀처럼 느낀다. 그런 처녀는 끔찍하지만 그렇게 느낀다.

1 '내'가 친정집에서 남편의 차임벨 소리를 가려내는 것을 끔찍한 일이라고 느끼는 이유는 무엇일까요?

'나'는 친정살이를 하고 있습니다. 남편의 처지에서 보면 처가살이입니다. 가난뱅이 남편과 결혼할 때, 집을 사서 나갈 때까지 친정에 들어와 살기로 친정 부모님과 약속한 것입니다.

친정 식구들은 다들 잘해 줍니다. 눈치를 주는 사람도 없을뿐더러 처가살이하는 남편이 불편해할까 봐 더욱 배려하는 편입니다. 남편 역시 처가의 눈치를 살피지 않고, 도리어 당당하고 다소 무뚝뚝하게 굽니다.

그러나 '나'는 심한 고통을 겪습니다. 문을 열어 주는 일은 마땅히 식모가 할 일이지만, 남편의 귀가 때 그 가냘픈 "딩" 소리를 알아듣고 뛰어나가 문을 여는 것은 언제부터인가 '나'의 일이 되었습니다. '나'는 대가족의 소란 속에서 그 가냘픈 "딩" 소리를 가려내기 위해 신경쇠약에 걸리다시피 되고 맙니다. 차임벨이 울리는 듯한 환청에 시달리게 되고, 오동통하던 얼굴은 신경질적인 선으로 말라 버렸습니다.

7년간이나 마음고생을 한 끝에 쌍둥이 두 아들의 국민학교 입학을 앞두고, '나'는 분가를 결심합니다. 남편의 벨소리에 더해 아들들의 벨소리를 가려내기 위해 또다시 귀를 기울여야 한다는 사실이 참을 수 없어졌기 때문입니다. 즉, 차임벨 소리를 가려내는 일을 끔찍하게 여겼던 이유는 친정살이의 고통 때문입니다. 얹혀산다는 초라한 느낌이 '나'를 남몰래 짓눌렀음을 짐작할 수 있습니다.

2 '닮은 방들'은 아파트를 의미합니다. 아파트의 특성이 소설의 인물들에게는 어떻게 작용하고 있습니까?

나 처음에는 아파트의 편리함에 매료되지만, 차츰 그 고립성과 획일성으로 인해 살맛을 잃고 노이로제 상태가 됩니다.

철이 엄마 명랑한 인물로 요리나 인테리어 등 살림 솜씨도 좋고, '나'를 적극 도와주는 좋은 이웃입니다. 그러나 아파트의 닮음에 싫증을 느껴 주택복권을 사는 등 탈출을 꿈꿉니다.

그 밖의 인물들 뚜렷한 영향 관계는 나와 있지 않으나 그만큼 서로 비슷비슷하고 개성이 없는 닮은 생활과 정서를 공유하고 있을 가능성이 큽니다.

3 철이 엄마에 대한 '나'의 감정과 태도는 어떠합니까?

처음에는 그녀의 알뜰한 살림 솜씨에 호감을 가지고 친해집니다. 그러나 곧 메스꺼움을 느끼게 되는데, 이는 철이 엄마 자체에 대한 감정이라기보다 똑같은 생활 방식, 개성 없는 흉내 내기에 대한 '나'의 반감을 드러내는 것이라 하겠습니다.

철이 엄마는 '나'의 거울 같은 존재입니다. '내'가 얼마나 권태로운가, 얼마나 공허한가, 얼마나 맥이 빠져 있는가를 마치 거울을 보듯 그녀의 얼굴이 나타내고 있습니다. 생활이 같으니 정서도 비슷해지는 것이지요. 또한 그녀는 '나'의 경쟁자이기도 합니다. 방들도 닮아 있을 뿐 아니라 세탁기, 피아노 등 딴 집이 가진 것을 너도나도 갖기 위해 서로 흉내를 내는 탓에 갈수록 그 닮음은 심화됩니다. "우리는 핏발 선 눈으로 서로 마주 보는 데 어지간히 지쳤다. 우리 중 누가 먼저였는지 모르게 복권을 살 때부터 네 것 내 것 없이 같이 사서 아무거나 당첨이 되면 반씩 나눠 갖자는 말이 나오고 두말없이 이에 합의를 보았다"라는 구절에서도 '나'의 경쟁 심리를 엿볼 수 있습니다.

사실 이웃에 대한 질투와 경쟁은 농경 사회의 전통적인 속성으로, 그다지 새로운 현상은 아닙니다. 철이 엄마에 대한 '나'의 복잡한 경쟁심은 아파트라는 새로운 삶의 방식에 적응하지 못한 과거 사고방식의 흔적일 수도 있고, 이웃사촌의 간섭이라는 익숙한 관심을 잃어버린 데 대한 허전함이 고립감을 불러와 그 고립감에서 벗어나기 위한 반응으로 나타난 심리일 수도 있습니다.

4 철이 엄마가 주택복권을 사는 이유는 무엇일까요?

아파트의 무수히 많은 '닮은 방들'에서 탈출하려는 욕구 때문이라고 할 수 있습니다. 철이 엄마는 대화나 서술을 통해 성격이 직접 제시되지는 않지만, 주인공과 철이 엄마가 거의 모든 생활을 공유하고 있는 것으로 보아 '내'가 느끼는 아파트 생활의 염증을 철이 엄마도 공감하고 있을 것이라고 추측할 수 있습니다.

평소에 주인공과 마찬가지로 권태롭고 공허한 표정을 하고 있던 그녀가 돌연 미칠 듯한 희열을 감춘 듯이 어느 날부터 살갗은 반들대고 눈은 번들댑니다. 금요일 저녁을 정점으로, 토요일부터 다시 걸레쪽 같은 허탈로 일주일을 시작하는 그녀의 '간부(姦夫)'는 바로 주택복권이었습니다. 아니 주택복권 당첨이 가져다줄 '닮은 방' 들로부터 놓여날 수 있는 가능성이 그녀를 그토록 충만하게 빛나게 했던 것입니다. 그러나 그 희열은 어디까지나 비밀에 싸여 있을 때 가치가 있었을 뿐, '나'에게 비밀을 들키고 난 후, 그녀의 희열은 다시 바늘로 찔리고 난 풍선 꼴이 되어 버립니다.

5 쌍둥이 아이들이 싫어진 이유는 무엇입니까?

닮음에의 싫증 때문입니다. 아파트로 이사하기 전에 주인공은 쌍둥이 아이들에 대해 지극히 만족했습니다. 한 번의 입덧과 한 번의 잉태와 한 번의 산고(産苦)로 두 아들을 얻은 것을 두고 일석이조라 얘기합니다. 늠름하게 자란, 이목구비가 수려한 아들들이 꼭 거저 얻은 한 쌍의 보물 같다고 자랑합니다. 그러던 주인공이 아이들이 쌍둥이라는 사실에 싫증을 느끼는 것은 따분한 낮 동안 마주 보이는 13동의 방들을 헤어 보고 거기다가 아파트 단지의 아파트 총 동수를 곱해 보고 하다가 그만 눈이 아물아물해지면서 머리가 뒤죽박죽이 되었을 때입니다. 그러한 때, 주인공은 아이들이 쌍둥이라는 사실이 견딜 수 없어집니다. 그리고 눈앞이 어질어질해지면서 형과 아우를 구별할 수 없게 됩니다. 개성 없이 서로 닮은 아파트 생활이 예사로이 두 아이를 쉽게 가려내곤 하던 어미의 직관을 흐려지게 하고 만 것입니다.

더욱 심각한 것은, 아이들을 구별하지 못하는 주인공이 지친 나머지, "그까짓 형 아우쯤 뒤바뀌면 어때라" 눙쳐 생각하려 드는 점입니다. 그러나 다시 "그럼, 내 아이들의 '나'란 함부로 바꿔치기 해도 되는 '나'란 말인가, 끔찍한 일이다"라면서 주인공은 진저리를 치며 엄청난 혼란에 빠집니다. 이를 확장하면 쌍둥이 아이들이 이토록 혼동되는데, 피상적으로 교류할 뿐인 남들끼리는 얼마나 비슷비슷해 보일 것인가, 이들이 좀 뒤바뀌면 어떤가 하는 생각은 또 얼마나 무서운 인간 경시의 사고인가 말입니다.

6 '나'에게 비친 남편의 모습은 어떻게 변화했습니까? 또 그 변화의 이유는 무엇일까요?

결혼 전, '내'가 반했을 당시의 남편은 부드럽고 따뜻하고 좀 슬픈 듯한 얼굴을 하고 있었습니다. 그러나 친정살이를 할 때 대문간에서 마주친 남편은 경도(硬度) 높은 쇠붙이처럼 단단하고 냉혹해 보였습니다. 또, 남편과 '나' 사이에 말주변이 필요해지고부터 '나'는 자신의 불안과 초조를 그에게 하소연할 방법을 잃어버립니다. 남편은 매일 저녁 백색 형광등 밑에 '호주머니에 목을 조를 밧줄을 숨긴' 듯한 얼굴로 창백하게 서 있습니다. 더 이상 강아지풀로 콧수염을 해 달고 '나'를 간질이는 장난으로 뽀뽀하고 싶은 수줍은 마음을 감추던 연애 시절의 남편이 아닙니다. 남편이 변한 이유를 '나'는 '열여덟 평 아파트를 장만하기 위해 칠 년의 세월과 부드러움과 따뜻함을 상실' 했기 때문이라 생각합니다. 진정성을 무표정이라는 갑옷으로 감추지 않을 수 없는 현대인의 비정한 일상이 그를 지치게 한 것이겠지요.

7 '나'는 옆집 철이 엄마의 남편인 '그 짐승 같은 새끼'와 간음을 저지르고 싶어하며, 철이 엄마가 집을 비운 어느 날, 실제로 그 일을 결행하고 맙니다. 간음을 저지르는 '나'의 심리는 어떻습니까? 또 그 결과는 만족스러웠나요?

주인공은 '다름'을 중요한 가치로 여기고 있는 인물입니다. 주인공은 남편과 사랑에 빠졌을 때를 이렇게 회상합니다. "나는 아주 멀리서부터 인파 속에서 그를 알아보았다. 그는 딴 사람들과 달랐다. 그 다른 것이 나로 하여금 그를 최초로 불쌍해하게 했다." 그런 주인공에게 닮은 방들과 닮은 생활과 닮은 생각은 끔찍하게 불행한 일입니다. 간음 사건은 '나'의 이러한 '닮음에의 싫증'이 노이로제가 되고 그 노이로제가 극대화한 결과입니다.

'나'는 모든 것이 똑같이 닮아 있는 아파트 생활에 진저리를 느낄 때쯤 철이 엄마와 서로 마사지를 해주다가 각자의 남편 얘기를 나눕니다. 철이 엄마를 샘나게 하려고 '착하고 정직하고 부드러워서 불쌍했던' 남편과의 연애 얘기를 하는데, 철이 엄마는 자기 남편을 '무지막지하고 억세기가 꼭 짐승 같고 잔재미라곤 없는 우리 그 새끼'라고 호칭합니다.

'나'는 '그 짐승 같은 새끼'와 간음을 저지르고 싶은 예감을 강렬하게 느낍니다. 모든 것이 너무나 닮은 생활에서 강한 염증을 느끼는 주인공이 남편과는 매우 다른 성격인 옆집 남자와의 간음을 통해 그 절망적인 '닮음'으로부터 탈출을 꿈꾸고 있음을 짐작할 수 있습니다. 사실 남편과 자식 등 가족을 빼고는 모든 면이 너무나 서로 닮아 있는 아파트 생활에서 주인공이 절망적으로 탈출을 시도하기 위해서는 닮지 않은 마지막 것인 '남편'을 통하는 수밖에 없겠지요. 이는 상식적이고 건강한 방식이 아니므로 우리는 주인공의 심리 상태가 노이로제에 가까운 매우 극단적인 데까지 이르렀음을 알게 됩니다.

그러나 간음을 통한 탈출 시도는 실패로 끝납니다. 철이 아빠가 자기 남편과 너무나 닮아 있었기 때문입니다. 그는 남편과 같은 파자마를 입고 같은 포마드를 바르고 있었고, 남편처럼 입에서 담배 냄새가 났으며, 심지어 섹스까지도 닮아 있었던 것입니다. 그래서 '나'는 내가 간음하고 있다는 느낌조차 가질 수 없게 되어 자신을 처녀처럼 느끼는 끔찍한 상태에 이르게 됩니다. 즉 '닮음에의 싫증'에서 벗어날 탈출구가 모두 막혀 있던 셈인 것입니다.

지렁이 울음소리

세파에 찌들어 비분강개에 찬 특유의
욕설을 잃어버리고 지렁이 같은
미약한 존재로 전락한 한 지식인의 초상.

"나에게 욕을 조르지 말아 줘. 날 고만 쥐어짜. 제발 날 살려 줘"

지렁이로 전락한 한 지식인의 비명

「지렁이 울음소리」는 1973년 7월 『신동아』에 발표된 작품입니다.

박완서는 자신과 동시대인들의 삶을 타락한 현실과 싸우는 문제적인 개인이 아닌 그것을 포기한 존재들의 삶으로 규정합니다. 박완서 초기 소설의 주인공들은 하나같이 자신을 둘러싼 환경과의 진정한 싸움을 포기한 자들입니다. 이들은 친밀감, 안정성, 세속적인 행복을 위해서라면 언제든지 자신만의 고유한 가치나 진리를 포기할 준비가 되어 있습니다. 하지만 자신의 목표가 그들을 영원한 부자유의 상태로 전락시킨다는 사실을 뒤늦게 깨닫고 하나같이 무력감에 빠집니다. 이들은 집단이 만들어 낸 자의적인 기준을 삶의 목표로 설정했기 때문에 그 목표점에 도달한 순간 더 이상 자신을 움직여 나갈 터전을 찾아 나서지 못하는 것입니다.

이제 이들은 발전하고 있다는 뿌듯한 쾌감도, 전락한다는 위기의식도 없는, 무한히 계속되는 기계적인 일상의 반복 속에서 절망과 권태, 더 나아가 인간의 대체 가능성에 맞닥뜨립니다. 「닮은 방들」에서 이미 보았듯이, 남보다 잘살기 위해 타자의 가치를 자기화하며 자아실현을 중단하기 때문에 이들은 서로 닮게 됩니다. 자신의 고유한 가치들을 모두 버린 마당에 한 개인과 다른 개인 간에 차이란 생길 수가 없습니다. 이러한 '닮음'에 진저리를 쳐가면서 이곳으로부터, 이곳의 무수한 '닮은 방'으로부터 놓여날 수 있는 가능성을 찾아 나서지만, 이것 역시 쉽지는 않습니다.

이들 닮은 존재들이 선택할 수 있는 일이란 낯선 것을 향한 모험인데, 이때 이 모험은 기존의 규범을 모두 부정하는 방향으로 진행됩니다. 즉 남과 닮지만 않으면 되는 것입니다. 그러나 이러한 낯선 것에의 강렬한 유혹은 기존 질서에 대한 보다 높은 차원의 비판이 못 될뿐더러 때로는 가학적이고 자학적인 방향으로 치닫기 쉽습니다. 「닮은 방들」의 주인공이 바로 그러한데, 그녀는 이웃집 남자와의 간음을 통해 남과는 다른 자기의 정체성, 즉 자기의 고유함을 증명하려 합니다. 이를 통해 작가는 자신의 고유한 영혼이 지닌 문제의식을 발견하지 못한 상태에서 이루어지는 낯선 것에의 지향은 결국 자멸의 길로 나아갈 수밖에 없음을 경고합니다.

박완서의 초기 소설은 이처럼 타락한 세계와 싸우지 않는 자들의 왜곡된 존재 방식을 집요하게 파헤치고 있습니다. 자신의 고유한 가치를 포기한다는 것은 곧 주체의 죽음을 의미할 뿐입니다. 비록 또 다른 절망이 기다릴 뿐이더라도 타락한 세계와 맞서기, 이것이 박완서의 정신적 여정이라고 하겠습니다.

지렁이 울음소리

남편은 TV 채널 돌리는 데 독특한 기술을 가지고 있었다. 7에서 9로, 9에서 11로, 이 매혹적인 홀수에서 홀수로 옮아가는 길에 아무리 바빠도 거쳐야 하는 8이나 10이란 공허한 짝수를 용케도 냉큼냉큼 건너뛰어 곧장 7에서 9로, 9에서 11로, 또 11에서 9로, 9에서 7로 전광석화[1]처럼 채널을 돌리는 것이었다. 이렇게 그는 일 초의 10분의 1도 치를 떨게 아까워하며 바보에서 반벙어리로, 반벙어리에서 폭군으로, 폭군에서 계모로, 계모에서 악처로, ××쇼에서 ○○쇼에서 △쇼로 깡충깡충 구경을 즐겼다.

남편에게 TV 구경 말고도 꼭 TV 구경만큼이나 즐기는 게 또 하나 있다. 그것은 군것질이었다. 그는 꼭 이 두 가지를 동시에 즐기려 들었다.

---

[1] 전광석화(電光石火) 번갯불이나 부싯돌의 불이 번쩍거리는 것과 같이 매우 짧은 시간이나 매우 재빠른 움직임 따위를 비유적으로 이르는 말.

술이나 담배를 전연 못 하는 그가 주로 즐기는 군것질은 감미(甘味)가 몹시 짙고도 말랑한 것이어서, 단팥이 잔뜩 든 생과자라든가 찹쌀떡, 시골에서 고아 온 눅진한[2] 조청 따위를 맛있게 맛있게 먹으며 입술 언저리를 야금야금 핥으며, 몸을 이리저리 뒤척이며 줄기차게 연속극과 쇼에 재미나 했다. 아니 연속극도 맛있어하더라고 하는 편이 옳을지도 모른다. 나에겐 그가 흡사 연속극도 단팥과 함께 먹고 있는 것같이 보였기 때문이다. 실상 두뇌나 심장이 전연 가담하지 않은 즐거움의 표정이란 음식을 맛있어하는 표정과 얼마나 닮은 것일까.

이를테면 어떤 연속극은, 거피한[3] 다디단 흰팥이 노르께하게 구워진 겉꺼풀에 살짝 싸인 구리만주[4] 같은가 자못 우물우물 맛있어하는가 하면, 어떤 연속극은 찐득하니 꿀 같은 팥을 얇은 찹쌀 꺼풀로 싼 찹쌀떡 맛인가 짜닥짜닥[5] 맛있어하고, 어떤 연속극은 백항아리에 담긴 눅진한 수수 조청을 여자처럼 토실한 집게손가락에 듬뿍 감아올려 빨아먹는 맛인가 쪽쪽 맛있어하고, 이 정도의 차이를 바보와 벙어리 사이에, 벙어리와 폭군 사이에 보였을 뿐 결코 어떤 감동은커녕 안타까움이라든가 동정, 흥분을 나타내는 일이 없었다.

그는 그냥 맛있어하고, 맛있음을 그냥 즐겼다.

그는 신문이나 잡지 또는 뜬소문을 통해 그에게 전해지는 온갖 세상사도 TV 연속극 보듯이 즐겼고, 그가 브라운관 속에서 일어나는 일을

---

2) **눅진하다** 물기가 약간 있어 눅눅하면서 끈끈하다.
3) **거피하다(去皮—)** 콩, 팥, 녹두 따위의 껍질이나 소, 돼지, 말 따위의 가죽을 벗기다.
4) **구리만주** 겉은 밤색을 띠고 속에는 흰팥을 넣은 생과자를 뜻하는 일본어.
5) **짜닥짜닥** 차진 것을 맛있게 먹을 때 나는 소리.

자기 일로 착각하는 따위의 어리석은 구경꾼이 아닌 것처럼 세상사와 그와의 행복을 연관 지어 생각하는 따위의 주제넘은 짓은 절대로 하지 않았다.

그의 일상은 다만 편안하고 행복했다. 그렇다고 그에게 아주 근심이 없는 것은 아니었다. 심심하지 않을 만큼 그에게 근심이 생겼지만 그는 아주 신속히 그 근심의 해결책을 발견하고는 그 근심이 없었던 때보다 한층 더 행복해졌다.

현대란 얼마나 살기 좋은 시댄가? 현대가 청부 맡을 수 없는 근심 걱정이란 게 도대체 있을 수 있을까? 한 가지의 근심을 위해 여남은 가지도 넘는 해결책이 아양을 떨며 달려드는 시대인 것이다.

어느 날, 남편은 그의 정력이 전만 못하다고 느꼈다. 제기랄, 마흔을 넘긴 지가 엊그제 같은데 벌써 이게 무슨 꼴이람. 그러나 그는 결코 오래 비참해할 필요가 없는 것이다. 아주 신속히 아주 신효한 정력제의 이름을 알아내고야 말았기 때문이다.

그걸 구태여 어디서였다고 설명할 필요는 없다. 출근 버스 속에 소나기처럼 쏟아지던 CM송에서였는지, 친구들의 음담패설에서였는지, 7에서 9로, 9에서 11로의 그 전광석화 같은 잇짬[6]에서였는지, 하여튼 그 방면의 뜻만 있다 하면 곧 그것은 얻어지게 마련이었고, 그 정력제의 효과야말로 어쩌면 그 호들갑스러운 선전이 무색하지[7] 않을 만큼 그렇게도 신통한 것일까?

감기도 몸살도 흰 머리칼도, 남편에게 일어날 수 있는 이런 자자분한

6) 잇짬 이에짬. 두 물건을 맞붙여 이은 짬.
7) 무색하다 본래의 특색을 드러내지 못하고 보잘것없다.

252

불행들은 다 같은 방법으로 재빨리 해결을 보고 이런 것들 말고 딴 불행이 일어날 가능성이라곤 조금도 없었다. 왜냐하면 그는 은행이란 안전한 직장에서 순조로운 승진을 하고 있었고 자기 몫의 수익성이 있는 부동산이 있었고, 건강한 자식들과 아름다운 아내가 있었으니 말이다. 거듭 말해 두지만 그는 편안하고 행복했다.

그런데 이렇게 행복한 남편의 아름다운 아내인 나는 TV 연속극도 단것도 안 좋아했다. 나는 단것이 이나 위장에 해롭다고 믿고 있었고 TV는 바보상자라는 말에 깊이 공감하고 있었고, 연속극이 퇴폐적 단세포적 어쩌고저쩌고하며, 자못 고상하고도 혹독하게 매도되는[8] 소리에 귀기울이기를 즐겼다.

나는 내가 누릴 수 있는 온갖 편한 것의 혜택의 편이 아니고 늘 그 해독의 편이었다. 불량 식품, 부정 식품, 살인 가스, ××공해에다 또 ○○공해…… 아아, 현대란 얼마나 살기 힘든 끔찍한 시댄가.

남편이 정력제를 복용하자 정력제의 해독을 굳게 믿는 나는 그 호르몬제가 남편의 체내에서 노착(倒錯)을 일으켜 가뜩이나 여지처럼 섬세한 피부를 가진 남편의 유방이 수밀도[9]처럼 부풀어 오르리라는 예감으로 전전긍긍하였고, 머리 염색제의 과용으로 곧 머리가 홀랑 벗겨지리라, 풍만한 유방을 가진 대머리, 그런 그로테스크한[10] 상상으로 몸서리를 쳤다. 그리고 보니 내 생활이란 게 너무 무사태평해 난 좀 심심했었

---

8) **매도하다(罵倒—)** 심하게 욕하며 꾸짖다.
9) **수밀도(水蜜桃)** 껍질이 얇고 살과 물이 많으며 맛이 단 복숭아. 중국 원산의 재배종인데 꽃이 크고 담홍색이다.
10) **그로테스크하다(grotesque—)** 기괴하다.

나 보다. 아아, 심심하다는 것은 불행한 것보다는 사뭇 급수가 떨어지는 불행이면서도 지독한 불행일 때가 있다.

 그러나 나는 내가 혹시 불행한 거나 아닌가 하는 의혹을 가져 볼 수조차 없었다. 꼭 제 시각에 들어올뿐더러 들어올 때마다 케이크 상자를 잊은 적이 없는 남편, 그뿐일까, 건강하고 ××은행의 지점장, 그뿐일까, 빌딩이라고 부르기는 좀 뭣하지만 꽤 길목이 좋은 곳에 있는 이층 점포까지 부모의 유산으로 물려받아 또박또박 적지 않은 월세까지 들여오는 남편에 알토란 같은 삼남매까지 둔 여자가 어떻게 감히 불행할 수 있단 말인가? 벼락을 맞을 노릇이지.

 다달이 집세를 가지고 들어와서는 아까워서 죽겠다는 듯이 다시 한 번 침을 묻혀 어루만지듯이 세어 보고 내놓는 점포 이층 미장원의 올드 미스, 월세를 꼭 보수(保手)[11]로 해다가 거만하게 디미는 양장점의 과부 마담, 독촉을 받고서도 보름은 넘어 끌다가 들어와서는 불경기 타령을 한 시간가량 늘어놓고 헌 돈으로만 골라 내놓는 식품점 주인인 오남매 아버지, 이런 사람들이 내 팔자를 얼마나 부러워하고 샘을 내고 있나를 나는 너무도 잘 알고 있다. 그뿐일까, 친정 일가 시집붙이들의 입방아에 끊임없이 오르내리며, 때로는 우리 두 내외의 궁합이 들먹여지기도 하고 내 관상이 들춰지기도 하며, 행복이란 바로 이런 것이다라는 산 표본이 돼주고 있는 내가 아닌가. 이런 내가 어떻게 감히 불행할 수 있단 말인가.

 이를테면 나를 부러워하는 내 이웃들이야말로 나를 행복이란 영지(領

---

11) **보수** '보증 수표'를 줄여 이르는 말.

地)에 가둬 놓고 꼼짝 못하게 하는 울타리 같은 거였다. 울타리가 있는 한 나는 행복할 수밖에 없었고, 내가 행복한 한 울타리는 있을 수밖에 없었다. 이런 묘한 상관관계는 꽤 질긴 것이어서 나는 평생 거기서부터 자유로워질 수 있을 것 같지 않았다. 나는 이렇게 내 행복을 철석같이 믿고는 있었으나 행복한 것의 행복감과는 무관했다.

만약 나에게 아이들만 없었다면, 그리고 그중 한 아이가 일으킨 조그만 사건만 없었다면 내가 내 행복을 타진해 볼 기회란 아마 영영 없었을 것이다.

맏아들이 고등학교 2학년이 되자 차츰 대학 입시 준비를 시켜야겠다고 벼르는데 느닷없이 이 녀석이 미술 대학을 가겠노라고 하는 게 아닌가? 남편은 한마디로 어처구니없어했다.

"너는 서울 상대를 가야 해. 그래야 은행이나 큰 기업체 취직을 바라보지. 뭐니 뭐니 해도 생활 안정이 제일이니라. 봐라. 지금의 네 애비를. 뭐 그럴 게 있나. 뭐 걱정인가. 장차 버둥다리치고 먹고살려고 하는 고생인데 그래 그게 싫어 뭐 미술 대학이나 가겠어? 이런 못난 놈."

남편은 말끝마다 자기 스스로를 예로 들어 가며 안정된 생활의 행복을 찬양하고 또 찬양하며 아들을 타일렀다.

"봐라. 지금의 네 애비를. 뭐 그럴 게 있나." 이 말을 할 때마다 남편의 입가에 떠오르는 득의[12]와 회심의 미소가 나는 싫고 징그러워, 남편의 그런 미소가 형편없이 구겨질 일이 일어나기를 나는 옆에서 간절히 바랐다. 그러나 끝내 부자간에는 아무 일도 일어나지 않았다. 아들은 다

---

[12] 득의(得意) 일이 뜻대로 이루어져 만족해하거나 뽐냄.

소곳이 아버지의 말을 경청하더니 열심히 과외 공부를 해보겠다고 했다. 행복한 집답게 부자간의 언쟁도 해피엔드였다.

그러자 내 내부에서 별안간 힘찬 반란이 일어났다. (그것만은 안 돼. 그것만은 참을 수 없어. 그럴 수는 없어.)

일찍 들어와서 따뜻한 아랫목에 누워서 연속극과 조청을 맛있게 맛있게 먹는 게 남편인 건 어쩔 수 없다손 치더라도 그게 장차의 내 아들인 것은 도저히 참을 수 없는 일로 여겨졌다.

나는 그 후에도 심심하면 "그럴 수는 없다"라고 혼자 도리질까지 해가며 중얼거리는 일이 잦았다. 아니, 심심할 때뿐만도 아니었다. 외출하려고 체경 앞에서 검은 비로드 코트 위에 은빛 밍크 목도리를 두르는 그 쾌적한 순간에도, 문갑 위 수반의 카네이션이 TV 연속극의 소박맞은 여편네의 통곡 소리에 가늘게 떨고, 한결같이 편안하고 맛있는 얼굴로 구경을 즐기던 남편이 조금이라도 거북한 듯 몸을 뒤척이면 내 무릎을 내주기 위해 앉음새를 무너뜨리며 모나리자 같은 미소라도 띠어야 할 화평의 한때에도 "그럴 수는 없어. 그것만은 참을 수 없어" 하는 격렬한 외침이 심한 딸꾹질처럼, 오장육부에 경련을 일으키며 치솟았다.

물론 나는 내 이런 분별없는 딸꾹질을 한 번도 밖으로 토해 내는 일이 없이 잘 삼켰기 때문에 표면상 아무 일도 일어나지는 않았지만 내부는 딸꾹질의 내공(內攻)을 받아 조금씩 교란되고 있었다. 매일매일 조청과 정력제와 연속극을 물리지도 않고 맛있게 삼키는 오동통한 중년의 남자가 내 남편이라는 게 몹시 억울하게 여겨지는가 하면, 내가 갖고 있는 행복의 조건들이 표절[13]한 미사여구[14]처럼 공소하게 느껴지기도 했다.

나는 간간이 제법 불행한 얼굴을 하고는 살림살이를 시들해하고 귀찮아했다. 그럴 법도 했다. 결혼한 지 이십 년을 줄창 행복하기만 했으니 이젠 어지간히 행복에 지칠 때도 되지 않았겠는가.

나는 고운 리본을 오려서 꽃을 만든다. 내가 아마 권태기에 처해 있을 거라고 단정한 어느 친구의 권고로 시작한 취미 생활이었다. 그 친구는 참 많은 것을 알고 있었다. 권태기의 취미 생활, 권태기의 화장법, 권태기의 식생활, 권태기의 성생활…… 얼마든지 알고 있었다. 내 남편이 알고 있는 정력제의 가짓수만큼도 더 많은 권태기의 요법을 알고 있었다.

나는 너무 쉽게 꽃 만들기를 익힌다. 둥그런 채반에 노란 개나리가 치렁치렁 늘어지고 또 늘어진다. 양귀비도 만들고, 모란도 만들고, 등꽃도 만들고, 장미도 만든다. 어때요? 남편에게 자랑까지 해본다.

"호오, 당신에게 이런 재주가 있었다니. 이 개나리는 꼭 진짜 같구려. 참 좋은 세상이야. 난 요전에 친구 녀석 차에 가지에 달린 채 매달린 귤을 진짜인 줄 알고 따먹을 뻔했다니까."

"그래서 좋은 세상일 게 뭐 있어요? 잡숫지도 못했으면서……."

"그게 진짜면 녀석 차에 그렇게 맨날 그대로 매달려 있을 수가 있겠어? 그러니 얼마나 경제적이야. 당신도 이젠 솜씨를 익혔으니 그까짓 생화를 왜 사겠어."

나는 불현듯 겨울의 남대문 꽃시장에 있고 싶어진다. 그 따습고 난만한 고장에. 국화, 카네이션, 금잔화, 동백, 프리지어, 튤립, 사이네리아…… 이런 꽃들이 어우러진 훈향,[15] 갓 들어온 꽃의 신선한 훈향, 어

---

13) 표절(剽竊) 시나 글, 노래 따위를 지을 때 남의 작품의 일부를 몰래 따다 씀.

14) 미사여구(美辭麗句) 아름다운 말로 듣기 좋게 꾸민 글귀.

15) 훈향(薰香) 훈훈한 향기.

제 들어온 꽃의 난숙한 훈향, 그제 그끄제 들어온 꽃들과 잘못 다루어 떨어뜨려 짓밟힌 채 썩어 가는 꽃잎과 이파리의 퇴폐적인 훈향. 콧방울을 팽배시켜 이런 훈향을 가슴 가득히 들이마실 때의 즐거운 현훈(眩暈),[16] 뜨거운 부정(不貞)[17]을 청정하게 저지를 것 같은 설렘, 십년은 젊어진 것 같은, 아니 이십 년 전 청춘과 방일(放逸)[18]이 조금치의 모순도 없이 공존하던 십구 세의 나날 같은 자유, 이런 것들을 그 고장에서 누리고 싶었다.

그러나 다음다음 날쯤 내가 실제로 그 고장에 들렀을 때 집에서 조바심했던 것 같은 짙은 즐거움을 누릴 수는 없었다. 나는 마치 배반을 당한 후처럼 고독하고 우울해질 수밖에 없었다.

나는 그 후에도 그것 비슷한 조바심을 하고 나들이를 나서는 일이 잦았다. 느닷없이 고속버스를 타고 가 낯선 고장에 내리고 싶다든가 박물관에 가 맏며느리처럼 무던한 이조 백자 항아리 앞에 서고 싶다든가 이런 생각이 떠오를 때마다 소풍 전야의 국민학생처럼 들떴다가도 막상 그 짓을 해보면 심심했다. 그럴밖에 없는 것이 내가 시도해 본 그런 짓들이란 게 아무리 엉뚱해도, 그 행동반경이 내가 속한 울타리 밖으로 벗어나 본 적이란 없었으니까.

"실례지만……, 혹 숙이 아닌지."

남자는 반말을 하려다가 뒤늦게 아까운 듯이 "요" 소리를 보탠다. 그 날도 나는 심한 조바심과 짜증 끝에 일없이 싸돌아다니다가 어떤 다방

16) 현훈 정신이 아찔아찔하여 어지러운 증상.
17) 부정 부부가 정조를 지키지 아니함.
18) 방일 제멋대로 거리낌 없이 노는 것.

에 들러서 쉬고 있었다. 허술한 중년의 남자가 스스럼없이 내 옆에 앉으며 아는 척을 했다.

"댁은?"

나는 새침하니 그로부터 좀 떨어져 앉으며 짧게 물었다. 여자 이름의 '숙' 자 돌림이란 김씨 성만큼도 더 흔하다. 그런 얕은 수에 넘어가 흐들흐들 웃을 수도 없지 않은가.

"아니 정말 나를 모르겠어, 요?"

이번에도 반말을 하려다가 가까스로 "요" 소리를 하며 답답한 듯 자기 손으로 자기 얼굴을 가리킨다. 그런 동작이 제법 활달하고, 양복 소맷부리가 닳아서 풀어진 올이 몇 가닥 늘어져 있는 게 뵌다.

낯익다. 얼굴이 아니라 소맷부리에 늘어진 몇 가닥 올이.

"어머, 욕쟁이, 아니 아니 저 이태우 선생님 아니세요?"

"그래그래 이제야 알아보누만. 이태우야. 아니 아니 욕쟁이야. 하하하……."

이번엔 거리낌 없이 "요" 소리를 떼버리곤 크게 웃는다.

어쩜 여직껏 소맷부리에 닳아서 풀어진 올을 늘어뜨리고 다닐 게 뭐람. 이십 년 전 여학교 시절의 젊은 국어 선생은 지금 못 알아보리만큼 늙었지만 소맷부리에 늘어진 올과 큰 팔짓만은 그때 그대로다.

"조금도 안 변하셨어요."

"안 변하긴 처음엔 알아도 못 보고선."

그는 내가 변하지 않았다고 한 것을 늙지 않았다는 말로 받아들인 모양이다. 그러나 인사성으로라도 안 늙었다고는 할 수 없게, 물론 그사이에 흐른 이십 년을 가산하고 봐주더라도 그는 너무 늙어 있었다. 꽤 멋있던 이였는데.

"숙이도 날 알아보자 내 별명이 먼저 생각났나 보지?"

"딴 애들도 더러 만나셨더랬나요?"

"별로…… 간혹 만나면 또 뭘 하나, 도망가기에들 바쁜걸. '욕쟁이'
니 '분통'이니 외마디 소리를 지르면서 말야. 여학생들이란 가르쳐 봐야
다 그렇고 그런 거지 뭐."

그런 말을 하면서도 개탄하거나 괘씸해하려는 눈치가 전연 안 보인
다. 세상에 허망한 게 어찌 여학생 가르치는 것뿐이랴, 온통 다 사는 것
이란 그렇고 그런 것이지 하듯이 담담했다. 나는 어쩐지 그런 그가 나를
속이고 있는 것 같았다. 애당초 내가 이 이십 년 동안에 마흔 살은 더 집
어먹은 듯 늙어 버린 그를 이태우 선생이라고 쉽게 알아본 게 어찌 소맷
부리로 늘어진 몇 가닥 올 때문만이었을까.

그는 가슴속에 분통(憤痛)을, 욕을 간직하고 있을 터였고, 안주머니
에 두둑한 지폐 뭉치를 간직하고 있는 자가 그 나름으로 독특한 표정을
가지고 있듯이 그는 욕쟁이라는 그 자신의 별명에 어울리는 그 독특한
표정이 있었다. 나는 아직도 선명하게 기억하고 있다. 그가 욕을 잔뜩
참고 있을 때의 암울하고 고뇌로운 표정을, 참다못해 드디어 욕을 배설
하려는 찰나의 반짝하도록 빛나는 표정을. 그 순간적인 섬광을. 방금 내
가 그를 알아보았을 때도 나는 그런 것들을 보았을 터였다. 아니 보았기
때문에 알아봤을 터였다. 그런데 그는 왠지 나를 아주 속여 보려고 작정
한 모양이다. 좀체 그의 본색[19]을 드러내지 않는다. 본색을 감춘 그는

---

19) 본색(本色) 본디의 특색이나 정체.

260

흡사 쉬 개발될 것 같지 않은 변두리의 복덕방 영감 같다.

"선생님도 그래 도망가는 녀석들을 그냥 두셨어요? 붙들어서 한바탕 욕을 해주실 일이지."

나는 어떻게든 그를 다시 욕쟁이로 만들어야 했다. 만약 그가 잊었다면 기억시켜서라도.

"설마 내가 아직도 욕쟁이일라구. 그때만 해도 어지간히 철딱서니가 없었나 보지. 여학생을 앞에 놓고 맨날 점잖지 못한 험구만 늘어놓았으니."

그는 겸연쩍은 듯이 뒤통수를 긁으며 축 처진 탁한 소리로 길길 웃는다. 그럼 그는 몰라보게 늙었을 뿐 아니라 몰라보게 점잖아지기까지 했단 말인가?

이십여 년 전 A여고의 국어 선생으로 젊고 패기만만하고 훤칠하기까지 해서 여학생들의 사춘기 적 짝사랑을 한 몸에 받으면서도 '욕쟁이'란 과히 멋있지 못한 별명을 얻은 데는 그럴 만한 이유가 있었다.

해방 후 미군정에서 정부 수립을 전후한 시기, 당시만 해도 여학생들이 꼭 대학에까지 진학하려 들지 않았거니와 뚜렷한 대학 입시 요강이 있는 것도 아니었고, 아직 지정된 국정교과서조차 없었던 때라 상급반의 국어 시간이란 시간 배당만 많지, 자연히 교사 재량으로 시시하게 보낼 수도 알차게 보낼 수도 있는, 융통성이 많은 시간이 될 수밖에 없었다. 이태우 선생은 열심히 독립선언문을 설명하다가 하품 소리가 들리고 분위기가 조금이라도 따분해질 양이면 별안간 걸쭉한 소리로 익살과 군소리를 섞어 가며 「용부가(庸婦歌)」를 뽑아 아이들을 웃겨 놓고 「청산에 살어리랏다」나 「가시리」 같은 고려가요를 흥겹게 읊조리며 혼자

도취하다가 정색하고 윤동주의 시를 딴사람같이 젖은 목소리로 정성스레 낭송해 들려주기도 했다. 아주 정성스럽고도 감동스레. 몇 번이고.

나는 지금도 욀 수 있다. 그때 이태우 선생이 외던 것처럼 정성스레 "죽는 날까지 하늘을 우러러 한 점 부끄럼이 없기를 잎새에 이는 바람에도 나는 괴로워했다……"라든가 "괴로웠던 사나이, 행복한 예수 그리스도에게처럼 십자가가 허락된다면 모가지를 드리우고 꽃처럼 피어나는 피를 어두워 가는 하늘 밑에 조용히 흘리겠습니다" 따위를. 그리고 그때의 그 피가 말개지고 정신이 고상해지는 듯한 기분까지 지금 다시 되살릴 수 있다.

이렇게 해서 한번 딴 길로 흐르기 시작한 수업은 좀체 제자리로 돌아오지를 않고, 드디어는 국어 교과와는 전연 상관없는 딴 길로 들고, 그럴수록 이태우 선생은 점점 신이 났다. 이것저것 닥치는 대로 세상사에 참견을 하고 비분강개[20]를 터뜨렸다. 모든 것이 뒤죽박죽인 시대였다. 좌우 대립으로 정계가 불안한 틈에 모리배[21]와 정상배[22]가 미군정을 둘러싸고 혀 꼬부라진 영어를 씨부렁대며 사욕을 채우고, 친일파가 한층 극성맞고 탐스럽게 애국과 민주주의를 노래 부르고, 또 부를 때다.

이태우 선생은 악을 써가며 이런 것들을 개탄하고 때로는 누구누구 이름까지 쳐들어 가며 욕을 하는가 하면 그때 이미 조금씩 싹수가 보이기 시작한 금전만능의 풍조를 고래고래 소리를 질러 가며 경계했다. 그의 욕은 걸쩍하고 거침없었고 흥분해서 팔을 휘두를 때는 으레 낡은 양

---

20) 비분강개(悲憤慷慨) 슬프고 분하여 의분이 북받침.
21) 모리배(謀利輩) 온갖 수단과 방법으로 자신의 이익만을 꾀하는 사람 또는 그런 무리.
22) 정상배(政商輩) 정치가와 결탁하거나 정권(政權)을 이용하여 사사로운 이익을 꾀하는 무리.

복 소맷부리에 풀어진 올이 몇 가닥 너덜댔다.

때로는 그 당시 거의 전국민적인 숭앙을 받던 이승만 박사에게까지 욕을 퍼붓는 수가 있어 듣는 쪽이 오히려 식은땀을 흘릴 지경이었는데도 빨갱이라고 내쫓기지 않고 견딘 것은 아마 교장과 동향인 이북 출신, 자유를 찾아 38선을 넘은 월남민이었기 때문도 있겠고 학생들 사이의 인기 때문도 있었을 게다.

그의 이런 비분강개는 웅변이면서도 웅변에 따르는 허황함이 없이, 듣는 사람에게 절실하게 와 닿는 무엇이 있었다. 무릇 비분강개란 다분히 냉소적이게 마련이고, 신랄하면 신랄할수록 당사자는 초연한[23] 입장이거나 스스로의 독설[24]에 취하는 정도가 고작인데 그의 그것은 좀 달랐다. 그는 통분[25]이 절정에 달했을 때 꼭 등줄기에 커다란 등창[26]이 몹시 쑤시는 듯한 얼굴을 했다. 그것이 조금도 쇼 같쟎고 어찌나 실감이 나는지 보고 있던 나도 덩달아 등줄기에 어떤 아픔이 전류처럼 흘렀더랬다고 기억된다. 그는 아마 그 시대의 병폐를 남의 상처로서 근심한 게 아니라 자기의 등창으로 삼고 앓고자 했던 것이다. 그만큼 그는 그 시대를 사랑했었나 보다.

그는 이런 소리도 했다.

"내 별명이 욕쟁이지, 아마. 변명할 여지가 없다. 그렇지만 말이다, 내 자유, 내 민주주의엔 적어도 사연이 있단 말이다. 기막힌 사연이. 그

---

[23] 초연하다(超然─) 어떤 현실 속에서 벗어나 그 현실에 아랑곳하지 않고 의젓하다.
[24] 독설(毒舌) 남을 해치고 비방하는 모질고 악독스러운 말.
[25] 통분(痛憤) 원통하고 분함.
[26] 등창(─瘡) 등에 나는 큰 부스럼.

것을 위해 내 부모, 내 고향, 내 목숨까지 걸었었거든. (아마 38선을 넘은 얘기인 모양이다.) 그게 썩고 병드는 것을 어찌 얌전하게 보고만 있을 수 있겠니? 귀한 자식에게 매질하는 아픈 마음으로 하는 욕이지 미워서 하는 욕은 아니니라."

그가 '자유'와 '민주주의'를 입에 담을 때의 표정을 뭣에 비길까? 신령님을 받드는 무당, 무지개를 우러르는 소년, 진열장 속의 다이아몬드를 선망하는 가난한 연인들, 풀 끝의 아침 이슬을 보는 서정시인, 삼 년 기근[27] 끝에 처음으로 이밥[28]을 혀끝에 굴려 보는 농민, 그런 것들에게나 비길까. 아무튼 나는 지금도 그가 읊던 「가시리」와 그가 읊던 윤동주의 시는 그대로 흉내 낼 수 있어도 그가 읊듯이 '자유'와 '민주주의'를 그렇게 다디달게, 그렇게 경건하게 발음할 수는 도저히 없다. 그의 사연 같은 사연이 나에겐 없기 때문일까.

"숙이 소식은 언젠가 한번 들었지. 아주 잘살고 있다고?"

나는 마땅히 "네" 하고는 남부러울 게 없는 중년 부인다운 여유와 기품 있는 미소라도 지어 보여야 했다. 그러나 그게 여의치[29] 않았다. 나는 어느 때보다 심하게 편안한 것, 행복한 것과 나와의 위화감[30]을 느끼고 있었다.

"그렇지만 그때가 좋을 때였어요. 선생님께 배울 때가."

"하하하 즐거운 여고 시절이라 이 말인가? 꼭 시체[31] 유행가 구절 같군."

---

27) 기근(饑饉) 흉년으로 먹을 양식이 모자라 굶주림.
28) 이밥 입쌀로 지은 밥. 쌀밥. 흰밥.
29) 여의하다 일이 마음먹은 대로 되다.
30) 위화감(違和感) 조화되지 아니하는 어설픈 느낌.
31) 시체(時體) 그 시대의 풍습·유행을 따르거나 지식 따위를 받음. 또는 그런 풍습이나 유행.

그는 예의[32] 탁하고 처진 소리로 길길길길길 오래 웃었다. 욕에도 찌꺼기라는 게 있다면 아마 저 '길길길길길'이야말로 그거로구나 하는 생각이 든다. 나는 아직도 그에게서 욕을 기다리고 있었다. 그가 아직도 욕쟁이이길 바라고 있었다.

"선생님 아직도 교직에?"

"아니 벌써 언제 고만뒀다구. 사변 치르고 아마 서너 해나 더 해먹었더랬나 몰라."

"왜요?"

나는 나무라는 듯이 날카롭게 물었다.

"돈도 좀 벌고 싶고, 선생질이 어지간히 싫증도 나고 해서. 제기랄, 교실에 사제지간에 감동이란 게 없어지고 보니 무슨 맛으로 지랄을 하겠어. 잘난 지식 장사를 하느니 차라리 보따리 장사를 하지."

나는 조금씩 기뻐하고 있었다. 그가 욕을 시작할 기미를 보였기 때문이다.

"그래서요?"

"뭐가 그래서야. 이것저것 한마디로 불운의 연속이야. 그렇다고 해서 내가 아주 운을 못 만난 게 아니고 일의 어떤 고비에서, 어떤 일에고 고비가 있게 마련이거든, 그 중요한 고비까지 잘 밀고 가던 내가 갑자기 그 결정적인 고비에서 불운의 편을 들고 말거든."

그리고 어처구니없다는 듯이 또 길길길길 꼭 욕의 찌꺼기 같은 웃음을 오래 웃었다. 나도 따라서 우습지도 않는 코미디를 보고 웃는 식모

---

32) 예의(例-) 이미 잘 알고 있는 바의.

처럼 헤프게 킬킬댔다.

"정말야. 불운이 날 잡은 게 아니라 내가 불운을 잡았다니까."

문득, 나는 내가 여직껏 당면한 모든 편하고 좋은 것의 혜택의 면보다 그 해독의 면을 먼저 보는 내 비정상적인 감수성은, 실은 내 천성이 아니라 바로 이태우 선생으로부터 그렇게 길들여진 것이다. 나는 그의 가르침의 결실인 것이다라는 생각이 들었다. 나는 그의 욕을 좋아했거든. 그래서 그를 닮고 있었던 거야.

"참, 누굴 기다릴 텐데? 누구? 오야지? 자릴 비켜야겠군. 실은 저기서 내 친구놈들이 아까부터 찡긋찡긋 쑥덕쑥덕 야단이로구만."

이태우 선생은 궁둥이를 들며 얼마 멀지 않은 자릴 턱으로 가리켰다. 그곳엔 중년에서 노년에 걸친 허술한 남자들이 댓 명 이쪽을 보고 징그럽게 웃고 있었다. 그는 자리를 뜨며 뭔가 결심한 듯 주먹으로 테이블 귀퉁이를 탁 내리치더니

"요오시, 이번엔 기마에로 앗싸리 쇼오불 처버려야지" 했다. 그가 그쪽 자리로 옮겨 가자 일제히들 길길길길길 웃어 대는 소리가 들렸다. 이번 길길길은 욕의 찌꺼기가 아니라 누추한 색정[33]의 찌꺼기 같은 거였다. 나는 구정물을 뒤집어쓴 듯이 불쾌했다. 비단 '길길길' 때문만은 아니었다. '오야지'니 '요오시'니 '기마에'니 '앗싸리'니 '쇼오부'니 하는 소리를 이태우 선생의 입에서 듣다니 기가 막혔다.

그가 욕쟁이 국어 선생이었을 시절, 그때만 해도 여학생들의 언어생활에서 일본 말이 완전히 청산되지 않았을 때였다. 그는 국어 선생다운 결벽

---

33) 색정(色情) 성적 욕구를 가지는 마음.

성으로 어쩌다가라도 귀에 들어오는 일본 말을 절대로 그냥 지나치는 일이 없이 장본인을 찾아내어 핀잔을 주고, 그러다가 흥분하면 욕도 했다.

"이 자식들아 그래 너희들은 밸[34]도 없나. 그 지긋지긋한 왜놈의 말을 또 입에 담아. 또다시 내 귀에 그 간사한 왜말이 들어왔단 봐라. 노예 근성이 뼛속까지 박힌 놈으로 알고 회초리로 다리몽둥이를 분질러뜨려 놀 테니까."

눈을 부릅뜨고 이런 지독한 소리를 했다. 그 이태우 선생이 뭐 앗싸리 쇼오부를 칠 테라고?

나는 그들 쪽을 돌아보지도 않고 물론 이태우 선생에게 따로 인사도 없이 그냥 그 다방을 나왔다. 재수 나쁜 날이었다.

그러나 그 후 며칠이 지나자 나는 자꾸만 그 다방에 다시 가보고 싶어졌다.

나는 '길길길'도 '앗싸리 쇼오부'도 쉽게 잊어버렸다. 다만 등창의 아픔을 참고 고래고래 소리치던 그의 비분강개만은 잊을 수가 없었다. 나는 그것을 좋아했던 것이다.

그가 지금 와서 욕쟁이가 아닌 척하는 것은 참을 수 없는 배신이다. 나는 그의 배신을 용서할 수 없다. 어떻든 그를 다시 욕쟁이로 만들고 말 테다.

그의 욕이 내 생활을 꿰뚫고 내 행복을 간섭하고, 그의 욕이 이 기름진 시대를 동강 내어 그 싱싱한 단면을 보여 주며 이것은 허파, 이것은 염통, 이것은 똥집, 이것은 암종, 이것은 기생충 하고 고래고래 소리 지

---

34) 밸 '배알'의 준말. '창자'를 속되게 이르는 말.

르게 하고 싶다. 나는 이런 부질없는 소망으로 몸이 달았다.

참다못해 나는 다시 그 다방을 찾기 시작했고 몇 번이나 허탕을 친 끝에 그를 다시 만날 수 있었다. 그는 전보다 더 풀이 죽어 있었다. 그는 애가 몇이냐는 둥 남편은 뭘 하느냐는 둥 시시한 소리를 몇 마디 하다가 자기 패거리들한테로 갔다. 그들은 내 쪽을 보면서 요전보다 더 노골적으로 야비하게 길길댔다.

다시는 만나지 말아야지. 나는 구정물로 뒤집어쓴 복슬강아지처럼 온몸으로 진저리를 치며 그 다방을 나왔다.

그러나 나는 며칠 후 다시 그를 만날 수 있는 장소에 나타났고, 그 후 자주자주 만났고, 만나는 장소도 그 길길대는 친구들을 피해 요리조리 호젓한 곳으로 바뀌었다.

우리는 그사이에 조금씩 서로를 알기 시작했다. 그는 내가 애가 몇이고 내 남편이 뭘 해먹고 사는 사람인가를 알았을 테고, 아마 월수입이 얼마나 되나까지 어림했을 테고, 내가 더할 나위 없이 행복하다는 것을 알았을 것이다.

나는 그가 외손자는 보았으나 아직 친손자가 없다는 것, 그도 그럴 것이 외아들이 이제 겨우 고등학교생 적이라는 것을 알았고, 사모님이 M백화점에서 양품점을 해서 살림은 그럭저럭 꾸려 나가나 집에서의 그의 체면이 말이 아니라는 것을 알았고, 요새 어떤 일을 그 길길대는 친구들과 꾸미고 있는데 곧 잘될 듯 될 듯하면서 아직 잘되지 않았지만 꼭 잘되고 말 것이라는 것을 알았다.

그런데 나는 아직도 그가 욕쟁이일 수 있나, 그 통쾌한 욕의 연료가 될 분노가 조금이라도 그에게 남아 있나, 그것만은 탐지해 내지 못한 채였다. 물론 나는 그의 욕을 유치하려고 내 딴에는 지능적으로 그를 꾀어 보았으나 그는 지능적으로 내 꾐을 피했다. 그래도 나는 그냥 그가 어느 날엔가 욕을 하리라고 기다리며 바랐다.

자연히 그와의 만남은 내 쪽이 능동적이고 그는 당하고만 있는 셈이었다. 그는 점점 침울해졌다. 그 때문인지 그의 사업 때문인지, 말수도 줄고 길길대지도 않았다. 내 집요한 소망이 그를 시들게 하는 것처럼 그는 하루하루 풀이 죽어 갔다.

나는 차츰 그에게서 욕을 짜내기는 건포도에서 포도즙을 짜내기보다 어렵다는 것을 깨닫게 되었다. 나는 그를 만나기를 그만두지 않았다. 내 앞에서 그는 어떻게든 서울대학을 가야 된다는 부모의 광기에 꼼짝없이 사로잡힌 삼 년 재수생처럼 죽고 싶은 얼굴을 했다가, 엉뚱한 학의를 보였다가 했지만 나는 그를 쉽사리 자유롭게 해줄 것 같지 않았다.

우리들의 사귐은 이렇게 기름 안 친 기계의 운동처럼 고단하고 힘들고 쇳소리가 나게 지긋지긋했다.

그래도 나는 그가 다시 욕쟁이이기를 단념 못 하고 집요히게 따라다녔다.

나는 본래 천성으로 그렇게 끈덕진 데가 있었나 보다.

어머니는 내가 갓난아이 때부터 말 못 할 고집쟁이였다고 내가 고집을 부릴 때마다 "쯧쯧, 세 살 적 버릇이 여든까지 간다더니" 하며 심히 못마땅해했다. 그리고 세 살도 못 됐을 적 얘길 해주곤 했다.

나는 너무 일찍부터 아우를 봐서 돌도 되기 전에 어머니의 젖은 말라붙었다. 그런데 나는 한사코 암죽도 미음도 안 받아먹고 빈 젖만 악착같이 빨았다. 키니네나 고춧가루까지 발라도 막무가내였다. 어머니 젖쪽

지는 문드러지고 피가 솟았다. 참다못해 어머니는 사람 살리라고 처절한 비명을 지르고 결국은 비명을 듣고서야 나는 젖꼭지를 놓아주었다. 어머니도 약아져서 아프기 전에 미리 엄살로 비명을 질러 봤지만 소용이 없었다. 고 어린 게 어떻게 알고, 꼭 정 참을 수 없는 비명에만 젖꼭지를 놓아주었다.

"참 지독한 계집애였지." 어머니는 그 얘기를 할 때마다 몸서리를 쳤다.

나는 그때의 나를 조금이라도 기억할 리가 없다. 그러나 그때의 나를 완전히 이해할 수 있다. 이미 나를 배반하고 젖줄의 방향을 배 안에 있는 다른 생명에게로 바꾼 잔인한 모성에게 내가 기대한 건 이미 젖줄은 아니었을 게다.

그래. 그때 내가 원한 건 젖줄 대신 바로 비명이었던 것이다.

지금의 나도 그때처럼 이미 이태우 선생으로부터 욕을 단념하고 비명이라도 신음이라도 기다리고 있는지도 모른다.

그러던 어느 날, 이태우 선생이 기다리고 있어야 할 다방에 그 대신 리본처럼 접은 편지가 기다리고 있었다. 성의 없이 갈겨쓴 글씨가 지저분하게 비틀대고 있었다.

─숙이, 난 또 한 번 불운을 잡기로 했어. 제기랄. 아마 이게 내가 잡은 불운의 마지막이겠지. 다신 사업 같은 걸 할 것 같잖고, 누가 날 한 패거리로 다시 붙여 줄 것 같지도 않으니까. 숙이 정말이지, 맹세코 정말이지, 불운이 날 잡은 게 아니고, 내가 불운을 잡았다니까. 들어 보겠어. 이번 일도(다분히 사기성을 띤 일, 돈 없이 돈 버는 일이란 다 그렇게 그렇듯이) 거진 다 된 거래. 마지막으로

도장만 하나 받으면 입으로 굴러들어 온 떡이나 마찬가지라는군. 그런데 그 도장을 쥔 높은 양반이 내 옛 제자라나. 당연히 내가 도장을 받는 일을 맡고 말았지. 실상 난 이번 일을 꾸미는 데 숙이와 재미를 보느라고(내 패거리들이 한 소리야) 방관만 하고 있었으니 그 일이라도 해야만 면목이 설 판이었어. 그러니 나를 위해선 얼마나 잘된 노릇이야. 힘 안 들이고 생색낼 큰일을 맡게 됐으니. 그런데 난 그 제자라는 높은 사람을 만나 보지도 않고 그 일을 하기가 싫어졌어. 제기랄. 내 일은 꼭 이렇게 되고 만다니까. 다시 친구들을 볼 면목도 없게 됐어. 나는 서류 일체를 찢어 버리고 내친김에 아주 호주머니를 말끔히 정리하다 보니 숙이와 찍은 천연색 사진이 한 장 남게 되더군. 왜 그때 고궁에서 오 분 만에 나온다고 사진사가 어물쩍대며 찍은 거 있잖아. 숙이는 돈만 내고 사진은 별로 탐탁해하지도 않길래 내가 넣어 둔 거야. 이것밖엔 지금 나에겐 아무것도 없어. 좀 괴롭군. 독한 소주나 한 병 마시고 싸구려 여관방에서 자고 들어갈까 해. 그런데 이 사진 때문에 좀 이상한 생각이 들어. 그 여관방에 만약 연탄가스라도 들어와 내가 죽는다면 이 사진, 내 단 하나의 소지품은 어떤 구실을 할까 하는 생각 말야. 아마 적잖이 숙이를 난처하게 할 거야. 더구나 내 친구들은 숙이와 내가 이상한 사이인 줄 알고들 있으니. 난처해지는 숙이를 상상하는 게 즐거워. 여직껏 숙이가 날 난처하게 한 복수심에서일까? 내가 너무 야비한가? 난 내 즐거운 공상 때문에 그까짓 연탄가스를 기다릴 게 없이 소주에 청산가리를 타 마실까 하는 생각까지 들어. 숙이 겁나지? 그러니 아무리 스승이었다손 치더라도 유부녀가 외간 남자를 괜히 만나는 게 아냐. 이로울 건 하나도 없다니까. 죽어 버릴 생각을 하니 그래도 절차는 갖출 만큼 갖춰야 할 게 아닌가고 유서 삼아 이것을 쓰는 거야. 내가 좀 치사한가? 그렇지만 안 죽을지도 모르겠어. 청산가리가 그렇게 쉽사리 구해질지도 모르겠고 연탄가스가 새는 방에 들게 되는지도 두고 봐야 아는 거니까. 그렇지만 우리는 다시는 안 만나는 게 좋겠어. 유부녀가 외간 남자를 자주 만나 이로울 건 없다니까. 물론 숙이에겐 내가 외간 남자가 아니라 욕쟁이였다는 걸 나는 알아. 그렇지만 숙이, 요새는 나 같은 고전적 욕쟁이의 시대는 아닌가 봐. 내가 너무 비겁한가? 그러니 나를 내버려둬 줘. 나를 숙이의 기대로부터 풀어 줘. 나에게 욕을 조르지 말아 줘. 날 고만 쥐어짜. 제발 날 살려 줘.

소주병을 따기 전 맑은 정신으로 이태우

추신 : 원 세상에 유서에 살려 달라고 쓰는 머저리가 다 있으니……

그는 이렇게 죽었다. 그가 그날 청산가리를 구했는지, 연탄가스가 새는 여관방이라도 구했는지, 그도 저도 못 구하고 나로부터 잠적한 건지 그것은 모르지만 어차피 나에게 있어서 그는 죽은 것이었다.

일요일 아침이었다. 남편은 늦잠에서 깨어나 이불 속에서 조간신문을 읽고 있었다. 남편이 저렇게 신문을 오래 보는 적은 없었는데, 신문에 가려 남편의 얼굴은 볼 수 없었지만 그의 손이 부들부들 떨고 있지 않은가.

대문짝만 한 사진, '의문의 변사체' '품고 죽은 사진' '치정 사건' '혼외 정사' 이런 활자들의 엄청난 파괴력에 내 울타리가 우르르 유약하게 무너지는 소리가 들린다. 나는 마침내 질긴 내 울타리로부터 자유로워진 것이다. 아니 울타리 밖의 회오리바람 같은 자유 속에 내던져진 것이다. 나는 두렵다. 내가 소유하게 된 자유가. 나는 도저히 그것을 감당할 것 같지 않다. 벌써 비틀대기 시작한다.

나는 정말로 몸의 중심을 잃고 비틀대다가 쟁반에 받쳐 들고 온 커피를 요 바닥에 엎질렀다.

"왜 그래? 하마터면 델 뻔했잖아."

남편은 후닥닥 놀라며 보고 있던 신문을 치운다. 그는 아직도 키들키들 웃고 있다.

"미안해요. 근데 무슨 재밌는 기사라도 읽으셨어요?"

나는 안도의 숨을 내쉬면서 아직도 목소리는 좀 떨린다.

"응. 먼로는 시인이었대."

"네?"

"마릴린 먼로 있잖아? 왕년의 육체파 여우 말야. 그 여자가 생전에 시를 썼었다는구만. 아마도 곧 시집까지 나올 모양이야."

"그래 책 광고라도 났어요?"

"급하긴 젠장. 해외 토픽이야. 요새 신문에서 볼 거라곤 해외 토픽밖에 더 있어? 그렇지만 먼로가 시를 썼다니 사람 웃기는군. 그렇게 몸뚱이가 기막히게 좋은 여자가 뭐 답답해 시를 썼겠어. 책이나 팔아먹으려는 협잡[35]이 뻔하지."

---

35) 협잡(挾雜) 옳지 아니한 방법으로 남을 속임. 속임수.

일요일 아침의 남편은 한층 행복하다. 마치 그 '몸뚱이가 좋은 여자'의 몸뚱이를 구석구석 싫도록 주물러 댄 경험이라도 있는 것처럼 그 방면에 도통한 듯한 음탕하고 권태롭고 느글느글한 웃음을 흘리면서 기지개를 늘어지게 켠다. 나에게 아무 일도 안 일어나고 만 것이다. 다만 면로라도 간음하고 난 척하는 남편이 아니꼬우면 나도 그동안 서방질이라도 한 척 능글스러울 수도 있을 것이다.

침실에 일요일 아침 시간이 늪처럼 고이고, 음습하고 권태로운 욕망이 수초처럼 흐늘흐늘 흐느적대며 몸에 감긴다. 나는 남편에게 익숙하게 붙잡힌다. 나에게 그의 면로가 돼달라는 눈치다. 나는 그의 면로가 된 채 내가 짜낸 이태우 선생의 비명을, 신음을 생각한다.

"날 놔줘." "제발 날 살려 줘." 그건 어떤 소리 빛깔을 하고 있었을까. 지렁이 울음소리 같았을까 몰라. 그 신음을 육성으로 들어 두지 못한 건 참 분하다.

1 남편을 묘사하는 '나'의 태도는 어떠합니까? 또, 그 남편은 어떤 사람일까요?

"남편은 TV 채널 돌리는 데 독특한 기술을 가지고 있었다"라고 시작하는 이 소설은 명색이 '남편'이라는 사람을 묘사하면서 '독특한'이라는 형용사를 써서 무언가 야유하는 분위기를 조성하고 있습니다. TV 수리 기술자도 아니고 채널 돌리는 기술자라니. 뒤이어 소설은 바보, 반벙어리, 폭군, 계모, 악처를 즐기는 남편의 모습을 폭로합니다. 남편은 현대 문명의 총아라는 TV가 보여 주는 재미있는 세계에 세심하게 탐닉되어 있는 것입니다.

남편이 다음으로 즐기는 것은 군것질입니다. 이런 남편의 군것질을 관찰하는 '나'의 태도는 '야금야금'이나 '이리저리'라는 표현에서 보듯이 남편에 대한 존경이 별로 없을뿐더러 일종의 경멸감을 갖고 있는 듯 보입니다. 이러한 경멸감은 소설의 진행에 따라 남편의 속성 일반에 대한 고발로 확대됩니다. 이 남편은 대체 어떤 사람일까요.

신문이나 잡지, 온갖 세상사도 TV 연속극 보듯 하는 남편, 아주 신속히 아주 신효한 정력제의 이름을 알아내 매일 복용하는 남편, 은행이라는 안정된 직장에서 순조로운 승진을 하는 남편, 건강한 자식과 아름다운 아내가 있는 남편. 그러나 그는 사람이라기보다 하나의 꼭두각시입니다. 회의하고 반성하는 인간으로서의 기능이 철저히 배제되어 있기 때문이지요. 그는 일상에 마멸되어 버린 철두철미한 순응의 화신입니다.

2 '나'의 불행감은 무엇에서 연유하였나요?

'나'는 남편과는 상당히 다른 인물인 듯합니다. TV 연속극과 단것을 즐기고 정력제의 효능을 믿는 남편의 아내이면서도, '나'는 TV 연속극도 단것도 안 좋아하고, 정력제의 해독을 굳게 믿어 남편의 유방이 복숭아처럼 부풀어 오르거나 머리가 홀랑 벗겨지지나 않을까 전전긍긍합니다. 현대 문명의 모든 편리함의 편이 아니라, 부작용의 편에서 온갖 염려를 도맡아 하면서 끔찍해합니다.

"내 생활이란 게 너무 무사태평해 난 좀 심심했었나 보다. 아아, 심심하다는 것은 불행한 것보다는 사뭇 급수가 떨어지는 불행이면서도 지독한 불행일 때가 있다"라고 자신의 불행감을 털어놓습니다. 그러나 그 불행감이 무엇 때문인지 정확히 알지 못하고 단지 '심심했었나 보다'라고 일갈할 뿐입니다. 사실 객관적으로 '나'의 사는 형편만으로 '내'가 불행해하는 이유를 알아내기는 어렵지요. 은행의 지점장으로 순조롭게 승진을 계속하는 남편과 건강한 자식들 삼남매, 매달 또박또박 월세가 들어오는 부동산까지. '나'는 남들이 행복의 조건이라고 부러워하는 모든 것을 갖추고 있는 듯 보입니다. 그러나 정작 행복의 당사자인 '나'는 행복감을 느끼지 못합니다.

그렇다면 '나'를 불행하게 하는 것은 무엇일까요? '나'를 견딜 수 없게 하는 것을 찾아봅시다. 일찍 들어와서 따뜻한 아랫목에 누워 연속극을 보며 조청을 맛있게 먹는 남편, 행복한 집답게 부자간의 언쟁도 해피엔드라는 사실, 미대를 가겠노라는 아들의 말에 서울 상대를 가서 대기업에 취업해야 생활이 안정된다는 남편의 조언. 고작 이 정도이지요.

'나'는 내부에서 일어나는 힘찬 반란을 고작 '심한 딸꾹질'로 경험할 뿐이지만 그나마도 밖으로 토하지 않고 삼켜 버립니다. 그러는 동안에 '나'의 권태감은 점차 더해 갈 뿐입니다. 친구가 일러 준 대로 리본을 오려 진짜 같은 꽃 만들기도 배워 보지만 괴물 같은 권태를 이기는 데에는 역시 도움이 되지 않습니다. 그 꽃들은 진짜 같았을 뿐, 진짜는 아니었거든요.

그렇다면 내가 진정 원하는 것은 무엇일까요? 불현듯 겨울의 남대문 꽃시장 가기, 갓 들어온 꽃의 신선한 훈향과 어제 들어온 꽃의 난숙한 훈향, 썩어 가는 꽃잎의 퇴폐적인 훈향…… 이런 어우러진 훈향들을 가슴 가득 들이마실 때의 즐거움과 설렘, 십구 세의 나날 같은 자유를 누리고 싶어 '나'는 조바심이 납니다. 느닷없이 고속버스를 타고 가 낯선 고장에 내리고 싶다든가 박물관에 가 이조 백자 항아리 앞에 서고 싶다든가 하는 충동이 가끔 '나'를 들뜨게 할 때도 있습니다. 그러나 막상 이런 일들을 해보아도 역시 심심할 뿐입니다. 왜냐하면 이런 시도들 역시 내가 속한 울타리 밖을 벗어나는 일은 아니기 때문입니다.

이쯤 되면 내가 품은 생각이 상당히 불온하고 위험한 것이란 생각이 들지요? 우리들의 삶이란 대개 좁은 행동 반경 속에서 이루어지게 마련입니다. 뿌리 깊은 권태를 벗어나 행복을 느끼기 위해서 주인공은 뭔가 굉장히 파격적이고 극적인 자극을 원하고 있다고 볼 수밖에 없습니다. 어쩐지 「닮은 방들」에서 서로 닮은 일상이 지겨워 이웃집 남자와 간음을 저지르고 마는 여인이 떠올라 위태로워 보이기도 합니다.

결국 '나'는 외간 남자인 욕쟁이 선생을 만나게 됩니다. 작품 속에서는 '나'의 이토록 지독한 불행감이 어디에서 비롯되었는지 이렇다 할 뚜렷한 동기가 직접적으로 나타나지는 않습니다. 다만 여학교 은사인 욕쟁이 선생을 만나면서 이루어지는 과거 회상을 통해 짐작해 볼 수는 있습니다. '시대의 병폐'를 개탄하고 '자유'나 '민주주의'를 경건하게 발음하고 '간사한 왜말'에 담긴 노예근성을 따끔하게 질책하던 욕쟁이 선생의 욕설에 깊은 공감과 카타르시스를 느끼는 것으로 보아, 이들이 동시대인으로서 같은 역사적·사회적 상황을 겪어 내었을 것으로 짐작됩니다. 여기서 박완서의 다른 소설들과 연결 지어 '나'의 불행감의 이유를 찾는다면, 6·25 전쟁이 남긴 상처와 불의한 사회에 참여하여 싸우기를 단념한 자들의 절망감 등으로 추측할 수 있습니다. 자신이 욕망하는 바를 내색하지 않고 삼켜 버린 자들은 당장은 아니더라도 우울증이나 광기(狂氣)라는 보복을 받게 되는 것이겠지요.

3 '내'가 욕쟁이 이태우 선생의 욕설을 듣고 싶어하는 심리는 무엇 때문일까요?

남편이 순응주의의 화신이라면, 이태우 선생은 어떻습니까? 왜 '나'는 그를 만나며, 그에게서 무엇을 기대하는 것일까요? 그의 욕은 무슨 의미가 있을까요? 매사가 시들하고 불행하며 권태롭기만 하던 '나'는 돌파구를 찾아보지만 발견하지 못합니다. 그러던 중 우연히 욕쟁이 이태우 선생을 만나면서 새로운 기대에 달뜹니다. '그에게서 욕을 짜내기', 이것이 '내'가 바라는 바입니다. '고뇌로운 표정을 참다못해 드디어 욕설을 배설하려는 찰나의 반짝하도록 빛나는 표정'과 '그 순간적 섬광'을 기다리는 것이지요.

'내'가 그토록 욕쟁이 선생의 욕설을 좋아한 이유는 무엇일까요? 욕쟁이 이태우 선생이 A여고의 국어 선생으로 교단에 섰던 20여 년 전은 해방 후 미군정 체제하에서 정부 수립을 전후한 시기였습니다. '좌우 대립으로 정계가 불안한 틈에 모리배와 정상배가 미군정을 둘러싸고 사욕을 채우고, 친일파가 한층 극성맞고 탐스럽게 애국과 민주주의를 노래 부를 때'였습니다. 이태우 선생은 악을 써가며 이런 세태를 개탄하고 욕을 하는가 하면 금전만능의 풍조를 고래고래 소리를 질러 가며 경계했지요. 그의 이런 비분강개에는 듣는 사람에게 절실하게 와 닿는 무엇이 있었습니다. 그는 시대의 병폐를 자신의 등창으로 삼고 앓고자 했던 것이고, 그의 욕설과 아픔을 듣고 보는 '나' 역시 덩달아 등줄기에 어떤 아픔이 전류처럼 흘렀다고 회고합니다. 즉 '나'는 그의 그 비분강개를 사랑했던 것입니다.

'내'가 그에게서 욕을 짜내기를 단념 못 하고 집요하게 그를 따라다닌 것은, '그의 욕이 내 생활을 꿰뚫고, 내 행복을 간섭하고, 그의 욕이 이 기름진 시대를 동강 내어 그 싱싱한 단면을 보여 주며 이것은 허파, 이것은 염통, 이것은 똥집, 이것은 암종, 이것은 기생충 하고 고래고래 소리 지르게 하고 싶은 부질없는 소망' 때문이었습니다. 그러나 차츰 그에게서 욕을 짜내기가 어렵다는 것을 깨닫자 '나'는 '욕을 단념하고 비명이라도 신음이라도 기다리는' 심정이 되어 버립니다.

그것은 질서에 순응하는 편에서 본다면 하나의 파괴일 뿐이지만, 자유인의 정신에서 볼 때에는 아름다운 파격이라는 의미를 갖습니다. 욕설을 간절히 쥐어짜려는 '나'의 바람은 물질만능주의와 실리주의가 지배하는 오늘의 현실에서 콩알만큼 위축된 정신의 해방과 그 회복을 소망하는 것으로 풀이됩니다.

4 욕쟁이 이태우 선생이 '나'에게서 도망친 이유는 무엇일까요?

20여 년 만에 만난 욕쟁이 선생은 많이 변해 있었습니다. 그 변화는 한국 사회의 변화를 함축한다고 할 수 있습니다. 그 자신이 말하듯 '요새는 그와 같은 고전적 욕쟁이의 시대는 아닌' 것이지요. 20여 년 전의 그는 안주머니에 두둑한 지폐 뭉치를 간직하듯 가슴속에 분통과 욕을 간직한 자의 독특한 표정을 지니고 있었습니다. 비록 양쪽 소맷부리가 닳아서 풀어진 올이 몇 가닥 늘어져 있을지언정 '자유'와 '민주주의'를 입에 담는 그에게는 무지개를 우러르는 소년이나, 풀 끝의 아침 이슬을 보는 서정시인에 비길 만한 무엇이 있었습니다. 그런 그를 '나'는 좋아했던 것이지요.

그러나 다시 만난 그는 낯선 일본 말과 누추한 색정의 찌꺼기 같은 '길길길' 하는 웃음소리로 나를 불쾌하게 합니다. 더구나 그가 살아온 그간의 삶은 더욱 누추하고 비겁해 보였습니다. 그에게는 이제 더 이상 욕이 남아 있지 않은 것 같았습니다. 오히려 욕을 조르는 '나'에게 그는 유서 아닌 유서―아마도 욕쟁이로서의 죽음을 알리는―를 남기고 도망치고 말지요. '나' 역시 "그는 이렇게 죽었다"라고 욕쟁이인 그의 죽음을 인정하고 맙니다. 그 역시 오늘의 세태 속에 감염되어 있었기 때문이지요. 그러나 '나'는 공상 속에서 선생의 지렁이 울음소리 같은 "날 놔줘" "제발 날 살려 줘" 하는 소리나마 환청의 형태로 쥐어짜 냅니다. 그렇게 하지 않고서는 현대의 가공할 만한 물질주의의 압력과 그 압력이 연출해 놓은 치인(癡人)인 남편의 압력으로부터 벗어날 수 없기 때문이겠지요.

5 '지렁이 울음소리'의 뜻은 무엇일까요?

우리 속담에 "지렁이도 밟으면 꿈틀한다"라는 말이 있습니다. 아무리 눌려 지내는 순하고 좋은 사람이라도 너무 업신여기면 가만있지 않는다는 뜻입니다. 지렁이가 '운다'는 표현은 상식적으로 낯선 얘기지만, 그 지렁이조차 자신을 너무 괴롭히면 아마도 몸부림치지 않겠습니까? 울음소리가 우리에게 들리진 않더라도 아마 온몸으로 울지 않겠습니까? 욕쟁이 선생은 욕쟁이로서의 도도함이 세파에 찌들어 다 꺾여 버리고 그 특유의 욕설마저도 잃어버린 지렁이 같은 미약한 존재로 변해 버렸다는 것이 작가의 해석입니다.

욕쟁이 선생은 실향민이며, 지식인으로서 열정을 가지고 젊은 날을 살아왔을 것입니다. 그러나 세상은 이미 자본을 중심으로 하는 새로운 질서가 급속히 자리를 잡았고, '38 따라지'로 가진 기반 없이 타향에서 삶을 일구어야 했을 욕쟁이 선생은 새로운 질서에서 그다지 만족스러운 성과를 거두지 못했을 것입니다. 하는 일마다 불운의 편을 들고 만다는 그의 고백에서 그 점을 확인할 수 있습니다. 그런 그에게는 더 이상 욕이 남아 있지 않습니다. 아니, 욕설을 뱉을 만한 패기가 남아 있지 않은 것이지요. 그는 부조리한 세계와의 싸움에서 이미 백기를 든 자이니까요. 그런 그에게 옛 제자인 '나'는 자꾸 욕을 조릅니다. 건포도에서 포도즙을 짜내는 것만큼 불가능에 가까운 일인데 말이지요. 그래서 지렁이로 변한 그는 꿈틀하면서 웁니다. 비명을 지릅니다. 지렁이로 전락한 한 지식인의 비명. 이것이 작가가 우리에게 들려주는 메시지가 아니겠습니까.

 **참고**

'38 따라지'의 교육열

욕쟁이 선생은 38선을 넘은 실향민이었습니다. 그들은 교육열이 굉장히 강했다고 합니다. 여기 그들의 교육열을 증언하는 재미있는 자료가 있어 소개합니다.

한국인들은 학력이 어떤 재산보다도 안전하다는 것을 전쟁 중에 뼈저리게 체험했다. 다른 건 파괴되고 약탈당할 수 있지만, 학력은 사라지지 않는 재산이었다. 50년대의 교육열은 '교육 기적' 또는 '교육 혁명'이라고 불려질 만큼 뜨거웠다. 50년대의 교육열은 38선을 넘어온 피난민들에 의해 더욱 뜨거워졌다.

그들에게는 '38 따라지'라는 별명이 붙었다. 아무것도 가진 게 없는 빈털터리라는 뜻에서 붙여진 별명이었다. '38 따라지'란 원래 노름판의 용어로 3과 8을 합해서 생긴 한끗으로서 더 이상 희망이 없는 제일 낮은 패를 두고 이름이었다. 북한 실향민들은 38선 이북 출신이라는 점과 더 이상 희망이 없는 바다 인생이라는 점을 합성함으로써 자신들의 처지를 38 따라지, 한끗 인생으로 비유하고 자조했던 것이다.

그들에게 자녀 교육 이외에 그 어떤 희망이 있었겠는가. 이들은 생존까지 위협받는 절박함 때문에 강한 생활력을 발휘하였으며 남한에서 이전의 사회·경제적 지위를 되찾기 위해 자녀 교육에 매우 열성적이었다. 실제로 이들 가운데 상당수는 강한 생활력 외에도 학력이 비교적 높았으며 현대적 사고방식과 진취적 사상을 갖고 있어 성취지향성이 높았다. 이들의 성취지향성은 대부분 도시에 거주함으로써 더욱 두드러졌다. 월남한 북한 주민들의 자녀 교육열은 남한 주민들의 자녀 교육열을 자극할 만큼 열성적이었다.

— 강준만, 『한국 현대사 산책 – 1950년대편 1』 중에서

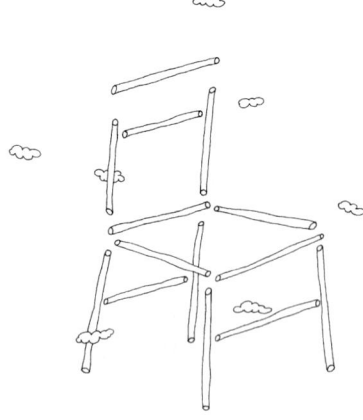

우황청심환

우리 사회의 또 다른 주변인인 명예퇴직자가
바라본 연변 동포 문제의 재인식.

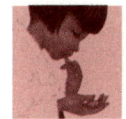

"성님도 자식 길러 봤으니 부모 맘이 어드렇다는 걸 알죠. …… 성님이 리해하시라우요"

사랑은 내리사랑—명예퇴직자 형과 연변 동포 아우의 만남

「우황청심환」은 1991년 『창작과비평』 여름호에 실린 단편입니다. 이 작품은 실제로 있었던 연변 동포들의 중국 한약재 가짜 파동을 소설적 모티프로 끌어들이고 있습니다. 정치·사회적 사건을 정면으로 부각시키는 것이 아니라, 그 사건을 받아들이는 소시민적 의식의 다양한 양태들을 다루는 것이 박완서 문학의 한 특징입니다. 「우황청심환」의 경우, 고국을 방문한 연변 동포의 이야기는 주인공 남궁 씨의 사업이나 가족 관계에 관한 이야기와 뒤얽혀 있습니다.

실상 이러한 소설 기술 방식은 일련의 정치·사회적 사건을 대하는 소시민적 의식의 한계를 가감 없이 보여 줍니다. 이는 계층적 한계일 뿐만 아니라, 현대적 삶의 중심으로부터 점차 밀려나는 구세대의 한계라는 이중의 의미를 지니고 있습니다. 즉 박완서는 자신과 같은 계층과 연배의 주인공을 내세워 자신들의 세대가 그 시대적 충격을 받아들이는 반응의 여러 모습들을 형상화하고 있습니다. 정치·사회적 사건들을 철저히 자신의 개인적인 이해의 반경 속에서만 받아들이는 소시민적인 의식 구조와 긴밀하게 연결되어 있는 것입니다.

연변의 조선족 동포들은 대개 중국 여권으로 들어왔기에 외국인 노동자 신분이며, 대부분은 불법 체류자입니다. 따라서 심심찮게 한국인과 불협화음을 빚기도 하고 한국인의 인식에 부정적 인상을 남기기도 합니다. 조선족. 같은 언어를 쓰지만 이방인으로 인식되는 이들. 그러나 같은 언어를 쓴다는 이유로 다른 외국인들과 달리 어쩐지 홀대하기에는 껄끄러운 뒷맛을 남기는 이들이 살던 곳. 이것이 연변의 현재입니다.

약 백 년 전의 연변은 북간도라고 불렸습니다. 민족의 선각자들이 맨손으로 일군 땅이자, 세종 대의 고운 우리말을 지금도 쓰고 있는 살아 있는 문화 유적지입니다. 독립운동의 진원지였던 역사의 보배이며, 윤동주 시인이 계절이 지나가는 가을 하늘을 바라보며 어머니를 그리던 마음의 고향이기도 합니다.

우리는 이러한 연변의 현재와 과거 사이에서 혼란을 느낍니다. 우리 곁을 지나치는 조선족 동포들의 현재는 분명 허름하고 비참합니다. 때로는 우리를 찡그리게도 합니다. 그러나 그들의 몇 대 위 선조들은 우리가 존경하는 독립운동가요, 시인이요, 서릿발 쟁쟁한 선비요, 학자였던 것입니다.

우리가 거기서 나지 않고 여기서 난 것도 운명이요, 그들이 여기서 나지 않고 거기서 난 것도 운명이지만, 우리들이 또 여기서 이렇게 만난 것도 운명이라고 하겠습니다. 그러니 좀 더 너그러운 마음으로 그들을 대해도 좋지 않을까요.

우황청심환

가까스로 잠이 좀 오려는데 또 그놈의 소리가 났다. 주우지 니집뿐, 주우지 니집뿐……

"몇 시라는 소리유?"

노파가 물었다. 남궁 씨는 되는 대로 대답했다. 기계로 합성한 음향이면서도 일본 말 특유의 교성[1]이 알려 주는 시각은 어차피 지금 이 지점의 시간과는 무관할 터였다. 노파의 시계가 친절을 다해 가르쳐 주는 시간이 노파가 떠나온 여행지의 시간인지, 한국의 시간인지도 그는 알아보려 하지 않았다. 나는 비행기 속이었다. 노파는 태엽을 누르면 현재의 시간을 말로 알려 주는 손목시계를 차고 있었다. 백내장 수술 후 시력이 밤낮이나 가릴 정도로 떨어지고 나서 아들이 일본에서 사다 준 거라고

---

1) 교성(嬌聲) 여자의 간드러지는 소리.

했다. 시간을 알려 주는 소리도 물론 일본 말이었다. 못 봄을 못 알아들음으로 바꿔 가지고 으스대는 노파가 남궁 씨는 지겨웠다. 말하는 시계에 관심을 보이기가 잘못이었다. 남궁 씨는 판촉물을 개발도 하고 납품도 하는 회사의 고용 사장이었다. 아이디어가 기발하다 싶은 상품에 대한 유별난 관심은, 그러니까 그의 직업의식이었다. 남궁 씨가 시계의 목소리를 처음 듣고 불현듯 호기심이 동해 노파의 흐물흐물한 손을 끌어당겨 자세히 들여다보려고 했을 때, 노파는 믿어지지 않을 만큼 앙칼진 힘으로 손목을 빼내면서 말했었다.

"괜히 만지지 말아요. 고장 나면 우리나라에선 고칠 수도 없는 귀한 물건이라우. 일본에서도 엄청 비싼 거라던데."

그제서야 비로소 남궁 씨는 자신의 직업의식에 대해 참을 수 없는 배반감과 싫증을 느꼈다. 그의 유럽 여행은 명색[2]이 포상 여행이었다. 그러나 속내는 퇴직을 부드럽고 명예롭게 하기 위한 위로 여행이란 걸 그는 알고 있었다. 밀려난다는 것은 이유 여하를 막론하고 억울한 일이었다. 은행에서 밀려날 때도 그랬었다. 부하 행원의 부정을 책임질 상급자가 차장 선이었다. 신문에 날 만한 큰 부정이었으면 아마 좀 더 높은 상급자가 책임을 졌을 것이다. 공교롭게도 그때 남궁 씨는 겨우 차장이었다. 하필 자식들 학비 부담이 피크에 달했을 때라 아내와 더불어 장삿길로 들어섰다. 돈벌이가 여의치 않아 몇 번씩 업종을 바꿀 때마다 그는 밀려난다는 서글픔과 억울함을 맛보아야 했다. 막내까지 대학을 졸업시키자 문방구와 비디오테이프 대여를 겸한 구멍가게 하나가 달랑 남았

[2] 명색(名色) 실속 없이 그럴듯하게 불리는 허울만 좋은 이름.

다. 아내는 야간 상고 다니는 소녀 하나를 거느리고 주인 노릇을 하고 싶어했다. 그는 서글픈 내색 한번 제대로 못 해보고 또다시 스르르 밀려 났다.

마침 그 무렵 절친하게 지내던 친구의 상을 당했다. 그 친구는 생전에 조그만 회사 사장이었는데, 남궁 씨는 그의 상속인인 외아들로부터 선친의 회사 경영을 맡아 달라는 부탁을 받았다. 회사는 친구의 생전의 씀 씀이와 사무실 규모로 미루어 짐작하던 것보다 훨씬 취약했다. 판촉물 이나 기념품 답례품을 납품하는 사업은 사무실이나 공장 없이 발과 입심만으로도 가능한 영세한 장사였다. 가내공업 규모의 공장이 있다고 해도 사정은 크게 다르지 않았다. 미수금과 재고를 합쳐도 기천만 원에 불과했다. 다행히 빚은 없었고 공장과 사무실로 쓰는 건물이 제집이었 다. 게다가 아들은 효자인 듯했다. 건물을 임대하면 훨씬 편하게 수입을 올릴 수 있지만 아버지가 하시던 사업이니 살려 보고 싶다고 했다. 그렇 다고 과감한 투자로 회생시켜 보겠다는 것도 아니었다. 그랬더라면 남 궁 씨가 그렇게 쉽게 그 일을 승낙하지 못했을지도 모른다. 거기서 이익 금을 챙길 생각은 추호도 없으니 현재의 미수금과 재고를 밑천으로 한 번 일어나 보든지 다 들어먹든지 마음대로 해보라는 조건이 되레 그의 소심한 마음을 사로잡았다. 아내는 남궁 씨가 고용 사장이 된다니까 처음엔 재벌급 회사인 줄 알고 기쁨을 감추지 못하다가 실상을 알고 나서 는 한심해하다 못해 차라리 경멸했다.

"이 철없는 양반아, 창피한 줄도 좀 아슈. 그렇게 사장 소리가 듣고 싶으면요, 우리 가게에서 비디오든지 문방구든지 하나 뚝 떼어 드리리다."

그러나 연대가 맞았달까, 세상 풍조가 마침 조그만 가게 하나를 개업

해도 고사떡을 돌리는 대신 기념품을 돌리게 변하면서 매상을 급신장시킬 수가 있었다. 외판 조직과 손발도 잘 맞았거니와 문방구점을 하면서 생긴 눈썰미를 가미해서 인기를 끈 제품도 적지 않았다. 그의 아이디어가 히트를 친 판촉물들은 거의가 다 상품으로도 살아남아 꾸준히 주문이 오고 있었다. 오 년 만에 연간 순이익을 억 단위로 셈할 만한 알토란 같은 회사로 키워 놓자 친구의 아들은 다니던 회사에 사표를 내고, 남궁 씨의 그간의 노고를 치하한다며, 해외여행을 시켜 주었다. 그는 지난날의 거물 정객처럼 자의 반 타의 반으로 이 땅을 벗어나는 비행기를 탔다. 처음 삼 주는 관광팀에 끼여서 돌고 나서 나중 한 달은 혼자 파리에 처졌다. 출가한 딸이 해외 근무하는 남편을 따라 파리에 살고 있었다. 딸네 집에서의 한 달간은 참으로 지루하고 힘들었다. 딸은 아마 더했을 것이다. 아버지 산책이라도 좀 하세요. 제 소녀 적 소원이 뭔 줄 아세요? 파리에 가서 더도 말고 덜도 말고 한 달만 시내를 정처 없이 어슬렁거리며 지내 보는 거였다구요. 그런 짜증스러운 말투에 남궁 씨는 딸이 노골적인 구박을 참을 수 있는 맥시멈을 한 달쯤으로 잡고 있었다. 그가 견딜 수 있는 한계 역시 그 근처였다. 하루가 여삼추[3] 같기가 징역살이와 진배없는 딸네집살이를 견디면서까지 남궁 씨가 해외여행을 한 달씩이나 더 연장한 것은 젊은 회사 주인에게 충분한 시간을 주기 위해서였다. 경영에 재미를 붙이든 곤란을 겪든 해볼 만큼 해본 연후에 나타나야 피차 후회 없는 결정을 내릴 수가 있을 것 같았다. 남궁 씨가 정말 바라는 것은 물론 그가 객지에서 하루하루 지루함이 목구멍까지 차오르는

[3] 여삼추(如三秋) 3년과 같이 길게 느껴진다는 뜻으로, 몹시 애타게 기다리는 마음을 이르는 말.

동안 젊은 주인 역시 그가 아쉽고도 아쉬워 목구멍까지 차오르는 비명을 겨우겨우 참으며 그를 기다려 주는 거였다.

"자매님, 마리아 자매님이 또 가슴이 울렁거리고 손발이 비틀린대요. 말도 더듬거리구."

노파의 일행 중 빨간 점퍼를 입은 중노인이 통로에서 창가에 앉은 노파 쪽으로 윗몸을 휘면서 미안한 듯이 말했다. 남궁 씨는 중노인의 물렁물렁한 젖가슴의 부피를 이마에 느끼기가 싫어서 고개를 잔뜩 뒤로 젖혔다. 노파의 일행은 성지순례단이었다. 근 삼십 명은 돼 보이는 일행의 좌석은 일련번호로 붙어 있었는데 노파가 창가에 앉고 싶어한다고 가이드인 듯싶은 청년이 창가 손님에게 양해를 구하고 바꿔 앉혔기 때문에 노파만 일행으로부터 떨어져 있었다. 시력이 형편없다면서 남의 신세를 져가면서까지 창가에 앉고 싶어할 만큼 노파는 응석이 심한 편이었다.

"아, 직효약이 있는데 무슨 걱정이유."

노파가 발밑을 고이고 있던 배낭을 한 손으로 들썩거리면서 남궁 씨를 빤히 쳐다보았다. 시력과는 상관없이 말똥말똥한 눈동자는 명령조였다. 벌써 몇 번째인지 몰랐다. 그래서 남궁 씨는 그 배낭이 얼마나 무거운지 알고 있었다. 배낭엔 어이없게도 반 말들이 물통이 들어 있었다. 성지 루르드에서 길어 오는 기적수라고 했다. 젊은 사람도 들기엔 힘겨운 무게인데도 순례단은 거의 그런 배낭을 메고 있었다. 물은 화물칸에 실어 주지 않아서 들고 탈 수밖에 없다는 것이었다. 남궁 씨는 낑낑대며 노파의 배낭을 그의 무릎 위로 들어 올려 익숙하게 지퍼를 열고 물통 옆에 든 약주머니를 꺼내 노파의 손에 쥐여 주었다. 그리고 해본 장단의 능숙함에 혼자 쓴웃음을 지었다. 배낭 속엔 그동안 기내식에 곁들여 나오는 포도주까지 추가되어 더욱 무거워져 있었다.

"그동안에 인이 백였나,[4] 이게 벌써 몇 번째래요? 그 귀한 걸."

"걱정 말라니까, 우리 아들이 이럴 줄 알고 넉넉히 챙겨 주었으니까 아픈 자매님 있으면 참지 말고 지딱지딱 갖다 먹으라고 해요."

노파가 주머니 끈을 풀고 그 안에서 우황청심환을 꺼냈다. 노파는 그걸 꼭 정육각형의 갑째 건네주지 않고 밀랍[5]으로 포장된 동그란 내용물을 꺼내 손바닥으로 한 번 궁굴려 보고 나서 내놓았다.

"우황청심환은 뭐니 뭐니 해도 중국 본바닥 거라야지 요새 나온 국산은 믿을 게 못 돼요."

노파의 말투로 보아 그게 국산이 아니란 걸 스스로 확인해 보면서 대견스러워하고 싶어 그러는 것 같았다. 노파가 차곡차곡 배낭 속에 챙겨 넣은 것만큼의 포도주를 마셨기 때문일까. 남궁 씨는 수치감 같기도 하고 쓸쓸함이나 슬픔 같기도 한 참을 수 없는 느낌으로 까딱하면 울 것 같았다. 그건 어쩌면 뿌리 깊은 열등감이었다.

그의 어머니는 중풍으로 사 년이나 자리보전하고 있다가 돌아갔다. 처음엔 중태였다. 누가 보기에도 못 깨어나고 임종을 맞든지 식물인간으로 남을 줄 알았다. 그래도 남궁 씨 내외는 단념하지 않고 한방과 병원 치료를 겸해 정성을 다한 끝에 의식을 회복하고 불편한 대로 자식과 손자들의 효도를 누리다가 돌아갔건만도 그동안 원망이 자자했다. 어머니보다 몇 년 앞서 큰어머니가 고혈압으로 쓰러진 적이 있는데 회복이 감쪽같았다. 어머니는 그런 기적은 쓰러지던 맡에 그 자리에서 자식들

---

4) 인이 백이다 인이 박이다. 되풀이하여 버릇처럼 몸에 배다.

5) 밀랍(蜜蠟) 꿀벌이 벌집을 만들기 위하여 분비하는 물질.

이 진짜 우황청심환을 씹어서 환자의 입으로 흘려 넣었기 때문이라고 굳게 믿고 있었다. 어머니는 그때부터 노인 모시는 집은 딴 건 몰라도 그 중국 우황청심환만은 갖춰 놓고 살 거더란 말을 귀에 못이 박이도록 해왔다. 큰집 조카들은 툭하면 해외 출장도 잘 가고 선물도 잘 들어와 그런 귀한 약도 영신환6)처럼 흔한데 내 집 자식은 우물 안 개구리에다 주변머리까지 없어서 에미 소원 하나 못 풀어 준다고 노골적인 경멸도 서슴지 않았다. 그때부터 우황청심환은 남궁 씨에겐 귀에 박인 못이 아니라 자존심에 붙박인 못이 되었다. 앞을 내다본 푸념이었던지 어머니는 그 후 여봐란 듯이 쓰러졌지만, 그는 그때까지도 여봐란 듯이 씹어서 어머니 입 안에 넣어 드릴 우황청심환이 준비돼 있지 않았다. 의식을 회복한 어머니는 육신의 반쪽이 마비된 걸 알자 제일 먼저 우황청심환을 먹었나 못 먹었나부터 물었다. 남궁 씨 내외는 정직했기 때문에 그 후 어머니가 돌아갈 때까지 지치지도 않고 되풀이되는 원망과 멸시의 말을 들어야 했다. 어머니의 소원이 오로지 우황청심환인데도 그거 하나 못 구해다 드릴 만치 남궁 씨가 가난했던 것도 불효했던 것도 아니다. 다만 시기를 놓쳤을 뿐이었다. 마지막 사 년 동안 남궁 씨는 어머니의 머리맡에 각종 청심환을 즐비하게 늘어놓고 수시로 만져 보게도 하고, 조금만 기분이 언짢아도 잡수시도록 했지만 한번 맺힌 어머니의 마음을 누그러뜨릴 순 없었다. 물론 그 신기하다는 약효도 감감무소식이었다. 점점 노망기까지 생긴 어머니는 아들이 구해 온 청심환은 다 가짜고 큰집 아들들이 홍콩에서 사 온 것은 진짜일 거라고 우겨서 남궁 씨의 마음을 사정

6) 영신환(靈神丸) 계피나무 껍질, 박하유, 대황, 삽주 따위로 만드는 환약. 소화가 잘 안 되고 헛배가 부르고 아픈 데 쓴다.

294

없이 할퀴었다. 다시 한 번 어머니가 쓰러졌을 때, 소원을 풀어 드리는 셈 치고 청심환 중에서도 가장 진짜스러워 보이는 밀랍으로 포장한 중공제를 씹어 직접 입에서 입으로 흘려 넣으면서도 마음속 깊이에서는 소생을 바라지 않았다.

어머니가 돌아가신 후, 남궁 씨에게도 비로소 우황청심환을 선물로 받아 보는 일이 생겼다. 역시 은행에 다닐 적이었는데 큰돈을 대부받은 고객으로부터였다. 사무적인 절차의 심부름 외에는 그가 대부를 위해 힘쓴 바는 전혀 없었다. 그때도 그럴 만한 위치에 있지 않았고, 사직할 때까지도 그럴 만한 위치에 있어 본 적이 없는 남궁 씨였다. 그만한 액수의 대부라면 대개 어느 선에서 결정이 나게 된다는 걸 알고 있는 정도가 고작 그의 관록[7]이었다. 그런데도 그 고객은 고맙다는 인사와 함께 중국산 우황청심환 열 개들이를 한 상자 선물로 놓고 갔다. 사무적인 수고에 대한 가벼운 인사치레로 적당한 물건이라고 여긴 듯했다. 그때만 해도 국산 청심환에 대한 신뢰도도 높고, 외국 나들이 다녀오는 사람도 부쩍 늘어나 중국산이 별로 귀물[8]이 아닐 때였다. 그럼에도 불구하고 남궁 씨는 거액의 뇌물을 받은 것처럼 음흉하게 가슴을 울렁거렸다. 그 후에도 그 고객만 나타나면 편의를 봐주어야 할 것 같은 강박관념으로 비굴하게 웃으며 허둥대던 생각을 하면 아직도 남궁 씨는 진저리가 쳐지면서 닭살이 돋곤 했다.

방콕이 가까워지고 있었다. 비행기도 쉬면서 승무원을 교체하고 급유를 받을 모양이고, 탑승객도 두어 시간 땅을 밟을 수 있을 것 같았다. 그

7) 관록(貫祿) 어떤 일에 대하여 쌓은 상당한 경력과 그에 따라 갖추어진 위엄이나 권위.
8) 귀물(貴物) 귀중한 물건. 드물어서 얻기 어려운 물건.

러나 기내 방송은 연착을 했으므로 방콕까지의 손님만 내리고 계속 여행할 손님은 기내에 머물러 있으라고 했다. 남은 여비를 물건 값이 싸다는 방콕 면세점에서 털어 버리려고 잔돈까지 샅샅이 뒤져내 가지고 벼르던 사람들이 여기저기서 웅성대며 불평을 터뜨렸다. 방콕에서 내린 탑승객들이 거의 외국인이었으므로 서울행 에어프랑스에 남은 손님은 한국인이 대부분이었다. 청소원들이 들어와 닫힌 공간에 여럿이 십여 시간을 붙어 앉아 먹고 마시고 잔 어수선한 자국을 신속하게 지워 갔다. 자리가 많이 비어 남궁 씨는 노파의 옆자리를 면할 수 있을 것 같았다.

"몇 시간이나 남았수?"

노파가 고개를 빼고 두리번대는 남궁 씨의 소매를 당기면서 물었다. 남궁 씨는 못된 짓을 하다가 들킨 것처럼 괜히 움찔했다.

"글쎄올시다. 두세 시간이면 땅을 밟게 되겠죠. 지루하셨죠?"

"아이구, 아녜요. 하나두 안 지루해요. 연착할 거 없이 이왕이면 무슨 사고가 나서 오던 길을 되짚어간다구 해두 끄떡없다우."

노파가 고른 이를 드러내고 웃었다. 남궁 씨는 만약 그런 일이 있다면 비행기에서 뛰어내리기라도 할 것처럼 무턱대고 땅이 밟고 싶었다. 비행기 바퀴가 땅에 닿아 있다는 것과는 상관없이 갈증처럼 다급하게 발바닥에 땅을 느끼고 싶었다. 남궁 씨는 방콕에서 내릴 수 없다는 것을 자기 혼자서 너무 견딜 수 없어한다고 생각하면서 막막한 외로움을 느꼈다.

노파의 옆자리를 면하긴 틀린 것 같았다. 방콕에서 탑승한 승객이 꾸역꾸역 빈자리를 메우기 시작했다. 승무원도 교체가 되어 한국인 스튜어디스가 이제부터 여러분을 서울까지 편안히 모시겠다고 인사를 했다.

"저 계집앤 틀렸어."

노파가 표독하게[9] 말했다. 남궁 씨는 노파의 그런 말투가 싫었지만 그 새로운 스튜어디스가 마음에 안 들기는 마찬가지였다. 특별한 밉상도 아닌데 이상한 일이었다. 평균치의 우리나라 여자들보다 오히려 정돈된 이목구비와 아담한 몸매를 하고 있었음에도 불구하고 승객을 귀찮아하는 마음이 여실히 드러난 표정을 보자 울컥 짜증이 치밀었다. 다들 그렇게 느끼고 있다는 것을 남궁 씨는 파리로부터 일행과 자리를 가까이하면서 은연중 생긴 공감대를 통해 감지하고 있었다. 스튜어디스가 칸막이 뒤로 사라지자 누군가가 하품하는 소리로 말했다.

"저 여자 보니까 한국 다 온 실감나네, 제기랄."

다들 옳소 하는 표정으로 고개를 끄덕였다. 노파에게 우황청심환을 가지러 왔던 빨간 점퍼가 다시 통로 쪽에서 남궁 씨의 어깨를 짓누르면서 노파에게 속삭였다.

"아까 그 서양 남자는 인물도 좋고 인심도 좋더니만 어쩌면 수인사[10] 한마디 없이 없어져 버렸을까요? 서운하네요, 자매님."

"한국 땅 다 왔으니 슬슬 구박 맞을 준비를 해야지 어쩌겠수."

귀국할 날을 앞두고 딸이 비행기를 에어프랑스로 예약했다고 했을 때 남궁 씨는 암말 안 했지만 속으로는 여간 꺼림하지가 않았다. 그동안 주리 참듯 참던, 빨리 내 나라 땅을 밟고 내 식으로 퍼지고 싶은 욕망은 우선 내 나라 비행기만 타도 반은 충족될 것 같았다. 타기만 하면 당장 내 나라 같을 우리 비행기 놔두고 에어프랑스라니, 같잖은 것 같으니라구.

---

9) 표독하다(慓毒—) 사납고 독살스러운 데가 있다.
10) 수인사(修人事) 인사를 차림.

그는 별것도 아닌 걸 가지고 딸을 고깝고 아니꼽게 여기면서도 촌스러워 보일 것 같아 애써 내색하진 않았다.

타고 보니 기내 서비스를 맡은 승무원이 아주 잘생긴 백인 미남이었다. 성지순례단을 비롯해서 함께 무리를 지어 모여 앉은 한국 사람들의 대부분은 외국 여행에 익숙지 않아 뵈는 노년층이었다. 기내 방송도 알아들을 수 없는 외국 비행기를 탄 긴장감이랄까 조심성 같은 걸 남궁 씨도 이심전심으로 느낄 수가 있었다. 남궁 씨는 혹시 우리 동포가 무시당하는 꼴을 보게 될까 봐 조마조마했지만 미남 승무원의 친절은 참으로 완벽했다. 처음 기내식이 나왔을 때, 마실 것을 뭐로 하겠느냐를 물을 적에도 일일이 적포도주, 백포도주, 맥주, 생수 등을 들어서 보여 주면서 환한 미소로 의견을 물었다. 할머니들이 알코올음료를 천부당만부당하다는 듯이 도리질을 하며 거부하고, 맹물을 청하는 모습은 남자들의 술자리에 낀 새침데기 처녀가 맥주 한 잔도 못 마시는 척 질겁을 할 때처럼 귀엽기조차 해서 남궁 씨는 백포도주를 즐기며 비죽비죽 미소 짓곤 했다. 그럴 것 없다고 제일 먼저 아는 척을 한 것은 바로 남궁 씨 옆자리의 노파였다. 노파는 기회 있을 때마다 해외 나들이가 처음이 아니라는 걸 비치고 싶어했는데 그때도 혼자만 포도주를 청해 마시지 않고 뒀다가 배낭 속에 챙기면서 그렇게 해도 상관없다는 시범을 보였다. 다음 식사 때부터 너도나도 그대로 했다. 병마개를 따지 말고 그냥 달라고 청할 수 있을 만큼 할머니들은 미남 승무원과 쉽게 친해졌다. 포도주를 챙기는 김에 잼이나 버터 심지어는 일회용 식사 도구까지 가방에 쑤셔 넣는 이도 있었다. 그뿐이 아니었다. 처음엔 황송해하던 백인 미남의 서비스를 마음껏 즐겨 보려는 분위기까지 감돌기 시작했다. 자주 물을 청하기도 하고 베개나 담요를 더 달라기도 했다. 뭐가 없어졌다고 손짓 발짓으로 흉내를 내어 그로 하여금 발밑을 더듬게 하기도 했다. 남궁 씨가 아슬아슬해하는 것과는 상관없이, 그 미남 백인의 태도는 한결같이 귀부인에 봉사하는 기사처럼 우러나는 기쁨과 공손함으로 일관했다. 부르지 않아도 잠든 할머니만 보면 흘러내린 고개를 바로잡아 주고 담요를 양어깨 밑으로 꼭꼭 여며 주는 모습은 아기를 돌보는 어머니처럼 거짓없이 자애롭고도 완벽하게 아름다워서 남궁 씨는 제발, 그만 그만 하라니까 하는 비명을 참을 수 없는 기분이 되곤 했다. 남궁 씨는 자신이 참을 수 없는 게 동포들의 주책없는 주접스러움[11]인지 백인의 지고지순한 봉사 정신인지도 잘 분간이 안 되었다. 다만 죽자꾸나 엉겨 붙고 싶어하면서도 밥의 뉘[12]처럼 단호하게 고립된 자신을 느낄 뿐이었다.

그렇게 안 오던 잠이 문득 남궁 씨를 엄습했다. 자신의 코 고는 소리에 놀라서 고쳐 앉길 거듭하면서 그 사이사이에 악몽을 꾸었다. 악몽은 집요하게 연결이 되었다. 노파가 그를 흔들어 깨웠다. 좌석 벨트를 매라는 기내 방송이 들려오고 있었다. 노파가 기창 밖을 내려다보면서 다 왔다고 환성을 질렀다. 남궁 씨도 우리의 산천을 눈으로 확인했다. 그러나 곧 산천은 바다로 변했다. 노파도 정말 산천을 본 것일까. 같이 오면서 쭉 궁금해하던 생각이 또 났다. 노파는 시력이 겨우 밤낮이나 가릴 수 있을 정도라는 말과 어울리지 않는 행동을 자주 했다. 뒤에서 웅성웅성 짐을 챙기면서 스튜어디스를 욕하는 소리가 들렸다. 방콕에서 써버리지

---

[11] 주접스럽다 음식 따위에 대하여 지나치게 욕심을 부리는 태도가 있다. 모습이 몹시 볼품이 없거나 어수선한 데가 있다.
[12] 뉘 쌀 속에 섞여 있는, 겉껍질이 벗겨지지 않은 벼의 낟알.

못한 돈을 기내 쇼핑으로 쓸 요량으로 그녀에게 도움을 청한 듯했다. 기다리라고만 해놓고 코빼기도 안 비치다가 나중에서야 물건이 거의 다 팔렸다고 한 모양이었다. 그녀의 잘못도 아니련만 모두들 동족에게 무시당했다고 분개하는 걸 들으며 남궁 씨는 그간의 부질없는 긴장과 갈등이 풍선처럼 쭈그러드는 걸 느꼈다.

"그러게 내 뭐랍디까? 내 관상은 못 속인다니까."

노파가 일행 쪽을 돌아다보면서 의기양양하게 외쳤다. 남궁 씨는 속이 근질근질하면서 내 관상도 한번 봐달라고 싶은 충동을 느꼈다. 할머니, 하고 부르자마자 그런 충동은 없어졌지만 할머니는 의아한 듯 그를 빤히 바라보았다. 순례단 중에서도 최고령자답게 백발에 쪼그라든 얼굴이었지만 눈만이 의안처럼 부조화스럽게 홀로 말똥말똥했다. 사물을 제대로 분간 못 하기 때문에 더 그럴 수도 있겠고, 사물을 제대로 분간 못 한다는 게 거짓말일 수도 있으리라. 아무러면 그게 나하고 무슨 상관이란 말인가. 남궁 씨는 그렇게 생각하면서도 자기 얼굴을 뚫을 듯이 바라보는 노파의 눈길이 섬뜩했다. 만약 시력이 형편없다는 게 정말이라면 지금 노파의 눈에 비친 자신의 얼굴은 어떤 모습일까. 애매한 윤곽 속에 이목구비가 두루뭉술하게 함몰[13]된 괴물의 형상이 생생하게 떠올랐다. 악몽 속에서도 그렇게 생긴 괴물에게 쫓기느라 소리 나지 않는 절규로 목구멍을 짐승처럼 헐떡인 생각이 났다.

공항엔 아내와 맏아들 내외가 마중 나와 있었다. 남궁 씨는 곁눈질로 열심히 출영객들을 살폈다. 뭘 꾸물대냐고 아내가 핀잔을 주었다. 회사

---

13) 함몰(陷沒) 땅속이나 물속으로 한번에 쑥 빠짐. 신체 부위가 푹 꺼짐. 여기서는 두 번째 뜻으로 사용됨.

에선 아무도 마중 나와 있지 않았다. 하긴 제멋대로 연장한 여행이니 귀국 날짜를 알 리가 없지. 그러나 그건 말도 안 되는 소리였다. 만약 회사에서 그동안 그가 아쉬웠으면 집으로 얼마든지 연락을 취해 볼 수 있는 일이었다. 남궁 씨는 울 것처럼 그게 허전하고 쓸쓸했다. 빨리 회사에 들어가 봐야 한다면서 아들도 남궁 씨가 머뭇대지 못하게 재촉을 했다. 그놈의 자가용 좀 얻어 타려고 아내가 억지로 아들을 마중 나오게 했으리라고 남궁 씨는 짐작했다. 아들의 운전 솜씨는 신경질적이었다. 전에도 자주 느낀 일이었지만 꼭 푸대접만 같아서 고까운 마음이 들었다. 그래도 그는 막연히 뭔가를 기다리며 차창 밖을 감회 없이 내다보았다. 비행기에선 뛰어내려도 좋다고까지 여길 만큼 밟고 싶어했던 땅이었다. 마침내 돌아왔다는 느낌은 상상한 것과는 딴판으로 삭막했다. 가슴이 울렁거리기는커녕 무겁게 가라앉는 느낌이었다. 오랜만에 만난 식구들하고도 아무런 교감이 이루어지지 않은 채 붙어 앉아 있다는 것은 숨이 답답한 일이었다. 남궁 씨는 차창 유리를 조금 내렸다. 바람이 뜻밖에 찼다. 입고 있는 엷은 베이지색 점퍼가 을씨년스럽게 느껴졌다. 이 땅은 옷이 여러 가지 필요한 고장이었다. 사람들마다 따뜻하고 짙은 색깔 옷을 입고 있었다. 같은 기온에서도 봄과 가을 옷이 사뭇 달랐다. 지금은 가을이 깊어 가는 중이로구나. 남궁 씨는 낯선 나라에 처음 발을 디딘 것처럼 그렇게 생각했다.

"참, 당신 안 계신 동안에 큰손님들이 왔다우."

아내는 갑자기 생각난 듯이 말했지만 참고 있다가 내뱉는 말투였다.

"나한테?"

앞자리의 며느리가 짧게 웃는 소리가 남궁 씨 귀에 거슬렸다.

"그럼 당신한테서지 누구한테겠수. 당신이 초청했다면서요? 왜 있잖아요? 재작년인가부터 연락이 닿기 시작한 당신하고는 육촌인가 팔촌인가 된다는 그 연변 동포 말예요. 초청을 하시려거든 저하고 의논이라도 한마디 하시든지, 갑자기 들이닥치게 하면 어떡해요. 당신도 안 계신 사이에."

남궁 씨는 할아버지를 뵌 적이 없다. 그가 태어나기 전에 돌아가셨고, 할아버지에겐 형님이 한 분 계시다는 것도 아버지로부터 들어 알고 있는 정도지 뵌 적은 없다. 그래도 친할아버지보다는 종조부에 대해서 더 궁금해하기도 하고 의미 부여를 하고 싶어한 것은, 청년 시절 나라를 빼앗기는 걸 보고 울분을 참지 못해 독립운동을 하러 중국으로 갔다고 전해 들은 그분의 이색적인 생애 때문이었다. 남궁 씨의 아버지가 그 일을 그닥 좋게 말한 건 아니었다. 당대의 풍습대로 조혼을 한 종조부에겐 그때 이미 처자식이 있었다고 한다. 아버지에겐 사촌형뻘이 되는 그 아이가 장성하지 못하고 일찍 죽자, 집 나간 남편을 원망하기보다는 남기고 간 혈육을 제대로 키우지 못한 죄 많은 팔자만을 심히 부끄러워하며 시들시들 말라 가던 그 애 어머니도 삼십을 넘기지 못하고 아들 뒤를 따라간 모양이었다. 어린 나이지만 큰집이 그렇게 흔적도 없이 무후(無後)[14] 해지는 걸 지켜본 아버지는 그분이 원망스럽기도 했을 것이고 경외스럽기도 했을 것이다. 그리하여 그분에 대한 아버지의 평가는 들쭉날쭉했다. 해방 후 한때는 아버지도 선대에나 당대에 별로 이렇다 할 인물을 배출하지 못한 가문을 그분 덕으로 빛내 볼 생각이 없지 않았던 듯하다.

14) 무후 대를 이어 갈 자손이 없음.

툭하면 그분을 대단한 독립운동가인 양 자랑을 하고 싶어했지만, 남궁 씨는 어려서부터 솔직히 말해 그 양반이 독립운동을 하러 갔는지, 아편 장사를 하러 갔다가 얼어 죽었는지 알 게 뭐냐는 식의 아버지의 폭언을 들어 왔기 때문에 그닥 믿어지지 않았다. 그나마 남궁 씨의 어렸을 적 기억이고 남궁 씨 역시 소년 시절에 아버지를 여의어서 종조부의 생사나 정체까지 궁금해할 만큼 편안한 세월을 보내지 못했다. 그러나 자식을 낳아 기르면서 가족사 속에 한두 사람의 의인이나 지사쯤 있는 게 없는 것보다는 낫다는 생각으로 더러 자식들 앞에서 그 어른을 적당히 각색해 우려먹은 적도 있지만 다 지난 일이었다. 귀담아듣지 않는 얘기를 무슨 재미로 각색을 하겠는가. 남궁 씨 또한 자신이 각색한 얘기는 물론 아버지의 엇갈린 주장이 다 종조부의 진짜 모습과는 아무 상관이 없는 허상이란 걸 알고 있었다.

그런 종조부가 만주에 정착해 살면서 퍼뜨린 자손들이 고국의 친척을 찾아 여러 갈래의 통로로 수소문한 끝에 마침내 당도한 게 남궁 씨였다. 당초의 뜻은 그랬는지도 모르지만, 나중에 종조부는 독립운농가노 아년 장수도 아니었나 보다. 만주에서 만난 조선 처녀와 혼인해서 아들딸 낳고 농사짓고 고희의 수까지 누렸다고 한다. 그러나 고향에 남긴 일점혈육에 대해선 죽는 날까지 잊지 못한 듯 임종할 때도 자식들에게 언제고 고국 땅과 왕래할 수 있는 날이 오거든 제일 먼저 큰형을 찾아가 우의를 나누도록 신신당부했다고 한다. 그러나 유언을 받든 자식들은 다들 늙어 죽고, 손자들이 늙어 갈 무렵에나 겨우 고향 땅과 소식을 주고받고 더러 왕래도 할 수 있을 만큼 길이 트였다.

그들이 바로 종조부의 직계인 남궁 씨의 육촌들이었다. 그러니까 그들이 애타게 찾은 국내 친척은 큰아버지나 그 후손이었으나 그 집안이 절손 상태이고 보니 마침내 남궁 씨한테까지 이른 것이었다. 국내에선 누가 수고를 하고 수소문을 해서 육촌까지 찾아내게 되었는지 그 경로까지는 알 길이 없었으나, 아무튼 삼대까지 거슬러 올라간 자세한 자기소개와 함께 친척을 찾은 벅찬 감격으로 다소 흥분한 육촌의 편지를 받은 게 재작년이었다. 연변으로부터였고 한문을 섞어 쓴 한글은 유려한[15] 달필이었다. 직업이 의사라고 했다. 한의인지, 양의인지는 밝히고 있지 않았지만 괜히 한의사일 것 같았다. 최초의 편지에는 남궁 씨도 만감이 교차하여 즉각 회신을 보냈으나 다음부터 피차 할 말도 없어지고 하여 일 년에 두세 번씩 안부나 주고받았었다. 그쪽 역시 할 말이 없어서였겠지만 편지 사연은 죽기 전에 고국 땅 한번 밟아 보고 싶다는 절절한 소원으로 일관했다. 남궁 씨도 자연히 언제든지 오기만 하면 환영한다는 의례적인 답장을 쓴 적은 있어도 정식으로 초청장을 보낸 적은 없었다.

그쪽에선 그 정도의 편지가 초청장을 대신할 수 있는 것일까, 남궁 씨는 속으로 의아했지만 초청한 일이 없다고 말하기도 싫었다. 발뺌 같아서였고 연변 친척을 별로 달가워하지 않는 것 같은 식구들의 냉담한 태도가 울컥 밉살스럽기도 해서였다.

"언제 왔는데?"

"한 달포는 됐을걸요."

"그럼 왜 나한테 연락을 안 했소. 내가 영애네 가 있을 적인데."

"연락했으면요? 연락했으면 생전 처음 나간 외국 여행 걷어치우고 달

---

15) **유려하다** 글이나 말, 곡선 따위가 거침없이 미끈하고 아름답다.

려오시려구요? 정성이 하늘에 닿았구랴."

아내의 말투는 비꼬는 투였고, 또 몹시 공격적이었다. 남궁 씨는 자기가 없는 동안 식구들이 마음껏 친척들을 푸대접한 게 눈에 보이는 듯해 와락 역정이 치밀었다.

"무슨 말을 그렇게 고약하게 하는 거요? 생전 시집 식구 치다꺼리라고는 모르고 살더니만 버르장머리하고는……."

남궁 씨는 며느리하고 함께라는 것도 잊고 언성을 높였다. 아들과 나란히 앞에 앉은 며느리가 어깨가 흔들릴 정도로 킬킬댔다.

"내가 시집 식구 치다꺼리를 안 했다구? 아이구 기가 막혀."

할 말이 너무 많아 되레 말문이 막혀 입술만 떠는 아내를 바라보면서 남궁 씨는 비로소 아차, 싶었지만 돌이킬 수 없는 일이었다. 아내야 사 년 동안이나 노모의 뒤를 받아 낸 시집살이를 생각하고 분개하고 있는 게 뻔했지만, 남궁 씨는 우황청심환으로 하여 겪은 모멸감이 먼저 떠올랐다.

"아버님, 우리도 하느라고 했어요. 어머님은 저녁 초대도 히고 여관에 김치도 해 나르시고, 아범도요 바쁜 사람이 일요일도 못 쉬고 롯데월드랑 육삼빌딩이랑 모시고 다닌걸요. 차가 있으니 어쩌겠어요."

단지 차 때문이라는 말투였다. 이까짓 똥차 하나 굴린다고 유세하는 말투가 마뜩잖아 남궁 씨는 얼굴을 찡그렸다. 그러나 화살은 만만한 아내 쪽으로 돌렸다.

"아니 그럼 그 먼 데서 온 친척을 여관에서 묵게 내버려 뒀단 말이오?"

"그래요. 그러니 어쩔 테유. 당신이 이렇게 공 모르는 사람이란 걸 모르고 나도 처음엔 집으로 모시려고 했다우. 그쪽에서 마답디. 한두 식구라야죠. 당신 육촌이 달고 온 식구가 도대체 몇인 줄이나 아슈?"

"그럼 육촌 혼자가 아니란 말이오?"

남궁 씨의 언성이 슬그머니 누그러졌다.

"마나님하고 동부인을 한 데다가 처제에다 처조카까지 안동16)을 하고 왔습니다. 무슨 살판이 날 줄 아는지, 자그마치 네 식구예요."

몽매에도 그리던 조국을 찾아온 사람들에게 어떻게 저런 말투를 쓸 수가 있단 말인가? 그러나 남궁 씨가 뭐라고 하기 전에 며느리가 먼저 참견을 하고 나섰다.

"어머님. 지금 그 식구들이 문제가 아니잖아요."

"그래 네 말이 맞다. 이 양반이 하도 남의 화를 돋우니까 초점이 흐리게 되지 뭐냐? 그 사람들이 여럿인 건 문제도 아니라구요. 그 여럿이 제가끔 얼마나 큰 한약 보따리를 들고 왔는지 알아요. 우황청심환만 해도 네 사람 걸 한데 모아 놓은 게 이불 보따리만 합디다."

남궁 씨는 우황청심환 소리에 정신이 번쩍 났다. 중국을 찾은 한국 관광객이 그걸 몽땅 쓸어 사는 바람에 지방에 따라서는 품귀17) 현상까지 빚고 있다는 걸 신문에서 읽은 생각이 났다. 그 좋은 게 저절로 굴러들어 왔는데 모두들 귀찮아하는 걸 남궁 씨는 도무지 이해할 수가 없었다.

"우황청심환이라면 현금과 마찬가질 텐데 무슨 걱정이란 말이오?"

"그랬으면 오죽이나 좋겠수, 이 답답한 양반아. 글쎄 중국산 우황청심환이 함량 미달의 가짜라는 게 밝혀졌지 뭐유. 우리 기술로 분석한 결과 그렇게 밝혀졌다고 신문에서 떠들고 나자 청심환 인기가 뚝 떨어질

---

16) 안동(眼同) 사람을 데리고 함께 가거나 물건을 지니고 감.
17) 품귀(品貴) 물건을 구하기 어려움.

306

밖에요. 하필 고때를 맞추어 그 사람들이 들이닥칠 게 뭐람."

아내의 말에 추연한[18] 동정심이 어렸다. 요는 우황청심환이 문제지, 아내가 그 사람들을 특별히 귀찮아하는 것은 아닌 듯했다. 그사이에 그런 변화가 있었던가? 겨우 두 달 상간이었다. 용궁의 사흘이 이 세상에선 삼십 년이더라는 옛날이야기 속을 들어갔다 나왔으면 모를까, 남궁 씨는 도무지 믿어지지가 않았다. 그러나 그는 현실에 적응하려고 애썼다.

"안 팔리면 도로 가져가면 될 거 아뉴? 절대로 가짜일 리는 없으니 우리라도 좀 팔아 주든지."

"좀 팔아 줘서 될 일이 아니라니까요. 이 기회에 생전 살 걸 벌어 보자고 작정을 한 사람들 같더라구요."

"그럴 리가 있겠소. 의사라던데. 사회주의 나라니 노후 걱정은 안 해도 될 테고."

"사회주의가 물욕에 눈뜬 건 더 못 봐주겠더라구요. 어머님 말씀이 맞아요. 약장사 한탕 잘하면 팔자를 고치는 걸로 소문이 나 있고, 실제로 초기에 디너간 동포들은 생전 벌어도 못 만져 볼 큰돈을 번 것도 사실이고요. 그러니 너도나도 오려고 안 하겠어요? 그쪽 정부에서도 나가서 요령껏 달러 좀 벌어 오라고 부추기는 인상이거든요. 여행은 허락하면서 여비는 한 푼도 못 갖고 나가게 하고 물건은 얼마든지 괜찮다니 음성적인 수출 장려지 뭐예요. 거의가 다 빚을 얻어서 그렇게들 약재를 사 온다니 정부나 개인이나 그런 식으로 달러에 환장을 해서 어쩌겠다는 건지, 참 그 사람들 큰일이에요."

18) 추연하다 처량하고 슬프다.

처음으로 운전석의 아들이 참견을 했다. 냉정한 말투였다. 결혼 날짜를 받아 놓고, 너는 맏이니까 그런 생각이 없을 줄 안다만 우린 아직 젊고 앞으로 결혼시킬 애들도 남아 있으니 일 년만 같이 살고 내보내 주겠다고 크게 인심 쓰듯 말한 적이 있었다. 그때 아들은 망설이지 않고 딱 잘라 말했었다. 우린 처음부터 나가 살겠습니다. 그때도 그렇게 냉정한 말투였다. 남궁 씨는 그때 오만 정이 떨어지던 걸 어제 일처럼 떠올리면서 일부러 입을 꽉 다물고 대꾸하지 않았다. 그러나 속으로 뭐가 큰일이냐? 이까짓 똥차 하나 유지하려고 삭신을 혹사하는 너는 뭐가 좀 낫냐? 하고 비꼬고 있었다.

"아버님도 이제 만나 보시면 아시겠지만 그 사람들 어쩌면 그렇게 후진지요, 꼭 우리의 오십 년대 말 같은 궁상이라니까요."

며느리의 이런 말에도 남궁 씨는 속으로만, 본데없는 것 같으니라구, 시집 어른들한테 그 사람들이 뭐냐? 그래도 들은 풍월은 있어서 뭐 오십 년대 말? 넌 그때 태어나지도 않았어. 너 따위가 그 시절의 의미를 뭘 안다구. 이러면서 자기만이 오십 년대를, 그 신산한 세월을 부둥켜안은 것처럼 느꼈다.

아들 내외는 문지방도 안 넘고 집 앞까지만 데려다 주고 돌아갔다. 아들은 회사로 급히 들어가야 한다고 했고, 며느리는 아이가 학교에서 돌아올 시간이라고 했다. 남궁 씨는 집으로 돌아오자마자 트렁크를 메다꽂으면서 아내에게 신경질을 부렸다.

"걔들은 왜 불렀소. 그까짓 자가용 얻어 타자고? 공항엔 버스도 택시도 동났답디까? 도대체 영감을 어떻게 보고, 외국 한 번 나가는 걸 무슨 벼슬인 줄 알고 공항엔 꼭 자가용으로 들락거리고 싶어하는 족속 취급을 하는 게요? 남도 아니고 자식한테 그까짓 똥차 한번 얻어 타고 이런 수모를 겪게 하다니."

"걔들이 뭘 어쨌다고 그러세요? 그리구 똥차 아녜요. 이번에 새로 뺐어요. 쏘나타루다. 보태 준 거 없이 그만큼 사는 걸 대견해해야지 어쩌겠수."

아내가 불붙는 데 키질을 삼가고 심란한 목소리로 다독거렸다. 그때 전화벨이 울렸다. 아이구, 얼마나 기다렸으면 때도 잘 맞추네. 보나마나 연변 동폴걸. 이렇게 중얼거리며 수화기를 들었다.

"네, 네, 방금 들어오셨어요. 네, 네, 바꿔 드릴게요."

얼떨결에 수화기를 받아 든 남궁 씨는 여봅쇼, 아, 성님이요? 나요 나, 령이가 왔소, 날래 보십시다 하는 소리가 하도 우렁차서 수화기를 약간 떼면서 자기도 모르게 피곤한 목소리가 나왔다. 장장 스무 시간을 비행기만 탔다는 얘기와 그동안에 거의 눈을 붙이지 못했으니 지금 누우면 내일까지 못 깨어날 것 같다는 변명을 두서없이 하면서 아내를 향해 곱지 않은 눈을 떴다. 도착할 시간을 그렇게 정확하게 가르쳐 줄 게 뭐였을까 싶어서였다. 남궁 씨는 자기도 연변 동포를 귀찮아하고 있다는 걸 상대방이 눈치 챌까 봐보다는 아내가 알까 봐 더 신경이 쓰였다. 래일이요? 래일두 일 없구 말구요. 육촌 아우뻘 되는 영의 목소리는 여전히 명랑하고 씩씩했다. 건강하고 감정이 섬세하지 않을 것 같은 목소리에 남궁 씨는 친화감을 느꼈다. 아내가 밥상을 차리는 것 같았다. 구뜰한[19] 된장국 냄새가 났다. 딸네 집에서도 우리 식으로 먹었지만 아내

---

[19] **구뜰하다** 변변하지 않은 국이나 찌개 따위의 맛이 제법 구수하다.

의 된장국 맛은 그의 집에서만 볼 수 있는 맛이었다. 만 하루를 기내식으로만 견딘 속은 그득한데도 식욕이 동했다. 그러나 남궁 씨는 토라진 마음 때문에 꾹 참고 오로지 잠이 급한 것처럼 자리 먼저 깔고 길게 누웠다. 허리와 사지를 마음껏 뻗는 쾌감이 에구구, 소리가 절로 나게 황홀했지만 잠은 생각처럼 쉽게 오지 않았다.

"주무시우? 아마 못 주무실 거유. 시차라는 게 그렇답디다."

아내가 머리맡에서 이렇게 운을 떼고 나서 계속해서 구시렁거렸다. 또 연변 동포들 얘기였다. 남궁 씨는 못 듣는 척했지만, 수면을 갈망하면서도 잠들지 못할 때의 불유쾌한 각성 상태를 아내의 목소리는 마냥 끌고 갔다. 차내에서 못다 한 연변 동포들이 얼마나 못살고 조야하고[20] 억척스럽다는 얘기를 아내는 지치지도 않고 하고 싶어했다. 가짜로 판명이 난 청심환을 진짜라고 우기면서 연줄을 통해 억지로 떠맡기는 것도 한계에 달한 동포들이 직접 거리로 나앉아서 덕수궁 돌담길이 중국산 약종상[21] 길로 변했다는 얘기도 했다. 설마 그럴 리가. 남궁 씨는 두 달도 안 되는 사이에 세상이 그렇게 변했다는 게 믿어지지 않아 제집, 제 잠자리로 돌아왔다는 실감까지 잡치는 걸 느꼈다. 아내도 이상했다. 남궁 씨의 친척을 꼭 집어 지칭하지 않고 일반론처럼 말하면서도 아내의 말투엔 지나친 관심과 혐오감이 배어 있었다.

다음 날 아내가 가르쳐 준 대로 찾아간 여관은 광화문 근처의 중심가였지만 재개발 지역이라 환경이 구질구질했다. 그 금싸라기 땅에 빈집도 더러 눈에 띄었다. 여관은 버젓한 오층 건물이었지만 마지막 날까지

20) 조야하다(粗野—) 천하고 상스럽다. 물건 따위가 거칠고 막되다.
21) 약종상(藥種商) 약재를 파는 장사. 또는 그런 장사를 하는 사람.

제 몸 안 아끼고 돈만 버느라 피폐해질 대로 피폐해져 있었다. 현관을 들어서자마자 김치찌개 냄새가 진동을 했다. 접수창구가 달린 현관방에 여러 식구들이 모여 앉아 식사를 하고 있었다. 접객업소의 무신경이 못마땅하여 남궁 씨는 적당히 거만하게 305호실 손님에게 인터폰을 넣어 달라고 부탁을 했다.

"아, 그 연변서 온 사람들 말이죠. 올라가 보슈. 그냥 올라가 봐요."

꾸역꾸역 밥을 먹고 있던 주인이 퍼질러 앉은 채 턱주걱으로 이층으로 난 계단을 가리키며 말했다. 남궁 씨는 그런 불손한 태도에서도 주인이 연변 동포를 얼마나 대수롭지 않게 여기고 있는가를 짐작할 수가 있었다. 우중충하고 눅눅한 복도 구석방이었다. 노크를 하면서 문을 밀어 봤더니 쉽게 열렸다. 남궁 씨보다 훨씬 늙어 보이면서노 낙천적인 동안의 남자가 누구냐고 확인도 하지 않고 아이고, 성님 하면서 와락 달려들더니 남궁 씨를 껴안고 볼을 비볐다. 완전 서양식이었다. 그의 힘찬 가슴의 박동을 가슴으로 느끼면서 남궁 씨는 비로소 감동이 벅차오르는 걸 느꼈다. 한편 그가 울까 봐 겁이 나기도 했다. 그때 하필 친척 아니라도 동포만 만났다 하면 눈물을 철철 흘린다는 이북 사람 생각이 났기 때문이다. 남궁 씨는 그것만은 따라 할 자신이 없었다. 우리 친척 중에 저런 웃음을 웃을 수 있는 이가 있다니, 싫을 만큼 눈부시고 너그럽고 대륙적인 웃음이었다. 하긴 의인 아니면 기인이었을 종조부의 직계 후손이니까. 그는 소년처럼 종조부의 혈통이 자랑스러워지면서 아직도 속에서 복대기던 소인스러운 오만 가지 잡념이 눈 녹듯이 사라지는 걸 느꼈다. 늙은 여자 중 한 사람이 아이고 아지바니, 하면서 그의 손을 잡았다. 그리고 정식으로 뵙기요, 하면서 남편에게 눈짓을 했다. 남궁 씨더러 먼

저 자리에 앉길 권했지만 엉거주춤하고 서 있다가 그들의 절에 맞절로
답했다. 육촌 계수하고 생긴 거나 연령이 비슷해 보이는 부인이 처제라
고 했다. 식구들한테 들은 처조카는 보이지 않았다.

"한 분 더 계시다고 들었습니다만."

남궁 씨는 그이들과 금세 친밀감을 느낄 수 있어서 마음이 놓였으나
역시 할 말은 없어서 그것부터 물었다.

"련희 말인갑다. 글시 갸아가 어제 남대문 시장 귀경 갔다가 기름 튀
기가 먹음직하다고 한 보따리를 사다가 밤새 쉬엄쉬엄 다 처먹드니만
리질²²⁾을 만났나, 저리 뒷간을 들락날락해싸니."

처제라는 노부인이 말했다. 물 내리는 소리가 나고 화장실 문이 열리
면서 한창나이에 활짝 핀 아가씨가 상냥하게 인사를 하면서 나타났다.
방에 화장실이 딸렸다는 게 여간 다행스럽게 여겨지지 않았다. 젊다는
건 좋은 일이었다. 아가씨는 얼굴도 곱고 아무렇게나 입은 평상복도 세
련돼 보였다. 남궁 씨는 비로소 긴장을 풀고 방 안을 살펴보았다. 장판
비닐이 주글주글 낡은 방은 부모 자식 간이라 해도 네 식구씩이나 기거
하기엔 협소한 방이었다. 게다가 한쪽 벽엔 우황청심환을 비롯한 각종
약재가 장롱 하나 부피는 되게 쌓여 있었고 그 위에는 녹용이 한 대 통
째로 우아하고도 신비한 위용을 자랑하고 있었다. 그러나 남궁 씨 눈엔
우황청심환만 들어왔다. 그리고 그의 가족사 속의 한 기인이 만들어 낸
불가사의한 거리를 뛰어넘어 간신히 상봉한 후손들의 감회를, 우황청심
환의 값어치가 떨어진 것만큼의 무게가 짓누르는 것처럼 느꼈다. 처량

---

²²⁾ **리질** 이질(痢疾) 변에 곱이 섞여 나오며 뒤가 잦은 증상을 보이는 전염병.

하고도 고약한 느낌이었다. 만약 저 아우가 한낱 환약 따위의 값어치에 따라 인격까지 격하시키는 이 땅의 인심을 안다면 어떤 마음일까 자괴하면서도 그런 느낌을 극복할 수는 없었다.

아니나 다를까, 서로 기억의 족보를 대조도 하고 오르락내리락하기도 하면서 남궁가의 틀림없는 후손이고 육촌 간이라는 걸 확인하는 절차를 끝내자마자 육촌은 약 얘기를 꺼냈다.

"운수가 나빴든기라요. 집 떠난 건 구월인데 남들은 일주일 만에 받는 비자를 우리는 미운털이 백혔는지 차일피일하는 바람에 홍콩에서 한 달이나 지체를 했으니. 하필 그동안에 여기서 그 가짜 소동이 나지 않았겠소. 날은 자꾸 추워지고 반값에라도 후딱후딱 파는 게 수라고 어찌나 성화들을 하는지, 래일부터라도 당장 거리로 나앉아 딴 동포들처럼 좌판을 벌이고 싶은데 그전에 성님하고 의논을 하게 됐으니 얼마나 다행인지 모르오."

"내가 무슨 힘이 있어야 말이지."

"도와 달라는 게 아니야요. 성님한테도 리가 될 것 같아 하는 소리지요. 정말 반값이라니까요. 우린 그저 본전치기나 하자는 게요. 금세 오를 테니 두고 보시라우요. 앞으론 들어오는 량이 줄 건 뻔한 리치구요."

육촌이 돈 아쉬운 사람다운 궁기나 조바심을 전혀 나타내지 않고 느긋하고 명랑하게 그런 말을 하는 게 남궁 씨 보기엔 매우 신기했다. 그뿐이 아니었다. 쉽게 달고 쉽게 식는 이쪽 풍토를 충분히 알고 있다는 태도도 조금도 냉소적이거나 업수히 여기는 투가 아니고 마냥 너그러워 보였다.

"사회주의 나라에서 온 자네가 더 장삿속에 밝으니 놀랍구만. 여기서 눌러 살아도 한밑천 잡고 살겠어."

남궁 씨는 그런 말로 완곡한 거절을 대신했다.

"아이구 성님, 누가 죽을 때까지 호강을 시켜 준대도 여긴 못 살 텝디다."

"왜요? 왜 못 살아요?"

여기가 마음에 들었음이 역력한 계수가 쳐닿듯이 물었다.

"웬 왜야, 그 소리를 어케 믿고 살아, 살긴."

이렇게 핀잔을 주고 나서 여편네들은 시장으로 백화점으로 쏘다니는 재미에 세월 가는 줄 모른다고 남궁 씨에게 설명을 했다. 남궁 씨도 그 기회에 여자들에게 말로 수인사를 치렀다.

"어렵고 먼 길을 오셨는데 이런 누추한 데 계시게 해서 면목이 없습니다. 식구들 불찰도 있지만 제 힘이 워낙 딸려서요."

"성님도, 이 호텔이 어드래서요. 우린 려행사 잘 만나서 얼마나 호강인지 몰라요. 몰아다가 짐짝처럼 부려만 놓고 나 몰라라 해서 당장 잠자리 때문에 고생하는 동포가 얼마나 숱하다구요."

듣고 보니 여행사가 초청장은 물론 어떤 약재를 들여오면 가장 수지가 맞는다는 정보까지 제공해 주면서 적극적으로 여행 알선을 한 만큼 여관비 등 최소한의 경비는 조달할 수 있도록 약재 판매에도 어느 정도 관여하고 있는 듯했다. 그럴 리야 없지만 자기가 정식 초청자가 아니라는 것만으로도 남궁 씨는 마음이 한결 가벼워지는 느낌이었다. 못 말릴 소심증이었다. 방값만 내면 되고 식사는 방에서 지어 먹는다고 했다. 현관서부터 여관 전체에 음식 냄새가 배어 있었다. 여인숙과 민박을 혼합한 것 같은 더러운 여관방을 꼬박꼬박 호텔이라 부르는 아우에게 남궁 씨는 연민을 느꼈다. 개운치 않은 연민이었지만 아무튼 그런 느낌의 연장선상에서 돌연 생겨난 우월감 때문에 남궁 씨는 적지 않은 양의 우황청심환을 팔아 보겠다고 떠맡았다.

거리에 나선 남궁 씨는 촌스러운 보자기 사이로 비죽비죽 삐져나오는 청심환 갑을 내려다보면서 왜 하필 하고많은 약재 중에서 우황청심환이었을까? 하고 자신의 미련한 선택에 쓴웃음을 지었다. 갈 데가 없었다. 집에 가긴 싫었다. 연변 친척에 대한 아내의 혐오감만 돋울 일은 피하고 싶었다. 그는 용기를 내서 회사로 향했다. 그까짓 거 이판사판이다 싶었다. 그동안 회사에선 집으로 아무 연락이 없었다고 한다. 출근해 봤댔자 자신의 입지가 남아 있으리라는 희망은 없었다. 그러나 오백만 원도 안 되는 포상 여행비만 받고 떨어질 순 없다고 생각했다. 자신의 공로를 그렇게 과소평가당할 수 없다는 생각은 소심한 그로서는 파격적인 생각이었고, 전엔 감히 꿈도 못 꿔보던 생각이었다.

그동안 사장실을 어찌나 잘 꾸며 놨는지 한때 자신이 몸담고 있었던 데라는 느낌이 조금도 안 났다. 다행이었다. 그 대신 뒤쪽으로 조그맣게 회장실이란 구석방이 하나 새로 생겨난 게 눈에 띄었지만 안은 집기 하나 없이 텅 비어 있었다. 그가 거기라도 붙어 있으려는 눈치면 그때 가서 책상 하나 걸상 하나 놔주려는 속셈이 뻔했다. 그는 보따리를 놓고 사장실에 버티고 앉아 출타[23] 중인 젊은 주인을 기다렸다. 돌아온 사장은 그를 깍듯이 대접했고 그는 덕택에 좋은 구경 많이 한 사례와 앞으로는 슬슬 여행이나 하면서 지낼 생각이라는 사의[24]를 동시에 표현했다.

23) 출타(出他) 집에 있지 않고 다른 곳에 나감.
24) 사의(辭意) 맡아보던 일자리를 그만두고 물러날 뜻.

"회장님으로 모실 생각이었습니다만……."

젊은 사장이 말끝을 흐렸다. 자네 호의는 받은 셈 치겠네, 하면서 남궁 씨는 약보따리를 끌렀다. 자초지종을 간략하게 설명하고 나서

"하필 가짜라고 소문난 물건을 가져와서 안됐네만 속내 아는 자네가 갈아 줘야지 어쩌겠나?"

"가짜는요. 그건 사회주의 나라의 경제 체제를 모르는 무식한 사람들이 하는 소리지요. 공장이 다 국영인데 어떻게 가짜를 만듭니까? 함량 기준이 우리하고 좀 다르다고 가짜라고 단정을 해버리니, 국교를 하면서 그런다는 건 암만 생각해도 경솔한 짓이에요."

이렇게 적극 청심환을 두둔하면서 그걸 몽땅 인수를 해주었다.

"고맙긴 하네만 그걸 다 어따 쓰려구?"

"두고두고 해외에 나갔다 올 적마다 선물로 쓰죠 뭐. 나갈 때마다 선물 챙기기도 보통 일이 아니거든요."

"내친김에 하나 더 청을 하겠네. 꼭 들어줘야 하네. 안 들어주면 퇴직금 달라고 데모할지도 모르니 알아서 하게."

"설마 제가 퇴직금 안 드릴까 봐 미리 엄포를 놓으십니까? 말씀해 보세요."

남궁 씨는 녹용을 사달라는 부탁을 했고, 그는 가져와 보라고 반승낙을 했다. 남궁 씨에겐 연변 아우에게 여기선 보통 부자가 어느 만큼 사나 보여 주고 싶다는 허영심이 있었고, 젊은 사장에겐 골치 아픈 공로자를 몰인정하지 않게 제거하고 싶다는 아량이 있었다. 만사가 그들의 뜻대로 형통하여,[25] 아우는 녹용을 통째로 삼백만 원에 팔고, 돈으로 처바른 육십 평짜리 아파트 속도 샅샅이 구경할 수가 있었다.

이제 그만큼 해줬으면 흡족한 마음으로 남은 약보따리를 걸머지고 돌아갈 줄 알았는데 그게 아니었다. 덕수궁 돌담길에서 시청 지하도로 쫓겨 들어간 거리의 약방을 따라 남궁 씨의 친척 네 식구도 좌판²⁶⁾을 벌였다. 날은 하루하루 추워지고 있었다. 그들의 얇은 초가을 옷과 아무리 도와줘도 채워지지 않는 그들의 욕심이 보기 싫어 모르는 척할래도 갈 데가 없어진 남궁 씨의 발길은 매일 그곳으로 출근을 하다시피 했다. 평화시장에서 싸고 보기 좋은 두툼한 겨울옷을 사다가 그들의 어깨에 슬그머니 걸쳐 주기도 하고, 유행 지난 옷을 아내와 며느리에게 구걸을 하기도 했다. 그럴 때마다 아내는 눈에 쌍심지를 돋우고²⁷⁾ 그들의 궁상에 욕지거리를 퍼붓곤 했다. 그러거나 말거나 그는 친척들 곁에 우두커니 앉아서 흥정에 끼어들기도 하고 말동무노 하면서 소일을 했다. 자연히 점심이나 저녁을 같이할 적도 많았다. 아우도 계수도 소주를 좋아했다. 화장품이랑 꽤 괜찮은 옷이랑 잔뜩 갖다 준 날이었다. 마누라가 아무리 좋은 걸 줘도 감지덕지할 줄 모르고 넙죽넙죽 받기만 하는 게 미안했던지 아우가 거나한²⁸⁾ 술김에 이렇게 말했다.

"성님도 자식 길러 봤으니 부모 맘이 어드렇다는 걸 알죠. 북조선도 가보고 여기도 와보니까 꼭 부모 맘을 닮아 갑니다. 자식 중에 못사는 자식이 있으믄 그저 개져다 보태 주고 싶구, 잘사는 자식한테는 조금이라도 덕을 보고 싶은 리기심이 생기구. 성님이 리해하시라우요."

25) 만사(萬事)가 형통(亨通)하다 모든 것이 뜻대로 잘되다.
26) 좌판(坐板) 팔기 위하여 물건을 벌여 놓은 널조각.
27) 쌍심지를 돋우다 두 눈에 불이 일 것처럼 화가 몹시 나다. '쌍심지'는 한 등잔에 있는 두 개의 심지.
28) 거나하다 술 따위에 취한 그 기분이 몸에 돌기 시작하는 상태에 있다.

그러고 나서 그들이 북조선에 처가 친척을 만나러 갔을 때 얘기를 했다. 마누라는 준비해 가지고 간 것을 다 털어 주고도 신고 간 신, 입고 간 옷까지 동생의 헌것하고 바꿔 입고 왔다고 했다. 그럼 그들의 기죽을 줄 모르는 뻔뻔스러움은 부모 의식의 당당함이었단 말인가. 남궁 씨는 어처구니없으면서도 그들이 싫어지거나 미워지지 않았다. 체류 기간을 연장하면서까지 그들은 가져온 걸 다 처분하고서야 떠났다. 아내는 앓던 이가 빠진 것보다 더 시원하다고 했다. 그러나 남궁 씨는 이제부터 혼자 뭐로 소일을 하나, 끈 떨어진 뒤웅박²⁹⁾처럼 막막했다.

그날 밤 잠자리에서였다. 아내가 조용히 눈물로 베개를 적시고 있다는 걸 알아차렸다. 아내는 자주 그랬고 또 왜 그런다는 걸 남궁 씨는 알고 있었지만 근래에 그런 눈치를 보인 건 처음이었다. 아내가 그 버릇을 고친 게 아니라 그동안 연변 친척한테 정신이 빠져 아내의 설움에 너무 소홀했었나 보다. 그는 하던 버릇대로 아내를 돌아눕혀 조용히 안아 주려고 어깨에 손을 얹었다. 아내가 기다렸다는 듯이 와락 돌아누우며 그의 가슴을 마구 두들겼다. 격렬한 오열 사이사이로 아내가 울부짖었다.

"현이 자식 나쁜 자식. 망할 놈의 새끼야, 그 새낀 정말. 아아, 당신 말짝으로 그 새낀 망종³⁰⁾이야. 고작 그게 사회주의라니? 그 거렁뱅이 근성이. 그 자식은 그게 뭐가 좋다고 신세를 망치고. 엉, 엉, 엉."

아내는 막무가내로 울부짖었다. 남궁 씨는 비로소 그동안 그들 부부

---

29) 끈 떨어진 뒤웅박 의지할 데가 없어져 외롭고 불안하게 된 처지를 비유적으로 이르는 말. 쓸모없게 된 물건을 비유적으로 이르는 말. '뒤웅박'은 박을 쪼개지 않고 꼭지 근처에 구멍만 뚫어 속을 파낸 바가지를 가리킴.
30) 망종(亡種) 아주 몹쓸 종자란 뜻으로, 행실이 못된 사람을 낮잡아 이르는 말.

가 사이에 끼고 엇갈린 게 연변 동포가 아니라 둘째 아들 현이였다는 걸 깨달았다. 연변 동포에 대한 미움도 호의도 실은 그들의 실상과는 아무런 상관이 없는 것이었다. 낯선 친척을 보는 시각의 차이는 현이로부터 비롯되고 있었다. 현이는 대학 1학년 때부터 운동권이었다. 아무리 타일러도 소용이 없었다. 남궁 씨는 자신의 소년 시절을 엉망으로 밟고 지나간 6·25의 기억으로 운동권은 다 좌익으로 보았고, 좌경의 소치라면 이를 갈았다. 집안 망칠 망종 취급을 했다. 아내는 그가 말끝마다 아들을 망종이라 부르는 것을 제일 듣기 싫어했다. 아들의 말에도 일리가 있을 테니 들어 보고 이해해 주자고 아무리 애걸을 해도 남궁 씨한테는 먹혀들지 않았다. 아들 또한 아버지하고는 한자리에서 입을 어울리기도 싫어했다. 부자지간은 점점 원수처럼 돼갔고, 현이는 학교를 졸업하기 전에 때려치우고 노동의 현장에 직접 뛰어들겠다며 아주 집을 나가 버렸다. 가끔 옷도 가지러 오고 전화로 안부도 묻고, 즈이 에미하곤 그런대로 연락이 되고 있는 줄 알았는데 그게 아닌가. 남궁 씨도 가슴이 덜컥 내려앉았다. 아내는 울음을 그치지 않았다.

"올겨울엔 어떻게 된 게 옷도 안 가지러 오고 전화도 없구, 엉 엉 엉, 어디 가서 죽었는지, 살았는지, 엉 엉 엉."

어떻게 아내를 위로할 것인가. 남궁 씨는 첫 포옹처럼 가만가만 아내를 안았다. 그리고 가슴을 열고 서로의 상처를 조심스럽게 맞댔다. 나에게도 같은 상처가 있다오. 그걸 확인시켜 주는 것밖에 위로의 방법이 없었다.

1 남궁 씨가 우황청심환에 유독 열등감을 느끼는 이유는 무엇입니까?

남궁 씨는 중년의 가장으로, 기념품을 납품하는 작은 회사의 월급 사장입니다. 그는 항상 성실하게 살아왔지만, 몇 번씩 자리에서 밀려나는 억울한 경험을 해야 했습니다. 지금도 역시 죽은 친구가 남기고 간 영세한 사업을 남궁 씨가 공들여 일으켜 놓자, 친구의 아들이 그동안의 수고에 보답하는 이른바 '포상 여행'을 보내 주어 다녀오는 길인데, 말이 포상 여행이지, 실은 퇴직을 종용하는 여행임을 서로가 잘 알고 있으니 남궁 씨는 쓸쓸한 심정입니다.

남궁 씨의 어머니는 중풍으로 4년이나 자리보전하고 있다가 돌아가셨는데, 중국 우황청심환에 대한 어머니의 절대적 믿음 때문에 어쩌다가 때를 놓쳐 약을 쓰지 못한 남궁 씨 부부는 불효막심한 죄인에 무능력한 자식 취급을 받아야 했습니다. 그 일로 인해 남궁 씨는 우황청심환에 유독 열등감을 느끼게 되었고, 이 열등감은 연변의 친척들이 가져온 우황청심환을 팔아 주는 일로 이어지게 됩니다.

2 비행기의 노인 승객들을 대하는 서양인 스튜어디스와 한국인 스튜어디스의 대조적인 태도를 통해 작가가 비판하려는 것은 무엇일까요?

서양인 남자 스튜어디스는 노인 승객들에게 시종 귀부인에 봉사하는 기사처럼 친절하고 공손한 태도로 서비스합니다. 반면에 한국인 여자 스튜어디스는 눈에 띄게 불친절한 것은 아니지만 어딘가 무성의하고 승객을 귀찮아하는 태도를 보여 서양인 남자와 대비를 이룹니다.

처음에 남궁 씨는 딸이 에어프랑스 비행기를 예약했다고 하자 불쾌해합니다. 그만큼 남궁 씨는 우리나라에 대한 소속감이 강한 인물입니다. 실리보다는 애국심을 더 중시한다고 볼 수 있습니다. 그런 그의 눈에 비친 한국인과 프랑스인의 승객에 대한 서비스 점수는 기대치에 정확히 반비례하는 것이었습니다. 즉, 한국인은 상대적으로 더 불친절했고, 프랑스인은 상대적으로 더 친절했습니다.

또한 승객들이 주로 노인이라는 데서, 스튜어디스들이 그들을 친절하게 혹은 불친절하게 대하는 태도는 곧 한국과 프랑스가 노인—사회적 약자—을 어떻게 대우하는지를 보여 준다고 할 수도 있습니다. 한국에 도착한 이후 이어지는 내용에서도 남궁 씨는 젊은 아들과 며느리에게 은근한 구박을 받으며, 한편으로는 가난한 연변족 친척이 그들에게 부담을 줄까 봐 두려워하고 있습니다. 작가는 한국 사회가 사회적 약자—노인, 연변족 동포 등—를 배려하거나 포용하기보다는 무시하거나 홀대하는 풍토임을 꼬집고 있습니다.

3 '아내'의 소설적 기능은 무엇일까요?

아내는 남궁 씨가 여행을 떠난 사이의 정황과 연변족 친척의 방문을 남궁 씨에게 알려 주고 있습니다. 아내는 연변 손님들과 혈육이 아니므로 남궁 씨보다 더 객관적으로 이야기할 수 있는 위치입니다. 따라서 연변 동포를 대하는 한국인들의 보편적 태도를 잘 보여 줍니다.

아내는 남궁 씨와 아들, 며느리 사이를 중재하거나, 때로 남궁 씨와 갈등을 일으키는 등 소설의 실감을 불러일으키는 데 필요한 인물입니다. 또한 이들 부부의 숨겨진 아픔인 둘째 아들 현이를 끄집어내는 역할을 담당하고 있습니다.

인물 구성이 복잡하지 않은 이 소설에서 아내의 존재는 서사를 갖추기 위한 최소한의 필수 인물이라고 할 수 있습니다.

4 아내가 남궁 씨의 친척들을 보면서 둘째 아들 현이를 떠올린 까닭은 무엇일까요?

현이는 운동권 학생으로 노동 현장에 뛰어들겠다며 집을 나가 버렸습니다. 6·25를 겪은 남궁 씨는 현이와 대화가 안 될 정도로 생각이 달랐으나, 아내는 현이를 이해하자며 남편을 설득하는 입장이었습니다. 그러나 연변 친척들을 통해 막상 사회주의의 실체를 보자 '그 거렁뱅이 근성'이 사회주의라는 것에 몹시 실망하고 맙니다.

박완서의 소설 중에는 운동권 학생을 자녀로 둔 부모의 가슴앓이를 다룬 작품들이 있습니다. 이어지는 「저문 날의 삽화 1」도 그런 작품입니다. 연관 지어 읽어 봅시다.

5 남궁 씨가 연변 친척들에게 느끼는 공감을 설명해 봅시다.

남궁 씨는 명예퇴직으로 자리에서 밀려난 주변인으로, 젊은 자식들과 젊은 사장에게 은근히 소외당하는 인물입니다. 연변 친척들은 독립운동을 하던 종조부의 후손이지만 지금은 한국에 약을 팔러 올 만큼 영락한 처지입니다.

남궁 씨는 자기보다 더 약자인 연변 친척들에게 연민과 공감을 느끼며 돌보아 주는 과정에서 그 자신도 위로를 받고 있습니다. 연변 친척들 역시 남궁 씨에게는 의지하는 반면, 자신들보다 더 가난한 북한 친척은 연민으로 보살펴 주는 등 사랑은 상대적으로 더 가진 자에게서 덜 가진 자에게로 흐르는 것이라는 메시지를 작가는 전하려는 듯합니다.

최근 연변 동포를 비롯한 외국인 노동자 문제가 한국 사회의 이슈로 떠오르고 있습니다. 불법 체류 문제 등 복잡한 법적·사회적 논란거리를 안고 있는 문제이기는 하지만, 이들을 바라보는 우리 사회의 시선이 좀 더 따뜻해지기를 작가는 조용히 웅변합니다.

카메라와 워커

1970년대 '한강의 기적' 속에
묻혀 버린 건설 노동자들의 노동 현실.

"훈이는 시골 버스가 떠나기까지의 그 지루한 동안을 워커에 뿌리라도 내린 듯이 꼼짝 않고 서 있었다"

카메라의 꿈과 워커의 현실 사이에서 느끼는 혼란

「카메라와 워커」는 1975년 2월 『한국문학』에 발표된 작품입니다.

젊음의 문턱에서 전쟁을 체험했던 모든 이들이 그렇듯이 작가 박완서에게 전쟁은 잊을 수 없는 강박관념이 되어 있습니다. 첫 작품 『나목(裸木)』을 비롯하여 박완서의 많은 단편들에서 전쟁은 직접적 배경으로 등장합니다. 그러나 전쟁을 싸움의 현장에서 치렀던 것이 아닌 만큼 그의 눈길은 싸움과 이에 따른 정치적 변화에 쏠려 있습니다. 이 작품 「카메라와 워커」도 그 한 예입니다.

'나'는 난리통에 오빠를 잃습니다. 그리고 첫돌도 채 못 되어 부모를 잃은, 죽은 오빠의 아들 훈이를 친자식처럼 아낍니다. 그런데 조카 훈이가 고등학교에서 인문계를 선택하자 집안에서 억지로 이공계로 돌려 놓습니다. 오빠가 까닭 없이 목숨을 잃은 것이 문과 출신이라는 것과 상관이 있다고 믿었기 때문입니다. 문과 지망을 단념시키고 나서 '나'와 어머니가 훈이에게 기대하는 것은 "너는 꼭 대기업에 취직해서 안정된 생활을 누리고 예쁜 색시 얻어 일요일이면 카메라 메고 야외로 놀러 나갈 만큼은 재미있게 살아야 한다"는 것이었습니다. 그러나 이와 같은 무사 안온한 소시민적 행복의 성취는 쉽사리 이루어지지 않습니다. 어머니와 '나'의 소원대로 훈이는 공과대학을 나와 측량기사가 되었으나 '카메라'를 메고 놀러 나가는 대신 '워커'를 신고 벽지의 도로 공사판에서 형편없는 몰골로 혹사당하고 있습니다.

이 작품은 기술보다는 관리직이 우대받고 있는 우리 사회의 단면을 잘 드러내고 있습니다. 또 '근대화'가 얼마나 많은 사람들의 처참한 희생과 노고에 빚지고 있는지도 일깨우고 있습니다. 그러나 이 작품의 가장 핵심적인 면은 1950년대 비극 체험과 이를 통해 체득한 목숨 보전에의 갈구라는 모티프입니다. 전쟁 전후에 벌어졌던 방자스러운 목숨의 대량 파기(破棄)는 그것이 사람의 손에 의해 저질러진 만큼 우리들을 회한으로 떨리게 하고 있습니다. 목숨 보전에의 갈구가 다시 목숨의 천대로 떨어져 있는 역설적 상황으로 우리의 시선을 모으게 하는 작가의 눈길은 사뭇 날카롭고 큰 호소력을 지닙니다. 그 점에서 「카메라와 워커」는 전쟁의 후일담(後日譚)으로서 보다 큰 무게와 의미를 얻고 있으며, 그 점에서 『나목』의 연장선상에 놓여 있는 작품입니다.

카메라와 워커

　나에게는 조카가 하나 있다. 가끔 나는 내 아이들보다 조카를 더 사랑하고 있는 게 아닌가 하고 생각할 때마다 조카가 생후 사 개월, 내가 스무 살 때 겪은 6·25 사변을 생각 안 할 수 없다. 그때 며칠 건너로 오빠와 올케가 차례로 참혹한 죽음을 당하자 어머니와 나는 어린 조카를 키울 일이 도무지 막막하기만 했다. 우유는 고사하고 밥물이라도 끓일 몇 줌의 흰쌀을 구할 주변머리도 경황도 없었다. 어머니는 푸성귀하고 보리하고 끓인 멀건 국물을 아기 입에 퍼 넣었다. 설탕도 못 넣은 이런 국물을 아기는 도리질하며 내뱉고 밤새도록 목이 쉬게 울었다. 어머니는 쯧쯧 불쌍한 거 할미 젖이라도 빨아 보렴 하며 자기의 앞가슴을 헤쳤다. 담벼락 같은 가슴에 곧 떨어져 버릴 병든 조그만 열매처럼 매달린 젖꼭지를 아기는 역시 도리질로 거부했다. 아기는 젖꼭지를 물어도 보기 전에 조그만 손으로 가슴을 더듬어만 보고도 알았던 것이다. 결코 젖줄을 간직한 가슴이 아니란 것을.

"늙은이 젖도 자주 빨면 젖이 나온다던데."

어머니는 아기가 젖을 물기만 하면 자기 젖에서 당장 젖이 평평 쏟아질 텐데, 아기가 안 빨아서 아기 배가 곯는 양 안타까워하다가 드디어는 아기의 엉덩이를 두들기기 시작했다. 토실한 엉덩이에 어머니의 손가락 자국이 선명히 솟아오르고 아기는 목이 쉬어서 차마 들을 수 없는 이상한 소리를 내면서, 울음을 토했다 숨이 깔딱 막혔다 했다.

그때 나는 별안간 내 가슴에 퍼진 실핏줄들이 찌릿찌릿하면서 뿌듯해지는 걸 느꼈다. 아니, 실핏줄이 아니라 바로 젖줄이다. 나는 그렇게 확신했다.

나는 올케가 해산하고 나서 아기에게 젖을 주려고 처음으로 사람들 앞에서 헤친 가슴의 잔뜩 분 탐스럽고 단단한 젖보다 훨씬 더 아름답고도 풍만한 젖가슴을 갖고 있었다. 이 젖이 돌기 시작하고 있다고 나는 확신했다.

젖이 돌 때는 가슴이 찌릿찌릿하면서 뿌듯해진다는 건 올케한테 들은 소린데 그것까지 똑같지 않나.

나는 어머니로부터 아기를 거칠게 빼앗아 안았다. 그리고 서슴지 않고 앞가슴을 헤쳤다. 아기의 손이 내 살찐 젖무덤을 더듬더니 이내 울음을 뚝 그치고 다급하게 "흐응, 흐응" 하며 허겁지겁 온 얼굴로 내 가슴을 파고들었다.

그러나 내 젖꼭지가 채 아기의 마른 입술에 닿기도 전에 어머니의 거친 손에 나는 아기를 빼앗기고 말았다. 어머니의 얼굴은 딸의 간음 현장이라도 목격한 것처럼 분노와 수치로 핏기마저 가셔 있었다.

"세상에, 망측해라. 처녀 애가, 없는 일이다. 암 없는 일이고말고."

아기는 코언저리가 새파랗게 질려 사색이 돌 만큼 자지러지게 울기 시작했지만 목이 잠겨 늙은이 가래 끓는 소리같이 기분 나쁜 소리가 끊겼다 이어졌다 했다.

나는 아기의 이런 울음소리를 듣자 느닷없이 가슴에서 젖줄이 넘쳐, 정말로 펑펑 넘쳐 옷섶을 흥건히 적시고 있는 것처럼 느끼며 이런 풍요한 젖줄과 목마른 아기를 굳이 떼어 놓는 어머니에게 격렬한 적의마저 품었다.

그런 일은 오빠와 올케의 죽음이 정리되기도 전, 그러니까 상중의 일이었으니 상중의 일치곤 그리 대단한 일은 아닐지도 모른다. 난리 중에 벼락 맞듯 두 참사를 한꺼번에 당한 집안 사정이 오죽했으며, 그런 일을 당하기까지의 사연인들 오죽했을까만, 나는 유독 조카의 목마름, 배고픔의 광경만을 딴 일과 뚝 떼어서 밑도 끝도 없이 선명하게 기억한다.

설사 난리 중이 아닌 평화시라도 졸지에 엄마를 잃은 아기는 당분간은 배고프고 내팽개쳐지는 게 스스로가 타고난 박복이 아니겠는가. 그런데도 그때의 그 일이 차마 못할 짓의 기억으로 아직도 생생하니 아프다.

그것은 아마 젖줄이 솟은 것 같은 신기한 기억 때문일 것이다. 그때 내가 젖을 물릴 수 있었다손 치더라도 젖이 나왔을 리 없다는 걸 그 후 나도 알긴 알게 되었다. 그렇지만 그때 가슴이 찌릿찌릿하니 뿌듯하게 옷섶을 적시며 넘치던 게 전연 아무것도 아니었다고는 도저히 생각할 수 없다. 조카에 대한 고모 이상의 것, 이를테면 모성이 아니었던가 싶다.

그 후 아기는 푸성귀하고 보리하고 끓인 푸르죽죽한 국물도 잘 받아먹게 되었다. 때로는 그것보다는 좀 나은 아기의 먹을 것을 장만할 수 있을 때도 있었다. 그러나 나는 자주자주 어쩔 줄을 몰라했다. 딱딱한 놋숟갈을 착살맞도록[1] 쪽쪽 핥는 아기의 부드러운 입술에 젖을 물리고 싶다는 생각과 처녀가 젖을 빨린다는 건 아주 망측한 일이란 생각 사이에 억눌려서 어쩔 줄을 몰랐던 것이다.

그 후 수복이 되고, 나는 미군 부대 하우스 걸[2] 같은 걸 하면서 아기에게 우유를 먹일 수 있었고 놋숟갈 대신 고무젖꼭지를 물릴 수 있었다. 피난을 다니면서도 아기에겐 미제 우유를 먹일 수 있었다. 나는 자유를 위해 피난을 가는 게 아니라 돈만 있으면 우유를 살 수 있는 세상을 따라 남으로 움직였다.

조카는 잔병치레 하나 안 하고 잘 컸다. 천덕꾸러기란 다 그렇게 크게 마련이라고 어머니는 말했지만 나는 그 말이 듣기 싫었다. 어머니라고 당신 앞에 남겨진 이 집 대를 이을 단 하나의 핏줄인 손자가 소중하지 않을 리야 없겠지만 난 지 백날 만에 애비 에미를 잡아먹은—어머니는 이런 끔찍스러운 말을 썼다—손자를 가끔가끔 불길스러운 듯 구박을 했다. 아아, 어머니는 왜 이 조그만 아기의 팔자 따위가 그 6·25 사변간이 엄청나게 큰 불길스러운 일을 일으킬 수 있다고 생각한 것일까.

조카는 말을 배우면서 아줌마 소리를 제일 먼저 했지만 아기들 말이으레 그렇듯이 발음이 정확지 않아 "아융마", 조금 응석을 부리면 "암마"로 들렸다. 어머니는 그걸 몹시 싫어해서 "아줌마" 대신 "고모"라는 말을 가르치기 시작했다. 잘못해서 아융마 소리가 나오면 엉덩이를 맞아야 했다. 어머니는 "이 경을 칠 녀석, 또다시 그런 소릴 할련 안 할련"

1) 착살맞다 하는 짓이나 말 따위가 얄밉게 잘고 다랍다.
2) 하우스 걸(house girl) 허드렛일을 하는 소녀.

하며 엉덩이를 모질게 찰싹찰싹 때렸다.

　그리고 나한테는 조카를 너무 귀여워하는 게 아니라고 했다. 모르는 사람이 보면 꼭 모자지간같이 보인다는 거였다. 실제로 누구도 그러고 아무개도 그러는데, "따님하고 외손주하고 사시는구만, 사위는 군인 나갔수? 납치당했수?" 하더라는 거였다. 그만큼 그 시절엔 집에 장정 남자 식구가 없는 건 조금도 이상스럽지 않았다.

　그러다가 혼인길 막히는 거 아닌지 모르겠다고 어머니는 근심했다. 조카는 최초의 말 "암마" 소리를 엉덩이를 맞아 가며 부정당하고부터는 말없는 아이로 자랐다. 그리고 나는 혼인길이 트이어 시집을 갔다. 마치 자식을 떼어 놓고 개가해 가는 과부처럼 청승맞은 기분으로 죄의식조차 느끼며 시집을 갔다. 부부만의 단출한 살림이고 보니 친정 출입이 잦았다.

　방마다 세를 들인 커다란 낡은 집 안방의 옴두꺼비 같은[3] 구식 세간들 사이에서 할머니하고 단둘이 살아야 하는 어린 조카가 문득 불쌍한 생각이 나면 곧장 달려가곤 했다. 새로 난 장난감도 사 가고 주전부리할 것도 사 가지고 가서 한바탕 유쾌하게 수선을 떨다 왔다. 이런 나를 어머니는 시집을 가도 하나도 철이 안 난 주책바가지라고 나무라며 못마땅해하고, 사위에겐 미안쩍어하기도 했지만, 나는 그게 아니었다. 나는 친정집의 곰팡내 나는 음습한 분위기로 해서 조카의 동심에까지 곰팡이가 슬까 봐 내가 햇빛이고자 바람이고자 그렇게 하는 거였다. 실제로 나를 맞는 조카의 얼굴은 음지가 양지로 변하는 것처럼 환하게 변했다.

---

3) **옴두꺼비 같다** 두꺼비에 옴이 붙은 것 같다는 뜻으로, 흉하고 괴상한 형상이나 언동을 가리킴.

나도 첫아기를 낳게 되었다. 꼭 둘째 아기를 낳은 기분이었다. 둘째 아기를 낳는 엄마라면 누구나 하는 근심, 아우에게 사랑을 빼앗긴 맏이의 상처받은 동심을 어떻게 위무할[4] 것인가 하는 근심과 똑같은 근심을 나는 내 조카 때문에 했으니 말이다.

내 첫애는 딸이었고, 나는 내 딸이 엄마 아빠 소리보다 오빠 소리를 먼저 할 만큼 따로 사는 친정 조카를 우리 식구처럼, 식구라도 상식구처럼 키우는 데 지나칠 만큼 신경을 썼다. 남편이 딸애를 주려고 과자를 사 와도 "이건 오빠 거" 하며 우선 몇 개 집어 두었고, 신발을 한 켤레 사려도 "이건 오빠 거, 이건 혜란이 거" 매사를 이런 식으로 했다.

마침내 조카가 국민학교에 들어가게 됐다. 나는 꼭 첫애를 국민학교에 보내게 된 젊은 엄마처럼 흥분해서 어쩔 줄을 몰랐다. 매일 딸을 데리고 따라가서 "혜란아 오빠 찾아내 봐, 조오기, 조오기 있지. 우리 혜란이 오빠가 제일 잘하네. 노래도 제일 잘하고 유희도 제일 잘하고, 그치 혜란아" 하며 수선을 떨었다.

그러나 고모는 고모지 아무려면 엄마만 할 수야 있겠는가. 나는 지금도 조카의 첫 소풍날을 잊을 수 없다. 그때도 국민학교 1학년 첫 소풍은 창경원이었다.

어머니는 아침부터 줄창 조카를 따라다니기로 하고 나는 점심을 싸 가지고 나중에 가서 창경원 속에서 만나기로 했다. 만나는 장소는 연못 가로 하여 행여 어긋나는 일이 있을까 봐 나는 용의주도하게 남편이 결혼 전에 차던 손목시계까지 어머니 손목에 채워 드렸다. 그러고도 나는

---

4) 위무하다(慰撫—) 위로하고 어루만져 달래다.

어머니가 못 미더워 골백번도 더 "열한시 정각에, 연못가" 소리를 했더랬다. 그런 내가 한 시간이나 더 늦게 가고 말았다. 도시락도 요리책을 봐가며 좀 멋을 부려 봤지만, 내 모양을 내는 데 분수없이 시간을 잡아먹었다. 미장원 가서 머리도 새로 했고, 화장도 정성 들여 했고, 옷도 거울 앞에서 몇 번을 갈아입어 봤는지 모른다. 그때만 해도 내 용모에 어느 만큼은 자신이 있을 때라 나는 군계일학처럼 딴 엄마들 사이에서 뛰어나길 바랐었다. 그래서 조카까지 그런 우월감으로 엄마 대신 고모라는 서운함을 메울 수 있기를 바랐었다. 그러다가 그만 한 시간이나 지각을 하고 만 것이다.

어머니는 미련하게도 그 한 시간 동안을 줄창 연못가에서 나만 기다리느라 정작 아이들이 해산하는 것도 모르고 있었다. 부랴부랴 어머니를 몰아세워 아이들이 집합해서 단체 놀이를 벌이던 곳으로 갔으나 아이들은 이미 뿔뿔이 헤어져 가족들과 점심을 먹고 있었다. 거의 한 시간이나 넘어 창경원 안을 미친 듯이 헤맨 끝에 조카를 만났다. 조카는 그때까지 국민학교 1학년생으로서의 체면상 가까스로 참았던 울음을 내 치마폭에 얼굴을 묻자마자 서럽게 터뜨렸다. 철들고 나서 그렇게 몹시 운 것은 처음이어서 나는 당황했다. "고모가 나쁘다. 나쁜 년이다." 나는 정말 내가 나를 때리는 시늉까지 해가며 달래다 못해 같이 울어 버리고 말았다.

점심시간은 엉망일 수밖에 없었다. 워낙 몹시 운 끝이라 울음을 그치고 나서도 흑흑 느끼느라 김밥 하나를 제대로 못 넘겼다. 내 조그만 허영이 불쌍한 조카의 1학년 첫 소풍의 추억을 이렇게 슬프게 얼룩져 놓고 만 것이다.

내가 그 애의 엄마라면 뭣 하러 그런 허영을 부렸겠는가. 내가 내 아이들보다 조카를 더 사랑한다는 느낌에는 그런 허영과도 공통된 과장과 허위가 있음직도 하다.

조카는 자랄수록 죽은 오빠를 닮아 갔다. 아들이 애비 닮은 것은 당연한데도 어머니와 나는 그게 못마땅하고 꺼림칙했다. 외모가 닮은 건 어쩔 수 없다손 치더라도 말이 없는 것까지 닮은 걸 보면 속까지 닮았을까 봐 제일 그게 걱정이었다.

오빠는 늘 침울한 편이었고 너무 말이 없었다. 그래도 가끔 친구들과 어울릴 때면 도맡아 떠들어 댔던 것으로 미루어, 본래의 성품이 그랬던 게 아니라 집안 식구와 공통의 화제가 없었더랬는 게 아닌가 싶다. 집안 여자들이 흥미 있어하는 살림 걱정, 살림 재미, 친척의 소문, 계절의 변화 등에 오빠는 도무지 무관했다. 오빠는 일제 말기에 전문학교까지 나온 주제에 해방되고도 직장이라곤 가져 본 적이 없다. 나는 이런 오빠를 막연히 빨갱이라고 생각했었다. 오빠 방의 책이 맨 그런 책이었고, 친구들과 떠드는 소리를 엿들어 봐도 누가 들으면 큰일 날 불온한[5] 소리였기 때문이다.

나는 어머니에게 오빠가 빨갱이일 거라고 일러바쳐 어머니를 전전긍긍하게 했다. 어머니는 서둘러서 오빠를 장가들였다. 외아들이니 빨리 손을 봐야겠기도 했지만, 처자식이 생기면 자연히 책임이란 것을 의식하게 될 테고 그러면 위험한 짓도 삼가게 되려니와 직업도 갖게 될지도 모른다는 게 어머니의 속셈이었다.

[5] 불온하다(不穩—) 사상이나 태도 따위가 통치 권력이나 체제에 순응하지 않고 맞서는 성질이 있다.

오빠는 순순히 장가를 들어 주었고, 이내 첫아기를 본 게 또 아들이어서 제법 푸짐하게 백날 잔치까지 하고 나서 며칠 만에 6·25가 터졌다. 나는 속으로 이제야말로 오빠가 활개 칠 세상이 왔나 보다고 생각했다. 처음엔 내 추측이 들어맞는 거 같았다. 불안할 만큼 생기가 나서 뻔질나게 외출을 했다. 그러다가 다시 침울해지더니 바깥출입을 끊고 들어앉았다가 친한 친구한테 반강제로 끌려 나간 후 죽어서 돌아왔다. 그 후 올케까지 친정으로 쌀을 얻으러 가다 폭사를 해, 내 조카는 그만 고아가 되고 만 것이다.

그래서 우리 모녀는 지금까지도 오빠가 빨갱이였는지, 흰둥이였는지, 아예 그런 사상 문제엔 집안일에 관심이 없었던 것처럼 관심도 없었는지, 그것조차 분명히 알고 있지를 못하다. 다만 어머니는 아들 치다꺼리만 했지 한 번도 아들이 벌어 오는 밥을 못 얻어 잡숴 본 게 가슴 깊이 맺힌 한이어서 아무쪼록 오래 사셔서 하루라도 손자가 벌어 오는 밥을 얻어 잡숴 보는 게 소원이시다. 손자가 좋은 학교 나와서 착실한 직장을 가지고 결혼해서 일요일이면 처자식 데리고 카메라 메고 놀러 나가고 당신은 집을 봐주는 게 평생소원이시다.

카메라 메고 공일날 야외에 나갈 만큼의 출세랄까 안정이랄까 그게 어머니가 훈이(내 조카 이름)에게 바라는 전부였고, 나도 어머니가 노후에 카메라 메고 야외에 나간 손자 내외의 집을 봐주는 정도의 행복은 누리게 하고 싶었다.

훈이가 고등학교 이학년이 되자 반을 문과 이과로 나누게 되었고, 훈이가 나한테는 아무 상의도 안 하고 문과를 택한 걸 나는 나중에야 알았다. 나는 우선 그런 문제를 나한테는 상의 한마디 안 한 게 서운했고, 어머니는 어머니대로 오빠가 전문학교에서 문과였다는 것만으로 덮어놓고 문과를 싫어했다. 그래도 나는 훈이 편이 되어 고등학교 문과가 반드시 장래 문학 지망을 의미하지는 않는다고 어머니를 설득하려 했지만 어머니는 지레 겁을 먹고 있었다. 어머니는 오빠가 평생 사회에 참여해서 돈 한 푼 벌어들인 일이 없는 주제에 까닭 없이 죽어야 하는 일엔 끼어들고 말았다는 사실이 문과 출신이라는 것과 반드시 무슨 상관이 있다고 믿고 있었기 때문이다.

나는 그럴 리가 없다고 어머니를 위로하면서도 속으론 어머니 생각에 동조하고 있었으므로 더 늦기 전에 일을 바로잡아 보리라 마음먹었다. 나는 학교에 쫓아가서 담임 선생님에게 애걸하다시피 해서 훈이가 문과에서 이과로 전과를 할 수 있도록 했다. 그러고 나서 훈이를 설득하려 들었다. 나는 막연히 훈이를 두려워하면서 중언부언[6] 내 말을 했고, 훈이는 언제나처럼 말없이 젊은이다운 대담한 시선으로 나를 쏘아보았다.

"훈아, 너희 담임 선생님이 그러시는데 너는 인문계보다는 이공계가 더 적성에 맞는대. 좀 좋아. 공대 같은 데 가면 요새 공장이 많이 생겨서 공대 출신이 제일 잘 팔린다더라. 넌 큰 기업체에 취직해서 착실하게 일해서 돈도 모으고 연애도 하고 결혼도 해서 살림 재미도 보고 재산도 늘리고, 그러고 살아야 돼. 문과 가서 뭐 하겠니? 그야 상대나 법대로도 풀릴 수 있지만 그게 그리 쉬우냐, 까딱하단 문학이나 철학이나 하기가 꼭 알맞지. 아서라 아서. 사람이 어떡허면 편하고 재미나게 사느냐를 생각하지 않고, 사람은 왜 사나, 뭐 이런 게지. 돈을 어떡허면 많이 벌 수

---

[6] 중언부언(重言復言) 이미 한 말을 자꾸 되풀이함.

있나는 생각보다 돈은 왜 버나 뭐 이런 생각 말이야. 그리고 오늘 고깃국을 먹었으면 내일은 갈비찜을 먹을 궁리를 하는 게 순선데, 내 이웃은 우거짓국도 못 먹었는데 나만 고깃국을 먹은 게 아닌가 하고 이미 뱃속에 들은 고깃국조차 의심하는 바보짓 말이다. 이렇게 자꾸 생각이 빗나가기 시작하면 영 사람 버리고 마는 거야. 어떡허든 너는 이 사회에 순응해서 이득을 보는 사람이 돼야지 괜히 사회의 병폐란 병폐는 도맡아 허풍을 떨면서 앓는 소리를 내는 사람이 될 건 없잖아."

"고모, 아버지가 그런 사람이었나요?"

훈이가 내 말의 중턱을 자르며 푸듯이 말했다. 나는 당황했다. 훈이가 아버지에 대해 뭘 물어본 게 이번이 처음이라 그렇기도 했지만, 내가 오빠에 대해 오랫동안 몰래 추측하고 있던 걸 훈이한테 느닷없이 들키고만 것 같아 더 그랬다.

나는 아니라고 강하게 부인하고 다시 아까 한 소리를 간곡하게 되풀이했다. 내 말에 감동했는지 귀찮아서 그랬는지 아무튼 훈이는 내가 옮겨 준 대로 이과에 잘 다녔다. 그러나 형편없이 성적은 떨어졌다. 때마침 공대가 붐을 이룰 때라 우수한 지원자가 많이 몰려 훈이는 대학 입시에 낙방했고, 재수는 막무가내 싫다고 해서 삼류 대학 공대 토목과에 들어갔다.

훈이가 대학에 다니는 사 년 동안 내내 대학가는 어수선해서 데모, 휴교, 조기 방학의 악순환의 연속이었다. 데모가 있을 때마다 나는 훈이가 그런 데 휩쓸릴까 봐 애를 태우고 미리미리 타이르고 했다.

"행여 그런 데 끼지 마라. 관심도 갖지 마라. 너는 기술자가 될 사람야. 세상이 어떻게 되든 밥벌이 걱정은 안 해도 될 기술자란 말야. 기술자는 명확한 해답을 얻어 낼 수 있는 문제에만 관심을 가지면 되는 거야. 알았지?"

그러고는 혹시 꾐에 빠져서라도 그런 데 끼어들었다간 졸업 후 취직도 못 하고 일생 망치기 십상이라고 공갈을 쳤고, 너는 꼭 대기업에 취직해서 안정된 생활을 누리고 예쁜 색시 얻어 일요일이면 카메라 메고 동부인해서 야외로 놀러 나갈 만큼은 재미있게 살아야 한다고 설교를 했다. 훈이는 한 번도 말대꾸하는 법이 없었지만 거칠고 대담한, 그리고 경멸하는 듯한 시선으로 나를 쏘아봤다. 그러면 나는 괜히 부끄러워져서 딴전을 보며 지껄여 댔다. 나는 부끄럼을 타면서도 꽤나 줄기차게 그런 말을 훈이에게 했었나 보다. 대학교 졸업반 때 나는 돈의 여유가 좀 생긴 김에 훈이에게 카메라를 하나 사주고 싶어 의향을 물어봤더니 단호하게 거절하며 하는 말이

"고모, 난 카메라라면 지긋지긋해. 이가 갈려. 생전 그런 거 안 가질 거야."

그럭저럭 무사히 졸업하고 입대했지만 곧 의가사 제대를 할 수가 있었다. 이제 취직 문제만 남았는데 이것만은 그렇게 쉽지가 않았다. 대기업은커녕 착실한 중소기업의 문턱도 낮지는 않았다. 막상 취직 문제에 부딪치고 보니 남의 떡이 커 보이는 식으로 이공계보다는 인문계 출신의 문호가 훨씬 넓어 보이는 게 우선 나로서는 적잖이 속상하는 일이었다. 그래도 다행인 건 훈이가 그런 문제에 나를 원망하려는 기색이 조금도 안 보이는 거였다. 말없이 고분고분 취직 시험을 수없이 보고, 보는 족족 떨어졌다. 어떤 곳에선 아예 서류 심사부터 낙방을 시키는 걸 보면 대학교 성적이 시원치 않았던 것 같다.

어머니와 나는 한 번도 훈이가 대통령이나 장군이나 재벌이나 판검사나 그런 게 되기를 바란 적이 없다. 정직하고 벌어먹을 수 있는 기술 가르쳐 대기업에 붙여, 공일날 카메라 메고 야외에 나갈 만큼의 사람 사는 낙을 누릴 수 있기를 바랐을 뿐이다. 그런데 그나마도 쉽게 되어 주지를 않았다. 취직 시험도 하도 여러 번 치르니, 보러 가기도 보러 가라기도 점점 서로 미안하게 되었다. 이 년 가까이를 이렇게 지겹게 보내던 훈이 어느 날 나에게 해외 취업의 길을 뚫을 수 있을 것 같으니 교제비로 돈을 좀 달라는 당돌한 요구를 해왔다.

"뭐라고, 해외 취업? 그럼 외국에 나가 살겠단 말이지? 그건 안 된다."

"왜요, 고모. 쩨쩨하게 돈이 아까워서? 아니면 고모가 영영 할머니를 떠맡게 될까 봐 겁나서?"

훈이는 두 개의 간략한 질문을 거침없이 당당하게 했다. 마치 이 두 가지 이유 외에 딴 이유란 있을 수도 없다는 말투였다. 나는 뭣에 얻어맞은 듯이 아연했다.[7]

글쎄 어떻게 설명할 수 있을 것인가. 그 녀석이 꼭 이 땅에서, 내 눈앞에서 잘살아 주었으면 하는 내 간절한 소망의 참뜻을, 지랄같이 무책임한 전쟁이 만들어 놓은 고아인 저 녀석을, 온 정성을 다해 남부럽지 않게 키운 게 결코 내 어머니를 떠맡기고자 함이 아니었음을 어떻게 납득시킬 수 있담.

제가 잘되고 잘사는 것으로, 다만 그것만으로 나는 내가 겪은 더럽고 잔인한 전쟁에 대해 통쾌한 복수를 할 수 있고 그때 받은 깊숙한 상처의

[7] 아연하다(啞然—) 너무 놀라거나 어이가 없어서 또는 기가 막혀서 입을 딱 벌리고 말을 못하다.

치유를 확인받을 수 있다는 걸 어떻게 저 녀석에게 알릴 수 있을 것인가.

나는 그 녀석을 똑바로 바라보았다. 그 녀석도 나를 똑바로 바라보았다. 시선이 강하게 부딪쳤으나 나는 단절감을 느꼈다. 문득 이 녀석 치다꺼리에 구역질 같은 걸 느꼈으나 가까스로 평정을 가장했다.

"해외 취업은 당분간 보류하렴. 할머니 때문이든 돈 때문이든 그건 네 마음대로 생각해도 좋다. 그리고 취직 문젠데, 너무 고지식하게 정문만 뚫으려고 했던 것 같아. 방법을 좀 바꾸어서 뒷문으로 통하는 길을 알아봐야겠다. 돈이 좀 들더라도……."

"흥, 돈 때문은 아니다 그 말을 하고 싶은 거죠?"

녀석이 나를 노골적으로 미워하며 대들었다. 나는 대꾸도 하지 않았다. 어머니는 곁에서 내가 늘그막에 이렇게 천덕꾸러기가 될 줄은 몰랐다면서 훌쩍였다.

취직 운동이란 게 막상 부딪쳐 보니 할 노릇이 아니었다. 우리를 위해 발 벗고 나서 애써 줄 유력한 친척이나 친구가 있는 것도 아니니, 그저 좀 잘산다는 동창을 찾아가 남편을 통해 부탁을 좀 하려면 단박 아니꼽게 나오기가 일쑤였다. 토목과 출신만 아니더라도 어떻게 해보겠는데 요새 워낙 건설업계가 전반적인 불황이라 어쩌고 하면서 마치 제가 이 나라 건설업계를 손아귀에 쥔 듯이 허풍과 엄살을 겸해서 떠는 사람도 있는가 하면 선뜻 이력서나 가져와 보라는 곳도 있긴 있었다. 감지덕지 이력서 가져가 봤댔자 별게 아니었다. 이력선 시큰둥하게 밀어 넣고는 기다려 보라니 기다릴 수밖에 없지만 가타부타 무슨 뒷소식이 있어야 텐데 그저 감감무소식인 데야 다시 어떻게 빌붙어 볼 도리가 없었다.

그러다가 겨우 얻어걸린 게 Y건설의 영동 고속도로 현장의 측량기사보 자리였다. 거기 현장 소장으로 가 있는 친구 남편이 서울 집에 다니러 온 김에 해온 연락으로 본인만 좋다면 당장 데리고 가겠다는 거였다. Y건설이라면 국내 건설업계에서는 다섯 손가락 안에 드는 업체였지만 정식 사원이 아니라 현장 사무소장 재량으로 채용하는 임시 직원으로 오라는 거니 우선 섭섭할밖에 없었다. 그래도 한 반 년만 현장에서 일 배우고 고생하면 본사 정식 사원으로 상신해[8] 주겠다는 단서가 붙긴 붙었다. 마다할 계제가 아니었다.

현장 소장이 가르쳐 준 준비물은 두둑한 침구, 겨울 내복, 라이너가 달린 점퍼, 작업복, 바지, 워커 등이었다. 사월달도 하순으로 접어들어 서울에선 벚꽃놀이가 한창인데 현장은 해발 6백 미터의 고지대라 아직도 영하의 추위에 눈이 가끔 내린다고 했다. 어머니는 대문간에서 울면서 훈이를 떠나보내고 나는 마장동 시외버스장까지 전송을 나갔다. 생전 처음 집을 떠나 객지 생활로 들어가는 훈이에게 그저 자주 편지하라는 말밖에 할 말이 없었다.

"자주 편지해. 그리고 아무리 고생이 되더라도 육 개월만 참아라. 그동안에 무슨 수를 써서든지 정식 사원으로 발령 나도록 해줄 테니까. 발령 난 다음엔 곧 서울로 오도록 운동하면 될 테고. 문제없어, 다 잘될 거야."

나는 훈이가 별로 내 말을 귀담아듣지 않는 줄 알면서도 희떠운[9] 장담을 했다. 훈이를 위로하기 위해서라기보다는 내 불안을 달래기 위해

---

8) 상신하다(上申—) 윗사람이나 관청 등에 일에 관한 의견이나 사정 따위를 말이나 글로 보고하다. 여쭈다.
9) 희떱다 실속은 없어도 마음이 넓고 손이 크다. 말이나 행동이 분에 넘치며 버릇이 없다.

서였다.

　짐작했던 대로 훈이한테서는 안부 편지 한 장이 없었다. 한 달에 서너 번씩 서울 집에 다니러 오는 현장 소장을 통해 훈이한테 별일이 없다는 소식이라도 듣기에 망정이지 그렇지 않으면 꼭 무슨 사고라도 난 것 같아 달려가 보지 않고는 못 배겼을 게다. 어머니는 나만 보면 듣기 싫은 소리를 했다.

　이 년이나 놀리고 나서 취직이라고 시켜 준답시고 어떤 삼수갑산으로 귀양을 보냈기에 이렇게 한 번 다니러 오지도 못하느냐고 하기도 했고, 집세만 받아먹어도 굶지는 않을 텐데 그게 어떤 귀한 자식이라고 객지로 노동 벌이를 보냈느냐고도 했다. 대학 문턱에도 못 가본 사람도 아침이면 신사복에 넥타이 매고 출근하던데 헌다 헌 대학 나온 애가 노동 벌이가 웬 말인가, 아무리 에미 애비 없고 출세한 친척이 없기로서니 이런 서럽고 억울할 데가 어디 있냐고 통곡을 하는 때도 있었다. 나는 이런 일을 묵묵히 견디었다. 그야 어머니 말대로 훈이가 취직을 안 한대도 뎅그런 집 한 채는 있으니 밥을 굶지는 않겠다. 취직이 단순히 밥벌이만을 의미한다면 훈이는 취직을 안 해도 되겠다. 나는 다만 훈이가 자기가 배운 일을 통해 이 땅과 맺어지고, 이 땅에 정붙이기를 바랐을 뿐이다.

　나는 열심히 현장 소장네를 찾아다녔고, 찾아갈 때마다 선물을 잊지 않았다. 어떤 낌새를 눈치 보기 위해서였다. 본사에서 특채가 있는 듯한 낌새만 보이면, 좀 어떻게 상신을 하고 중역하고 교제해 달라고 슬쩍 케이크 상자 속에 수표를 넣어 준다는 '와이로' 쓰기를 하겠는데 영 그런 낌새는 보이지 않았다.

　한여름이 되도록 훈이는 한 번 다니러 오는 법도 없고, 엽서 한 장 보내 주지 않았다. 아무리 무소식이 희소식이라지만 이건 너무한다 싶었다. 훈이가 가 있는 곳은 변변히 봄도 안 거치고 곧장 여름으로 접어들었다기에 여름옷도 우송해 주었고 편지도 부지런히 써 부쳤다. 팔월에는 오빠와 올케의 제사가 며칠 건너로 있어 이번만은 상경하겠지 싶으면서도 미심쩍어 미리 전보까지 쳤다. 그러나 훈이는 올라오지 않았다. 어머니는 이럴 수는 없다, 아무래도 무슨 일이 있는 거지로 시작해서 여직껏 꾼 온갖 불길스러운 꿈을 놀라운 기억력으로 주워섬기는 것이었다. 내 여직껏 입에 담기조차 사위스러워[10] 참고 있었다만 지금 생각하니 진작 일러 줄 걸 그랬나 보다는 게 어머니의 긴 사설의 결론이었다.

어머니 꿈대로라면 훈이가 불도저에 깔려 암매장이라도 당한 걸 친구 남편인 현장 소장이 감쪽같이 숨기고 있는 것 같았다. 한번 그런 생각이 들자 걷잡을 수가 없었다. 편지가 없는 건 무소식이 희소식으로 돌린다 치더라도 산간벽지에서 도대체 공일날을 뭘로 소일하는 것일까. 다방이나 당구장 오락실이 그리워서라도 공일마다는 못 오더라도 한 달에 두어 번쯤은 상경해야 배길 텐데 말이다. 대학 사 년과 놀고 있던 이 년 동안을 순전히 그런 데만 맴돌며 살았으니까. 의심이 나기 시작하니 한이 없었다. 도대체 온갖 도시적인 것과 훈이를 떼어 놓고 생각하는 것조차 무리였다.

계집애처럼 앞뒤에 라인이 든 야한 빛깔의 와이셔츠에 줄무늬 합섬 바지에, 반짝거리는 구두를 신고 대담하고 권태로운 시선으로 아무나 아무거나 마구 얕잡으며 빙빙 다방에서 당구장으로, 탁구장에서 오락실

10) 사위스럽다 마음에 불길한 느낌이 들고 꺼림칙하다.

로 날이 저물면 맥주홀이나 대폿집으로 쏘다니다가 밤늦게 흐느적흐느적 들어와서도 뭐가 미진한지 라디오의 음악 프로를 최대한의 볼륨으로 틀어 온 집안의 정적을 무참히 짓이기던 녀석이 산간벽지의 도로 공사 현장에 어떤 모습으로 있을까가 좀처럼 상상이 안 되었다. 떠나기 전 남대문 시장에서 사준 염색한 미군 작업복과 워커와 녀석을 아무리 내 상상 속에서 결합을 시켜 보려도 되지를 않았다.

드디어 나는 현장을 찾아가 보기로 결심했다. 떠나기로 한 날 아침부터 비가 억수로 퍼부었다. 그렇다고 미루기도 싫어서 어떻든 강릉행 버스를 탔다. 훈이가 가 있는 영동 고속도로 현장은 강릉 못 미쳐 진부에서 다시 갈아타야 하는 곳에 있었다. 버스가 서울을 떠나 팔당을 지나 양주 양평 땅으로 접어들면서 포장도로는 끝나고 시뻘건 흙탕길로 변했다. 게다가 길 오른쪽은 바로 한강 줄기요, 왼쪽은 당장 무너져 내릴 듯한 절벽이었다. 여름내 비가 잦았어서 그런지 흙탕물이 굽이치는 한강 줄기가 제법 망망한 대하로 보였고, 버스가 달리는 길은 너무도 좁고 고르지 못했다. 당장 노반이 무너져 내리며 버스가 한강 물로 거꾸로 박힐 것 같아 엉치가 옴찔옴찔했다. 그래도 버스는 줄기찬 빗발 속을 잘도 달렸다.

문득 나는 만약에 여기서 차 사고로 내가 죽더라도 내가 왜 이 버스를 탔던가가 알려졌으면 좋겠다고 생각했다. 내 고모로서의 지극한 정성이 널리 알려져 신문에 보도되고 그걸 Y건설 사장이 읽게 되고 그러면 훈이를 제꺼덕 발령을 내 본사로 끌어올릴지 알 게 뭔가 하는 실로 더럽고 치사한 생각을 했다. 나는 이 더럽고 치사한 공상에 실컷 탐닉했다. 그러고 나서야 내가 죽은 후의 내 아이들을 생각했다. 아마 서너 달쯤 있다가 계모가 생기겠지. 그렇지만 내 아이들은 아무리 생각해도 계모에게 들볶여서 불행해질 아이들이 아니었다. 도리어 계모를 교묘히 들볶고 골탕먹여 줄 게다. 계모를 지능적으로 불행하게 할 게다. 나는 마치 내가 죽어서 그런 일을 구경하고 있는 것처럼 고소해하기까지 했다. 그러고 보니 나는 내 자식을 조카인 훈이보다 덜 사랑해 키웠는지는 몰라도, 그게 더 잘 키운 건지도 모른다고 생각되었다.

버스가 강원도 지방으로 접어들자 산을 휘감은 비탈길이 많아 헉헉 숨이 차했지만 그곳은 맑은 날씨여서 훨씬 덜 불안했다. 진부에 닿은 것은 서울을 떠난 지 여섯 시간 만이었다. 거기서 유천리까지 갈 버스를 기다릴 동안 요기를 하기 위해 국밥집엘 들렀다.

국밥집은 Y건설의 마크가 붙은 초록색 모자를 쓴 남자들로 붐볐다. 현장이 가까우리라는 예감으로 우선 반가웠고 뭔가 가슴이 두근대기도 했다. 그러나 몇 사람을 붙들고 물어도 김훈이란 측량기사를 안다는 사람이 없었다. 다만 현장 사무소가 있는 유천리까지는 굳이 버스를 기다릴 거 없이 택시를 타도 오백 원이면 간다는 걸 알 수 있었을 뿐이었다.

진부라는 면소재지는 거리의 끝에서 끝이 한눈에 들어오는 조그만 고장인데 다방도 서너 군데 되고 중국집, 불고깃집 등 음식점엔 Y건설의 초록 모자, S토건의 빨강 모자 천지였다. 주위의 고속도로 공사로 활기를 띠고 호경기를 누리고 있는 고장이란 걸 한눈에 알 수 있었다.

운전사가 내려놓아 준 Y건설 현장 사무소는 엉성한 가건물이었지만 여러 동이 연이어 있어 규모가 컸고, 넓은 광장에는 지프차, 트럭, 덤프 트럭, 불도저 같은 차들이 멎어 있고 파란 모자를 쓴 사람들이 웅성거려 활기에 차 보였다. 다행히 김훈이를 알고 있는 사람을 단박에 만날 수 있었다. 몇십 리 밖 현장에 나가 있지만 곧 돌아올 시간이니 기다려 보라고 했다. 저녁때라 트럭이 현장으로부터 파란 모자에 작업복을 입은 사람들을 가득 실어다간 너른 마당에 쏟아 놓았다. 먼지를 뽀얗게 쓴 사람들이 앞개울에서 세수 먼저 하곤 곧장 식당이라 쓴 곳으로 들어갔다.

저만치 한여름의 옥수수밭이 짙푸르고, 마을의 집들은 온통 약속이나 한 듯이 주황 아니면 빨간 지붕을 이고 있었다. 나는 이런 독한 원색의 대결에 피로감과 혐오감을 함께 느꼈다. 그러나 첩첩한 산들은 전나무가 무성하고 저 멀리 오대산의 산봉우리들은 웅장했고, 곳곳에 맑은 시냇물이 흐르고 있어 그 소리가 귀에 상쾌했다.

이제나저제나 훈이를 실은 차가 들어오기만을 기다리는데 전연 훈이 같지 않은 젊은이가 나에게 "고모" 하면서 다가왔다. 훈이는 그동안 몰라보게 살이 빠진 데다가 머리와 눈썹이 뽀얗게 보일 만큼 흙먼지를 뒤집어쓰고 있어 못 알아봤던 것이다. 나는 훈이를 확인하자 반가움과 노여움이 뒤죽박죽된 격정으로 목이 메었다.

"망할 녀석, 이렇게 잘 있으면서 어쩌면 엽서 한 장이 없니?"

훈이는 아무런 대꾸도 안 하고 앞장서서 개울로 갔다. 세수를 하곤 꽁무니에서 꾀죄죄한 타월을 떼다가 얼굴을 북북 문질렀다. 타월에서 너무 역한 쉰내가 나서 나는 얼굴을 찡그렸다. 훈이가 뜻 모를 웃음을 희미하게 웃었다. 이제야 제 살갗을 드러낸 얼굴은 옹기그릇처럼 암갈색의 광택이 났고, 드러난 이빨만이 징그럽도록 선명하게 희었다.

"어디로 좀 가자꾸나."

"주임한테 얘기하고―."

"아직도 퇴근 시간 안 됐니? 일곱시가 넘었는데."

"밤일이 있어."

"뭐 밤에도 측량을 다녀?"

"밤일은 측량이 아니라 제도(製圖)¹¹⁾야."

그러고는 터벅터벅 사무실로 들어갔다. 한참 만에 나오더니 말없이 앞장을 섰다.

"저녁을 어디서 먹는다지? 네 하숙집에 가서 닭이나 한 마리 잡아 달래 먹으면 안 될까?"

"진부까지 나가서 먹지 뭐."

"진부에 특별히 음식 잘하는 집이라도 있니?"

"아뇨, 그냥 진부까지 나가 보고파서."

할 수 없이 다시 진부로 나왔다. 손바닥만 한 진부의 야경에 훈이가 사뭇 휘황해하고 흥분까지 하고 있다는 걸 알 수 있었다.

"너는 이까짓 데도 자주 나와 보지 못한 게로구나. 낮에 보니 너희 회사 사람들이 널렸더라만."

"그런 사람들은 기술직이 아냐. 관리직이나 그 밖에도 빈들댈 수 있는 직종이야 수두룩하니까."

"그까짓 공사판에도—"

"네, 그까짓 공사판에도요."

녀석이 갑자기 씹어뱉듯이 말했다. 그러곤 말없이 불고깃집으로 들어갔다. 한증막처럼 후텁지근한 속 여기저기서 지글대는 고기 냄새에 나는 구역질을 느꼈다. 그러나 훈이는 땀을 뻘뻘 흘리면서 무섭게 먹어 댔

11) 제도 기계, 건축물, 공작물 따위의 도면이나 도안을 그림.

다. 식성이 까다롭고 소식이던 훈이로만 알고 있던 나는 무참한 느낌으로 이런 왕성한 식욕을 지켜봤다.

"하숙집 식사가 안 좋은가 보지."

"하숙집에선 잠만 자고 식사는 회사 식당에서 하는걸."

"그래, 그럼 식사는 거저겠네?"

"거저가 뭐야, 봉급에서 꼬박꼬박 제해."

"봉급은 얼마나 받는데?"

실상은 가장 궁금했던 걸 이제야 자연스럽게 물었다.

"거진 한 삼만 원 되지만 식비 빼고 하숙비 주고 나면 몇천 원 떨어질까 말까야. 가끔 소주 파티에 빠질 수도 없고, 그 재미도 없인 정말 못 참아 내겠는걸 뭐. 집에다 돈 부쳐 달란 소리 안 하는 것만도 내 딴엔 큰 안간힘이라구."

"그래 회사 식당 식사가 먹을 만하니."

"기똥차지, 기똥차. 그거 얻어먹고 폴대 메고 하루 몇십 리씩 산골을 누비는 나도 기똥차구."

말 안 해도 그 지칠 줄 모르는 식욕과 게걸스러운 먹음새만 봐도 알 만했다.

"하여튼 짜식들 사람 부리는 솜씨 또한 기똥차게 악랄하다구. 아침 일곱시서부터 폴대 메고 헤맬 데 안 헤맬 데 다 헤매다 기진맥진 돌아온 놈에게 그 지독한 저녁을 멕이곤 또 밤일을 시켜 가면서도 주임에, 과장에, 소장이 번갈아 가며 연방 공갈을 친다구. 뭐 우리 공구의 공사 진척이 제일 늦는다나. 하루 공사가 늦으면 어느 만큼 회사에 손해를 끼친다는 기맥힌 계산을 그분들한테 들으면 봉급이 적다든가 식사가 형편없다

든가 하는 불평은커녕 회사에 큰 손해를 끼치고 있는 죄인이란 생각이
먼저 들어 기를 못 펴게 되니 더러워서 —."

엄청난 양의 불고기를 먹어 치운 훈이는 커피도 먹고 싶다고 다방엘
가자고 했다. 다방에는 Y건설 패거리가 텔레비전을 둘러싼 앞자리에 앉
아서 마담에 레지까지 불러다가 잡담을 하고 있었다. 훈이도 그중 몇과
는 인사를 나누었으나 가서 끼지는 않았다. 잔뜩 찡그리고 커피를 훌쩍
들이켜더니 오나가나 저치들 꼴 보기 싫어 기분 잡친다고 빨리 가자고
했다.

훈이의 하숙방은 협소하고 더러웠다. 벗어만 놓고 빨지 않은 옷가지
들이 여기저기 걸레 뭉치처럼 쌓여 가지곤 시척지근하고도 고릿한 야릇
한 악취를 풍겼다. 그러나 워커를 벗어던진 훈이의 발에서 풍기는 악취
에다 대면 아무것도 아니었다. 사람이 빨래 안 하고 청소 안 하면 돼지
만도 못한 것 같았다.

"좀 씻고 자렴."

그러나 씻기는커녕 옷도 안 벗은 채 아무렇게나 쓰러지더니 코를 골
기 시작했다. 나는 나 누울 곳을 마련하기 위해서도 방을 대강 치워야
했다. 썩은 내 나는 옷가지 사이엔 소주병, 고등어 통조림 먹다 남은 것,
깡 종류의 과자 부스러기 등이 숨어 있어 악취를 더해 주고 있었다. 활
자로 된 거라곤 흔한 주간지 하나 없는 황폐한 방구석이 이 녀석의 황폐
한 내부를 들여다보는 것 같아 내 마음은 암담했다.

더위와 악취와 이 생각 저 생각으로 한잠도 못 잔 나는 주인 여자가
일어난 기척을 듣고 따라 일어나 그동안 신세가 많았다고 치하도 하고
자기소개도 했다. 주인 여자는 시골 여자답지 않게 냉담하고 도도하게

"신세진 거 하나도 없습니다" 했다. 같은 말이라도 아 다르고 어 다르다고 이건 겸사의 말이 아닌, 돈 받고 하숙 치는 관계일 뿐 신세를 주고받는 관계가 아님을 강조하는 말투였다.

나는 더욱 훈이가 안쓰러워지면서 자꾸 마음이 약해지고 있었다. 우선 산더미 같은 빨래를 개울로 날랐다. 비누가 없어 한길가 잡화상엘 갔더니 생소한 메이커 제품인 생선 비린내가 역한 비누가 한 장에 백 원씩이나 했다. 비누를 사 가지고 와서도 나는 선뜻 빨랫거리를 물에 담그지를 못했다.

훈이가 나를 따라 서울로 가겠다고 할 것은 뻔하고 그렇게 되면 젖은 빨래는 곤란할 것 같아서였다. 실상 나는 그렇게 되길 바라고 있었다. 이대로 나만 떠날 수는 도저히 없었다.

어느 틈에 칫솔을 문 훈이가 내 곁에 와 서 있었다.

"고모 왜 그러고 있어. 빨래가 너무 많아 질린 게지. 대강 땟국이나 빼."

"얘야, 이놈의 고장 참 고약하더라. 글쎄 이 거지 같은 빨랫비누가 백 원이란다."

"고모도, 소주값이 얼만 줄 알면 더 놀랄걸."

"녀석도 제가 언제 적 모주꾼[12]이라고. 근데 산골 인심이 어째 이 모양이냐."

"관광 붐 때문일 거야. 바로 여기가 오대산 월정사 입구거든. 우리가 뚫는 영동 고속도로 인터체인지도 이곳에 생길 테고, 돈맛들이 들을 대로 들어서 서울놈 돈 긁어먹으려고 눈에 핏발이 섰다니까. 글쎄 이 옥수

---

12) 모주꾼(母酒—) 모주망태. 술을 늘 대중없이 많이 마시는 사람을 놀림조로 이르는 말.

수 고장에서 여직껏 옥수수 한 자루를 못 얻어먹어 봤다면 말 다했지 뭐. 돈 주고 사 먹으려면야 먹어 봤겠지만 나도 오기[13]가 있다구, 안 사 먹어. 고모, 나 오늘 농땡이 부리고 말 테니까, 월정사 구경시켜 줄래. 주임은 고모 온 거 아니까 한번 사바사바해 볼게."

그러곤 꽁무니에 찼던 타월까지 내 빨랫거리에 휙 던져 보태고는 부리나케 현장 사무소 쪽으로 갔다. 이내 옥수수밭에 가려서 모습이 안 보였다. 참 옥수수도 많은 고장이었다. 그러나 훈이가 그거 하나 여직껏 못 얻어먹었다고 생각하니 부아가 부글부글 치솟는 걸 느꼈다.

나는 개울물을 돌로 막고 빨래를 담갔다. 빨래를 하면서 보니 내복과 이불 홑청에는 이까지 들끓고 있었다. 세상에 요즈음은 아무리 구더기 밑살같이 사는 집구석이기로서니 이는 없이 살건만 이게 웬일일까. 나는 형편없는 식사와 중노동을 악으로 버틴 훈이를 뜯어먹은 이를 지겹게 눌러 죽이다 못해 한동안 멍하니 앉아 있었다.

"농땡이 잘 안 되겠는데, 고모."

풀이 죽어 돌아온 훈이의 말이었다.

"그까짓 농땡이 칠 거 없다. 같이 가자 서울로. 몸이나 성할 때 일찌거니 집어치는 게 낫겠다."

"그건 싫어."

"왜 싫어?"

훈이의 싫다는 대답을 나는 전연 예기치 못했으므로 당황할밖에 없었다.

---

13) 오기(傲氣) 능력은 부족하면서도 남에게 지기 싫어하는 마음.

"나는 더 비참해지고 싶어. 그래서 고모나 할머니가 철석같이 믿고 있는 기술이니 정직이니 근면이니 하는 것이 결국엔 어떤 보상이 되어 돌아오나를 똑똑히 확인하고 싶어. 그리고 그걸 고모나 할머니에게 보여 주고 싶어."

"그걸 우리에게 보여서 어쩌겠다는 거야? 그걸로 우리에게 복수라도 하겠다 이 말이냐?"

나는 훈이 말에 무서움증 같은 걸 느꼈기 때문에 흥분해서 악을 쓰며 덤벼들었다.

"고모 그렇게 흥분하지 말아. 나는 다만 고모가 꾸미고, 고모가 애써 된 이 일의 파국[14]을 통해서 고모와 할머니로부터, 그리고 이 나라로부터 순조롭게 놓여날 수 있기를 바라고 있을 뿐이야. 그렇지만 고모, 오해는 마. 내가 파국을 재촉하고 있다고 생각하지는 마. 나는 내 나름으로 이곳에서의 일에 최선을 다하고 있어. 그러노라면 누가 알아, 일이 고모의 당초 계획대로 잘 풀릴지. 나도 어느 만큼은 그쪽도 원하고 있어. 파국만을 원하고 있는 게 아냐."

"그래 참, 잘될 수도 있을 거야. 잘될 여지는 아직도 충분히 있고말고."

나는 별안간 잘될 가능성에 강한 집착을 느끼며 태도를 표변했다.

"그렇지만 고모, 잘되게 하려고 너무 급하게 굴진 마. 와이로 쓰고 빌붙고 하느라 돈 없애고 자존심 상하고 하지 말란 말야. 여기 와보니 육 개월만 기다리라는 임시직 신세로 삼사 년을 현장으로만 굴러다니는 친구가 수두룩해. 임시직에겐 봉급 조금 주고, 일요일도 없이 부려 먹고,

---

14) 파국(破局) 일이나 사태가 잘못되어 결판이 남. 또는 그런 판국.

책임은 없고, 얼마나 좋아, 회사 측으로선 훌륭한 경영 합리화지."

훈이는 버스 정류장까지 나를 배웅했다. 진부까지 나가는 완행버스는 좀처럼 오지 않았다. 그동안 나는 뭔가 훈이에게 이야기해야 될 것 같은 심한 압박감을 느꼈다. 나는 내가 여기까지 오는 동안 길이 나빠 얼마나 고생을 하고 시간을 많이 잡아먹었나를 과장해서 들려주면서 고속도로가 뚫리면 서울서 강릉까지가 얼마나 가까워지고 편안해지겠느냐, 너는 이런 국토 건설 사업에 이바지하고 있는 걸 자랑으로 삼아야 한다고 이야기했다.

녀석이 구역질 같은 소리로 "웃기네" 했다. 때마침 바캉스 시즌이라 자가용이 연이어 강릉으로, 월정사로 달리면서 우리에게 흙먼지를 뒤집어씌웠다. 훈이도 한몫 참여한 영동고속도로가 개통되면 더 많은 자가용과 관광버스가 그 위에서 쾌속을 즐기겠지. 훈이도 그 생각을 하면서 "웃기네" 했을 생각을 하고 나는 내가 한 말에 심한 부끄러움을 느꼈다.

드디어 버스가 오고 나는 그것을 혼자서 탔다. 나는 훈이에게 몇 번이나 돌아가라고 손짓했으나 훈이는 시골 버스가 떠나기까지의 그 지루한 동안을 워커에 뿌리라도 내린 듯이 꼼짝 않고 서 있었다. 나는 그게 보기 싫어 먼 딴 데를 바라보았다. 논의 벼는 비단폭처럼 선연하게 푸르고, 옥수수밭은 비로드처럼 부드럽게 푸르고, 먼 오대산의 연봉의 기상은 웅장하고, 오대산에서 흘러내린 맑은 물이 도처에서 내와 개울을 이루고 있다. 아름다운 고장이다. 이 땅 어디메고 아름답지 않은 곳이 있으랴.

그러나 아직도 얼마나 뿌리내리기 힘든 고장인가.

훈이가 젖먹이일 적, 그때 그 지랄 같은 전쟁이 지나가면서 이 나라

온 땅이 불모화해 사람들의 삶이 뿌리를 송두리째 뽑아 던져지는 걸 본 나이기에, 지레 겁을 먹고 훈이를 이 땅에 뿌리내리기 쉬운 가장 무난한 품종으로 키우는 데까지 신경을 써가며 키웠다. 그런데 그게 빗나가고 만 것을 나는 자인했다. 뭐가 잘못된 것일까. 나는 가슴이 답답해서 절로 한숨을 쉬었다. 그러나 후회는 아니었다. 훈이를 키우는 일을 지금부터 다시 시작할 수 있다면 이러이러하게 키우리라는 새로운 방도를 전연 알고 있지 못하니, 후회라기보다는 혼란이었다.

생각해 볼 거 리

1 '내'가 조카 훈이를 이과로 진학하게 한 이유는 무엇입니까?

서술자 '나'는 한국전쟁 때 죽은 오빠를 막연히 빨갱이라고 생각합니다. 그 오빠가 전문학교 문과까지 나오고도 직장이라곤 가져 본 적 없이 지내다가 아마도 좌익 사상 때문에 희생된 일로 인해 '나'와 어머니는 훈이만은 그 아비의 전철(前轍)을 밟게 하지 않으리라고 다짐하게 됩니다. 문과를 택한 훈이를 이과로 바꾸도록 설득하는 '나'의 말은 다음과 같습니다.

"요새 공장이 많이 생겨서 공대 출신이 제일 잘 팔린다더라. 넌 큰 기업체에 취직해서 착실하게 일해서 돈도 모으고 연애도 하고 결혼도 해서 살림 재미도 보고 재산도 늘리고, 그러고 살아야 돼." 우선 취업이 잘된다는 매우 실리적인 이유에서 '나'는 훈이에게 이과를 권유합니다. 또, "아서라 아서. 사람이 어떡허면 편하고 재미나게 사느냐를 생각하지 않고, 사람은 왜 사나, 뭐 이런 게지. 돈을 어떡허면 많이 벌 수 있나는 생각보다 돈은 왜 버나 뭐 이런 생각 말이야. 그리고 오늘 고깃국을 먹었으면 내일은 갈비찜을 먹을 궁리를 하는 게 순선데, 내 이웃은 우거짓국도 못 먹었는데 나만 고깃국을 먹은 게 아닌가 하고 이미 뱃속에 들은 고깃국조차 의심하는 바보짓 말이다. 이렇게 자꾸 생각이 빗나가기 시작하면 영 사람 버리고 마는 거야. 어떡허든 너는 이 사회에 순응해서 이득을 보는 사람이 돼야지 괜히 사회의 병폐란 병폐는 도맡아 허풍을 떨면서 앓는 소리를 내는 사람이 될 건 없잖아"라고도 합

356

니다. 즉, '나'는 훈이에게 이상을 좇다 시대의 이념 대립에 희생된 그 아비의 비극적인 삶과는 다른 길, 사회에 순응하는 대가로 안정을 얻는 소시민의 삶을 권유하는 것입니다. '나'는 「닮은 방들」이나 「지렁이 울음소리」에서 소시민의 이기주의적 삶에 염증을 느끼는 다른 서술자들과는 처지와 지향점이 판이합니다.

그러나 아이러니하게도 소박한 안정을 바랐던 '나'의 소원은 성취되지 못합니다. 전쟁이 이 땅을 지나가면서 사람들의 삶이 뿌리 뽑혀 던져지는 걸 보았기에 금쪽같은 조카를 이 땅에 뿌리내리기 쉬운 가장 무난한 품종으로 키우느라 키웠으나, 그게 빗나가고 만 것을 '나'는 자인합니다. 무엇이 잘못된 것인지 한숨이 나오면서도 역시 새로운 방도를 알지 못하므로 후회라기보다는 혼란을 느끼는 '나'를 보면서 독자 역시 무엇이 잘못된 걸까 가슴이 답답해짐을 느끼게 됩니다.

2 '카메라'와 '워커'의 의미는 무엇일까요? '카메라'와 '워커' 사이의
균열에 대해 생각해 봅시다.

카메라 카메라는 안정된 직장을 가진 소시민이 휴일날 가족과 함께 놀
러 나갈 때 메고 가는 소품입니다. 즉 서술자와 어머니가 생각하는 소
시민적 안정의 상징물입니다.

워커 건설 현장 측량기사인 훈이가 신고 지내는 신발로, 제대로 세탁
하지 못하고 갈아 신지 못해 늘 쉰내를 풍깁니다. 워커는 훈이를 포함
한 인부들의 혹독한 노동 현실을 상징합니다.

좌익 운동에 가담했다 참혹한 죽음을 당한 오빠의 영향으로 서술자와
어머니는 훈이를 정반대 방향으로 키웁니다. 이념이나 사상 쪽에는 아
예 관심을 갖지도 말고 '제일 잘 팔린다는', 취업 잘되는 공대로 진학하
게 합니다. 훈이가 대기업에 취직해서 휴일날 가족끼리 카메라를 메고
놀러 나가고 할머니는 집을 봐주는, 그런 출세, 고작 그 정도의 안정을
이들은 바랍니다. 출세랄 것도 없는 소박한 목표입니다. 정치적으로 무
관심하다는 점에서 지극히 이기적인 태도라고도 할 수 있을 것입니다.
그러나 모든 것을 무위(無爲)로 만들어 버린 전쟁을 온몸으로 통과한
이들의 이런 태도를 누구라서 함부로 탓할 수 있을까요. 섣부르게 사회
에 참여하다가는 손해라는 의식이 그저 제 한 몸과 자기 가족의 안위에
만 관심을 두는 소시민을 최고의 가치로 생각하게 만든 것입니다.

문제는 그들의 소박하다 못해 소심한 이런 목표조차 뜻대로 되지 않았
다는 데 있습니다. 카메라를 메고 놀러 나가기를 바라고 '제일 잘 팔린
다는' 공대를 나온 훈이는 어려운 취업 전선을 간신히 뚫고 영동고속

도로 건설 현장의 임시직 측량기사로 일자리를 얻습니다. 그러나 내가 가서 본 훈이의 노동 여건은 열악하기 짝이 없습니다. 신을 벗을 틈이 없어 쉰내를 풍기는 워커가 그의 현실을 단적으로 증언합니다. '나'는 안타깝고 애처로워 할 말을 잃습니다.

"뭐가 잘못된 것일까. 나는 가슴이 답답해서 절로 한숨을 쉬었다. 그러나 후회는 아니었다. 훈이를 키우는 일을 지금부터 다시 시작할 수 있다면 이러이러하게 키우리라는 새로운 방도를 전연 알고 있지 못하니, 후회라기보다는 혼란이었다"라는 '나'의 독백으로 소설은 끝납니다. 정말 무엇이 잘못된 것일까요? 무엇이 카메라의 소박한 꿈을 꾸었던 전쟁 유가족의 꿈을 빼앗고, 대신에 쉰내 나는 워커라는 현실을 떠안긴 것일까요? 1970년대의 지난 역사는 경부고속도로 개통을 비롯한 개발독재의 시대였습니다. 건설업체들의 중동 진출 붐도 이 시기의 일입니다. 그 결과 '한강의 기적'이라는 놀라운 성과를 거둔 것도 사실이지만, 그 기적의 이면에는 이처럼 과중한 노동과 형편없는 처우를 감내해야 했던 건설 노동사 개개인의 희생이 숨어 있는 것입니다.

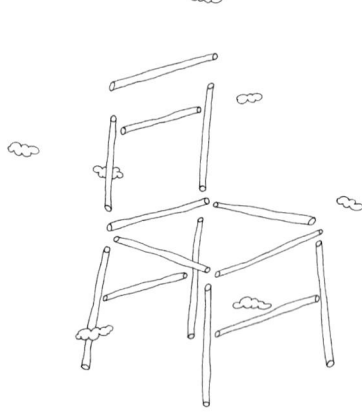

저문 날의 삽화 1

학생운동을 하는 아들의 부모가 겪는
가슴앓이와 데려다 키운 자식에 대한
심리적 갈등을 함께 보여 주는 작품.

"주여, 저희들이 매일매일 말과 행위로 못 박는 죄인 중 의인은 몇몇이나 되리이까?"

끝내 고백하지 못한 가슴속 회한

이 작품은 1987년부터 1988년에 걸쳐 씌어진 「저문 날의 삽화 1~5」 연작 가운데 첫 번째 작품입니다.

1980년대 초부터 1990년대 초까지 박완서는 격변하는 시대 속에서도 '반성하는 중간층'의 의식으로 매우 성실하게 소설적 대응을 지속해 왔습니다. 1980년대 초에 발표된 작품들은 주로 평균적인 소시민적 삶의 테두리에서 벗어나 있는 이질적인 인물들을 다루었는데, 내적인 심리 묘사에 치중하면서 관념적인 탐색의 시선으로 이를 기술하는 특징을 보였습니다. 그러나 「저문 날의 삽화」와 그 이후 발표된 작품들에 이르면 몇 가지 주목할 만한 특징이 드러납니다. 작중 화자가 중년이나 중년 이후의 여성이라는 점, 이분법적 대립이나 감정적 편향을 극복하고 구체적이며 친근한 소시민적 일상사를 다룬 점, 작가가 작중 화자의 의식에

362

대해 일정한 반성적 거리를 유지하고 있다는 점 등입니다. 인생의 황혼기에 접어든 인물들을 중심으로 그들이 서로 부대끼며 살아가는 과정에서 일어나는 삶의 자질구레한 갈등들을 균형 잡힌 객관적 시각으로 드러냄으로써 이 시대 소시민적 삶의 충실한 풍속도를 이루게 됩니다. 이들 작품은 세대 간의 갈등을 이야기의 기본 바탕으로 합니다. 황혼기의 노부부가 젊은 세대의 이기주의적 생활 풍조에 상처받거나 가족 단위의 삶의 중심으로부터 밀려나는 이야기들, 혹은 그들이 현대의 빠르게 변화하는 삶의 풍속도를 따라잡기 위해 애쓰는 이야기를 통해 오늘날의 소시민적 삶의 현장을 폭넓게 보여 주고 있습니다.

「저문 날의 삽화 1」은 학생운동을 하는 아들의 이야기를 담고 있는데, 실상 이 작품에서 더욱 큰 비중을 차지하는 것은 데려다 키운 자식에 대한 작중 화자의 심리적 갈등입니다.

실상 오늘날 소시민적 삶의 양태란, 한정된 계층의 범주를 넘어서 현대적 삶의 일반적인 풍속도라 할 수 있습니다. 결국, 박완서 문학이 그리고 있는, 인생의 황혼기에 접어든 '저무는 세대'의 이야기, 그리고 자질구레한 일상사에 부딪혀 끊임없이 갈등하고 분개하는 소시민의 모습은 바로 무기력한 이기주의에 의해 한없이 작아져 가는 우리 자신의 왜소한 모습에 다름 아닌 것입니다.

저문 날의 삽화 挿話 1

성당 안은 텅 비어 있었다. 헐레벌떡 달려왔기 때문에 정신이 얼떨떨
했다. 벽시계를 보니 미사 시간까지는 반 시간도 더 남아 있었다. 무엇
때문에 그렇게 서둘렀는지 잘 생각나지 않았다. 처음부터 미사 시간에
늦을까 봐 조급하게 군 건 아니었다. 시간이 넉넉하다는 걸 알고도 달려
올 때의 조바심은 그대로였다.

일부러 일찍 온 신도들이 앞자리에 무릎 꿇고 열심히 기도하고 있는
모습이 보였다. 고백소[1]에도 불이 켜져 있고 신도들이 줄을 서 차례를
기다리고 있었다. 나는 영세[2]받은 지 얼마 안 돼서 아직 고백성사[3]를

---

1) 고백소(告白所) 고백성사 때, 세례받은 신자가 지은 죄를 신부에게 고백하는 곳. 고해소.
2) 영세(領洗) 세례를 받는 일.
3) 고백성사(告白聖事) 세례받은 신자가 지은 죄를 뉘우치고 신부를 통하여 하느님께 고백하
여 용서받는 일.

받은 적이 없었다. 예비자 교리[4]를 받을 때 그 속에서 어떻게 해야 된다는 걸 배웠지만 잘 생각나지 않았다. 신부님하고 단둘이 말할 수 있고 어떤 말을 해도 비밀이 새어 나갈 걸 염려 안 해도 된다는 것 정도를 알고 있을 뿐이었다. 신부님한테 할 얘기가 있어서 그렇게 서둘렀을지도 모른다는 생각이 들었다. 할 얘기라고 해도 좋고 불평이라고 해도 좋았다. 나는 고백소 앞으로 가서 줄을 섰다. 내 앞엔 세 사람이 있었고 나하고 같은 연배의 중늙은이[5]들이었다. 한참 입심이 좋은 나이들이었다. 마냥 기다려야 될지도 모른다는 예감이 들었다. 기다리는 동안 내 바로 앞의 부인은 줄창 가늘게 떨고 있었다. 그 미세한 전율이 무엇 때문인지 짐작이 안 되는 채로 나는 약간 물러섰다. 옮아 붙을 것 같아서 싫었다. 그 부인은 나보다 모가지 하나는 작아서 가르마를 중심으로 동그랗게 머리가 빠져 남자의 대머리처럼 반들반들 윤기 나는 맨살을 몇 가닥 안 남은 머리칼이 어설프게 덮고 있는 것이 민망하도록 여실히 보였다. 그 부인이 고백소로 들어가 맨 앞 차례가 될 때까지 줄곧 그 대머리는 늙은 여자의 치부를 훔쳐보는 것처럼 나를 참담하게 했다.

오래 걸리리라고 자신 있게 예상한 것과는 달리 그 부인은 곧 나왔다. 나는 나도 모르게 내 뒷사람들을 돌아다보았다. 세 사람이 더 서 있었고 그들의 무표정에 떠다밀린 것처럼 나는 아무런 준비 없이 고백소 안에 들어서고 말았다. 꼭 공중전화 부스만 한 넓이의 실내는 침침하고 형언할 수 없이 고즈넉했다. 기대와는 달리 신부님하고 마주 앉게 돼 있지

---

4) 예비자 교리(豫備者 敎理) 예비 신자가 영세받기 위한 자격을 갖추기 위해 가톨릭교의 종교적 원리나 신앙의 체계를 배우는 일.
5) 중늙은이(中—) 젊지도 아니하고 아주 늙지도 아니한, 조금 늙은 사람.

않았다. 신도는 무릎 꿇게 돼 있었고 신부님은 칸막이 저쪽에 계신 듯했다. 나는 황급히 성호경⁶⁾을 욌지만 그 소리의 떨림이 나의 것 같지 않아 낭패스러웠다. 신부님이 뭐라고 그러셨지만 내 가슴이 두근대는 소리가 하도 명료하게 들려 알아들을 수가 없었다. 고백을 재촉하는 말씀이려니 짐작될 뿐이다. 나는 먼저 처음 보는 고백성사라는 걸 변명하듯 밝히고 나서 주님께서 정말 계신지 하루에도 몇 번씩 의심하고 또 자주 이웃을 미워하고 가족들을 속였다고 고백하고 용서를 빌었다. 나는 그런 소리를 내가 들어도 건성으로 들릴 만큼 빠르고 성의 없이 말했다. 내가하고 싶은 말은 그게 아니었기 때문이었다. 나는 오늘 아침 내내 신부님한테 따지고 뭔가 환기⁷⁾시킬 게 있는 것처럼 여기고 있었다. 성당으로 달려올 때 같은 조바심이 가슴을 옥죄었다.

요다음부터는 잘못을 그렇게 추상적으로 말하지 말고 하나하나 구체적으로 고백하도록 하라는 신부님의 훈계 말씀이 들렸다. '신부님처럼 말인가요?' 이렇게 말대답이 하고 싶어서 나는 입 속이 탔다. 신부님의 강론⁸⁾은 언제나 신자들의 죄에 대해서였다. 어떤 것이 죄가 되고 어떤 것은 죄가 안 된다는 걸 일일이 구체적으로 예를 들어 가며 쉽게 타이르셨는데 그런 일에다 죄라는 이름을 붙이는 게 과연 온당할까⁹⁾ 의심스러울 만치 사소한 잘못들이었다. 이를테면 주일날 아침부터 급한 볼일이 생겨 미사를 거른 건 죄가 안 되지만, 게으르거나 귀찮아서 아침 미사를

---

6) 성호경(聖號經) "성부와 성자와 성령의 이름으로, 아멘"이라고 외우는 기도.
7) 환기(喚起) 주의나 여론, 생각 따위를 불러일으킴.
8) 강론(講論) 교리를 설명하여 신자를 가르침.
9) 온당하다 판단이나 행동 따위가 사리에 어긋나지 아니하고 알맞다.

낮 미사로 미루고, 낮엔 또 저녁에 가지 하고 미루다가 저녁에 급한 볼일이 생겨 결국 주일 미사를 거르게 되면 그건 죄가 된다는 식이었다. 그런 식의 자상한 지적은 끝도 없었다. 쌀이나 연탄을 살 돈도 없어서 교무금[10]을 안 내는 건 죄가 안 되지만 자식 과외 학원에 보낼 돈은 있는데 교무금 낼 돈이 없다면 그건 죄가 된다고 했고, 우리의 가족이나 이웃 중 아직 주님을 모르고 사는 사람을 두고도 전도를 안 하면 죄가 되지만 전도를 했는데도 주님을 모른다고 하면 그건 우리의 죄가 아니라고도 했다. 신부님은 교회라는 공동체의 이익에 위배되는 사소한 잘못이나 무관심도 놓치지 않고 후뚜루 죄라고 지목하셨고, 나는 그 죄목에 승복할 수가 없었다. 그런 것들은 죄라기보다는 잘못이라고 하는 게 합당할 듯했다. 그렇다고 우리가 죄짓지 않고 산다고 생각하는 건 아니었다. 오히려 그 반대였다. 일상적인 잘못에다 일률적인 죄목을 붙여 끝도 없이 지적하는 강론을 들을 때마다 '어찌 우리 죄를 그뿐이라 하십니까?'라고 반박하고 싶어 몸이 달곤 했다. 적어도 신부님쯤 되면 누구 눈에나 보이는 그런 잗다란 실수보다는 우리가 죄인 줄도 모르고 편히 몸담고 있는 크나큰 잘못, 진짜 죄에 대한 환기가 있어야 되지 않을까 바라고 있었다. 신앙의 초심자다운 순진한 바람일 수도 있었으나 벌써부터 냉담[11]을 예비하여 구실을 찾는 심보인지도 몰랐다.

　신부님이 주신 보속[12]은 묵주신공[13]을 열 번 바치는 거였다. "나도 성부와 성자와 성신의 이름으로 이 교우의 죄를 사하나이다" 하는 신부님

---

10) 교무금(敎務金) 가톨릭 신자들이 의무적으로 교회에 내는 헌금.
11) 냉담(冷淡) 가톨릭에서 신앙에 열심이 식은 상태.
12) 보속(補贖) 죄로 인한 나쁜 결과를 보상하는 일.

의 마지막 말씀을 듣고 고백소를 나왔다. 긴장에서 풀려난 때문인지 아까보다 훨씬 편해진 듯했다. 그동안에 미사 시간이 임박한 듯 성당 안은 거의 차 있었고 지금도 계속해서 모여들고 있었다. 나도 순백의 미사보로 머리를 가리고 다소곳이 뒷자리에 앉았다. 속속들이 편안해진 건 아닌 듯 울고 싶게 막막하고 외로웠다. 오늘만은 신부님이 나의 근심과 잘못에 대해 언급하시려니 했는데 또 그냥 지나갔다. 오늘의 내 고통과 잘못을 우리들의 고통과 잘못으로 확대해서 풀이하고픈 내 기대는 서운케 무너졌다. 무턱대고 조바심친 끝에 남은 것은 안타까움뿐이었다.

밤에 딸 내외가 맡겨 놓았던 아이들을 데리러 왔다. 배낭을 멘 채 등산화 끈 풀기 귀찮다고 올라오지도 않고 현관에 섰다가 갔다. 즈이 집보다 심심한지 평소보다 일찍 잠들었던 남매가 졸린 눈을 비비면서도 마다 않고 에미 애비 손목을 잡고 비틀걸음을 걷는 걸 나는 보이지 않을 때까지 배웅했다. 학교가 뭔지……, 학교만 아니었으면 데리러 올 리도 없지만, 그렇게 보내지도 않았을걸 하는 아쉬움을 이렇게 중얼거리면서 현관문을 들어서려는데 신장 위에 새빨간 단풍잎이 여남은 장 흩어져 있었다. 딸 내외가 무심히 떨군 건지 일부러 놓고 간 건지 모르지만 점점이 떨어진 핏자국처럼 처연한[14] 빛깔이었다. 나는 그중에 몇 장을 골라 부챗살처럼 펴 들고 안으로 들어왔다. 남편은 안방에다 텔레비전을 켜놓은 채 잠들어 있었다. 오그리고 자는 남편을 깨워 잠자리를 봐주면서 아이들한테 뭘 더 껴입혀 보낼걸, 감기나 들면 어쩌나 걱정이 되었

13) 묵주신공(默珠神功) 묵주를 가지고 성모 마리아에게 드리는 기도. 사도신경으로 시작하여 주의 기도·영광송을 곁들이며, 성모송을 외워 나가는 기도이다. 묵주 기도. 로사리오의 기도.
14) 처연하다 애달프고 구슬프다.

다. 일기 해설자는 내 속을 들여다본 것처럼 일교차가 심하니 감기 조심하라고 말하고 들어갔다. 딸 내외는 둘 다 등산을 좋아하긴 하지만 둘이서만 근교의 산을 즐기는 정도지 전문적인 산악인은 아니니까 올해의 마지막 등산이 될 듯했다. 어제 아이들을 맡기면서 즈이들 입으로도 그와 비슷한 말을 했었다. 단풍을 따라 남단(南端)까지 내려갔다 오려니 부득이 일박을 하게 되었노라고. 아직도 그렇게 고운 단풍이 남아 있는 데는 남단 어디쯤일까. 나는 그걸 미처 묻지 못했고 그 애들도 그걸 밝히지 않았다. 딸네는 가까운 아파트 단지에 살기 때문에 걸핏하면 아이들을 맡겼지만 재우기까지 하는 일은 어쩌다가 있었다.

"동냥자루 도루 달랜다더니……."

나는 이렇게 소리 내어 중얼대며 집 안을 휘둘러보았다. 아이들이 다녀간 후는 언제나 그렇듯이 무엇 하나 제자리에 제대로 놓여 있는 게 없었다. 남편 들으라고 한 소리인데도 안방에선 아무런 기척도 없었다. 동냥자루 메고 다니는 거렁뱅이한테 애 보기를 시켰더니 처음엔 빌어먹는 것보다는 얼마나 좋으냐고 감지덕지하더니 사흘이 못 돼 동냥자루 도로 달래 가지고 떠났다는 옛날얘기가 있다. 나는 그 얘기에 빗대서 애 보기의 신역[15]이 얼마나 고되다는 푸념을 하기를 잘했고 남편은 그 소리를 제일 듣기 싫어했다. "에잇 그것도 말이라고……, 천금 같은 손주 보는 일을 얻다 못 갖다 대서 하필 동냥질에 다 갖다 대남." 가래 끓는 소리로 이렇게 역정을 내기를 나는 우두커니 기다렸다. 남편은 깊이 잠들었나 보다. 아이들이 떠나고 난 후의 정적에는 스산함이 스며 있어 나는 추위

---

15) 신역(身役) 몸으로 치르는 노역(勞役).

타듯이 어깨를 웅숭그렸다. 그리고 제자리를 벗어나 흩어지고 곤두선 잔다란 장식품과 일용 잡화들을 제자리에 끼워 맞추면서 크레용 토막, 꽃핀, 조립하다 만 로켓, 반도 안 짜내고 굳어 버린 접착제 튜브 등 아이들이 떨구고 간 것들을 따로 모았다. 그런 하찮은 것들, 십중팔구는 다시 찾지 않을 것들을 일일이 챙길 때마다 나는 달아나는 아이의 덜미를 붙잡았을 때처럼 가슴 가득히 아이의 체온을 느꼈다. 마지막으로 바닥의 모래흙을 쓸어 냈다. 아이들은 수없이 들락거렸고 그때마다 접은 바짓단 속으로 하나 가득 모래흙을 담아 들였다. 그때그때 현관에서 털고 들어오도록 일렀건만도 모래흙은 구석구석에 공기처럼 스며 있었다. 나는 중늙은이 특유의 결벽성으로 그것들을 꼼꼼하게 쓸고 닦았다. 그래도 부족해 해마다 니스칠을 새로 해서 좋은 거울처럼 잘 비치는 마룻바닥을 손바닥으로 핥듯이 쓸어 보았다. 무슨 일이든지 완벽하게 끝낸다는 건 결코 좋은 일이 못 되었다. 문득 맥이 빠지면서 어쩌나, 싶은 느낌에 사로잡혔다. 어떤 일이고 완벽하게 끝냈을 때처럼 그 일의 무의미함이 노골적으로 드러날 적도 없다는 생각을 간간이 하게 된 것은 최근의 일인 듯했다. 그런 생각은 때로는 어렴풋했고 때로는 몸서리가 쳐지게 과장되어 다가오기도 했지만 오십여 년을 몸에 밴 완벽주의가 쉽게 고쳐질 턱은 없었다. 그렇다고 그런 생각이 저절로 사그라질 것 같지도 않았다.

내 속으로 낳은 딸들도 내 결벽증과 완벽주의를 별로 좋아하지 않았다. 딸들이 기분 내키는 대로 사 입은 기성복의 단추나 단은 나 보기엔 늘 미심쩍게 마련이어서 벗으라고 해서 일일이 손을 봐주고 나면 그 꼼꼼한 솜씨에 질린 딸들이 한다는 소리는 으레 "우리 엄마는 백 살은 사시겠네"였다. 저런 버르장머리 없는 말버릇이 있나 속으로 이렇게 언짢아하면서도 그런 말버릇을 대놓고 야단친 일은 없다. 에미가 백 살까지 살까 봐 미리 징그러워하고 있는 딸의 진의를 짚어 본 듯 섬뜩한 심사 때문이었으리라.

정말 백 살까지 살면 어떡하나. 맥없이 앉았다 말고 그런 생각이 들자 누구한테 유세하려는 엄살이나 응석이 아니라, 정말 마음으로부터 그게 싫어져서 체머리를 흔들었다. 그리고 갈증처럼 다급하게 기도가 하고 싶어졌다. 정확하게 말한다면 기도할 때마다 빠뜨리지 않는 '저를 너무 오래 살게는 마옵시고……' 소리를 하고 싶은 거였다. 오랫동안 방심해 있다가 정신을 차린 것처럼 오늘 낮에 신부님으로부터 보속으로 받은 묵주신공 열 번이 생각났다. 마루는 너무 넓고 반들거렸다. 나는 기도가 즉각 반사될 것 같은 번들거림이 불안해서 허청허청 마루를 건넜다. 큰딸의 공부방이었던 건넌방은 지금은 남편의 서재였다. 말이 좋아 서재지 장서는 빈약했고 전문적이지도 장식적이지도 않았다. 딸의 나이 따라 열심히 늘여놓아 준 전집들이 세계 명작 동화로부터 문학 역사 관계 전집류까지 손때보다는 세월의 때에 곱게 찌든 채 간간이 이가 빠지긴 했지만 고스란히 남아 있었고, 딸이 직접 샀음직한 릴케, 니체, 헤세의 책들도 딸의 정신에 영향을 미쳤다기보다는 지적 허영심이나 채우다 말았음이 역력했다. 오래된 리본이나 포장처럼 사용의 흔적 없이 그냥 바래 보였다. 남편의 책이라곤 일본 말로 된 삼국지와 어쩌다 사놓은 종합지가 몇 권 있을 뿐이었다. 그래도 남편은 친한 친구가 오면 "우리 서재에서 바둑이나 한판 두세" 하기도 했고 "여보 서재에서 술 한잔 하게 해 줘" 하기도 했다. 그래서 그 방은 남편의 서재였다. 나는 그 방에 남아

있는 딸의 의자에 앉았다. 딸이 시험 공부할 때 피곤을 덜라고 사준 의
자는 푹신하고 뱅글뱅글 도는 회전의자였다. 묵주의 기도 열 번은 너무
지루했다. 나는 내가 그 기도를 바침으로써 용서받고자 하는 잘못이 무
엇이었던가를 골똘히 생각하느라 자주 기도문을 놓치고 헷갈렸다. 그러
다가 나도 모르게 전도서의 첫 구절을 외고 있었다.

"헛되고 헛되다. 세상만사 헛되다. 사람이 하늘 아래서 아무리 수고
한들 무슨 보람이 있으랴. 한 세대가 가면 한 세대가 오지만 이 땅은 영
원히 그대로이다. 떴다 지는 해는 다시 떴던 곳으로 숨 가빠 지고, 남쪽
으로 불어 갔다 북쪽으로 돌아오는 바람은 돌고 돌아 제자리로 돌아온
다. 모든 강이 바다로 흘러드는데 바다는 넘치는 일이 없구나. 강물은
떠났던 곳으로 돌아가서 다시 흘러내리는 것을. 세상만사 속절없어 무
엇이라 말할 길 없구나. 아무리 보아도 보고 싶은 대로 보는 수가 없고
아무리 들어도 듣고 싶은 대로 듣는 수가 없다. 지금 있는 것은 언젠가
있었던 것이요, 지금 생긴 일은 언젠가 있었던 일이라 하늘 아래 새것이
있을 리 없다." 전도서도 그 이상은 외지 못했다. 지금 있는 것은 언젠가
있었던 것이요, 지금 생긴 일은 언젠가 있었던 일이라 하늘 아래 새것이
있을 리 없다는 대목만 몇 번 되풀이하는 사이에 어젯밤부터의 조바심
으로부터 조금씩 풀려나는 듯한 느낌을 맛보았다. 너만 그런 게 아냐,
남들도 다 그렇게 해왔다는 위로처럼 확실하고 참담한[16] 위안은 없다.
꼭 외고 있어야 하는 기도문도 제대로 못 외는 주제에 전도서의 그 대목
만은 노력하지 않고 쉽게 욀 수 있었던 것은 학교 시절 암기 과목은 싫

---

[16] **참담하다** 몹시 슬프고 괴롭다.

어하면서도 읽어 마음에 드는 시만 있으면 곧 욀 수 있었던 소질과 관계
가 있는지도 몰랐다. 왜 그 대목이 마음에 들었을까. 세상은 새록새록
새로워지고 있었다. 아직 생존해 계신 친정어머니는 팔순을 바라보시건
만도 세상 변화를 어린애처럼 즐거워하시면서 백 살을 살아도 죽을 때
는 억울할 것 같다고 한탄을 하신다. 그런데 내가 직조(織造)해 내는 나
의 일상은 그렇지가 않았다. 수없이 떴다 풀었다 다시 뜨는 듯한 낡은
실이 몇 가닥씩 어떤 때는 온통 끼어들곤 했다. 그건 매우 기이하고 기
분 나쁜 느낌이었다. 곧 그 기이함조차 처음 인식했을 때의 낯설음이 바
래고 익숙하고 낡은 실이 되리라. 조금도 새롭지 않은 나날들, 예전에도
수없이 저질렀음직한 잘못과 어리석은 짓, 헛된 욕망의 되풀이는 사는
걸 쉽고 익숙하게도 했지만 때로는 비명을 지르고 싶도록 진부하고[17]
무의미하게도 했다.

"이젠 그만 아이들을 재우도록 해요."

텔레비전 화면에 착한 아이가 나와서 이 닦고 세수하고 잠옷 갈아입
고 안녕히 주무시라고 인사를 하자마자 남편은 이렇게 나에게 채근했
다. 아이들의 눈은 아직 초롱초롱했다. 더군다나 로켓 조립이 거의 완성
직전이었다. 계집애는 오빠 옆에 바싹 붙어 앉아 접착제 튜브를 아껴 가
며 조금씩 짜주고 있었고, 사내 녀석은 가느다란 나무젓가락 끝에 그걸
묻혀서 로켓의 날개를 붙이고 있었다. 계집애는 선망과 찬탄으로, 사내
녀석은 몰입과 자신감으로 둘 다 발가니 상기해 있었고 숨결이 할딱이

[17] 진부하다 사상·표현·행동 따위가 낡아서 새롭지 못하다.

고 있었다. 로켓은 거의 다 돼가고 있었다. 그때가 조립식 장난감의 전성시대였다. 완성되자마자 그것은 방치되고 그리고 잊혀졌다. 아마도 아이들의 꿈에서나마 그게 땅을 박차고 비상하는 일은 일어나지 않으리라. 아이들한테 조립식 장난감 좀 작작 사주어라, 낭비벽 생길까 겁난다고 나는 기회 있을 때마다 딸에게 말해 봤지만 딸의 대답은 한결같았다.

"어머니도 참, 조립은 가지고 놀라는 장난감이 아니라 만들면서 놀라는 장난감이에요. 만들고 나면 끝이라니까요."

보고 있자니 그 말이 이해가 되었다. 어린 남매의 몰입과 협동은 볼수록 대견했다. 공장에서 완성된, 전지약이나 태엽으로 구르고 나는 비싼 장난감보다 훨씬 교육적 효과가 높은 장난감이다 싶었다. 고지식한 남편은 아이들에게 텔레비전 속의 착한 아이를 즉시 본받도록 하지 않는 내가 아직도 못마땅한지 눈매가 곱지 않았다. 분합문[18]이 흔들리면서 커튼이 부풀었다. 커튼을 젖혀 보니 분합문이 반 뼘쯤 열려 있었다. 밤바람은 찼고 먼 허공에서 휘파람 소리를 내고 있었다. 밤사이에 더 추워지지나 말았으면 좋으련만. 나는 아무리 남쪽이라지만 일기가 변덕스러울 때 등산을 간 딸 내외가 걱정이 돼서 일기예보를 기다렸다. 착한 아이는 들어가고 뉴스 시간이었다.

K대학에서 농성하고 있던 대학생들이 연행되고 있었다. 얼굴이 검게 탄 학생의 얼굴이 클로즈업되자 손녀가 무섭다고 말하면서 다가왔다. 그새 로켓은 완성되어 저만치 나동그라져 있었다.

"벼엉신 저까짓 게 뭐가 무서워."

18) **분합문**(分閤門) 대청 외부에 면한 문.

손자는 로켓을 조립할 때의 우월감을 곧장 화면으로 끌고 올 수 있는 좋은 기회다 싶었는지 필요 이상으로 똑똑히 화면을 바라보면서 가슴을 폈다.

"안 돼! 보면 안 돼."

나는 겨드랑이 밑으로 아이들의 머리통을 끌어안아 눈을 가려 주면서 다급하게 소리쳤다.

"그러게 내 뭐랬소? 진작 재우라니까."

남편의 험악하게 부릅뜬 눈과 마주쳤다. 남편도 같은 생각을 하고 있다는 걸 알아차리자 어쩔 수 없는 심술과 혐오감이 복받쳤다. 손녀는 어른들의 심상치 않은 기색에 놀라 더욱 떨며 몸을 오그렸지만 손자는 안 무섭다고 반항했다. 손자는 특히 영택이를 따랐었다. 영택이가 집을 나간 지 일 년이 넘었는데도 손자는 외가에 올 때마다 삼촌 어디 갔냐고 묻는 걸 잊은 적이 없었다. 한번은 온데간데없어진 손자를 찾아 헤매다가 영택이가 거처하던 지하에서 올라오는 것과 부딪친 적도 있었다. 거긴 뭣 하러 내려갔었느냐는 내 물음에 손자는 이렇게 대답했다.

"할머니 미워. 영택이 삼촌 방은 더럽고 냄새도 나빠. 그러니까 삼촌이 도망가 버렸잖아."

아이는 탄환처럼 온몸으로 격앙해서 나를 비난했다. 그 애는 벌써 국민학생이었다. 능히 가족 간의, 사람과 사람과의 관계 속의 비밀을 감지할 수 있는 나이가 돼 있었다. 그러나 모르는 게 더 많았다. 내가 영택이를 구박한 건 사실이나 어디까지나 마음속으로였지 지하실을 쓰게 할 만큼 드러내 놓고 하진 않았다. 그 지하실에는 연탄광과 보일러실과 꽤 큰 방이 하나 있었다. 집장수가 그렇게 지어 놓은 걸 샀다 뿐 그 방에서 사람이 살 수 있다고 생각하진 않았다. 골목 안의 집들이 같은 집장수 솜씨여서 다 그런 방을 가지고 있었고 월세나 전세를 준 집도 적지 않았고 식구가 쓰는 집도 있었지만 우리 집의 지하방은 그렇지 못했다. 처음부터 잘못된 방수는 몇 번씩 새로운 방수제로 덧칠을 해도 마찬가지였다. 벽지고 장판지고 오줌 싼 요처럼 누렇게 습기가 번지면서 들고 일어나 축 처졌다. 영택이가 멀쩡한 제 방 놓아두고 그런 지하방으로 제 짐을 옮긴 건 내가 그 애를 구박하고 싶어지고부터였다.

영택이가 우리 집에 온 건 여덟 살 때였다. 지금의 외손자만 할 때였다. 키도 꼭 그만했었다. 남달리 자식 복이 많아 자그마치 육남매를 둔 남편의 친구가 상처를 하더니 다음 해엔 그마저 따라 죽은 사건은 남편의 친구들 사이에 적지 않은 충격이 되었다. 그들은 서둘러 사십대의 건강을 면밀히 체크해 보기도 했고 보약을 먹거나 건강식에 관심을 갖기도 했다. 안사람들은 죽은 사람이 남긴 자식의 반밖에 안 되는 제 자식을 얼싸안으며 두셋만 낳은 단출한 식구를 자축하기에 여념이 없었다. "세상에, 육남매라니, 모아 놓은 재산도 없다는데, 맡아 줄 만한 친척도 없다는데." 이러면서 알토란 같은 제 식구와 중년의 건강을 껴안은 마음에는 일말의 동정과 진이 날 듯이 농밀하고 잔혹한 쾌감이 없었다고는 말 못 했다. 외할머니가 그 많은 외손들의 치다꺼리를 맡게 되었다는 뒷소식에 적이 마음이 놓이면서도 그 노인의 욕된 장수가 징그러워 몸서리를 치는 걸 잊지 않았다. 남편이 그 육남매의 유자녀 중 막내인 영택이를 집으로 데려온 것은 그 후 얼마 안 돼서였다. 남달리 정이 많은 남편은 생활비라도 좀 보태 주려고 들렀다가 외할머니도 오래 사실 것 같진 않더라며 막내를 데리고 왔다. 안 찾을 테니 입양을 하라고 신신당부하더란다. 영택이는 총명하고 순진해서 곧 정이 들었다. 본은 달랐지만 같은 이씨여서 남 보기에 우리 아들로 키우는 데 별로 지장이 없었다. 우리에겐 딸만 둘이 있었다. 한 번도 드러내 보인 적이 없는 아들에 대한 갈망을 먼저 드러내 보인 것은 내 쪽이었다. 저 애를 진작만 데려왔어도 감쪽같이 우리 아들로 키우는 건데…… 이런 말을 나도 모르게 입 밖에 낼 만큼 영택이는 탐나는 아이였다. 그 애는 공부를 썩 잘했다. 나는 그 애 덕에 반장 엄마 노릇도 할 수가 있었고 요릿집에 그 학년의 선생님을 모두 초청해서 일등 턱을 낼 수도 있었다. 그러나 가끔 기억력이 비상한 그 아이의 머릿속에 남아 있을 우리 집 자식이 되기 전의 기억에 생각이 미치면 치가 떨리는 적의를 느끼곤 했다. 겉으로 보기에 그 아이에겐 그런 기억의 그늘은 조금도 남아 있지 않았다. 그늘을 남기진 않는 기억, 투명한 기억, 그건 행복일까 불행일까 이런 부질없는 생각에 시달리기도 했다. 딸들은 자라면서 나보다 한결 지혜롭게 영택이를 귀애했다. 남동생이 없다는 걸 아는 친구들에게 "우리 아빠가 낳아 들여온 동생이야. 역시 아들은 있어야겠나 봐. 아빠도 아빠지만 엄마도 저렇게 좋아하신단다." 이렇게 말할 수 있을 만큼 능청스럽게 굴었다. 그 애들의 남동생에 대한 욕심은 대를 잇고 싶다는 우리의 맹목적인 갈망과는 달리 그들이 평생 지게 될지도 모르는 책임에서 놓여나고 싶은 걸 뜻했으므로 한결 용의주도했다.

영택이가 남편의 친구가 밖에서 낳아 들여온 자식이었다는 소문을 들은 건 그 아이가 고등학교에 입학한 해였다. 그런 소문 때문에 영택이와 우리 식구와의 관계가 달라질 리가 없었는데도 한번 귀에 들어온 그 소문은 목구멍의 가시처럼 내 일상의 흐름을 편안치 못하게 했다. 소문을 소문으로 흘려보내지 못하고 진부를 가려 보려고 수소문할수록 뚜렷한 실체를 갖추기 시작했다. 영택이 외할머니는 아직도 생존해 계셔서 남은 오남매 중, 셋이나 시집 장가를 보낸 후였다. "그 노인네한테 육남매는 무리야. 밑으로 세 아이는 남을 주든지 고아원에라도 보내야 할 것 같소. 내가 제일 먼저 솔선수범을 했으니 차차 독지가가 나서겠지." 영택이를 데려오고 나서 남편이 한 말이었다. 그러나 그 노인은 악착같이 오남매를 다 기르면서도 내친 막내를 한 번도 찾은 일이 없었다. 제 앞가림을 할 만큼 자란 형제들도 마찬가지였다. 아무리 영택이를 내칠 때 그렇게 약속이 돼 있다고는 하나, 제 딸의 배를 빌지 않은 외손자, 배가 다른 형제간이 아니고서는 설명이 안 되는 냉혹함이 아닌가. 그러고 보니 오남매의 자식 복에다 하나를 더 보탠 영택이가 그 집안에 얼마나 큰 화근이 되었던가를 생각하면 그동안 그 아이한테 들인 나의 정까지 중년에 헛디딘 하룻밤 치정처럼 수치스럽게 식어지곤 했다. 내가 아는 육남매의 어머니는 사십대 초반에 이미 얼굴이 노인 반점으로 충충하게 얼룩져 있었다. 간암으로 죽고 나자 어쩐지 간이 나쁜 안색이었다고 쉽사리 해명이 됐던 걸 다시 수정하려 들었다. 넉넉지 못한 살림에 오남매씩이나 낳아 기르느라 뱃가죽이 터져 주글주글 겹겹의 주름으로 늘어지고, 가슴은 늑골[19]의 수를 헤일 만큼 말라붙은 조강지처에게서 채워지지 않는 욕정을 함부로 흩뿌리고 다니다가 또 하나의 아이를 만든 짐승 같은 남자 때문에 그 여자가 맛보았을 절망과 증오는 어떠한 것이었을까. 그건 암으로라도 피어나지 않으면 다스릴 길 없는 지독한 원한이었

---

19) 늑골(肋骨) 흉곽을 구성하는 뼈. 좌우 열두 쌍이 있다. 갈비뼈.

으리라. 그 여자의 죽음도 참혹했지만 그 여자의 복수 또한 참혹했다. 그 짐승 같은 남자는 아내가 죽고 나서 일 년도 더 살지 못했으니까. 나는 그 연쇄적인 죽음 끝에 추처럼 달린 게 영택이라고 생각했고 피가 차갑게 굳는 듯한 두려움을 맛보곤 했다. 내 딸들이 바야흐로 꽃처럼 피어나 혼기를 맞을 무렵이었다. 나는 영택이가 딸들의 장래에 해코지나 하지 않을까 전전긍긍했고 그를 식구로 받아들인 걸 후회했다. 내가 영택이를 밀어낼수록 남편은 그를 측은해하며 보듬어 안으려는 게 보이는 듯했다. 영택이가 좋은 대학에 무난히 합격하던 해 여름이었던가. 텔레비전으로 야구 중계를 볼 때마다 눈꼴이 시도록 죽이 잘 맞던 그들이 결승전 때는 경기장에 같이 가자고 약속을 하는 것 같았다. 결승전은 연장전까지 가 밤늦게 끝났다. 우승한 쪽의 코치와 홈런을 친 선수를 헹가래치는 것까지 보고 나서도 한 시간이 넘도록 그들은 들어오지 않았다. 몇 대 몇으로 어느 쪽이 이길까 내기를 거는 것 같더니 진 쪽에서 한잔 사는 게 아닐까. 친한 부자지간에나 가능한 그런 활기 넘치는 친화의 관계가 나에겐 견디기 어려운 통증을 일으켰다. 나는 그런 통각이 부끄러웠지만 어쩔 수가 없었다. 마치 의심할 여지없는 외도에서 돌아오는 남편을 기다리는 헐벗은 심정으로 나는 자정이 넘도록 대문 소리에 온 신경을 곤두세웠다. 아니나 다를까 그들은 알맞게 취해서 떠들썩하게 돌아왔다. 귀에 익은 야구 선수들 이름을 종횡무진으로 들먹이면서 그들은 어깨동무를 하고 있었다. 취중에도 내 뾰족한 시선이 심상치 않았던지 영택이는 열없게 웃으면서 그의 어깨를 감싼 남편의 팔을 슬그머니 풀었지만 남편은 좀 더 취해 있었는지 그만한 눈치도 없었다.

"왜? 당신 우리 부자가 죽이 잘 맞는 게 샘이 나나 보군. 우하하하……

나는 오늘 기분 좋았다구. 아들이 좋긴 좋아. 역시 아들은 있어야겠더구만. 통하는 게 있거든."

그런 모욕적인 언사보다 더 충격적이었던 건 그들이 취기보다 훨씬 확실하고 농밀하게[20] 내뿜는 부자다움이었다. 그 그지없이 행복해 보이는 친화감이었다. 얼핏 마(魔)가 끼듯이 순간적으로 날렵하게 영택이가 남편의 진짜 아들일지도 모른다는 생각이 들었다. 남편의 친구가 낳아 들인 아들이 아니라, 남편이 밖에서 낳아 들인 아들일지도 모른다는 생각은 실상 터무니없었다. 아무리 뛰어난 상상력으로도 이치에 맞게 뜯어 맞출 수가 없었다. 그러나 내가 눈에 쌍심지를 돋우고 그들의 부자다움을 지켜보는 동안 그건 피할 수 없는 사실이었다.

영택이는 당신 아들이죠? 그죠? 그죠? 그죠? 이렇게 미친 듯이 날뛰면 남편은 억지 좀 작작 부릴 수 없냐고 가래 끓는 소리로 나무라고 나서 낭패스러운 듯 어깨를 축 늘어뜨렸다. 그럴 때 남편은 죽지를 잃은 날짐승처럼 억울하고 무력해 보였다. 그러나 나는 그렇게라도 해서 영택이를 남편으로부터 조금씩 조금씩 밀어내야만 했다. 그들이 드러내 놓고 다정하게 굴 적만이 아니라, 은근히 통하는 것처럼 보일 적에도 나는 어김없이 남편을 들볶았다. 영택이는 당신 아들이죠? 그죠? 그죠? 그죠? 도대체 어느 년하고 눈이 맞아 걜 낳았죠? 대란 말예요. 점점 사설이 길어지고 수법도 악랄해졌다. 낮에 있었던 사소한 눈짓이나 부드러운 말 한마디도 놓치지 않고 챙겨 두었다가 밤에 곤히 잠든 남편의 어깨를 미친 듯이 흔들어 깨워 들볶을 꼬투리로 삼곤 했다. 당신은 제정신

---

20) 농밀하다(濃密—) 서로 사귀는 정이 두텁고 가깝다.

이 아냐. 처음부터 변명의 가치조차 없는 억지이기도 했지만 남편은 변명하기를 단념하고 어떡하든지 나를 덧들이지 않으려고만 했다. 나를 덧들이지 않는 방법은 간단했다. 남편과 영택이 사이는 하루하루 서먹서먹해졌다. 아아 거기까지만 영택이를 몰아붙였으면 좋았을 것을.

그 무렵이었다. 영택이가 이층 다락방으로부터 지하실로 내려간 것은. 그전서부터 보일러의 연탄을 가는 일을 그가 자청해서 하고 있었기 때문에 지하실 출입도 그의 전담이었다. 들락거리며 아직 안 가신 개구쟁이 적 호기심으로 그 동굴 같은 지하방에 눈독을 들였을 뿐 아니라 하나 둘 은밀하게 예비를 했으리라. 친구들이 한 떼 몰려와 도배를 한다고 법석을 떨고 간 다음날, 영택이는 나하고 누나들을 집들이에 초대했다. 나는 교활하고도 용의주도하게 남편과 영택이 사이만 이간질했을 뿐 나하고는 예전과 다름없이 흔연한[21] 관계를 유지하고 있었다. 친구들도 열 명 가까이나 와 있었다. 어느 틈에 짐도 다 옮겨 지하실은 아늑하고 오붓하게 신혼살림을 시작해도 좋을 만큼 정결하고 오밀조밀하게 꾸며져 있었다. 을씨년스럽거나 구질구질한 구석은 조금도 없었다. 도배만 했다고 당장에 그런 기분이 나는 건 아닐 것이다. 애정과 잔손이 조금씩 조금씩 그곳을 그렇게 변화시키고 길들였음직했다. 나는 영택이와 그의 친구들이 권하는 대로 막걸리도 찔끔찔끔 마셨고 족발도 널름널름 집어먹었다. 새우깡하고 귤도 있었다. 그의 친구들은 잘 웃고 떠들었지만 나는 그들의 농담을 반도 못 알아들었다. 그들은 하나같이 무례했지만 그 중에는 부끄럼을 타는 아이도 있었고 귀티 나는 아이도 있었다. 그들은

---

[21] 흔연하다(欣然—) 기쁘거나 반가워 기분이 좋다.

영택이를 따라 조금도 구김살 없이 나를 어머니라고 불렀다. 하긴 시장의 과일 장수나 생선 장수도 손님에게 아주머니 할머니 대신 어머니라고 너스레를 떠는 세상이니까. 그렇게 흔한 어머니 소리건만 범강장달이[22] 같은 일류 대학생들한테 듣는 맛은 또 달랐다. 입에서보다 속에서 훨씬 더 독한 막걸리 탓도 있었겠지만 나는 맥없이 감동해서 남편이 영택이하고 어깨동무하고 야구 구경 갔다 오면서 왜 그렇게 행복해했나까지를 소급해서[23] 이해하려 들었다. 내가 좀 해롱해롱했던지 저희끼리 더 질탕하게[24] 놀고 싶었던지 영택이는 나를 부축해 일으키면서 어머닌 이제 그만 올라가셔야겠어요, 했다. 그래 그래, 늙은이가 주책이야 진작 자리를 비켜 줄 일이지, 이러면서 일어서서 몇 발짝 떼다 말고 나는 돌아섰다. 몽롱하고 빙글빙글 도는 듯한 취중에도 분명히 짚고 넘어가야 할 게 생각났기 때문이었다. '이건 내 집이야.' 그렇게 말하고 싶었다. 아니 선언하고 싶었다. 내 집을 무단히 점거당한 것 같은 느낌 때문이었다. 취중에도 그런 느낌은 감겨 오는 젖은 수건의 감촉처럼 섬뜩하고 불쾌했다. 나는 그 말을 몇 번씩이나 했지만 저희끼리 웃고 떠드는 소리에 묻혀 버리고 말았다.

그때의 내 느낌은 옳았다. 그날부터 지하실은 영택이가 아닌 그들 모두의 차지였다. 지하실은 현관문을 통과하지 않고도 드나들 수 있게 돼 있었다. 그들은 한꺼번에 우루루 몰려 나갔다가 몰려 들어오기도 했고

---

22) 범강장달이(范彊張達-) 키가 크고 우락부락하게 생긴 사람을 이르는 말. '범강(范彊)'과 '장달(張達)'은 『삼국지연의』에 나오는 인물로서, 그들의 대장인 장비를 죽인 사람들이다.
23) 소급하다(遡及—) 과거에까지 거슬러 올라가서 미치게 하다.
24) 질탕하다(跌宕—) 신이 나서 보기에 정도가 지나치도록 흥겹게 놀아 대는 데가 있다.

한 사람 두 사람 모래처럼 조용히 스며들어 오기도 했다.

"큰일 났어요. 영택이가 못된 친구들과 못된 짓을 꾸미고 있는 것 같아요."

나는 잠자리에서 남편에게 겁먹은 소리로 속삭였다. 그건 이간질도 음해[25]도 아닌 마음으로부터 우러나는 근심이었다. 남편은 대꾸 없이 줄담배를 피웠다. 나는 우리 집 지하에서 절대로 해서는 안 되는 악(惡)이 땅속 깊이 뿌리를 박고 가닥가닥 무성하고 극성스럽게 퍼지는 걸 유리병에서 기르는 둥근파[26] 뿌리를 보듯이 명료하게 보는 것처럼 느꼈다. 그것만은 결코 원치 않았음에도 불구하고 나는 결정적인 증거까지 잡고 말았다. 텔레비전 화면에서 유심히 봐두었던 불온서적의 대부분을 영택이의 지하방에서 발견한 것이었다. 나는 그 물적 증거를 남편에게도 확인시키는 걸 잊지 않았다. 그건 영택이의 어떤 비행을 고자질하는 것보다도 확실한 이간질이었다. 정부를 비난하는 논조가 강한 신문을 구독하는 것조차 공무원 신분에 어긋난다고 믿을 만큼 고지식하고 융통성 없는 남편의 얼굴에서 핼쑥하게 핏기가 가셨다. 분노와 불안 때문이리라. 그는 이를 악물고 떨고 있었다. 여보 진정해요. 그러면서도 내심 나는 마침내 영택이를 재기불능으로 몰아붙였다는 잔혹한 쾌감을 맛보고 있었다. 집 안에서조차 그 이상 가는 방법은 없었다. 그날 남편은 영택이가 들어올 때까지 기다렸다가 그가 보는 앞에서 그 온당치 못한 책에 불을 싸지르며 떨리는 소리로 말했다.

"못된 놈 같으니라구, 이게 고작 너를 길러 주고 공부시켜 준 은인

---

25) 음해(陰害) 몸을 드러내지 않은 채 음흉한 방법으로 남에게 해를 가함.
26) 둥근파 양파.

한테 할 짓이냐. 천하에 배은망덕한 놈, 썩 나가지 못할까. 꼴도 보기
싫다."

영택이는 정말 나갔다. 정말 나가리라고까지는 생각 안 했는지 남편
은 가끔 남의 자식 기르고 난 뒤끝의 허망함을 한탄하며 한숨을 짓곤 했
다. 영택이는 그렇게 쉽게 뛰쳐나갈 때와는 달리 나중엔 잘못했다고 빌
러도 왔고 설이나 추석을 쇠러도 왔다. 전화로 묻는 안부도 예의 바르고
다정했다. 그러나 다시 들어올 것 같진 않았고 그건 우리도 원하는 바가
아니었다. 그를 내치고 나서도 행여나 그가 못된 일에 연루되어 우리에
게 화를 끼칠까 봐 전전긍긍하는 것만도 못할 노릇이었다. 그 후 지하실
의 벽지는 다시 눅눅하게 처지고 시커멓게 곰팡이가 슬었고, 사람이 한
번 살고 간 찌꺼기엔 쥐가 극성맞게 들끓었다. 다만 아이들만이 영택이
에 대한 좋은 기억을 가지고 있었다. 같이 살지도 않았건만 외손자들은
외삼촌이라고 부르며 따르던 영택이 없는 외가를 재미없어하고 외삼촌
이 돌아와도 살 수 있을 것 같지 않게 망가지고 더럽혀진 지하방을 보고
는 다부지게 항의도 할 줄 알았다.

이번 K대학 농성 사건엔 꼭 영택이가 끼어 있을 것 같았다. 수적으로
도 많았지만 우리가 영택이에게 붙인 죄목과 같은 조목이 이미 붙어 있
기 때문에 더 그랬다. 아이들한테 그 꼴을 보일 수는 없었다. 나는 두 아
이를 양쪽 겨드랑 밑에 옴짝달싹 못하게 끼고 있으면서도 안심이 안 돼
연방 입으로 겁을 주었다.

"눈 꼭 감고 있어. 아이들은 저런 나쁜 사람 보는 거 아냐. 세상에, 나
쁜 사람들이 많기도 하지. 끔찍한 세상이로구나."

문득 한쪽 겨드랑 밑에서 계집애가 떨고 있는 걸 느꼈다. 계집애는 눈

을 꼭 감고도 제 두 손바닥을 펴서 얼굴을 가리고 미세하게 그러나 속 깊이 떨고 있었다. 나는 그렇게 떨고 있는 게 손녀가 아니라 나일 거라는 기이한 느낌에 빠져들었다. 손녀의 작은 심장 소리, 할딱이는 숨소리, 꼭 감은 눈 속의 막막한 어둠, 나쁜 것, 나쁜 사람에 대한 공포는 나에게 얼마나 익숙한가.

내가 손녀만 했을 때 우리 집은 서대문 형무소 근방의 빈촌에 살고 있었다. 어머니는 가난을 두려워하거나 부끄러워하지 않는 꿋꿋한 분이었지만 감옥소 근처에서 자식을 길러야 한다는 걸 퍽 불안해하고 때로는 굴욕스러워하기도 했다. 이놈의 동네만 떠날 수 있으면 죽을 끓여 먹어도 다리 뻗고 살 수 있을 것 같다는 소리를 말버릇처럼 되뇌이곤 했다. 그때는 재판받으러 가는 미결수²⁷⁾한테 용수²⁸⁾를 씌워서 무개차²⁹⁾에 태우고 다녔다. 용수는 머리끝부터 목 밑까지 내려오는 뾰족한 짚모자였지만 두 눈 있는 데만은 뻐끔하게 뚫어 놓았었다. 나쁜 사람이 그 구멍으로 내다본다는 건 어린 마음을 매우 으스스하게 했다. 자다가 가끔 가위를 눌릴 만큼 구멍 속의 시선은 익을 농축한 그 무엇이었다. 어머니는 더했다. 어머니하고 같이 길을 가다가 용수 쓰고 끌려가는 사람을 만나게 되면 어머니는 우선 나를 당신 치마폭으로 폭 싸안으면서 눈 감아라, 꼭꼭 감고 있어야 한다, 나는 어머니가 시키는 대로 눈을 꼭 감고 몸을 잔뜩 오그리고 마음속 깊이 떨었다. 그때 어머니는 나쁜 사람이 한번 눈독을 들이면 곧장 악에 물든다는 미신적인 공포감을 갖고 계셨던 듯하다.

27) 미결수(未決囚) 법적 판결이 나지 않은 상태로 구금되어 있는 피의자 또는 형사 피고인.
28) 용수 죄수의 얼굴을 보지 못하도록 머리에 씌우는 둥근 통 같은 기구. 용수갓.
29) 무개차(無蓋車) 덮개나 지붕이 없거나 접었다 폈다 할 수 있는 자동차. 오픈카.

그 후 철이 들고 나서 그 미결수들은 나중에 무죄가 판명되어 풀려나는 수도 있고 또 독립투사도 얼마든지 섞여 있을 수 있다는 걸 알게 되었다. 어머니는 왜 그런 말을 안 해주었을까. 어머니가 그걸 조금만 귀띔해 주었던들 꼭 감은 눈 속의 어둠이 그리도 완벽하고 막막하지만은 않았으련만. 이렇게 훗날 어머니를 경멸한 주제에 오늘날 손녀에게 해줄 수 있는 것 역시 똑같은 짓밖에 없었다. 손자의 칠흑 같은 어둠에 행여나 반딧불만 한 빛이라도 스며들까 봐 전전긍긍하고 있었다.

어제 일어난 일은 끔찍했다. 그러나 오늘 신부님의 강론에 그 사건에 대한 언급은 한마디도 없으셨다. 우리 눈에만 큰 사건이었나 보다.

나는 끝내 묵주신공을 열 번 채우지 못했다. 서재를 돌아 나오려는데 벽에 걸린 십자고상[30]이 눈에 띄었다. 영세받은 날 교우로부터 선물로 받은 거였다. 놋쇠로 된 십자고상은 너무 반짝거렸다. 가까이에서 표정을 살피고 싶어 다가가니 마침 내 입술이 못 박힌 예수의 발에 닿았다. 그 우연한 사실에 감동해서 나도 애절한 마음으로 그의 얼굴을 우러르며 물었다.

"주여, 한 말씀만 하소서. 저희들이 매일매일 말과 행위로 못 박는 죄인 중 의인은 몇몇이나 되리이까?"

영택이를 몰아붙이는 데만 급급해서 한 번도 이해하고자 하지 않았던 데 대한 회한으로 못 박힌 분의 얼굴이 몽롱하고 부드럽게 흐려 보였다.

---

30) 십자고상(十字苦像) 십자가에 못 박힌 예수의 수난을 그린 그림이나 새긴 형상.

1 '내'가 고백성사와 미사 중 느낀 죄의식과 안타까움의 실체는 무엇일까요?

'나'는 남편이 데려다 키운 아들 영택이를 속으로 미워하고 구박해서 결국은 내쫓았다는 가책에 시달리고 있습니다. 그 가책을 고백하고 용서받고 싶은 조바심에 성당으로 달려가기는 했지만, 성당의 형식적이고 관습화된 고백성사는 가슴속 깊이 감춘 내밀한 죄의식을 털어놓을 여유를 주지 않습니다. 결국 추상적인 고백과 형식적인 보속으로 고백성사를 때우고 만 '나'의 안타까움은 더 커지고, 삐딱한 시선으로 바라본 미사의 강론은 장엄한 감동으로 '나'를 감화시키기보다는 현실의 잗다란 실수들만을 죄라고 늘어놓아 '나'를 더 실망시킵니다.

영택이를 떠올린 것은 딸이 맡겨 놓고 간 외손자들과 함께 본 TV 뉴스의 농성하던 대학생들의 연행 소식과 영택이를 무척 따르던 외손자의 항변 때문이었습니다. 영택이를 처음 데려오던 때로부터 그 아이에 대한 감정의 기복을 따라가며 회상하던 '나'는 영택이를 이해하려 들지 않았던 자신에 대한 회한으로 눈앞이 흐려집니다. 결국 종교에서 찾지 못한 구원을 자신에 대한 냉정한 성찰에서 발견하는 것입니다.

2 '내'가 아들 영택이를 대하는 감정의 흐름을 설명해 봅시다.

— 영택이가 집에 온 건 여덟 살 때였습니다. 남편 친구가 육남매를 남기고 죽자 막내인 영택이를 남편이 데려온 것입니다. 딸만 둘이던 부부는 영택이를 아들로 받아들여 귀애했고 총명한 영택이는 집안의 자랑이 되었습니다.

— 그런데 영택이가 고등학교에 들어갔을 때 들은 소문은 영택이에 대한 감정을 바꿔 놓았습니다. 영택이는 남편 친구가 밖에서 낳아 들여온 자식이었다는 것입니다. 여러 가지 정황이 그 소문을 뒷받침하자, 영택이에 대한 '나'의 감정도 달라지기 시작합니다. 공들여 기르던 감정에서 차츰 냉대하는 쪽으로 돌아섰고, 심지어 딸들의 장래에 장애물이 되지 않을까 염려하기도 합니다. 그러나 남편은 그럴수록 더욱 측은해하며 영택이를 감싸 안으려 합니다.

— 남편이 영택이와 사이좋은 부자의 정을 내보일 때면 '나'는 견디기 어려운 질투를 느끼며 갖은 억지를 부려 남편을 낭패스럽게 합니다. 결국 남편도 영택이를 서먹하게 대하는 것으로 피곤한 갈등을 벗어나려 하고, 영택이는 동굴 같은 지하실로 방을 옮깁니다.

— 영택이의 지하실에 '못된 친구들'이 드나들면서 새로운 문제가 발생합니다. 불온서적이 발견되고 '나'는 이를 남편에게 고발합니다. 남편의 호통과 꾸지람을 듣던 영택이는 집을 나갑니다.

— 영택이가 나간 후 '나'와 남편은 가끔 '남의 자식 기르고 난 뒤끝의 허망함'을 한탄하곤 했으며, 행여 그의 일에 연루되어 화를 당할까 봐 전전긍긍하기도 했습니다.

—어제 보도된 K대학 농성 사건에 꼭 영택이가 끼어 있을 것 같았으나 신부님의 강론에는 그 사건은 끝내 언급되지 않고 말았습니다. '나'는 영택이를 이해하려 하지 않고 몰아붙이기만 했던 과거의 회한으로 흐려진 눈으로 십자고상을 바라봅니다.

소설의 효능을 믿는
뛰어난 이야기꾼

전쟁 체험의 증언자로서, 중산층의 허위의식을 꼬집는 고발자로서,
가부장제 사회의 여성이 겪는 억압을 파헤치는 비판자로서 이야기하다.

1. 박완서의 생애와 등단작 『나목(裸木)』

박완서는 1931년 10월 20일 경기도 개풍군 청교면 묵송리 박적골에
서 아버지 박영노(朴泳魯), 어머니 홍기숙(洪己宿)의 딸로 태어났습니
다. 형제로는 열 살 위인 오빠가 있었습니다. 네 살 때인 1934년 아버지
가 별세하자 어머니는 아들을 공부시켜 기울어 가는 집안을 다시 일으
켜 세울 작정으로 오빠를 데리고 서울로 올라가고 작가는 조부모 밑에
서 어린 시절을 보냈습니다. 작가는 여러 곳에서 이 박적골 고향집의 추
억을 얘기하고 있습니다.

박적골엔 이렇게 두 양반집과, 열여섯인가 열일곱 호의 양반 아닌
집이 있었지만 지주와 소작인으로 나누어져 있진 않았다. 바위라고는

하나도 없이 능선이 부드럽고 밋밋한 동산이 두 팔을 벌려 얼싸안은 듯한 동네는 앞이 탁 트이고 벌이 넓었다. 넓은 벌 한가운데를 개울이 흐르고, 정지용의 시 말마따나 '옛이야기 지즐대는 실개천'은 아무 데나 있었다. 우리 집에서 뒷간에 가려도 실개천을 건너야 했다. 실개천은 흐르다가 논을 만나면 곧잘 웅덩이를 만들곤 했는데 우리는 그걸 군우물이라고 해서 먹는 우물과 구별했다. 지금 생각하니 소규모의 저수지가 아니었던가 싶다. 거의 흉년이 들지 않는 넓은 농지는 다 우리 마을 사람들 소유였다. 땅을 독차지한 집도 땅을 못 가진 집도 없었다. 다들 일 년 먹을 양식 걱정은 안 해도 될 자작농들이었고 부지런했다.

그런 고장에서 여덟 살까지 자라는 동안 이 세상에 부자와 가난뱅이가 따로 있다는 걸 알 기회가 없었다. 동무들과 손잡고 딴 동네를 가볼 기회도 그리 많지 않았다. 넓은 앞벌로는 아무리 멀리 나가도 딴 마을이 나오지 않았다. 뒷동산을 넘어야만 이웃 마을이 나왔고, 이웃 마을의 풍경도 별로 신기할 게 없었다. 옆구리에 텃밭을 낀 집들이 산기슭에 안겨 있었고, 넓은 벌을 풍성한 치맛자락처럼 거느리고 있었다. 사람들은 다들 그렇게 사는 줄만 알았다.

—박완서, 『그 많던 싱아는 누가 다 먹었을까』 중에서

이러한 아름다운 고향의 추억은 박적골을 떠난 이후의 삶과 대비되어 요람처럼 안락하고 충만한 느낌으로 작가에게 각인되어 있습니다. 이 충만함과 안락함은 인간 삶의 원형적 모습에 가깝습니다. 이러한 원형적 모습은 할아버지와 두루마기 자락으로 나타나기도 합니다. 할아버지는 박완서에게 '근거 있는 삶'의 인간적 품위를 지닌 든든한 안식처이

자 보호자로, 때로는 훼손되기 이전의 순결한 민족적 삶의 원형을 간직한 모습으로 그려집니다.

  할아버지의 독특한 걸음걸이는 말로 표현할 수는 없었지만 강렬한 빛처럼 정통으로 나에게 와 박혔다. '우리 할아버지다!' 라고 생각하자 마자 나는 총알처럼 동구 밖으로 내달았다. 단 한 번도 착각 같은 건 하지 않았다. 숨을 헐떡이며 열렬하게 매달린 할아버지의 두루마기 자락은 다듬이질이 잘 돼 칼날처럼 차게 서슬이 서 있었다. 그리고 송도의 냄새가 묻어 있었다. 나는 그 냄새가 좋았다. 그러나 할아버지는 곧 오냐, 오냐, 내 새끼, 하면서 번쩍 안아 올렸고 그의 품은 든든했고 입김은 훈훈했다.

— 박완서, 『그 많던 싱아는 누가 다 먹었을까』 중에서

세 살 적에 아버지를 잃은 박완서에게 할아버지는 아버지를 대신하는 의미를 지녔을 것입니다. 박완서는 동풍에 걸려 무력해진 할아버지를 보는 것이 '두 번째의 아버지 상실'이었다고 술회합니다.

이렇듯 할아버지의 세계인 박적골에서 낙원을 누리던 작가는 여덟 살인 1938년에 어머니 손에 이끌려 서울로 올라와 매동국민학교에 입학합니다. 어머니의 꿈은 딸을 '신여성'으로 키우는 것이었으므로 친척집으로 위장전입하는 수고를 마다하지 않고 기어이 '문안'의 학교에 들여보낸 것입니다. 어머니의 이 열혈 교육열은 「엄마의 말뚝」 연작에 잘 나타나 있습니다. 작가가 기억하는 어머니는 교육열뿐만 아니라 그 이야기 솜씨 또한 대단한 분이었습니다.

엄마가 알고 있는 이야기는 무궁무진했다. 할멈 할멈 떡 하나 주면 안 잡아먹지, 혹 팔아먹은 얘기, 단 방귀장수 얘기, 콩쥐 팥쥐, 장화 홍련 등은 할머니한테도 여러 번 들은 거였지만 엄마한테 들으면 새 맛이 났다. 엄마는 그 밖에도 모르는 이야기가 없었다. 박씨부인전, 사씨남정기, 구운몽, 수호지, 삼국지 등 내 나이엔 어려운 이야기까지 엄마는 내 수준에 맞게 꾸며서 이야기하는 특이한 재주를 가지고 있었다.

나는 그중에서도 박씨부인전이 어찌나 재미있던지 몇 번씩 졸라서 또 듣고 또 듣곤 했다. 처음엔 심심풀이 삼아 자진해서 해주던 이야기에 내가 흠뻑 빠지자 엄마는 "이야기를 바치면 가난하다는데" 하고 걱정을 하면서도 못 이기는 척 다시 이야기 보따리를 풀곤 했다.

세상에 우리 엄마만큼 삼국지를 재미있게 말할 수 있는 사람이 또 누가 있을까? 엄마가 "옜다 조조야, 칼 받아라" 하면서 그 동작까지 흉내 내느라 바느질하던 손을 높이 쳐들었을 때 엄마의 손끝에서 번쩍이는 바늘빛은 칼빛 못지않게 섬뜩하고도 찬란했고, 나는 장검을 휘둘러도 시원치 않을 우리 엄마가 겨우 바느질품밖에 못 파는 게 안타까워 가슴속에 짜릿하니 전율이 일곤 했다.

　　　　　　　　　　　　　　　　—박완서, 『그 많던 싱아는 누가 다 먹었을까』 중에서

해방이 되고 일본 말로 사유하고 인식하는 데 익숙했던 박완서가 식민지 근대의 경험을 다시 해석하는 토대가 된 것이 '내 어릴 적 듣던 옛날얘기'였습니다. 이처럼 박완서에게 역사에 대한 해석과 성찰 작업은 '엄마의 이야기' 속에 투영된 개인적 경험을 재해석하는 작업과 맞물려 있습니다.

일제 말기에 숙명여고에 진학한 박완서는 해방으로 잠시 학교를 쉬었다가 다시 숙명여고에 복학합니다. 해방기는 고등학교가 중학교로 이름이 바뀐 일을 포함하여 학제가 자주 바뀐 일이나, 개성에서 서울로 어렵사리 피난한 일이나, 오빠의 사상 활동으로 인한 잦은 이사 등 그야말로 혼란의 경험이었습니다. 해방기의 이념 갈등으로 겪었던 혼란은 박완서로 하여금 그 시절을 "다시는 생각하기도 싫은 더러운 시대였다"라고 기록하게끔 합니다.

그러나 해방기는 이러한 혼란과 고통스러운 자기 성찰을 통해 박완서에게 자신을 새롭게 발견하는 자각의 시간이 되기도 하였습니다. 특히 문학적인 측면에서는 이 시기의 폭발적인 독서 체험과 소설가 박노갑 선생의 영향, 이광수와 강경애의 작품들과의 만남, 톨스토이에 매료됨을 통해 경험의 또 다른 차원에 진입합니다.

박완서에게 1950년은 대학에 들어가고 독립된 성인으로서 자유를 예감하던 시기였을 것입니다. 그러나 그 자유와 환희의 시간은 너무 짧았습니다. 전쟁통에 오빠를 잃은 그는 와해된 가족을 다시 봉합시키는 일에 자신을 바칠 수밖에 없게 됩니다. 전쟁에 대한 기억은 주로 오빠의 죽음을 둘러싼 혼란과 갈등의 형태로 드러나고, 그 이면에는 생의 환희를 압류당한 청춘의 방황을 드러내고 있습니다. 특히 『나목』과 『목마른 계절』은 이러한 방황의 흔적을 선명하게 보여 줍니다.

전쟁 체험과 미군 PX에서 근무한 경험은 전쟁이 인간의 내면을 어떻게 파괴하는가를 탐색하면서 박완서의 글쓰기의 근거가 되었습니다. 박완서의 작품은 그의 이야기이자 다른 사람들의 이야기이기도 합니다. 그의 작품 속에서 우리는 전쟁이라는 경험의 공간을 가로지르는 무수한 사람들의 목소리와 체취를 만납니다. 거기에는 전쟁이라는 극한적인 폭력의 상황에서 증오와 공포로 고립된 인간 군상뿐 아니라 그 무지막지한 폭력을 견디며 고독을 짊어지고 언 땅을 버텨 낸 사람들의 발자취가 고스란히 남아 있습니다. 그리고 이러한 고독하고 따스한 인간의 모습이, 언제 보아도 눈물겨운 등단작 『나목』에 담겨 있습니다.

> 나무 옆을 두 여인이, 아이를 업은 한 여인은 서성대고 짐을 인 한 여인은 총총히 지나가고 있었다. 내가 지난날, 어두운 단칸방에서 본 한밤 속의 고목(枯木), 그러나 지금의 나에겐 웬일인지 그게 고목이 아니라 나목(裸木)이었다. 그것은 비슷하면서도 아주 달랐다. 김장철 소스리 바람에 떠는 나목, 이제 막 마지막 낙엽을 끝낸 김장철 나목이기에 봄은 아직 멀건만 그의 수심엔 봄에의 향기가 애닯도록 절실하다. 그러나 보채지 않고 늠름하게, 여러 가지들이 빈틈없이 완전한 조화를 이룬 채 서 있는 나목, 그 옆을 지나는 춥디추운 김장철 여인들. 여인들의 눈앞엔 겨울이 있고, 나목에겐 아직 멀지만 봄에의 믿음이 있다. 봄에의 믿음. 나목을 저리도 의연하게 함이 바로 봄에의 믿음이리라.
>
> —박완서, 『나목』 중에서

박완서는 비교적 늦은 나이인 40세에 등단하여 주목을 끌었으며, 쉼 없이 많은 작품을 쏟아 낸 다작(多作)의 작가로서 대중적인 인기를 한 몸에 받기도 했습니다. 이러한 문학적 힘은 어디서 왔을까요? 무엇이 1남 4녀의 평범한 어머니였던 그를 돌연 사십대의 문턱에서 작가로 변모시켰을까요? 작가 자신은 이렇게 증언합니다.

　오빠의 죽음 이후 가족의 생계를 책임져야 했던 박완서는 돈을 벌겠다고 선언한 뒤 어머니와 가족의 염려를 뒤로하고 미군 PX 초상화부에 취직을 합니다. 우연히 길에서 PX 다니는 오빠 친구를 만났는데 그가 유엔 잠바에 미군복 바지를 폼나게 입고 신수가 훤한 것을 보고 침이 꼴깍 넘어갈 만큼 부러웠다고 합니다. 당시 서울의 번화가는 거의 폐허가 되었고 한강 이남의 피난민의 도강(渡江)도 엄격히 금지되어 있어 주택가는 텅텅 비었고 직장도 있을 리 없었습니다. 살아 있는 경기(景氣)라곤 오로지 미군 부대 주변의 양공주 경기가 도깨비불처럼 요괴롭게 명멸할 뿐이었습니다. 그때 PX야말로 별세계였답니다. 알리바바의 동굴처럼 들어가기가 어려워서 그렇지 일단 들어가기만 하면 온갖 진기한 보물이 널려 있는 꿈의 보고(寶庫)였습니다.

　작가는 당시 서울대학교 문리대 국문과를 입학한 상태였으나 우선 입에 풀칠하는 것이 급선무였습니다. 미군에게 말을 걸어 초상화를 그리도록 주문을 맡는 것이 그의 주된 업무였고 그때 만난 사람이 바로 화가 박수근(朴壽根)이었습니다. 박완서는 그때 그의 진가를 알아보지 못하고 처녀다운 새침함으로 여느 간판쟁이를 대하듯 괴팍하게 굴기도 했으나 박수근이 자신의 화집(畫集)을 보여 주자 그를 달리 보게 되었습니다. 시간이 흐른 뒤 박수근이 예술적으로 세상의 인정을 받게 되자 그의 고달팠던 삶을 증언하고 싶은 열망을 알게 모르게 품고 있던 중 『신동아』에서 논픽션을 공모합니다. 애초 박완서는 박수근의 전기를 쓰고자 했으나, 자꾸만 끼어드는 자신의 이야기로 인해 전기 쓰기를 단념하고 소설로 바꾸게 됩니다. 이 소설 『나목』으로 『여성동아』 장편소설 공모에 당선됨으로써 박완서의 작가 인생이 시작되었습니다.

2. 박완서의 작품 세계

느지막이 작가로 나선 박완서는 뒤늦은 출발을 벌충하기라도 하듯 왕성하게 작품 활동을 하며 문제작을 잇달아 내놓습니다. 1976년 첫 번째 창작집 『부끄러움을 가르칩니다』를 펴낸 것을 시작으로, 거침없는 솜씨로 장편소설 『휘청거리는 오후』(1977), 『도시의 흉년』(1979), 『살아 있는 날의 시작』(1980), 창작집 『엄마의 말뚝』(1982), 장편소설 『오만과 몽상』(1982), 『그해 겨울은 따뜻했네』(1983), 『서 있는 여자』(1985), 창작집 『꽃을 찾아서』(1986), 장편소설 『미망(未忘)』(1990), 『그대 아직도 꿈꾸고 있는가』(1990), 『그 많던 싱아는 누가 다 먹었을까』(1992), 『그 산이 정말 거기 있었을까』(1995), 창작집 『너무도 쓸쓸한 당신』(1998) 등을 쉬지 않고 쏟아 냅니다.

박완서는 다작 못지않게 많은 상을 수상하기도 했습니다. 1981년 「엄마의 말뚝 2」로 제5회 이상문학상을 수상했습니다. 1988년 5월과 8월 남편과 아들을 연이어 잃는 불행을 겪은 박완서는 『문학사상』에 연재하던 『미망』의 집필을 10월부터 이듬해 4월까지 중단합니다. 그리고 이듬해 다시 연재를 시작하여 1991년에 제3회 이산문학상을 수상합니다. 1993년에는 「꿈꾸는 인큐베이터」로 제38회 현대문학상을, 1994년에는 「나의 가장 나종 지니인 것」으로 제25회 동인문학상을, 1999년에는 「너무도 쓸쓸한 당신」으로 제14회 만해문학상을 수상했습니다.

박완서는 평범하고 일상적인 소재에 적절한 서사적 리듬과 입체적인 의미를 부여함으로써 다채로우면서도 품격 높은 문학적 결정체를 탄생시켰다는 평을 받고 있습니다. 박완서는 우리 문학사에서 그 유례가 없을 만큼 풍요로운 언어의 보고를 쌓아 올리는 원동력이 되어 왔습니다. 그는 능란한 이야기꾼이자 뛰어난 풍속화가로서 시대의 거울 역할을 충실히 해왔을 뿐 아니라 삶의 비의를 향해 진지하게 접근하는 구도자의 길을 꾸준히 걸어왔습니다.

박완서 초기 소설의 주제는 크게 세 줄기로 나뉩니다. 전쟁과 분단으로 말미암은 가족사적 불행 체험을 바탕으로 하는 소설, 1960년대 이후 등장하는 중산층의 물욕과 허위의식을 비판적 시각으로 그려 낸 소설, 그리고 여성의 정체성 찾기, 즉 가부장제 사회에서 여성이 겪는 억압을 파헤치며 여성 문제에 대해 첨예한 의식을 보여 주는 소설입니다.

전쟁과 분단 체험을 다룬 첫 번째 계열의 소설로는 등단작인 『나목』을 비롯해 『목마른 계절』 「세상에서 제일 무거운 틀니」 「부처님 근처」 「부끄러움을 가르칩니다」 「카메라와 워커」 「엄마의 말뚝」 『그해 겨울은 따뜻했네』 『그 산이 정말 거기 있었을까』 등이 있습니다. 특히 1981년 이상문학상을 수상한 「엄마의 말뚝」은 분단 문학의 수작(秀作)으로 평가받습니다. 작가는 이상문학상 수상 소감을 통해 "분단된 상처를 쥐어뜯어 괴롭게 피 흘리"는 고통에 대해 말합니다.

우리 겨레의 분단은 이제는 하나의 기정 사실입니다. 분단은 오래전에 피 흘리기를 멈추고 굳은 딱지가 되었고 통일을 꿈꾸지 않은 지도 오래된 것처럼 보입니다. 통일이란 말이 도처에 범람하고 있습니다만 산 채 분단된 자의 애절한 꿈으로서가 아니라 그것을 직업으로 삼고 사는 사람들이 만들어 낸 구호로서 행세하고 있을 뿐입니다. 통일이 직업인 사람은 될 수 있는 대로 많은 구호를 만들어 내어 분단을 치장하면 되겠지만 진실로 통일이 꿈인 사람은 끊임없이 분단된 상처를 쥐어뜯어 괴롭게 피 흘리게 할 수밖에 없습니다.

고통스럽지만 방법은 그것밖에 없습니다. 토막난 채로 아물어 버리면 다시는 이을 수 없게 되리라는 걸 알고 있기 때문입니다.

문학이 구호에 봉사하느냐, 이런 숨겨진 처절한 아픔 편에 서느냐 하는 기로에 서 있다고까지는 생각하지 않습니다. 그러나 우리의 이웃이 부당하게 겪는 아픔과 슬픔, 몸부림, 그러면서도 결코 단념할 줄 모르는 그들의 꿈, 그런 것들과 무관하지 않기 위해선 끊임없이 정신을 쥐어뜯어야 할 만큼, 우리를 일률적으로 편안하게 만들어 주는 구호의 최면술은 날로 막강해지고 있는 거나 아닌지요.

아물었으되 피 흘리고 있음을, 딱지 않았으되 곪고 있음을, 잘 차려 입었으되 헐벗었음을, 춤추고 있으되 몸부림치고 있음을 보고 느끼고 말하는 것도 문학이 숙명처럼 걸머진 형벌이자 자존심이라면 저도 잠시 한낱 비통한 가족사를 폭로한 것 같은 부끄러움에서 벗어나 늠름해지고자 합니다.

—박완서, '이상문학상 수상 소감' 중에서

박완서 소설의 또다른 줄기는 1970년대 이래 우리 사회를 뒤덮은 물질 만능주의, 중산층의 허위의식, 허영심, 간교함을 비판적 시각으로 끈

덕지게 물고 늘어지는 작품들입니다. 대표작으로는 「지렁이 울음소리」 「닮은 방들」 「휘청거리는 오후」 등이 있습니다. 1970년대 이래 도시 중산층의 물질적 생활 수준은 눈에 띄게 나아지나, 그 내면은 더욱 황폐해지고 조잡스러워지는데, 작가는 활력이 넘치는 문체로 이 현상을 실감 나게 그려 냅니다.

박완서 소설의 세 번째 줄기는 여성 문제를 다룬 작품들입니다. 박완서만큼 일찍이 여성의 삶에 대해 예민한 감수성과 집요한 관찰력을 보여 준 작가도 흔치 않습니다. 작가의 사실 묘사의 문체는 여성의 삶이 처해 있는 현실을 꿰뚫어 보고 그것을 거침없이 파헤치고 야유하며 끔찍하리만큼 생생하게 그려 냅니다. 『살아 있는 날의 시작』 『서 있는 여자』 『그대 아직도 꿈꾸고 있는가』의 주인공들인 '문청희' '연지' '차문경'은 가부장제 사회의 일상 속에 퍼져 있는 여성 억압 구조를 꿰뚫어 보고 이 문제와 당당하게 맞서는 여성들입니다.

박완서는 "한국 모계(母系) 문학의 수원지(水源池)"(장석주)라고 할 만합니다. 박완서의 소설은 가부장제 사회에서 소외될 수밖에 없는 여자의 이야기를 주로 다룹니다. 이를 아버지와 오빠를 일찍 잃고 할아버지의 세계인 고향을 떠나 어머니와 더불어 서울에서의 삶을 일구어야 했던 작가의 생애와 연관지어 해석하는 논자도 있습니다. 그러나 그보다는 작가 자신이 자주 이야기하였듯이 어머니의 이야기 솜씨로부터 받은 영향이 클 것입니다. 여성적인 이야기 방식, 즉 여성 특유의 사설과 넉살, 익살과 엄살, 달램과 꾸짖음, 묘사와 설교라는 방법으로 여성의 삶을 한껏 사실적으로 그려 내었다고 보는 편이 적절할 것입니다.

내가 아직도 소설을 위한 권위 있고 엄숙한 정의를 못 얻어 가진 것도 "소설은 이야기다"라는 단순하고 소박한 생각이 뿌리 깊기 때문인지도 모르겠다.

뛰어난 이야기꾼이고 싶다. 남이야 소설에도 효능이 있다는 걸 의심하건 비웃건 나는 나의 이야기에 옛날 우리 어머니가 당신의 이야기에 거셨던 것 같은 다양한 효능의 꿈을 걸겠다.

—박완서, 「나에게 소설은 무엇인가」, 『우리 시대의 소설가 박완서를 찾아서』 중에서

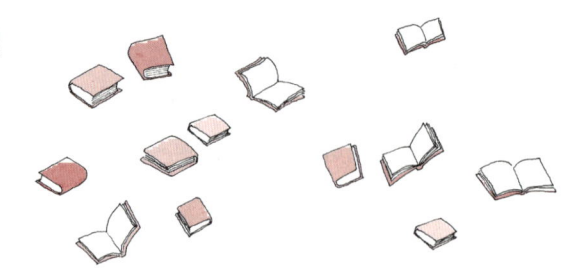

과거를 기억할 필요가 있는가

| 논 술 |

1. 주제 파악

잊는다는 것은 일반적으로 약점으로 여겨집니다. 그러나 모든 것을 기억한다는 것이 과연 바람직할까요? 원치 않는 기억과 집착은 오히려 더욱 혼란스럽지 않을까요? 건강하게 살기 위해서는 어느 정도의 망각이 도리어 유익하지 않을까요?

그러나 모든 과거와의 절연(絶緣) 역시 위험합니다. 우리에게는 중요한 것을 기억할 의무가 있습니다. 내가 누구인지를 알기 위해서라도 과거의 기억은 필요합니다. 과거에 대한 기억과 반성은 나의 정체성을 형성하는 동시에 미래의 위험에 대비할 수 있도록 합니다. 무엇을 기억하고 무엇을 잊어야 할까요? 과거와 어떤 관계를 맺어야 할까요? 이는 현재를 살아야 하는 우리에게 매우 어렵고도 중요한 과제입니다.

2. 논술 문제

(가)와 (나)의 서술자가 동일 인물이라 할 때,

1.(가)의 과거가 (나)의 현재에 미친 영향을 추론하고(450자 안팎)
2.(다)와 (라)를 바탕으로 '과거를 기억할 필요가 있는가'에 대한 자신의 생각을 논술하고(600~750자)
3.(나)의 서술자에게 주는 적절한 충고를 편지 형식으로 쓰시오.(300~450자)
(총 1,350~1,500자 이내로 쓰고, 적절한 제목을 붙일 것. 1번, 2번, 3번을 번호 매겨서 각각의 답을 쓸 것)

(가)

우리는 다정하고 오붓한 한 식구들이었다. 남자 둘, 여자 둘의. 그러나 어느 날 갑자기 두 남자 식구가 차례차례로 죽어 갔다. 아주 끔찍한 모습으로. 그리고 그 끔찍한 사상(死相)으로 이십여 년 동안이나 여자들을 얽맸다.

6·25가 터지고 한동안 오빠는 꽤나 신이 나 보였다. 오빠는 그전부터 좌익운동에 가담하여 심심찮게 말썽을 일으켜 오던 터라 신날 만도 했을 테고, 그런 오빠 때문에 적잖이 속을 썩이던 아버지도 때가 때이니만큼 내버려 두려는 눈치였다.

그러나 어느 날부터인가 오빠는 바깥출입을 뚝 끊고 안방에 누워 담배만 온종일 뻐끔뻐끔 피우고, 수염이 무성하게 자라도 깎을 체도 안

했다. 누가 찾아와도 없다고 따돌리지는 않고 만나긴 만나는데 뭔가 상대방을 몹시 불쾌하게 해서 보내는 것 같았다. 우리는 날로 심해지는 폭격에서보다 오빠의 이런 태도에서 더 위급한 폭발물 같은 위험을 느끼고 있었다. 어느 날 늘 찾아오던 오빠의 '동무'가 총잡이를 앞세우고 찾아왔다. 마당에 마주 선 채 웅얼웅얼 대화가 오고갔다. 조용한, 거의 졸립도록 권태로운 말의 주고받음이었다. 별안간 오빠가 "못 해" 하고 악을 썼다. 상대방이 "못 해? 죽인대도?" "죽어도 싫다니까." 목숨은 어처구니없이 조급하게 흥정된 모양이다. 총잡이가 정말 총을 쐈다. 한 방도 아닌 여러 방을, 가슴과 목과 얼굴에 이마에.

그들은 갔다. 우리 식구는, 나는 얼마나 소름 끼치게 참혹하고 추악한 죽음을 목도하고 처리해야 했던가? 형체를 알아볼 수 없이 산산이 망가진 상체의 살점과 뇌수와 응고된 선혈을 주워 모으며 우리 식구는 모질게도 악 한마디 안 썼다. 그런 죽음, 반동으로서의 죽음은 당시의 상황으론 극히 떳떳치 못한 욕된 죽음이었으니 곡을 하고 아우성을 칠 계제가 못 됐다. 믿을 만한 인부를 사 쉬쉬 감쪽같이 뒤처리를 했다.

우리는 마치 새끼를 낳고는 탯덩이를 집어삼키고 구정물까지 싹싹 핥아먹는 짐승처럼 앙큼하고 태연하게 한 죽음을 꼴깍 삼킨 것이었다.

　　　　　　　　　　　　　　　　　　　　　　　—박완서,「부처님 근처」중에서

(나)

내 생활이란 게 너무 무사태평해 난 좀 심심했었나 보다. 아아, 심심하다는 것은 불행한 것보다는 사뭇 급수가 떨어지는 불행이면서도 지독한 불행일 때가 있다.

그러나 나는 내가 혹시 불행한 거나 아닌가 하는 의혹을 가져 볼 수조차 없었다. 꼭 제시각에 들어올뿐더러 들어올 때마다 케이크 상자를 잊은 적이 없는 남편, 그뿐일까, 건강하고 ××은행의 지점장, 그뿐일까, 빌딩이라고 부르기는 좀 뭣하지만 꽤 길목이 좋은 곳에 있는 이층 점포까지 부모의 유산으로 물려받아 또박또박 적지 않은 월세까지 들여오는 남편에 알토란 같은 삼남매까지 둔 여자가 어떻게 감히 불행할 수 있단 말인가? 벼락을 맞을 노릇이지. (중략)

그러자 내 내부에서 별안간 힘찬 반란이 일어났다. (그것만은 안 돼. 그것만은 참을 수 없어. 그럴 수는 없어.) (중략)

외출하려고 체경 앞에서 검은 비로드 코트 위에 은빛 밍크 목도리를 두르는 그 쾌적한 순간에도, 문갑 위 수반의 카네이션이 TV 연속극의 소박맞은 여편네의 통곡 소리에 가늘게 떨고, 한결같이 편안하고 맛있는 얼굴로 구경을 즐기던 남편이 조금이라도 거북한 듯 몸을 뒤척이면 내 무릎을 내주기 위해 앉음새를 무너뜨리며 모나리자 같은 미소라도 띠어야 할 화평의 한때에도 "그럴 수는 없어. 그것만은 참을 수 없어" 하는 격렬한 외침이 심한 딸꾹질처럼, 오장육부에 경련을 일으키며 치솟았다.

물론 나는 내 이런 분별없는 딸꾹질을 한 번도 밖으로 토해 내는 일이 없이 잘 삼켰기 때문에 표면상 아무 일도 일어나지는 않았지만 내부는 딸꾹질의 내공(內攻)을 받아 조금씩 교란되고 있었다. 매일매일 조청과 정력제와 연속극을 물리지도 않고 맛있게 삼키는 오동통한 중년의 남자가 내 남편이라는 게 몹시 억울하게 여겨지는가 하면, 내가 갖고 있는 행복의 조건들이 표절한 미사여구처럼 공소하게 느껴지기도 했다.

　나는 간간이 제법 불행한 얼굴을 하고는 살림살이를 시들해하고 귀찮아했다. 그럴 법도 했다. 결혼한 지 이십 년을 줄창 행복하기만 했으니 이젠 어지간히 행복에 지칠 때도 되지 않았겠는가. (중략)

　느닷없이 고속버스를 타고 가 낯선 고장에 내리고 싶다든가 박물관에 가 맏며느리처럼 무던한 이조 백자항아리 앞에 서고 싶다든가 이런 생각이 떠오를 때마다 소풍 전야의 국민학생처럼 들떴다가도 막상 그짓을 해보면 심심했다. 그럴밖에 없는 것이 내가 시도해 본 그런 짓들이란 게 아무리 엉뚱해도, 그 행동 반경이 내가 속한 울타리 밖으로 벗어나 본 적이란 없었으니까.

―박완서, 「지렁이 울음소리」 중에서

(다)

　한때 보험사 직원이었던 기억상실증 환자 레너드는 10분 전의 일을 기억하지 못한다. 아내가 마약 범죄자들에게 피살되는 위기의 현장에 우연히 뛰어들었다가 머리 부분에 치명적인 일격을 맞고 쓰러진 뒤 기억중추가 망가져 버린 것이다. 하지만 그가 온전했을 때의 마지막 기억, 곧 살인자들이 덮어 놓은 비닐을 뒤집어쓴 채 죽어 가는 아내의 모습은 영혼에 찍힌 화인(火印)처럼 생생하게 남아 있다. 구사일생으로 살아난 레너드는 경찰이 수사를 의뢰하지만 전혀 도움을 얻어 내지 못한다. 경찰이 이 기억상실증 환자의 호소를 대수롭지 않게 여기고 묵살했기 때문이다. 결국 그는 다니던 직장까지 그만두고 스스로 아내의 살해범을 찾아 나선다.

그런데 문제는 그가 기억의 능력을 잃어버렸다는 것이다. 애써 정보를 얻어 놓고도 자신이 무엇 때문에 이것을 알려 했는지 이유를 잊어버리고, 이유를 겨우 알아내면 이제는 그 정보를 잊어버린다. 그래서 그는 무엇이든 일단 폴라로이드 사진으로 찍어 두고, 즉각 그 사진의 여백에 연관된 사항을 메모해 두며, 절대로 잊어서는 안 되는 것은 몸에 문신으로 새겨 둔다. 천신만고 끝에 드디어 아내 살해범의 이름이 지미 그랜츠라는 것을 밝혀 낸다. 물론 레너드는 몽매간에도 잊을 수 없는 이 이름을 즉각 문신하고 이 마약 범죄자를 쫓아 방방곡곡을 찾아 헤맨다.

그가 이번에 찾아간 곳은 어느 한적한 소도시다. 마약 거래가 이뤄지는 한 술집에서 범인과의 접선이 이뤄진다는 정보를 얻었기 때문이다. 이 정보는 마약 전담 형사 테디가 레너드에게 흘려준 것이다. 그런데 테디는 친구처럼 레너드에게 접근하여 이런저런 도움을 주는 척하지만 사실 레너드를 이용하고 있을 뿐이다. 악명 높은 마약 범죄자들을 아무 두려움 없이 혈혈단신으로 찾아가 처단하는 레너드는 그에게 공짜로 써먹는 기막힌 해결사였으니까. 그는 이미 레너드를 이용해서 여러 명의 악명 높은 마약 사범을 처치한 터였다. 방법은 간단하다. 제거하고자 하는 위험인물을 지미라고 일러 주기만 하면 되는 것이다. 나머지 모든 문제는 레너드가 알아서 처리한다.

물론 레너드는 이번에도 실수 없이 이 새로운 지미를 처치한다. 그런데 이번에는 형편이 약간 꼬이게 된다. 처단된 마약범에게는 나탈리라는 애인이 있었는데 그녀가 우연히 레너드를 만나 그의 모든 형편, 모든 처지, 했던 일, 하고 있는 일을 알게 된 것이다. 물론 자신의 애인이 테디의 부추김을 받은 레너드 손에 죽임을 당했다는 것도 안다. 결국 그녀는 레너드를 이용하여 테디에게 복수한다.

—영화 〈메멘토〉, 크리스토퍼 놀란 감독

(라)

앵커 일곱 살 어린 나이에 남동생과 프랑스로 떠났던 입양아가 아이 엄마가 돼서 25년 만에 고국의 가족들과 만났습니다. 수십 년 세월에도 고국의 품은 따뜻했습니다. 최진수 기자가 보도합니다.

기자 지난 82년 당시 일곱 살에 한 살 아래인 동생과 함께 프랑스로 입양됐던 줄리안. 한국 이름으로 안선주 씨. 안씨는 25년 만에 고국 땅을 찾아 그리운 어머니를 만났습니다. 유달산에서 찍은 가족사진에는 안씨의 어릴 때 모습이 그대로 남아 있습니다. 다시 만난 가족과의 첫 나들이로 찾은 유달산. 기억에 없는 고향의 모습이지만 함께 있는 시간이 너무 행복합니다.

안선주(1982년 프랑스 입양) 한국에 와서 가족들을 만나 행복하고 오빠를 만나 너무 기쁘기 때문에 다시 오고 싶다.

기자 어려웠던 시절 가난 때문에 안씨 남매를 떠나보내야 했던 어머니 오씨는 한 번이라도 다시 보고 싶어 지난 3년간 남매를 찾아 헤맸습니다. 홀트아동복지회를 통해 마침내 딸을 만난 오씨는 아직도 꿈만 같습니다.

오정순(목포시 동명동) 내 살아생전에 한 번 만나는 것이 소원이었거든요. 그런데 갑자기 이렇게 만나게 돼서 너무 좋고 너무 기뻐서 말이 안 나와요.

기자 안씨는 프랑스에서 결혼해 다섯 살짜리 딸을 두고 있습니다. 불교 신자인 안씨는 영암 도갑사를 방문하는 등 행복한 시간을 보낼 예정입니다. MBC 뉴스 최진수입니다.

—MBC 〈뉴스투데이〉 (2007년 4월 7일)

3. 논술의 길잡이

(1) 제시문 분석

(가)의 '나'(서술자)는 6·25 때 좌익 활동을 하다 참혹하게 죽은 오빠의 기억을 서술하고 있습니다.

(나)의 '나'(서술자)는 결혼 20년째인 중년 부인으로, 보통의 가정에서 별다른 외적인 걱정거리 없이 살고 있으나, 이유를 알 수 없는 권태와 무기력에 시달리고 있습니다.

(다)는 영화 〈메멘토〉의 줄거리로, 범죄로 아내를 잃고 기억상실증에 걸린 레너드라는 인물의 복수혈전을 다루고 있습니다.

(라)는 어렸을 적 외국으로 입양되어 25년 만에 어머니를 만난 한 입양아의 행복한 뉴스를 보도하고 있습니다.

(2) 문제 풀이의 실마리

1. (가)와 (나)의 서술자는 겉으로 보아 어떠한 연관도 찾을 수가 없

습니다. 그러나 (나)의 서술자('나')의 이유 없는 권태와 무기력 그리고 속물 혐오는 그 원인을 '억울하게 삼켜 버려야만 했던 오빠의 죽음에 대한 기억'에 두고 있습니다. 즉, '나'는 마땅히 치러야 할 오빠의 죽음을 애도하는 과정을 치르지 못하고 (빨갱이라는 이유로) 그 죽음을 숨겨야만 했던 데서 오랫동안 지속되어 온 신경증을 얻고 만 것입니다.

2. (다)와 (라)는 초점과 방향이 제각각입니다. (다)는 레너드가 아내가 살해당한 일을 기억하고 복수에 집착함으로써 현재의 삶을 저당 잡히고 부자유한 삶을 살고 있음을 보여 줍니다. 따라서 (다)에 근거를 두어 주장을 편다면, ①과거의 끔찍한 경험은 일일이 기억하기보다 오히려 망각하는 것이 삶에 더 이롭다는 방향이 되기 쉬울 것입니다.

또 하나의 논의 방향은 '기억과 치유'입니다. 상처를 기억함으로써 그 상처로부터 해방되고 치유된다는 측면에서 비극적 경험도 기억하고 되풀이하고 고백할 필요가 있습니다. 예컨대 (다)에서 ②고통스럽기는 하지만 진실과 직면하는 데서 과거로부터의 진정한 해방을 얻게 된다는 해석도 가능합니다.

또 다른 해석도 나올 수 있습니다. (다)의 레너드는 피해자 입장으로서, ③비극적 경험을 충실히 기억함으로써 가해자에게 역사의 책임을 묻는 문제도 제기할 수 있습니다.

다른 방향의 해석도 있습니다. (다)에서 레너드는 복수를 이미 완료했음을 자꾸 '잊습니다.' 즉, 그의 문제는 '기억'이 아니라 '망각'에 있는 셈이 됩니다. 잊어야 할 것을 기억하는 것이 문제가 아니라, 기억해야 할 것을 잊는 것이 문제인 것입니다. 잊기 때문에 비극적 역사는 자꾸 반복됩니다. 여기서 ④기억한다는 것은 역사에서 교훈을 얻고 불행을 반복하지 않게 한다는 적극적 의미가 됩니다.

한편, (라)는 입양아의 부모 찾기를 다룬 뉴스인데, '왜 사람은 부모에 그토록 집착하는가'라는 물음을 품게 합니다. 물론 애정을 받고 싶은 본능적 욕구를 어린 시절 만족시키지 못한 것에 대한 보상심리도 있겠으나, '부모'란 곧 자신의 '과거'요 '뿌리'라는 점을 고려한다면, 온갖 어려움을 무릅쓰고 부모를 찾으려는 입양아들의 노력은 곧 과거를 기억하려는 욕구로 해석됩니다. '사람들이 과거를 기억하고자 하는 이유 중 하나는, 과거는 바로 내가 누구인가라는 정체성의 문제와 연결되기 때문입니다. 따라서 (라)에 초점을 맞춘 답안은 ⑤과거를 기억하는 것은 자기 자신의 정체성을 확인하는 것이므로 소중하다라고 요약됩니다.

(다)는 주로 비극적 기억의 해로움, 기억과 치유, 기억과 역사의 책임 묻기와 연관되며, (라)는 주로 기억과 정체성 찾기의 가치에 초점을 두고 있습니다. ①~⑤의 다섯 가지 답안 가운데 어느 쪽을 선택하여 논의를 전개하느냐는 개개인의 몫입니다. 이제 (다)에 초점을 맞춘 ①~④와 (라)에 초점을 맞춘 ⑤에 대해 좀 더 자세히 살펴봅시다.

① 과거의 끔찍한 경험은 일일이 기억하기보다 오히려 망각하는 것이 삶에 더 이롭다.

니체는 "망각은 힘이며 건강의 표현이다"라고 했고, 브레송은 "홀로 남아 애도를 끝내지 못하는 이는 벌써 죽었다"고 했습니다. 애도를 끝내지 못하면, 즉 과거와 절연하지 못하면 인간은 멜랑콜리와 병적인 우울에 젖게 됩니다. 잊음은 정신건강을 위해서 필수적입니다. 지나친 향수의 감정이나 과거에 대한 집착 역시 개인의 일생에 부정적인 영향을 미칩니다.

왜 인간은 불행한 사실을 떨쳐 버리지 못하고 시간이 지날수록 그것에 더욱더 집착하는 것일까요? 심리학자들에 따르면, 인간은 불행한 과거를 통해 불행한 현재를 정당화하는 경향이 있다고 합니다. 그러나 과거의 그림자를 반복하여 연상하는 것은 운명론으로 이를 위험이 있습니다. 현재의 불행이 운명적이라는 믿음은 인간의 발전과 자유의지를 크게 저해할 수 있습니다.

② 고통스럽기는 하지만 진실과 직면하는 데서 과거로부터의 진정한 해방을 얻게 된다.

프로이트에 따르면 망각은 단순한 기억의 부정이 아니며 치료적 차원에서 적극적인 의미를 갖습니다. 신경증의 근본적인 치료를 위해서는 과거를 정면으로 바라보고 병의 원인을 그 안에서 찾아야 합니다. 장기적으로 볼 때 과거를 배제한 진정한 행복은 상상하기 어렵습니다.

박완서 소설은 이러한 '기억을 통한 치유의 글쓰기'의 좋은 표본을 보여 줍니다. 박완서의 초기 소설에는 한국전쟁 때 가족을 잃은 비극의 경험이 생생하게 녹아 있습니다.

③ 비극적 경험을 충실히 기억함으로써 가해자에게 역사의 책임을 묻는다.

정치권에서 일고 있는 과거사 청산의 움직임을 이와 관련하여 생각해 볼 수 있습니다. 우리에게 '과거사'는 친일파 문제, 민간인 학살 문제, 의문사 및 인권 침해 문제, 일제하 강제 동원 문제 등 이념적·정치적으로 복잡하고 난해한 여러 문제를 포괄하는 것입니다. 자랑스러운 과거와 수치스러운 과거를 명확히 구별함으로써 바람직한 현재와 미래를 설계할 수 있습니다.

기억해야 할 의무는 용서를 배제하지 않습니다. 상처의 극복 역시 그가 과거와 맺고 있는 관계를 바꿈으로써 가능합니다. 리쾨르(P. Ricoeur)가 용서가 과거에 미래를 선물한다고 했듯이, 현재 내가 어떤 모습인지에 따라 과거의 의미는 달라질 수 있습니다.

④ 기억한다는 것은 역사에서 교훈을 얻고 불행을 다시는 반복하지 않게 한다.

가해자 입장에서도 기억해야 할 의무는 있습니다. 과거에 저지른 잘못을 생각하기 괴롭다는 이유로 망각한다는 것은 도피이며 비겁함과 무책임으로 비난받아 마땅합니다. 망각이 있는 곳에는 해결도 반성도 용서도 없기 때문입니다. 각종 기념일을 만들어 챙기는 것도 유한과 망각의 동물인 인간이 영원을 지향하는 본능적인 행동이며 문명의 기원이 되었다고도 하셨습니다.

⑤ 과거를 기억하는 것은 자기 자신의 정체성을 확인하는 것이므로 소중하다.

나의 정체성을 확립하고 나를 타자와 구별하기 위해서도 기억은 필수 불가결합니다. 지금의 나를 있게 한 것은 나의 과거입니다. 과거가 없는 인간이란 그가 속한 사회나 가족으로부터 완전히 독립된 존재를 뜻하게 되는데, 이는 현재 나의 언어, 취향, 습관 등을 설명할 근거를 잃게 됨을 뜻하기도 합니다. 사람은 자기의 뿌리를 확인하고 싶은 근원적인 열망을 타고나는 것 같습니다. 과거의 기억은 고통을 줄 수도 있지만 기쁨과 지혜의 원천이 되기도 합니다.

과거를 배제한 현재는 자유를 줄 수도 있겠지만 이러한 자유는 공허하고 맹목적입니다. 과거는 인간의 현재를 구속하며, 자유를 위축시키는 듯해 보이지만, 바로 이러한 과거라는 선행 조건에도 불구하고 현재와 미래에 대한 자유로운 의지를 표명할 수 있다는 데에 인간의 자유는 의의를 가집니다.*

4. 예시 답안

〈창살 없는 감옥〉

1. 가족의 상실, 더구나 그 죽음을 적당한 애도의 순간도 없이 숨기기에 급급했던 데서 밀려오는 죄책감. 그때 밖으로 쏟아 내지 못한 슬픔과 억울함은 응어리가 되어 '나'를 괴롭혀 왔을 것이다. 과거의 기억이 재생될 때면, '나'는 그 생각을 떨치기 위해 자신을 포장하곤 했을 것이다. 맺힌 응어리가 해소되지 못한 삶은 불안하다. 정작 자신이 느끼는 일상의 권태, 자상한 남편이 채워 주지 못하는 외로움을 내면과 관련 없는 다른 조건으로 위로받으려 한다. 불행함을 그럴듯하게 포장한 행복으로 감추는가 하면, 들켜서는 안 될 비밀을 가진 거짓말쟁이처럼 자신의 모순된 감정을 숨긴다. 버릇처럼 딸꾹질을 애써 참는 행위란, 바로 과거에

* 최영주, 『세계의 교양을 읽는다 3』, 휴머니스트, 2006년, 38~51쪽 참조.

그러했듯이 한번 터뜨리면 봇물 터지듯 쏟아져 나올 그 슬픔과 부단한 노력으로 잘 견뎌내 왔던 불안을 표출하면 안 될 것 같은 또 다른 자기 속박과 억압인 것이다.

2. '기억'은 과거의 사실을 걸러서 현재로 전달해 주는 필터 구실을 한다. (다)에서 레너드는 아내가 처참하게 죽어 가는 마지막 기억 때문에 오로지 범인을 찾는 데에 매달린다. 그 기억은 한 사람의 인생을 좌지우지하는 힘을 발휘하고 있다. 레너드 입장에서 그 일말의 기억이 없었다면 아내의 억울한 죽음을 복수할 수 없었을 것이다. (라)에서는 입양아에게 어렸을 적 어렴풋한 기억이 가족의 따뜻한 사랑을 되찾아 주었다. 이처럼 기억은 오랜 시간이 지나도 그 기억을 가진 사람에게 막대한 영향을 미치는 것이다. 그러나 그 기억을 재생할 때 현명한 자세가 필요하다. 가족의 포근함을 안겨 준 (라)의 기억의 긍정적 효과에 반하여, (다)에서는 기억으로 인해 개인의 인생이 오히려 더 불행한 방향으로 치닫는 부정적 효과도 나타날 수 있기 때문이다. 일반적으로 과거를 기억하는 일은 현재를 살아갈 때 새로운 반성과 교훈 또는 즐거움을 안겨 주지만, 그로 인해 괴로워하거나 자신을 비관하고 오히려 현재를 불행하게 만든다면 기억하는 행위에 대해 재고할 필요가 있다. 과거를 기억하되, 더 나은 발전과 행복을 낳을 수 있도록 현명하게 받아들여야 한다.

3. 가족을 잃은 슬픔이 얼마나 컸을지 이해가 됩니다. 죽은 오빠분께도 용서받지 못할 죄를 지었다고 생각하실지도 모르겠군요. 하지만 당신이 진정 행복한 삶을 원한다면 가슴속 맺힌 응어리를 풀어야 합니다.

지금 새로운 가족에게 과거를 털어놓고 그동안 애써 참으려 억눌렀던 감정을 속시원히 하소연해 보세요. 부끄러운 과거도 껴안아 주는 것이 가족이 아닙니까. 가족을 잃은 과거의 기억 때문에 현재 자신의 가족을 또다시 잃고 있는 것은 아닌지 반성해 보세요.

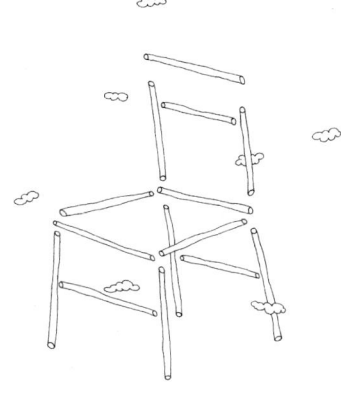

열림원 논술한국문학 11

엄마의 말뚝

초판 1쇄 발행 2007년 6월 26일
초판 11쇄 발행 2024년 4월 5일

지은이 박완서
책임편집 · 논술집필 변모은
펴낸이 정중모
펴낸곳 도서출판 열림원
출판등록 1980년 5월 19일(제406-2000-000204호)
주소 경기도 파주시 회동길 152
전화 031-955-0700
팩스 031-955-0661
홈페이지 www.yolimwon.com
이메일 editor@yolimwon.com
인스타그램 @yolimwon

ISBN 978-89-7063-555-2 04810
ISBN 978-89-7063-510-1 (세트)

* 책값은 뒤표지에 있습니다.
* 저자와 협의하여 인지를 생략합니다.